HÅKAN NESSER

Människa utan hund

HÅKAN NESSER

Människa utan hund

Roman

ALBERT BONNIERS FÖRLAG

www.albertbonniersforlag.se

ISBN 91-0-011035-3
Andra tryckningen
© Håkan Nesser 2006
WS Bookwell, Finland 2006

Inledande anmärkning

Staden Kymlinge existerar inte i verkligheten och Albert Bonniers Förlag har aldrig givit ut någon dikt-samling med titeln *Frukthandlarens exempel*. I övrigt över-ensstämmer denna boks innehåll i allt väsentligt med kända förhållanden.

I. December

1

När Rosemarie Wunderlich Hermansson vaknade söndagen den 18 december, var klockan några minuter i sex och hon hade en mycket tydlig bild i huvudet. Hon stod i en dörröppning och tittade ut mot en främmande trädgård. Det var sommar eller tidig höst. I synnerhet tittade hon på två små tjocka, gulgröna fåglar; dessa satt på en telefontråd tio-femton meter ifrån henne och de hade var sin pratbubbla i näbben.

Du måste ta livet av dig, stod det i den ena.

Du måste ta livet av Karl-Erik, stod det i den andra.

Budskapen var till henne. Det var hon, Rosemarie Wunderlich Hermansson, som skulle ta livet av sig. Och döda Karl-Erik. Det rådde inget som helst tvivel på den punkten.

Den senare var hennes man, och först efter några sekunder insåg hon att de bägge befängda postulaten förstås härrörde ur någonting hon drömt – men det var en dröm som hastigt drog sig undan och bara lämnade kvar dessa två bisarra fåglar på en tråd. Märkligt.

En kort stund låg hon alldeles stilla på höger sida och stirrade ut i det omgivande mörkret mot en fiktiv gryning, som ännu så länge bara befann sig i trakten av Ural, antagligen, lyssnade till Karl-Eriks oföränderligt lugna andetag och insåg att det var precis så det var. Fåglarna bredde ut sina trubbiga vingar och flög iväg, men deras påståenden

9

hängde kvar och kunde inte missförstås.

Hon eller Karl-Erik. Så var det. Det hade funnits ett *eller* mellan pratbubblorna, inte ett *och*. Det ena uteslöt det andra, och det kändes också som en… som en absolut tvingande nödvändighet att hon valde det ena eller det andra av alternativen. Jesus Kristus, tänkte hon, svängde benen över sängkanten och kom upp i sittande. Hur har det kunnat bli så här? Som om den här familjen inte redan fått sin beskärda del.

Men när hon rätade på ryggen och kände de välbekanta morgonsmärtorna runt tredje och fjärde ländkotorna, kom också vardagstankarna smygande. Ett tryggt men ganska tråkigt balsam för själen. Hon tog emot det med en sorts loj tacksamhet, stoppade händerna i armhålorna och tassade ut i badrummet. Man är så skyddslös på morgonen, tänkte hon. Så hudlös och utlämnad. En sextiotreårig syslöjdslärarinna mördar inte sin man, det är fullkomligt uteslutet.

Hon var visserligen tysklärarinna också, men det förändrade inte positionerna nämnvärt. Gjorde det på intet vis mer acceptabelt, vad i hela friden skulle det vara för skillnad på slöjd och tyska i det hänseendet?

Så det blev väl till att förkorta sin egen vandring i jämmerdalen, då, tänkte Rosemarie Wunderlich Hermansson. Tände ljuset, betraktade sitt stora släta ansikte i spegeln och noterade att någon hade klistrat dit ett leende.

Varför ler jag? tänkte hon. Finns väl ingenting att le åt. Jag har aldrig mått sämre i hela mitt liv och om en halvtimme vaknar Karl-Erik. Vad var det rektorn hade sagt? *Den djupt klingande malm som… som vad då?… som givit det uppväxande släktet dess moraliska och kunskapliga resonansbotten?* Var tusan hade han hittat det? Den sopproten. *Årskull efter årskull, generation efter generation, i fyrtio års tid. En pedagogisk fura.*

Ja, Fläskbergson hade faktiskt kallat Karl-Erik för en pedagogisk fura. Kunde det ha funnits en gnutta ironi i det? Förmodligen inte, tänkte Rosemarie Wunderlich Hermansson och plöjde in sin elektriska tandborste djupt ner i högerkinden. Vera Ragnebjörk, hennes enda kollega i det utdöende tyska språket på Kymlingeviksskolan, brukade hävda att Fläskbergson saknade den ironiska dimensionen. Det var därför det inte gick att tala med honom som med vanligt folk, och det var förmodligen tack vare denna enastående brist som han lyckats sitta kvar som skolledare i mer än trettio år.

Fläskbergson var bara ett år yngre än Karl-Erik själv, men gott och väl fyrtio kilo tyngre, och fram till den sorgesamma dag för snart åtta år sedan, då hans hustru Berit omkom efter att ha trillat ur en skidlift i Kitzbühl och brutit nacken, hade de umgåtts en del. Alla fyra. Bridge och sådant. En teaterresa till Stockholm. En katastrofvecka på Kreta. Rosemarie tänkte att hon saknade Berit en smula, men hon saknade inte Fläskbergson. Umgänget med honom, alltså.

Varför står jag här och slösar bort mina dyrbara morgonminuter med att tänka på den där dimensionslösa nollan? frågade hon sig sedan. Varför ser jag inte till att få en kvart i lugn och ro med morgontidningen istället? Jag håller bestämt på att tappa kontrollen.

Men det infann sig inga goda tankar över kaffet och tidningen heller. Fanns inga ljuspunkter. När hon lyfte blicken och såg på köksklockan – inköpt på impuls på IKEA i Kungens kurva för 49:50 så långt tillbaka i tiden som hösten 1979 och förmodligen outslitlig – visade den på tjugo minuter över sex, det skulle dröja åtminstone sjutton timmar innan hon på nytt undfick nåden att kunna krypa ner i sin säng och

11

lägga ännu en dyster dag till handlingarna. Att sova, sova. Idag var det söndag. Det var hennes andra dag som lycklig pensionär, den sista betydelsefulla livsförändringen före döden, hade någon vänlig själ påpekat, och hon sade sig att om hon bara haft tillgång till ett vapen, skulle hon ha gjort bruk av den där uppvakningstanken med en gång. Skjutit sig en kula för pannan innan Karl-Erik hann komma ut i köket i sin randiga pyjamas, spänna ut bröstkorgen och förklara att han sovit som ett barn. Om de där nära-döden-skildringarna hon läst stämde, kunde det sedan vara intressant att sitta uppflugen under taket och iaktta hans min när han hittade henne framstupa över bordet med huvudet i en stor, varm blodpöl.

Fast sådant gör man inte heller. I synnerhet inte när man inte har något bra vapen och man måste tänka lite på barnen också. Hon drack en klunk kaffe, brände sig på tungspetsen och kopplade igång vardagshjärnan. Vad stod på programmet denna den andra dagen efter ett helt yrkesliv?

Städa hela huset. Så enkelt var det. Barnen och barnbarnen skulle börja droppa in imorgon och på tisdag var den stora dagen.

Dagen som skulle ha varit Dagen med stort D, men som på något egendomligt sätt krympt ihop till en sorts pompös antihändelse på grund av Robert. Just precis så. Under hela hösten hade det varit tal om hundra till hundratjugo personer; den enda egentliga begränsningen hade utgjorts av Svea matsalars faktiska kapacitet, men Karl-Erik hade diskuterat saken både åtta och tolv gånger med källarmästare Brundin, och dryga hundratalet skulle inte innebära något problem.

Skulle inte ha inneburit. Roberts skandal hade inträffat lördagen den 12 november, lokalen hade varit bokad sedan länge, men det hade inte varit för sent att avboka. Ett sjuttiotal inbjudningskort hade hunnit avskickas, ett tjugotal positiva svar hade redan influtit, men folk hade varit mycket förstående när man förklarade att man på grund av omständigheter bestämt sig för att istället satsa på en mindre familjetillställning.

Genomgående mycket förstående. Programmet hade haft tittarsiffror på nästan två miljoner, och de som inte hade tittat hade låtit informera sig via kvällspressen följande dag. RUNK-ROBERT. Ordet på löpsedeln hade bränts in i Rosemaries modershjärta som bomärket på en skabbig sugga, och hon visste att hon för all framtid, så länge hon levde, aldrig skulle kunna ägna Robert en tanke utan att lägga till det där hemska epitetet. Hon hade bestämt sig för att aldrig mer, aldrig någonsin, läsa vare sig Aftonbladet eller Expressen, ett löfte som hon hittills inte svikit eller varit i närheten av att svika.

En mindre familjesammankomst, således. Sedan hade det varit likadant i skolan. Samma diskreta barmhärtighetsridå hade fallit här också. När makarna Hermansson efter sammanlagt sextiosex tjänsteår nu i samma stund drog sig tillbaka från pedagogikens blodbesudlade rännarbana, som något ljushuvud, men knappast Fläskbergson, formulerat det, hade avtackningarna inskränkt sig till en förlängd konferens med tårta, det nämnda antalet röda rosor samt en glöggservis i hamrad koppar – som Rosemarie, redan när hon öppnade paketet och såg första skymten, undrade om det inte var Elonssons hopplösa åttor som tvingats banka ihop ute på metallslöjden för att undvika betyget Icke godkänd. Elonsson hade, i motsats till Fläskbergson, ett väl tilltaget sinne för det ironiska i tillvaron.

13

Sextiofem plus fyrtio. Det var den andra av decembers stora additioner och det blev hundrafem. Rosemarie visste att det grämde Karl-Erik en del att det inte blev hundra jämnt, men sådana fakta gick inte att rucka på. Karl-Erik ruckade överhuvudtaget aldrig på fakta. Hon gjorde några tveksamma ryggsträckningar utan att resa sig från stolen och tänkte tillbaka på den där natten för fyrtio år sedan när hon lyckats hålla tillbaka två krystningar och fått klockan att passera tolvslaget. Karl-Eriks dåligt maskerade lycka hade inte varit att ta miste på, tacka för det. Den förstfödda dottern hade kravlat sig ut ur moderlivet och in i världen på hans egen tjugofemårsdag. Det hade alltid funnits ett omåttligt starkt band mellan Ebba och Karl-Erik, och Rosemarie förstod att det knöts redan då. Redan där, på Örebro lasarett klockan fyra minuter över midnatt den 20 december 1965. Barnmorskan hade hetat Geraldine Tulpin, det var ett namn som svårligen lät sig glömmas, det också.

Julfirandet i familjen hade alltid haft en viss skevhet. Rosemarie hade aldrig givit uttryck åt det, inte med det ordet – men det var just en skevhet det varit fråga om. Vanliga människor, kristliga som okristliga, såg den 24 december som det nav vintermörkret hävde sig runt, men hos familjen Wunderlich Hermansson var den 20:e av minst lika stor betydelse. Karl-Eriks och Ebbas födelsedag; dagen efter var årets kortaste, mörkrets hjärta, och på något egendomligt vis hade Karl-Erik – utan att rucka på fakta, men här var det nära – lyckats åstadkomma en endagsförskjutning, så att man uppnådde en sorts tretal. Hans egen födelsedag. Ebbas födelsedag. Ljusets återkomst till jorden.

Ebba hade alltid varit sin faders ögonsten och kelgris; till henne hade han från början och allt framgent knutit de största förhoppningarna. Hade aldrig brytt sig om att hymla

14

om det ens; vissa barn har högre karat än andra, så går det till i biologins genetiska smältdegel, hade han förklarat vid något tillfälle när han för ovanlighetens skull petat i sig en konjak för mycket. Vare sig man tycker om det eller ej. Och som det såg ut i dagsläget, tänkte Rosemarie dystert och krasst – medan hon hällde upp en andra kopp kaffe, en pålitlig hörnsten i det föga emotsedda vakenhetsbygget – så verkade det onekligen som om han satsat på rätt häst.

Ebba var en klippa. Robert hade alltid varit ett svart får och nu hade han gjort sig onämnbar; kanske var det mindre ägnat att förvåna än man ville låtsas om. Kristina? Ja, om Kristina kunde man ungefär säga att hon var som hon var; barnet hade stadgat henne en smula, de senaste åren hade inneburit en betydligt lugnare seglats än de föregående, men Karl-Erik hade envist hävdat att det var för tidigt att ropa hej, alldeles för tidigt.

När ropade du någonsin hej, min träprins? hade Rosemarie tänkt varje gång han sa det, och hon tänkte det nu också i sitt gryningslösa kök.

Just i samma ögonblick trädde han in i detta kök.

"God morgon", sa han. "Det är konstigt. Trots allt har jag sovit som ett barn."

"Jag tycker det känns panikartat", sa hon.

"Vilket då?" sa Karl-Erik Hermansson och knäppte igång vattenkokaren. "Var ställde du mitt nya te?"

"Andra hyllan", sa Rosemarie. "Sälja huset och flytta till den där urbanisationen, förstås. Det känns… ja, panikartat. Som jag sa. Nej, till vänster."

Han skramlade med koppar och burkar. "Ur-ba-ni-sa-ción", artikulerade han med fullödiga spanska fonem. "Jag vet att du har dina dubier nu, men du kommer att tacka mig en dag."

15

"Det tvivlar jag på", sa Rosemarie Wunderlich Hermansson. "Det tvivlar jag på ända ner i tårna. Du behöver klippa näshåren."

"Rosemarie", sa Karl-Erik och spände ut bröstkorgen. "Jag kan inte se folk i ögonen längre här hemma. En man måste kunna gå rak i ryggen och bära sitt huvud högt."

"Man måste kunna böja sig också", kontrade hon. "Det här går över. Folk glömmer och saker och ting får rimliga proport…"

Han avbröt henne genom att ställa ner sin nya teburk på arbetsbänken med en smäll. "Jag tycker vi har diskuterat den här saken färdigt. Lundgren lovade att vi skriver papperen på onsdag. Jag är färdig med den här stan. Basta. Det är bara feghet och tröghet som håller oss kvar här."

"Vi har bott här i trettioåtta år", sa Rosemarie.

"Länge nog", sa Karl-Erik. "Har du redan druckit två koppar kaffe? Kom ihåg att jag har varnat dig."

"Att flytta till en plats som inte ens heter någonting. Jag tycker den kunde ha fått ett namn åtminstone."

"Det kommer den att få så snart de spanska myndigheterna bestämt sig. Vad är det för fel på Estepona?"

"Det är sju kilometer till Estepona. Fyra kilometer till havet."

Han svarade inte. Hällde kokande vatten över sina hälsosamma gröna teblad och tog fram solrosbrödet ur brödburken. Hon suckade. De hade diskuterat hennes frukostvanor i tjugofem år. De hade diskuterat husförsäljningen och flytten till Spanien i tjugofem dagar. Fast diskussion var knappast rätt ord, tänkte Rosemarie. Karl-Erik hade fattat sitt beslut, sedan hade han använt sitt väloljade demokratiska sinnelag för att få över henne på sin sida. Det var så det alltid sett ut. Han gav aldrig upp. I varenda fråga av vikt var han beredd att prata och prata och prata tills hon kastade in handduken av pur leda och utmattning. Rena filibustertaktiken. Det gällde bilköp. Det gällde de svindyra bokhyllorna i biblioteket – som han tyckte om att benämna deras gemensamma arbetsrum, där han tillbringade fyrtio timmar i veckan, hon fyra. Det gällde semesterresor till Island, till Vitryssland och till Ruhrområdet, var man institutionsföreståndare i samhällskunskap och geografi så var man.

Och han hade betalat handpenning på det där huset mellan Estepona och Fuengirola utan att fråga henne. Inlett förhandlingar med Lundgren på banken om att sälja villan utan att först inleda den demokratiska hemmaprocessen. Det kunde han inte neka till och gjorde det inte heller.

Fast kanske borde hon vara tacksam. Egentligen. Det kunde lika gärna ha blivit Lahti eller Wuppertal. Jag har levt med den där mannen i hela mitt vuxna liv, tänkte hon plötsligt. Jag trodde någonting skulle mogna mellan oss så småningom men så blev det inte. Det var möjligt från början och det blev bara möjligare för varje år som gick.

Och varför var hon så urbota osjälvständig att hon måste skylla sitt bortkastade liv på honom? Det yttersta svaghetstecknet, var det inte?

"Vad sitter du och tänker på?" sa han.

"Ingenting", sa hon.

"Om ett halvår har vi glömt det här", sa han.

"Vilket då? Våra liv? Våra barn?"

"Prata inte strunt. Du vet vad jag menar."

"Nej, det gör jag inte. Och förresten, vore det inte bättre om Ebba och Leif tog in på hotellet? De är ändå fyra vuxna, det kommer att bli trångt."

Han blängde på henne som om hon varit en elev som försummat att lämna in ett arbete för tredje lektionen i rad, och hon visste att hon föreslagit det bara för att reta honom. Visserligen hade hon rätt i att Ebba och Leif och två tonårspojkar tog upp mer utrymme än det egentligen fanns tillgång till i huset, men Ebba var Ebba och Karl-Erik skulle hellre sälja sin sista slips än hysa in sin favoritdotter någon annanstans än i det hem och det rum hon vuxit upp i. I synnerhet som det var sista gången, sista gången någonsin.

Hon fick en klump i halsen och stjälpte i sig det halvljumma kaffet. Och Robert? Ja, stackars Robert måste förstås gömmas undan från världens ögon så gott det gick, man kunde inte ha honom drällande omkring på hotellet där vem som helst kunde begapa och bespotta honom. Runk-Robert från Fucking Island. Sist hon talade med honom, i förrgår kväll, hade det nästan låtit som om han skulle börja gråta.

Så det blev Kristina, Jakob och lille Kelvin som fick ta hotellet. Hur kunde man döpa en unge till Kelvin? Den absoluta nollpunkten, hade Karl-Erik upplyst de nyblivna föräldrarna om, men det hade inte hjälpt. För övrigt var hon rätt säker på att de betraktade hotellet som en vinstlott; det stämningsläge Kristina brukade frammana hos Rosemarie efter att hon blivit vuxen och flyttat hemifrån var en trehövdad känsla av skuld, underlägsenhet och misslyckande. Och för en kort men tydlig sekund blev hon medveten om att det enda av sina tre barn hon egentligen brydde sig om och ömmade för var Robert. Var det för att han var pojke? Var det så enkelt?

Fast kanske skulle det komma en öppning med Kristina förr eller senare; för hennes egen del, vill säga, knappast för Karl-Erik. Det hade alltid varit han som varit huvudmålet för flickans obstinens. Fanns det ett sådant ord? Obstinens? Det hade varit på det viset ända från den första pubertets-

18

dagen, men den pedagogiska furan hade hållit sig rak och välbarkad under en oändlighet av gräl och bråk och dispyter – och visat prov på just de egenskaper som tillkommer den sortens rättrådiga plantor. Stå kvar på det ställe där du står och böj dig aldrig en tum.

Jag är orättvis mot honom, tänkte hon. Men jag är så förbannat less att jag vill spy på eländet.

Karl-Erik framförde just nu, medan klockan närmade sig sjunyheterna i P1, en rad tunga och ovedersägliga argument för det självklara i att familjen Ebba inhystes i hemmet – och Rosemarie kom på sig med att tänka att hon faktiskt skulle vilja gå fram till honom, dra ut tungan ur munnen på honom och klippa av den.

Hans pedagogiska gärning var ju avslutad, så det kunde vara dags.

Och sedan den där automatiska tanken om att hon var orättvis igen.

"Allright, allright", sa hon. "Det spelar ingen roll."

"Då så", sa han. "Det är bra att vi är överens. Vi får försöka behandla Robert precis som vanligt, bara. Jag vill inte att vi nämner det där. Jag tar ett samtal mellan fyra ögon med honom, det får räcka. Hur dags sa han att han skulle komma?"

"Framåt kvällen. Han kör bil. Ja, han preciserade inte närmare."

Karl-Erik Hermansson nickade eftersinnande, öppnade munnen på vid gavel och lassade in en rågad sked naturell yoghurt med grovmüsli, orörd av människohand och med tillsats av 32 nyttiga mineraler plus selen.

Hon dammsög övervåningen. Karl-Erik hade i hemsolidarisk anda tagit shoppinglistan och bilen och farit iväg till det årsgamla Coop-palatset ute i industriområdet Billundsberg, för att därstädes inhandla femhundra kilo födelsedagsförnödenheter samt en julgran. Medan Rosemarie släpade omkring på den omoderna gamla Voltan, inköpt på Bröderna Erikssons Elektriska Maskiner, Hem&Hushåll så tidigt som vårvintern 1983 och förmodligen outslitlig, funderade hon på hur många viktiga beslut hon egentligen fattat under sitt sextiotreåriga liv.

Att hon gift sig med Karl-Erik Pedagogfura? Knappast. De hade träffats redan under gymnasietiden på Karolinska läroverket (hon en försynt förstaringare, han en stilig, kostymerad och rakryggad tredje-), och han hade nött ner hennes motstånd på samma sätt som han nött ner henne under återstoden av deras liv tillsammans. När han friat hade hennes första *nej* tunnats ut via ett andra *kanske, vi kan väl skjuta upp saken tills vi tagit examen åtminstone,* till ett tredje *okej då, men vi måste ha någonstans att bo först.* De hade gift sig 1963, hon hade gått ut den textila grenen på Seminariet för huslig utbildning i juni 1965 och Ebba hade kommit till världen ett halvår senare. Inte heller detta frukten av något beslut hon fattat.

Textilslöjdslärarbanan hade hon fastnat för eftersom hennes bästa (och enda) gymnasieväninna Bodil Rönn redan hade gjort det. De hade tagit examen tillsammans, Bodil hade fått fast tjänst i Boden i en skola på mindre än 500 meters avstånd från pojkvännen Sunes föräldrahem, och såvitt Rosemarie visste bodde de fortfarande kvar däruppe. De hade brevväxlat och haft kontakt under halvtannat årtionde, men det sista julkortet var sju eller åtta år gammalt vid det här laget.

Noll viktiga beslut så långt, tänkte hon och släpade Voltavidundret tvärs över hallen för att ta itu med gästrummen.

Eller de gamla barnkamrarna, eller vad man nu ville kalla dem. Ebbas rum, Roberts rum och Kristinas trånga kyffe, som egentligen inte var stort mer än ett förrådsutrymme – men så hade det heller aldrig varit tänkt att det skulle bli mer än två barn, i synnerhet inte i beaktande av att man åstadkommit ett av varje kön på bara två försök, men det hade blivit som det blivit. Livet gick som det gick och följde inte alltid planen; Kristina var född 1974, Rosemarie hade slutat med p-piller tio månader tidigare på inrådan av sin gynekolog, och om den katastrofala Greklandsresan med familjen Fläskbergson inte resulterat i några ljusare hågkomster, så hade den i varje fall nedkommit med en oplanerad dotter. Karl-Erik hade glömt köpa kondomer och inte hunnit ut i tid. Det var som det var det också, shit happens i denna den bästa av världar liksom i alla andra. Vad var det för språk hennes tankar klädde sig i denna råkalla decembermorgon? God knows, holy cow, det var någonting som inte var som det brukade i alla fall. Vad var det för väder? Bättre ägna sig åt någonting neutralt. Ännu hade man inte undfått så mycket som en centimeter snö i denna västsvenska landsända och när hon tittade ut genom fönstret föreföll det henne som om till och med själva dagsljuset fallit till föga och kastat in handduken. Luften såg ut som havregrynsgröt.

Inte förrän hon rullat ihop den långa hallmattan och börjat suga av listerna utan munstycke, fick hon fatt i ett avgörande beslut. Visst sjutton.

Han hade hetat Göran, hade gått i sandaler utan strumpor och vikarierat som kurator under en hösttermin. Det var hennes tredje år på skolan, fem år efter Kristina, hon kunde inte få in i sitt huvud att det verkligen var en 36-årig trebarnsmor detta skäggiga charmtroll behövde, och följaktligen hade

21

hon sagt nej. Och det var i detta *nej* hennes livs viktigaste beslut bestått, antagligen. Att avvisa en nyskild, axelbred, kåt kurator; det hade skett under en utvecklingskryssning till Finland, pedagogfuran hade varit sjuk för tredje gången i sitt liv (om man undantog det medfödda navelbråcket), kuratorn hade suttit och svärmat i hennes hytt halva natten. Bönat och bett. Bjudit henne tullfri vargtass att dricka. Men icke. Bjudit henne tullfri hjortronlikör att dricka. Men icke.

Hon undrade vad det blivit av honom; han hade haft brunbrända tår med små intressanta hårtofsar på och han hade varit en möjlighet att förändra livet – men hon hade låtit den glida henne ur händerna. Lika bra det kanske; en enda man hade berett sig tillträde till hennes numera för alltid uttorkade och stängda sköte – men föralldel, såvitt bekant hade Karl-Eriks snopp heller aldrig förirrat sig under fyrtiotvå år. Innan de gifte sig erkände han att han hade varit i lag med en flicka som hette Katarina under en luciavaka i andra ring, men hon hade inte varit hans typ, ett faktum som underströks ett par år in på 1980-talet, då hon upplevde en kortvarig berömmelse som gisslantagare i samband med ett bankrån i Säffle. Varför man nu valde att råna banker i Säffle?

Hursomhelst: den viktiga beslutssiffran kom att stanna vid det obehagliga talet ett. Rosemarie bestämde sig för att det fick vara nog av sugande och funderade på om det egentligen fanns fog för den optimistiska tanken att hon var stark nog för nummer två. Huset stod skrivet på dem båda, det visste hon. Utan hennes namnteckning på papperen på onsdag skulle affären gå i stöpet. Paret som ville köpa hette Singlöv och bodde för närvarande ute i Rimminge; hon visste ingenting om dem mer än att han var elektriker och att de hade två barn.

Men att hundratusen kronor i icke återbetalningsbar handpenning var insatta för trerumshuset i Spanien, det kunde hon inte göra någonting åt. Senilkusten, var det inte så den kallades? För en smärtsam sekund fladdrade en ny löpsedel förbi hennes inre öga: RUNK-ROBERTS FÖRÄLD-RAR FLYR TILL SENILKUSTEN!

Om jag bara inte vore så uppgiven, tänkte hon och satte på kaffebryggaren igen. Om bara inte allting kändes så fruktansvärt meningslöst. Var skall jag hämta kraft ifrån?

En syslöjdslärarinnas sista dagar och död, tänkte hon en minut senare när hon sjönk ner vid köksbordet med dagens tredje kopp. Det var en rätt så gångbar bok- eller pjästitel såvitt hon kunde bedöma, men att sitta mitt i själva innehållet var sannerligen ingenting att yvas över.

Usch, protesterades det från någon ännu inte uträtad vindling av hennes hjärna, så här många tröstlösheter brukar jag verkligen inte omge mig med. Kan det vara så att jag hade en liten stroke imorse? Om jag ändå vore rökare, då kunde jag åtminstone ha unnat mig ett bloss.

Nej, vad är det med mina tankar idag? tänkte Rosemarie Wunderlich Hermansson. Klockan var inte mer än tio. Det var fortfarande mer än ett halvt dygn till sängdags, och imorgon skulle barn och barnbarn börja strömma in som… ja, som vad då?

Tvångsmobiliserade soldater till ett inställt krig?

Liv, var är din udd?

2

Kristoffer Grundt låg i sin säng och brottades med en egendomlig önskan.

Han ville hoppa över de fyra närmaste dagarna av sitt liv.

Kanske var det inte någon särskilt egendomlig önskan för andra människor, han visste inte, men för honom var det första gången. Han var fjorton år gammal, det slog honom att det kanske var ett tecken på att han höll på att bli vuxen.

Att man hade svårt att stå ut.

Förvisso brukade han gruva sig, både för det ena och för det andra. Matteprov. Gymnastiklektioner på badet. Att hamna ensam i ett obevakat hörn av skolan med Oscar Sommerlath och Kenny Lythén i 9C.

Men framförallt, det allra svåraste att uthärda: hans moders blick när hon såg rakt in i honom och avslöjade vilket uselt virke han var gjord av.

Inte samma virke som Henrik. Inte på långa vägar, någonting hade gått fel när det gällde Kristoffer. De hade samma gener, samma föräldrar, samma lysande förutsättningar; nej, felet berodde varken på arv eller miljö – det rörde sig bara om den där ytterst lilla detaljen som var han själv. Kristoffer Tobias Grundt och hans backbone. Nej, fel, Kristoffer Tobias Grundt och hans avsaknad av backbone. Hålet som han gick omkring med mitt i själen där vanliga människor hade sin karaktär.

Just så var det. Så illa låg det till när man skärskådade ordentligt.

Men att hoppa över fyra dygn? Att medvetet förkorta sitt liv med nittiosex timmar. Var det inte en skymf mot själva... idén?

Klockan var halv tio. Det var söndag. Om det vore torsdag morgon istället skulle det vara den 22:a och två dagar till julafton. Om han någonsin nådde fram till den tidpunkten, lovade han sig att i det läget hejda sig och sända en tacksamhetens tanke tillbaka. Tänka baklänges och påminna sig att tiden, vad man än tror om den, trots allt går.

Problemet var att den ofta gick så fruktansvärt trögt och att den aldrig hoppade över någonting.

Den skulle inte hoppa över den outhärdliga bilresan till Kymlinge.

Den skulle inte hoppa över mormor och morfar och de andra hopplösa släktingarna.

Den skulle inte hoppa över etthundrafemårskalaset och den lika outhärdliga bilresan hem.

Och, tänkte Kristoffer och blundade, den skulle framförallt inte hoppa över samtalet med mamma.

"Jag förstår", hade hon sagt ur djupet och mörkret av vardagsrumssoffan igår kväll, just som han trodde att han lyckats ta sig in osedd och ohörd. "Jag förstår att du tycker det känns lagom att komma nu. Klockan är två. Kom hit och andas på mig."

Han hade gått fram och blåst ut luft i en smal ström över hennes ansikte. Hade inte kunnat urskilja hennes ögon i mörkret, och hon hade inte haft någon omedelbar kommentar. Men han gjorde sig inga illusioner.

"Imorgon förmiddag", hade hon sagt. "Jag förväntar mig en förklaring. Jag är trött, Kristoffer."

Han suckade. Vände på sig i sängen och övergick till att tänka på Linda Granberg.

Det var för Linda Granbergs skull han druckit sex öl och ett glas rött vin och rökt tio cigarretter igår kväll. Det var för Lindas skull han överhuvudtaget bestämt sig för att gå på den s.k. festen hos Jens&Måns. Jens&Måns var tvillingar, gick i en parallellåtta och hade föräldrar som inte tog ansvar. Som till exempel gick på en egen fest inne i stan och lovade att inte vara hemma före tre. Som visserligen inte köpte ut, men som höll sig med ett ganska generöst och ganska okontrollerat lager nere i källaren.

Det var sagt att de skulle vara åtta stycken, men Kristoffer hade räknat till minst femton. Folk hade kommit och gått. Han hade hävt i sig sina fyra öl redan under den första timmen; Erik hade sagt att det tog bättre om man brassade på ordentligt från början, och det hade föralldel fungerat hyfsat. Linda hade hållit jämna steg hade det sett ut som; han hade vågat tränga sig ner bredvid henne i soffan och han hade snackat med henne på ett sätt han aldrig förmått sig till tidigare. Hon hade skrattat åt honom och med honom, och strax före klockan elva hade hon tagit hans hand och sagt att hon gillade honom. En halvtimme och var sin öl senare hade de börjat kyssas, det var första gången för honom, hon hade smakat underbart av öl och chips och färsk tobak och någonting mjukt och varmt och gott som bara var hon. Själva... vad hette det?... essensen?... av Linda Granberg. När han nu låg i sin säng tio timmar senare kunde han fortfarande låta tungan glida runt i munhålan och hitta resterna av smaken lite här och där.

Men det var ett hastigt undflyende och sorgligt minne. Framförallt sorgligt. Efter kyssandet hade de käkat pizza direkt ur kartongerna med bara händerna, och en av tvillingarna hade serverat surt lådvin i plastmuggar åt allihop och sedan hade Linda börjat må illa. Hon hade ställt sig upp, svajat lite hit och dit, och lovat att snart vara tillbaka. Vacklat iväg åt det håll där toaletten borde vara belägen och en halvtimme senare hade han hittat henne i ett helt annat rum, sovande i armarna på Krille Lundin i 9B. Han hade tiggt till sig en öl av Erik, rökt ytterligare tre cigarretter och gått hem. När han funderade närmare på saken var det inte bara de kommande fyra dagarna han ville radera bort ur historien, han skulle gärna ha varit av med gårdagen också.

Linda Granberg, fuck you, tänkte han, men det var bara tomma ord, och rent bokstavligt var det ju precis det han ville göra. Om man skulle vara ärlig. Och hade han bara spelat sina kort lite bättre kunde det ha varit han och inte Hockey-Krille Lundin som legat där med armarna om henne, det visste han. Så jävla slumpartat kunde livet vara, men det var klart att en femtonårig TV-puckare hade tusan så mycket bättre odds än en... ja, vadå? Degklump? Megaloser? Nolla, nörd, nada? Det var bara att välja.

Han ryckte till och såg att hans mor stod i dörröppningen.

"Vi åker och handlar lite nu. Du kanske kan se till att komma upp och äta frukost, så tar vi det där samtalet när vi är tillbaka."

"Javisst", sa han. Tanken var att det skulle låta käckt och tillmötesgående, men det ljud som kom ut ur hans strupe påminde mer om lätet hos ett mycket litet djur som råkar komma i vägen för en gräsklippare.

"Vi kanske kunde börja med att fastställa vem det här samtalet skall handla om?"

"Det handlar om mig", sa Kristoffer och försökte returnera sin mors stålblå blick med sin egen grönmelerade. Det kändes inte som om det lyckades över hövan.

"Dig, Kristoffer, ja", sa hon långsamt och knäppte händerna framför sig på köksbordet. Det var bara de två. Klockan var halv tolv. Pappa Leif var ute i nya ärenden. Henrik hade kommit hem sent igår kväll efter sin första ansträngande universitetstermin i Uppsala. Bägge dörrarna var stängda, diskmaskinen brummade.

"Varsågod", sa hon.

"Vi hade en överenskommelse", sa Kristoffer. "Jag bröt den."

"Jaha?"

"Jag skulle ha varit hemma klockan tolv. Jag kom inte förrän klockan två."

"Tio minuter över."

"Tio minuter över två."

Hon lutade sig en aning närmare honom. Tänk om hon kunde ge mig en kram, tänkte han. Redan nu. Men han visste att den inte skulle komma förrän allt var utrett. Och allt var inte utrett. Långt därifrån.

"Jag tycker inte om att sitta och ställa frågor, Kristoffer. Är det någonting mer du vill berätta?"

Han drog ett djupt andetag. "Jag ljög. Det var redan innan."

"Nu är jag inte med."

"Innan. Jag hade aldrig tänkt gå till Jonas."

Hon markerade förvåning genom att höja ena ögonbrynet två millimeter. Men hon sa ingenting.

"Jag sa ju att Jonas och jag skulle titta på film hemma hos honom, men det var en lögn."

"Jaså?"

"Jag var hos tvillingarna."

"Vilka tvillingar?"

Varför avbryter du hela tiden med frågor om du inte vill ställa några frågor? tänkte han.

"Måns och Jens Pettersson."

"Jag förstår. Och varför behövde du ljuga om det?"

"Om jag hade sagt det hade ni inte släppt iväg mig."

"Varför skulle vi inte ha släppt iväg dig?"

"Därför att det inte… det är inget bra ställe att vara på en lördagskväll."

"Vad skulle det vara för fel med att gå hem till tvillingarna Pettersson en lördagskväll?"

"Dom brukar dricka… vi drack. Vi var tio-femton stycken och vi drack öl och rökte. Jag vet inte varför jag gick dit, det var värdelöst."

Hon nickade och han såg att han hade åsamkat henne stor sorg. "Jag förstår inte riktigt. Varför gick du dit, alltså? Du måste väl ha haft en avsikt?"

"Jag vet inte."

"Vet du inte varför du gör saker och ting, Kristoffer? Det låter allvarligt." Nu såg hon bekymrad ut, genuint bekymrad. Ge mig en kram då, förihelvete, tänkte han. Jag kommer ändå aldrig att duga åt dig. Ge mig en kram och så skiter vi i det här.

"Jag ville bara pröva… antar jag."

"Pröva vad?"

"Hur det var."

"Vilket då?"

"Att supa och röka förihelvete! Sluta nu då, ser du inte att jag inte orkar…"

Gråten och hopplösheten kom vällande plötsligare och tidigare än han trott, och på sätt och vis kände han sig tacksam för det. Det kändes skönt att få ge upp. Han kröp ihop över bordet med ansiktet i armvecket och hulkade färdigt. Men hon rörde sig inte och sa ingenting. Efter en minut eller kanske två hade det gått över, han reste sig, gick bort till diskbänken och drog ut en halvmeter hushållspapper. Snöt sig och återvände till bordet.

De satt tysta ytterligare en stund, och långsamt gick det upp för honom att hon faktiskt inte tänkte ge honom någon kram.

"Jag vill att du berättar det här för pappa också, Kristoffer", sa hon. "Och sedan vill jag veta om du tänker ljuga för oss i fortsättningen, eller om vi kan lita på dig. Du kanske väljer att umgås mer med tvillingarna Pettersson i framtiden? Vi är ju din familj, pappa och jag och Henrik, men om du hellre..."

"Nej, jag..." avbröt han men hon avbröt tillbaka.

"Inte nu", sa hon. "Att slå in på sanningens eller lögnens bana är ett viktigt beslut. Det är bäst du funderar över det några dagar."

Därefter reste hon sig och lämnade honom.

Nej, tänkte han, hon nuddade mig aldrig. Inte en strykning med handen över ryggen ens.

Och en sorts stumhet, som kändes lika ny som förlamande, bredde hastigt ut sig inuti honom. Han väntade en minut, sedan skyndade han ut ur köket, uppför trappan och in på sitt rum. Han hörde att Henrik hade vaknat på andra sidan av den tunna väggen; kastade sig på sängen och bad en ordlös bön om att storebrodern skulle välja att ta en dusch innan han kom in och hälsade på honom.

Om dom kunde skulle dom byta ut mig, tänkte Kristoffer Grundt. Ja, för längesen skulle de ha bytt mig mot någon annan.

Leif Grundt kramade om sin son lite halvhjärtat efter det korta samtal han hade med honom innan de satte sig till bords på kvällen, och konstaterade ännu en gång att han och hans hustru var ganska olika.

Lindrigt uttryckt. Ebba var en storhet och en gåta, just så brukade han definiera henne, och dessutom en gåta som han för längesedan givit upp hoppet om att kunna lösa. Någonsin. I fallet med Kristoffers alkohol- och tobaksdebut – om det nu verkligen var fråga om debuter, som han envist och ståndaktigt hävdade – hade det viktiga för hustrun varit lögnen. Sveket att inte tala sanning, det medvetna brottet mot överenskommelsen.

För egen del tyckte Leif precis tvärtom. Om pojken ville röka och supa kunde han väl för höge farao inte tala om det för sina föräldrar först? På sikt kunde man få skrumplever av spriten och lungcancer av cigarretterna, men ingen hade väl någonsin dött av en liten lögn?

Hellre en nykter lögnare än en sanningsenlig missbrukare, tänkte Leif Grundt. Om man nu skulle välja en framtid åt sina barn – något som han inte för en sekund inbillade sig skulle komma att falla på hans lott.

Fast han hade ett lite dubiöst förhållande till lögnen som sådan, det kunde inte förnekas. Ville man hårdra det, något som inte heller skulle falla honom in att göra, i synnerhet inte för sin hustru, kunde man påstå att hela familjen Grundts existens vilade på en lögn. Ja, en grov och präktig bluff var själva det fundament som pojkarna hade att tacka för att de överhuvudtaget blivit födda.

Hade Leif Grundt hållit sig till sanningen, hade han aldrig kommit innanför trosorna på deras mor. Nämligen. Att Ebba Hermansson skulle ha låtit en charkuterist från Konsum ta hennes omhuldade oskuld var en tanke lika otänkbar

31

som att... som att Leifs stammande halvbror Henry skulle ha lyckats gifta sig med Pamela Anderson. Leif visste det och Ebba visste det, och Leif visste i lika hög grad att hon aldrig skulle erkänna detta psykologiska faktum om hon så ställdes inför exekutionsplutonen. När han valde att uppträda som juridikstuderande Leif von Grundt på vårbalen på Östgöta nation i Uppsala 1985 (dit han tagit sig in via en förfalskad studentlegitimation), var det just denna uppgraderade identitet – inte hans högst prosaiska konsumkuk – som vid tvåtiden på natten i hennes inackorderingsrum berett honom tillträde till hennes jungfruliga våtmarker. Just så.

"Du ljög", konstaterade hon två månader senare när den resulterande graviditeten inte längre gick att förneka.

"Ja", erkände han. "Jag ville ha dig och det var enda sättet att få dig."

"Du är fördomsfull", sa hon. "Jag skulle ha uppskattat din ärlighet."

"Mycket möjligt", sa han. "Men det var inte din uppskattning jag var ute efter."

"Jag skulle ha givit mig åt dig ändå."

"Det tvivlar jag på", sa Leif Grundt. "Det tvivlar jag i allra högsta grad på. Vad tänker du göra?"

"Göra?" sa Ebba Hermansson. "Jag tänker gifta mig med dig och föda barnet, förstås."

Och därvid blev det.

Det hade kostat henne ett års avbrott i medicinstudierna, men inte mer. Att utnyttja sin pappaledighet till bristningsgränsen var närmast ett obligatorium om man var Konsumanställd i mitten av åttiotalet, och när Kristoffer kom till världen fem år senare var det en mycket planerad åtgärd inför Ebbas instundande AT-tjänstgöring. Som ett brev på posten infann sig också den förväntade konjunktionen: Sundsvalls sjukhus och en skräddarsydd post som Konsumföreståndare på Ymergatan i samma stad. Så småningom gick också specialistutbildning att ordna – och att saker och ting verkligen kunde kombineras var Ebba Hermansson Grundt ett levande bevis för, när hon som 38-årig tvåbarnsmor tillträdde tjänsten som överläkare i kärlkirurgi på sagda sjukhus. Djävulen skydde de sina, om två dagar skulle hon fylla fyrtio.

Tänkte Leif Grundt och log ett skevt inre leende. Och att det där med ärlighet versus lögn var en mer komplicerad historia än vad folk i gemen inbillade sig, ja, det var i varje fall en sanning som han såg till att bevara djupt inom sig. I ett särskilt förråd av livsvisdom, skulle man kunna påstå, som han visserligen då och då gluttade in i, men som han alltmer sällan inviterade sin hustru till att besöka. Det fanns liksom ingen anledning.

Fast pojkjäveln hade börjat röka och supa, klart han skulle ha sig en tillrättavisning. Han behövde skämmas och känna sig riktigt usel, märkvärdigare än så var det faktiskt inte.

Nöjd med denna enkla slutsats satte sig Leif Grundt till bords tillsammans med sina söner och sin hustru. Det var söndag kväll, världen var på det hela taget god att leva i. Imorgon vidtog resan till Kymlinge och tre dagars sannskyldigt helvete, det visste han, men imorgon var imorgon och var dag har nog av sin egen plåga.

3

Redan vid deras första, lätt förvirrade sammankomst en vecka efter skandalen hade Robert Hermansson förklarat för sin terapeut att han kände sig suicidal.

Men det var på en direkt fråga; han kände på sig att den timide, milt råttaktige mannen med de rökfärgade glasögonen ville ha det svaret. Han förväntades vara suicidal och följaktligen hade han sagt att ja, jovisst, efter det som hänt hade han flera gånger tänkt i de banorna.

Han kunde också för sig själv erkänna att det skulle vara ett rätt så logiskt slut på hela skiten, att det vore skönt att slippa ligga och vrida sig i sin säng varenda natt och erinra sig sitt patetiska och bortkastade liv. Skönt att slippa vakna upp mitt på blanka förmiddagen i kallsvettig ångest till en ny meningslös dag.

Att äntligen få ge självföraktet en spark i arschlet, tänkte han, ta steget över kanten och försvinna. Ingen, inte en enda människa, skulle tycka det vore det minsta konstigt om Robert Hermansson tog livet av sig.

Ändå anade han att det inte skulle bli så. Som vanligt skulle han sakna den rätta styrkan och handlingskraften. Vad han skulle göra med de resterande åren av sitt liv hade han ingen aning om, förmodligen gällde det att ta sig igenom den närmaste månaden och sedan flytta utomlands. Han var sjukskriven till och med den 26:e, hans vikariat på tidningen sträckte sig fram till årsskiftet och han gjorde sig inga illusioner om att man ville ha honom tillbaka i januari.

Ett mindre seriöst förlag hade hört av sig och erbjudit sig att publicera "hans egen version" i bokform, man hade utlovat ett förskott på 50.000 och en meriterad spökskrivare. Han hade förklarat att han under inga förhållanden var i behov av någon spökskrivare och bett att få återkomma. Kanske borde han nappa på förslaget? Varför inte? Han kunde ta emot pengarna, åka till Kanarieöarna eller Thailand eller vart fan som helst. Nej, inte Thailand en gång till. Sitta i två månader i en vilstol, hursomhelst, med sitt gamla roman-manus och hyfsa till det en sista gång. *Människa utan hund.* Kanske skulle de anta det? Kanske var det egentligen inte hans version av händelserna på ön som det där skitförlaget var ute efter, kanske var det bara hans namn. Runk-Robert Hermansson.

Och även om de sedan sa nej, var det inte just en flykt han behövde? Koncentrerat arbete. Isolering och gott väder. Det var sju år sedan han senast gick igenom *Människa utan hund,* kanske var det ett sådant tidsspann och en sådan situation som behövdes för att han skulle kunna lägga den sista varsamma handen vid texten och få romanen utgiven? Äntligen. Landets fyra största förlag hade alla haft den till begrundande, Bonniers i två vändor; han hade fått läsa utlåtanden från tre olika lektörer och talat med två förläggare. I synnerhet mannen från Albert Bonniers Förlag hade ingivit hopp. Närmast enträget bett honom gå igenom de sexhundrafemtio sidorna en gång till, försöka skära bort åtminstone hundrafemtio och återkomma i ärendet. I princip var man villiga att ge ut boken, inte tu tal om saken.

Men då, i september 1999, när Seikka just hade gjort klart sina avsikter för honom, hade han inte orkat. Inte förmått sätta sig ner och peta i metaforerna en gång till, vem skulle ha gjort det? Han hade två diktsamlingar bakom sig. *Stenträdet* från 1991 och *Frukthandlarens exempel* från 1993. Bägge hade fått hyggliga recensioner, han ansågs vara på jakt efter en egen röst och hade deltagit i sammanlagt fyra uppläsningar och en poesifestival.

Nej, varför skulle Robert Hermansson gå och hänga sig? Än fanns det hopp.

Eller i varje fall flyktmöjligheter. Som sagt. Mer begärde han inte.

Hade aldrig begärt mycket av livet, när han tänkte närmare på saken. Livet krävde mer av honom än vad han krävde av livet, var det inte så? Klockan tolv söndagen den 18 december hade han ännu inte stigit upp ur sängen, men han hade löst halva korsordet i fredagens Svenska Dagblad och somnat om tre gånger. Flyktmöjligheten? tänkte han. Sinnebilden för mitt liv?

Så kunde man möjligen se på saken. Han hade aldrig stått ut med någonting, och det som han kanske kunde ha lärt sig att stå ut med, hade inte stått ut med honom. Han var trettiofem år gammal och det enda han egentligen sysslat med i sitt liv var att leta efter någonting annat. Tror fan det, tänkte han och vände på kudden, har man växt upp i skuggan av Ebba, längtar man väl ut i solljuset.

Det var en mångtuggad tanke och den hade för längesedan förlorat sin sötma. Man kunde skylla vissa saker på sin familj och sin storasyster, men inte i all evighet. Man kunde vara ett offer för yttre omständigheter, men knappast hela sitt liv. Inte i det sena nittonhundratalets svenska medelklass. Det var svårt att göra nedslag i historien och geografin och hitta människor som haft lika stora möjligheter att bestämma sina livsöden som Ebba, Robert och Kristina

36

Hermansson. Det var ett – som pappa Karl-Erik skulle ha uttryckt saken – obestridligt faktum.

Och egentligen, om man skulle vara petig, så var det ju först sedan han blivit sin egen lyckas smed som det börjat gå snett. Robert hade tagit studenten i vederbörlig ordning på naturvetenskaplig gren på gymnasiet hemma i Kymlinge. Det var 1988, och även om han inte var bäst i klassen, så var hans betyg utan tvivel hedersamma. Inte i nivå med dem Ebba gått ut med några år tidigare, men det var det heller ingen som begärt. Han hade ryckt in i lumpen samma höst, smitts och härdats till man i tio månader som pansarskyttegruppchef i Strängnäs. Han hade avskytt varje dag av det. Varje minut. 1989 hade han flyttat till Lund och börjat plugga.

Humaniora. Fadern hade avrått och storasyster hade avrått, men han hade stått på sig. Han träffade Madeleine, hon var vacker och modig och hon stod på hans sida. De läste filosofi och knullade. De läste idé- och lärdomshistoria och knullade. Drack rödvin, rökte lite hasch, läste litteraturvetenskap och knullade. Prövade amfetamin, men lade av i tid, läste konsthistoria, knullade, gav ut två diktsamlingar (Robert) och fick en refuserad (Madeleine). Läste filmvetenskap, fick ett romanmanus på 650 sidor refuserat (Robert), knullade, blev gravida (Madeleine), slutade hascha men fick ändå missfall i tredje månaden, fick a) panikångest (Madeleine) och b) nog av Robert (Madeleine), och flyttade hals över huvud hem till sina föräldrar i Växjö (Madeleine). Satt bara och iakttog hur allt rasade samman runt omkring honom (Robert).

På något vis hade han lyckats upprätthålla illusionen av att han bedrev seriösa studier, både för studiemedelsnämnden och för sin familj. Men i och med Madeleines uppbrott var

37

det finito. Han var tjugofyra år, befann sig miltals från någon examen, hade en ackumulerad studieskuld på 350.000 kronor och dåliga alkoholvanor. Hans vackra och modiga fästmö hade övergivit honom och hans bägge lovordade diktsamlingar hade sammanlagt sålt i etthundratolv exemplar. Det var hög tid för familjen att intervenera.

Till hösten 1994 var allt uppklarat (frånsett studieskulden som antagligen skulle förfölja honom ner i graven). Med hjälp av storasysters kooperative torrbollsmake uppe i Medelpad trollades en förhållandevis välavlönad tjänst fram på ett distriktskontor i Jönköping. Kontorsarbete och tre-fyra resor i månaden till olika Konsumbutiker i norra Småland och Västergötland. Robert böjde sig och accepterade. Skeden i vacker hand, konstnärssjälen i inre exil, det var inte fråga om att välja. Han flyttade in i en trerummare med viss utsikt över Vättern den första veckan i september, och den tredje lördagskvällen på den tredje (och sista) puben i stan träffade han Seikka. Hon arbetade på dagis och gick kvällskurser i kreativitet på olika studieförbund. Olika sorters kreativitet, från aromaterapi till feministisk croquisteckning och transcendentalt självförsvar. De flyttade ihop i december och i november 1995 föddes deras dotter Lena-Sofie. Robert började springa i ungefär samma veva, han gjorde det för att inte sprängas av ett inre tryck. Till en början tio-tolv kilometer varannan kväll, sedan allt längre sträckor. Under 1996 deltog han i tre maratonlopp med tider under 2.50 (utom det sista som han tvingades bryta mindre än två kilometer från mål på grund av akuta magproblem, men det pekade på 2.46 och en halv i runda slängar). Han gick med i friidrottsklubben Vindarnas IF och upptäckte att han ägde en verklig talang för banlöpning. Sin första halvmil sprang han på en ren klubbtävling och vann med 300 meter till godo på tvåan. Tog brevkontakt med en känd idrottsfysiolog, som förklarade att långdistanslöpare ofta nådde sin topp efter trettio och med fördel kunde vänta med riktig träning till tjugofemårsåldern. Robert var 26, han mindes Evy Palm. Det var också de följande tre säsongerna som kom att bli hans storhetstid. 1997 blev han distriktsmästare på både fem- och tiotusen meter, men det var när han utan teknikträning ställde upp i ett 3000 meter hinderlopp vid en tävling på Malmö stadion, som han hittade sin rätta disciplin. Trea efter en landslagslöpare och en renommerad polack på den förnämliga tiden 8.58.6.

Lena-Sofie växte och fick dagisplats, Seikka läste nya kurser. Han försummade dem, han gick ner till halvtid för att hinna träna. De älskade en gång i månaden. De åkte till Lappenranta över julen och hälsade på svärföräldrarna. Robert kom i slagsmål med en svåger och fick ett fyra centimeter långt ärr nedanför vänster öra. 1998 gjorde han sin första finnkamp. Fjärde plats och näst bäste svensk med 8.42.5. Förbättrade sitt personliga rekord vid SM i Umeå till 8.33.2 och erövrade en silvermedalj. Seikka och Robert älskade en gång i kvartalet. Svärföräldrarna kom och hälsade på i Jönköping en vecka under sin semester. Inga slagsmål eller andra oegentligheter förekom. Under julfirandet hos Rosemarie och Karl-Erik på Allvädersgatan i Kymlinge, bet Lena-Sofie sin farfar i läppen så att mindre blodvite uppstod. 1999 blev Roberts sista år som friidrottare. Han lyckades inte pressa sitt personbästa, drogs till och från med en krånglande hälsena, men upprepade ändå sin fjärdeplats vid finnkampen, denna gång på bortaplan på Olympiastadion i Helsingfors. Svärföräldrarna var på plats och tittade. Hela sista kurvan och hela upploppet kämpade Robert sida vid sida med en finsk löpare om tredjeplatsen men fick ge sig på de allra sista metrarna. Finnarna blev etta, tvåa och trea. Tävlingen gick i augusti; Seikka och han hade inte älskat sedan i april och när han kom hem till trerummaren med viss utsikt över Vättern, hade hon tömt den på sig själv, dottern och alla deras kvinnliga tillhörigheter. På köksbordet låg en lapp där hon förklarade att hon inte älskade honom längre, att han inte brydde sig det minsta om vare sig henne eller Lena-Sofie samt att hon nu flyttade hem till Finland och aldrig ville se honom igen.

Robert insåg att vartenda ord var på pricken sant och bestämde sig för att falla till föga. Tre gånger började han ändå slå numret till svärföräldrarna, men tre gånger lade han också på luren i samma ögonblick som han fick svarston.

Detta inträffade sent på söndagskvällen den 29 augusti 1999, och det var på måndagen den 30 som den tillmötesgående förläggaren från Albert Bonniers Förlag ringde och uppmanade honom att ge sig i kast med *Människa utan hund* på allvar. Robert satt verkligen med det digra manuset under några timmar både på måndags- och tisdagskvällen, men sedan kände han hur hans inre tomhet förlamade alla ansträngningar i konstnärlig väg. Han skyfflade ner de 650 sidorna i den vinröda låda med metallbeslag där de sedan kom att vila ända fram till i december 2005.

Därefter arbetade han ytterligare två veckor på den kooperativa distriktscentralen och i slutet av september magasinerade han allt sitt lösöre och allt som inte rymdes i en ryggsäck och flyttade till Australien.

Telefonen ringde och avbröt Roberts livsanalys. Det var hans mor som omtalade att hans far ville veta när han skulle komma.

"Vill inte du veta?" frågade han.

"Naturligtvis, Robert. Märk inte ord", sa Rosemarie Wunderlich Hermansson.

"Allright, mamma. Imorgon kväll. Har lite att ordna med först, men jag startar härifrån vid två-tretiden."

"Robert?"

"Ja."

"Hur mår du egentligen?"

"Det är som det är."

"Jag vill verkligen inte…"

Hon fullbordade inte meningen och han fyllde inte tystnaden.

"Jag vet, mamma. Då ses vi imorgon kväll."

"Du är så välkommen, Robert. Kör försiktigt, du har väl dubbdäck?"

"Ja då, mamma. Hej då, mamma."

"Hej då, min pojke."

Han steg upp ur sängen. Klockan var kvart över tolv. Han ställde sig vid fönstret och såg ut över staden, det hade börjat snöa för första gången den här vintern.

Tänkte på sin mor.

Tänkte på Jeanette. Nej, inte tänkte. Försökte föreställa sig henne.

Hon hade ringt en vecka tidigare. Föregående lördag.

"Du minns förstås inte mig", sa hon.

"Inte riktigt", instämde Robert.

"Jag är lite yngre än du. Men vi gick i samma skola. Både i Malmen och på gymnasiet. Fast jag gick ett par årskurser under dig."

"Jag förstår", sa Robert.

"Ja, du undrar förstås varför jag ringer."

41

"Nja", sa Robert.

"Jag såg det där TV-programmet."

"Det var det många som gjorde."

"Javisst. Men det är så att jag... usch, jag vet inte hur jag ska säga det här. Jag gillar dig, Robert."

"Tack."

Här hade han tänkt lägga på luren, men det var någonting i hennes röst som tilltalade honom. Lite strävt och allvarligt på något vis. Hon lät inte som en fjolla, även om det hon sagt så här långt möjligen tydde på att hon var det.

"Faktum är att jag alltid gillat dig. Du tillhörde det där lilla gänget killar som det verkligen var nånting speciellt med. Om du bara visste hur många gånger man gick och tänkte på dig när man var i tonåren. Och..."

"Ja?"

"Och du vet inte ens vem jag är. Det är lite orättvist."

"Jag är ledsen."

"Ska du inte vara. Man håller sig ju helst till sin egen årskurs i den där åldern. Tittar liksom inte neråt, det ligger väl i sakens natur."

Ny paus, där han mycket väl kunde ha passat på att tacka för sig och lägga på luren. Som om hon faktiskt ville ge honom den chansen, kändes det.

"Hrrm, varför ringer du egentligen?"

"Förlåt mig. Jo, jag såg ju det där programmet och jag förstår att du fått rätt mycket skit för det."

"Det har hänt, ja."

"Så jag tänkte att du kanske behövde veta att det finns dom som fortfarande gillar dig. Självförtroende och sånt."

"Tack, men..."

"Och så hörde jag att du kanske kommer hem till stan. Din far och din syster fyller ju år. Jag hade din pappa som klassföreståndare faktiskt. Så jag tänkte att om du är här några dagar…"

"Hm", sa Robert.

"Ja, det är ju bara ett förslag. Men jag har inget förhållande sedan ett halvår. Jag skulle gärna dela en flaska vin och prata om livet med dig. Jag bor på Fabriksgatan om du kommer ihåg var den ligger?"

"Jag tror det", sa Robert.

"Inga ungar, inte ens en katt. Kan jag inte få ge dig mitt telefonnummer, så ringer du om du har lust. Kanske kan vara skönt att komma ifrån familjen en stund också?"

"Vänta får jag hämta en penna", sa Robert Hermansson.

Hon hette Andersson också, hade hon avslöjat innan de avslutade samtalet.

Jeanette Andersson?

Nej, han kunde omöjligt fiska upp henne ur minnet. Om han fått titta på ett skolfoto skulle han antagligen ha känt igen henne, men han hade inga gamla skolfotokataloger. Robert Hermansson var inte den sortens människa som bevarade sådana reliker.

Men när hans mor ett par kvällar senare ringde och på nytt tjatade om att han måste komma till 105-årsdagen, så var det Jeanette Andersson som blev tungan på vågen. Han var inte sämre än att han kunde erkänna det.

Men bara nätt och jämnt och bara för sig själv. Kanske var det precis så hon hade räknat ut det. Han skulle inte kunna motstå lockelsen att gå hem till en okänd kvinna, ringa på hennes dörr och bli insläppt.

Naturligtvis, lilla mamma. Jag kommer väl då.

Dubbdäck? Robert Hermansson?

Åren i Australien hade varit på gott och ont. Den första säsongen hade han flackat upp och ner längs östkusten och arbetat i en oändlighet av olika turistanläggningar. Servitör, kock, receptionist, steward, djurskötare (sjuka pandor som sov arton timmar per dygn, åt och bajsade de övriga sex). Byron Bay. Noosa Head. Arlie Beach. Bowlingbaneföreståndare i Melbourne. Inget jobb varade längre tid än några veckor. Millennieskiftet firade han på en irländsk pub i Sydney, och det var också i Sydney han mötte Paula och inledde det tredje (och sista?) längre förhållandet i sitt liv.

Paula var engelska och på samma sätt som Robert ett slags flykting. Hon hade rymt från en alkoholiserad och brutal äkta man i Birmingham, hade befunnit sig i Sydney i två månader när Robert träffade henne, och bodde tillfälligtvis inackorderad hos sin syster och hennes man som båda var läkare. Med sig från England hade hon också sin dotter Judith, fyra och ett halvt år gammal. Paula, Judith och Robert flyttade ihop i maj 2000 efter att ha känt varandra mindre än ett halvår. Samtidigt flyttade de också tvärs över den väldiga kontinenten och slog ner sina bopålar i Perth.

Han älskade henne. Oklart hur det egentligen hade varit med Madeleine och Seikka, men i eftertankens backspegel kunde han ändå svära på att han hade älskat Paula. Hon ägde just det milda och förlåtande sinnelag som krävs för att en kvinna skall kunna leva med en alkoholist i sex år, och Robert förstod att inte missbruka detta sinnelag. Det kändes som om de växte tillsammans, dessutom var hon vacker. I synnerhet för att vara engelska, ja, Paula hade han älskat.

Judith också. Sin egen dotter Lena-Sofie, som var fem när han träffade Paula, hade han inte sett på flera år, Seikka brukade skicka ett mail varannan eller var tredje månad som han besvarade vänligt, och han hade två fotografier i plånboken. På något plan blev förstås Judith en sorts surrogat och en tröst.

Det borde ha varat, tänkte Robert och knäppte igång espressomaskinen. Med Paula och Judith borde det ha varat.

Hans tredje (och sista?) allvarligare försök att leva tillsammans med en kvinna hade heller inte stupat på hans egna tillkortakommanden. Tvärtom, det var ett tveeggat svärd av ond, bråd död och ond, bråd religiositet, som fått Paula och Judith att lämna honom. En fruktansvärd sammansvärjning av olyckliga omständigheter, noga taget. I april 2003, efter tre lyckliga år, således (han brukade tänka på dem i just de termerna och med versaler: Mina Lyckliga År), kom bud från England att Paulas far blivit överkörd av en långtradare och dött. Tillsammans med sin syster och Judith reste Paula tillbaka till Birmingham för att gå på begravningen och vara ett stöd för modern under några veckor. Robert väntade dem tillbaka den 28:e april. Sedan väntade han dem den 5:e maj, sedan den 12:e. Den 11:e kom istället ett långt mail, där Paula förklarade det osannolika som hade skett: att den tidigare hustrumisshandlaren och drinkaren funnit tron och förvandlats till en ansvarskännande och god människa. Geoffrey var ändå Judiths riktige far, och hon hade under de veckor hon vistats i det gamla hemlandet återupptäckt sina känslor för honom. Dessutom var hennes mor nedbruten efter faderns plötsliga bortgång, det kändes inte riktigt att lämna henne ensam i livet.

Robert sade upp sig från dataföretaget där han arbetat de senaste arton månaderna, reste tvärs över kontinenten och tillbringade ett drygt halvår på Manly Beach utanför Sydney. När den antipodiska sommaren började gå mot höst flög han hem till Sverige igen. Han landade på Arlanda den 15 mars 2004, ringde till sin yngre syster och frågade om han kunde få komma och bo hos henne.

"Varför ringer du inte till Ebba?" ville Kristina veta.

"Var inte dum nu", sa Robert.

"Hur länge?"

"Tills jag hittar nånting eget, bara. Ett par veckor på sin höjd."

"Du har klart för dig att jag snart ska föda barn?"

"Om det är för besvärligt hittar jag något annat."

"Allright, din förbannade drummel", sa Kristina.

Han bodde hos Kristina och Jakob (och Kelvin, som föddes första veckan i maj) i deras hus i Gamla Enskede fram till mitten av juni, då han kunde flytta in i den andrahandstvåa på Kungsholmen som han fortfarande bodde i. Började jobba som bartender på en innekrog i samma veva, och tänkte att hans liv betedde sig ungefär som ett rö för vinden.

Eller en insekt inför en glödlampa. Kommer för nära och stöts bort, för nära och stöts bort.

För nära och brinner upp? För nära vad?

På ungefär den vägen var det – fast en annan innekrog och deltid på gratistidningen Metro – när han i maj månad 2005 läste en annons i Aftonbladet och anmälde sig till TV-programmet "Fångarna på Koh Fuk", det för all tänkbar framtid värsta beslutet i hans liv.

Jag äger i alla fall en espressomaskin, tänkte han och fyllde på pulver för en ny kopp. De flesta människor på jorden äger ingen espressomaskin.

Han slapp kasta sig ut i en ny analys över oktobers och novembers traumatiska malström, eftersom telefonen ringde. Det var Kristina.

"Hur mår du egentligen?"

Det var exakt samma fråga som modern kommit med och han gav exakt samma svar.

"Det är som det är."

"Du vill inte åka med oss? Vi har plats, vet du."

"Nej tack. Jag kör själv. Har lite att ta itu med innan jag sticker."

"Jag kan tänka mig det."

Vad menade hon med det? Fanns det saker som han borde ta itu med? Som alla andra förstod att han måste se till att få gjorda, men som han själv var blind för?

"Jamen, då så", avrundade han. "Vi ses imorgon kväll."

"Robert?"

"Ja?"

"Nej, jag tar det när vi träffas."

"Okej. Ses."

"Ses. Hej då."

"Hej."

Det är det dom förväntar sig, tänkte han plötsligt när han lagt på luren. Att jag ska ta livet av mig. Alla. Max på tidningen. Min terapeut; det är därför han vill ha betalt efter varje träff. Till och med min syster.

4

Jakob Willnius drog upp jalusin till barskåpet och tog fram Laphroaighen.

"Vill du ha?"

"Sover Kelvin?"

"Som en stock."

"En centimeter, bara. Vad var det om Jefferson?"

Kristina lutade sig tillbaka i den stora banansvängda Fogiasoffan och försökte avgöra om hon var irriterad eller bara trött.

Eller om det kanske rörde sig om ett slags förväntan inför den stora irritationen. En mental uppladdning inför den tysta konflikt som oundvikligen skulle prägla de närmaste dagarna. Jag måste ignorera det, tänkte hon. Det är löjligt och ovärdigt, jag lämnar kvar min själ här och dansar med. Jag är en vuxen människa och det är faktiskt en engångsföreteelse.

Jakob ställde ner två glas på bordet och satte sig bredvid henne.

"Han ringde från Oslo."

"Jefferson?"

"Ja. Han hinner komma till Stockholm i alla fall. Det skulle vara mycket värt om jag kunde träffa honom ett par timmar före jul."

Irritationen blev reell på bara en sekund.

"Vad är det du försöker säga?"

Jakob betraktade henne medan han snurrade glaset i sin hand. Outgrundlig som en katt som tittar på text-TV, tänkte hon. Som vanligt. Där syntes inga ironier i hans leende, som hade precis samma böjning som soffan, där skymtade ingen beräkning i hans blekgröna ögon, som hon en gång i tiden velat gå barfota i, och det var förstås denna skenbara frånvaro av motstånd som gjorde honom så svår att besegra. Och som gjorde att... hon lämnade honom med blicken och tänkte efter... som gjorde att spelplanen för den förestående konflikten helt och hållet befann sig inuti henne själv. Det var orättvist, djupt orättvist; hon hade fallit för den här primitiva elasticiteten, eller vad fan man skulle kalla det, för fyra år sedan, och den paradoxala tanken att det var just samma egenskaper som en gång skulle få henne att lämna honom, blixtrade förbi i huvudet på henne. Det var inte första gången. Du passar bättre på film, Jakob Willnius, tänkte hon. Mycket bättre.

"Skål, Kristina", sa han. "Jo, jag försöker säga att om amerikanarna är villiga att investera tio miljoner i Samson-projektet, så vore det ganska dumt att slarva bort det, bara för att man sitter på en vederstygglig familjemiddag i Kymlinge. Vederstygglig är ett citat från en initierad och sansad bedömare, det kanske jag inte..."

"Jag förstår. Och när skulle den här Jefferson komma, närmare bestämt?"

"Tisdag kväll. Sedan flyger han till Paris vid lunch på onsdag. Men ett frukostmöte på onsdag ligger inom möjligheternas ram."

"Möjligheternas ram? Vi är inte hemma förrän på onsdag kväll."

"Visserligen." Han hade slutat se på henne nu, studerade sina naglar istället, räknade dem eller vad han gjorde? "Kris-

49

tina, du vet att jag verkligen ställer upp på det här spektaklet, men såvitt jag förstår skulle jag kunna köra upp på tisdag kväll. Eller natt. Du och Kelvin kan antingen ta tåget tillbaka, eller åka med Robert. Han lär ju köra tillbaka någon gång på onsdag i alla händelser... kul att han kommer, trots allt."

Kul? tänkte hon. Vad fan är det som är kul med Robert? Hon drack ur sitt glas och ångrade att hon inte bett om två centimeter. Eller fyra.

"Om jag har förstått det här rätt", fortsatte Jakob, "så är det inte meningen att vi ska bli sittande hela natten. Vi bor ju på hotellet, de behöver inte ens veta om att jag sticker lite i förtid. Eller vad tror du?"

Hon drog ett djupt andetag och tog sats. "Om det är så viktigt med Jefferson, och om du redan har bestämt dig, behöver du faktiskt inte sitta och rådgöra med mig, Jakob."

Hon gav honom en sekunds chans att protestera, men han smuttade bara på whiskyn och nickade intresserat.

"Och hur ska jag veta vad dom har planerat? Det är min systers 40-årsdag och min pappas 65-årsdag. Det är första gången du träffar hela familjen samlad och antagligen den sista också, dom tänker ju sälja huset och flytta till Senilkusten. Familjen är skandaliserad, pappa har i hela sitt liv strävat efter att vara någon sorts småborgerlig stöttepelare och hedersknyffel, och så ställer sig hans ende son och runkar i teve... nej, jag vet inte vad som väntar oss därnere, men om du måste käka frukost med en amerikansk mogul, så låt inte det här komma emellan."

Han valde den enklaste av utvägar. Tog henne på orden, låtsades inte få korn på den ironiska avgrunden. "Bra", sa han kort och neutralt. "Jag föreslog klockan nio på onsdag, då ringer jag och bekräftar det."

"Och om kalaset inte är slut förrän vid midnatt?"

"Jag kör direkt i vilket fall som helst. Det tar bara tre timmar på natten. Fyra-fem timmars sömn, mer behöver jag inte."

"Du gör som du vill", sa Kristina. "Vem vet, Kelvin och jag kanske åker med dig."

"Ingenting kunde glädja mig mer", sa Jakob med ett nytt, milt leende. "Du vill inte ha en centiliter till? Den är god, den här åsnemjölken."

På natten vaknade hon vid halv tre och kunde inte somna om på en timme. Det brukade inte vara någon bra tidpunkt för goda tankar, och var det inte den här gången heller.

Det här kommer inte att fungera, tänkte hon. Det kommer aldrig att kunna hålla mellan Jakob och mig. Vi spelar inte samma sorts pjäs.

Våra instrument stämmer inte... långsamt men motståndslöst strömmade argumenten och metaforerna upp till ytan... vi befinner oss aldrig i samma rum, vi talar inte samma språk, olja och vatten, aldrig någonsin får han en tanke som liknar det jag går och funderar på. Om fem år... om fem år kommer jag att sitta som ensam morsa på mitt första föräldramöte i skolan. Och varför i hela friden skulle jag ens bry mig om att börja leta efter en ny karl? Jag ger upp.

Jag har för stora krav, tänkte hon en minut senare.

Just så skulle Ebba uttrycka saken. Präktigsyster Ebba. Var inte så förbannat stöddig, lilla syster. Var glad åt det du har fått istället, du kunde sannerligen ha råkat mycket värre ut.

Inte för att Kristina någonsin skulle få för sig att diskutera saken med Ebba.

Men om. För stora krav och du begär för mycket, skulle hon påstå. Varför inbillar du dig att någon människa – och en man dessutom! – skulle få nånting ut av att gå på irrfärder i din förvirrade feministsjäl? Titta bara på de där manusen du kämpar med! Alla andra i teamet tar skeden i vacker hand och arbetar enligt kontraktet, det är bara du som krånglar till det och får använda dubbelt så lång tid till efterbearbetning. Skriva om och skriva om och skriva om. Du är satt att producera smörja, lär dig att göra det du ska göra och lämna det sedan därhän! Världen kommer ändå aldrig att förstå sig på ditt geni.

Skulle Ebba kunnat säga alltså. Om hon haft pejl på läget.

Ytterligare en minut senare kom den obligatoriska blekheten. När hon ställde sig på Ebbas barrikad och drog lans mot sig själv. Det finns inget geni förborgat under ditt pannben, Kristina Hermansson! Du äger inte ett uns av originalitet. Ingen genuin skaparkraft. Du är bara en missnöjd ungbitch med storhetsvansinne. Har alltid varit, de enda kvalitativa förändringarna i ditt liv kommer att bestå i att du först blir en medelålders bitch, sedan en gammal.

Hon steg upp och drack äppeljuice. Åt en hårdbrödmacka med cheddar. Ställde sig framför badrumsspegeln och betraktade sin kropp. Det var samma gamla vanliga kropp, den hade varit yngre, men brösten var jämnstora, magen platt och höfterna lagom breda. Inga celluliter. Hon såg faktiskt ut som en kvinna, vore hon en karl skulle hon antagligen uppskatta vad hon såg.

Fast nu hade hon ju förskrivit sig åt samma hanne för resten av livet, var det inte så? Och han tyckte bäst om att älska i mörker. Antagligen för att han inte ville att hon skulle se hans lilla magring. Så det var bara hon själv som då och då kunde komma åt att betrakta denna ännu så länge välhållna kropp. 31 år gammal. Jakob var 43. Om hon vände på tolvårsspannet skulle det betyda att hon kunde ta sig en 19-åring. En hastig pirrning drog över insidorna av låren, men mer blev det inte. Ännu inte.

Löjligt, tänkte hon. Fy fan vilka löjliga varelser vi människor är. Varför all denna tid och möda åt att begrunda oss själva och våra förmenta liv? Vår självupptagna vandring mot graven.

Jag borde bli troende, slog det henne sedan. Borde åtminstone börja intressera mig för något. Valar eller afghanska kvinnor eller andra förtryckta arter. Min make och min son? Det är väl det minsta man kan begära.

Kanske Robert också, hon visste att hon skulle få svårt att förlåta sig själv om han verkligen gick och tog livet av sig.

Men Jakob?

Hur skulle hon förmå sig?

Han hade smickrat henne från första början. Sagt att hennes manus var outstanding bland de tjugofyra insända bidragen, och polerat hennes feminina fåfänga ordenligt. Anställt henne per omgående, hon var tjugosju år men hade fallit som en bekräftelsekåt tonåring.

Det var i maj 2001, de älskade för första gången i augusti, och ungefär tio minuter innan de satte igång berättade han att han var gift och hade två femtonåriga tvillingdöttrar.

Hon föll för den sortens rättframhet också. Och när han faktiskt tog ut skilsmässa mindre än ett halvår senare, kom hennes väninna Karens dystra profetia på skam. (Dom skiljer sig aldrig! Hur i helvete kan du vara så korkad, har du aldrig läst en psykologibok i hela ditt liv? Amöbor som du borde steriliseras!) Inte förrän hon själv var gravid och deras eget giftermål stod för dörren, blev hon på det klara med att Annica, tvillingarnas mor, legat ett år före sin man när det gällde den intrikata leken att skaffa sig en ny partner. Det var inte Jakob som kom med detta avslöjande, det var Liza, den ena av de panterartade döttrarna. (Bara så du inte tror att du slog vår mor ur brädet på nåt vis. Hon gick bara och väntade på att en sån som du skulle dyka upp!)

Jakobs gamla familj hade flyttat till London ungefär samtidigt med att Kelvin kom till världen – under ledning av den nye alfahannen – och minnet av dem tycktes förblekna likt gamla fotografier i alltför starkt solljus. Det var förbannat märkligt egentligen, någonting måste ha varit allvarligt ur led, men varför rota i gamla komposter?

Huset i Gamla Enskede var svindyrt. Jakob Willnius hade dock både pengar, position och programansvar; var en sorts gullgosse i den nya tidens avpersonifierade, totaldigitala TV-hus och hade överlevt två beryktade kvinnliga chefer på ett sätt som ingen av man avlad man gått iland med. (Ja, han har nånting väldigt speciellt, det håller jag med om, hade Karen erkänt, men om det är på gott i det långa loppet, vill jag låta vara osagt.) Han har fått en tolv år yngre hustru, tänkte Kristina i sina krassa stunder. Jag är hans vinstlott i livet och han kommer aldrig att lämna mig frivilligt så länge jag går med på att knulla två gånger i veckan. Om jag dör av svält en vacker dag, är det mitt eget fel.

Men det obevekligt gnagande vardagsmissnöjet hade tilltagit de senaste månaderna, det gick inte att förneka. Behovet av att... ja, vad då? tänkte hon och lämnade badrummet. Straffa honom? Löjligt igen, vad i all världen skulle hon vinna på att *straffa* Jakob? Vad var det för lömska ord som lånade sig åt hennes tankar?

Men tanke och känsla vägrade samsas. Högg varandra i

strupen, det var här det låg, det visste hon. Problemet. Just precis här.

Jag är primitiv, tänkte hon när hon på nytt kröp ner i dubbelsängen på betryggande avstånd från honom. Men det är bra att jag förstår mina bevekelsegrunder. Och livet är faktiskt inte mer än det här. Bonjour tristesse.

Så vad tusan ska jag göra då? tänkte hon sedan. Eller snarare: Vad skulle jag *vilja* göra?

Vad är det med mitt liv som plötsligt blivit mig mer eller mindre outhärdligt?

Men innan hon hunnit börja räta ut dessa sega frågetecken, hade sömnen äntligen tagit henne i besittning. Hög tid, det var förmodligen mindre än tre timmar kvar tills Kelvin skulle börja göra anspråk på henne. På sitt stillsamma vis.

När skandalen inte var mer än dagsgammal hade hennes mor ringt upp och frågat om Jakob möjligen hade haft ett finger med i spelet när Robert blev uttagen till *det där programmet.*

Kristina hade avfärdat tanken som absurd, men kunde ändå inte låta bli att fråga honom samma kväll.

Då hade han för ovanlighetens skull visat tecken på någonting som kunde påminna om ilska. "Kristina, vad är det för insinuation? Du vet fan så mycket bättre. Och du vet vad jag tycker om Lindmanner och Krantze."

"Förlåt, det var min mor som undrade. De verkar rätt skakade därhemma, faktiskt."

"Tror jag det", hade Jakob konstaterat. "Ärligt talat tycker jag att det var bra att det hände. Dom får rätt svårt att motivera liknande satsningar i framtiden."

"Så du menar att Roberts insats kan innebära någonting gott på sikt?"

"Varför inte? Om folk vill ha mer av samma sort behöver dom ju bara klättra ner ett par steg på skalan och titta på porrkanalerna. Eller hur?"

Det hade han förstås rätt i. Men själva skalan irriterade henne. Grovt sett kunde man – ovanför porrfilmerna – tala om tre kvalitetsnivåer i produktionsindustrin för teveunderhållning. Längst ner fanns dokusåporna med Fucking Island som ett slags All Time Low. I mitten fanns serierna och frågesporterna. Sofforna, debatterna och den förmenta samhällsanalysen. Men högst upp tronade gamla Drama – som visserligen inte fanns längre eller åtminstone hette någonting annat sedan flera år och som väl egentligen vilade rätt mycket på lagrar från sjuttio- och åttiotalet – det var här Jakob huserade och bar det finaste av ansvar. Inte ens tittarsiffror togs riktigt på allvar här. Bara kvalitet och internationella priser.

Hursomhelst, även om skalorna kunde diskuteras och modifieras från tid till annan, rådde det inget tvivel om att Robert Hermansson, hennes bror, befann sig på botten av botten. Förhoppningsvis en kortvarig berömmelse, men två miljoner tittare var ändå fler än vad Jakob Willnius uppnått på sina senaste sex produktioner.

En ny sista-film av enslingen på Fårö oräknad. Det var ingenting att hymla om och the show must go on.

Under mammaledigheten hade hon varit säker på att hon inte skulle återvända till Fabriken, men när det kom till kritan hade hon stått utan valmöjligheter. Ett år till, hade hon tänkt, jag ger det ett år till.

Året hade gått ut den första november. Nu var det snart jul och hon kläckte fortfarande idéer och skrev manus till den möjliga fortsättningen av en utskälld dramaserie om en statsminister och en nation i kris. Plus en del annat av ungefärligen samma kaliber. Från den 20 januari hade de två veckor inbokade på Maldiverna; okej då, hade hon tänkt och kompromissat, fram till dess, sedan är det nog. I februari måste det bli någonting nytt.

"Du kör för fort", sa Jakob. "Vi har väl inte bråttom på något vis?"

Hon saktade ner till 100. "Vill du stanna och käka?"

Han kastade en blick på Kelvin. "Är det inte bättre att vänta tills vår kronprins vaknar?"

"Allright. Vad sitter du och tänker på?"

Han dröjde några sekunder med svaret. "Din familj, faktiskt. Du skulle kunna skriva ett manus om dem."

"Dra åt..."

"Nej, jag menar allvar. En sorts kritisk dokusåpadokumentär, det finns ju flera gjorda i USA, men ingen har gjort det här hemma. Om vad som händer i en familj när det händer... "

"Lägg av, Jakob. Om du nämner ett ord till om saken, kör jag in i första bästa bergvägg."

Han lade sin hand på hennes arm ett ögonblick och tycktes fundera. "Förlåt", sa han efter en stund. "Men jag menar bara att ni är en intressant samling människor... kanske typisk också."

"Typisk för vad då?" frågade hon.

"För vår tid", sa han. Hon väntade på en fortsättning men där kom ingen. Istället bläddrade han vidare i Aftonbladet. En intressant samling människor? tänkte hon. Ja, det kunde han sitta och säga. Enda barnet i ett överklasshem i Stocksund. Föräldrarna hade dött i cancer, olika sorters och på olika ställen i kroppen, men med mindre än tio månaders mellanrum. Det var för sju år sedan. Jakobs levande stamtavla gick bara uppåt och omfattade honom själv och de bortbleknande tvillingarna i Hampstead. Samt Kelvin. En gammal farbror hade legat döende i Gilleleje i Danmark det senaste decenniet och skulle lämna ifrån sig ett ansenligt arv när det väl bar hädan. Jo, det fanns skäl att fråga sig vad han lade in i ordet *typisk*. Och *vår tid*.

"Du har så rätt", sa hon. "Vi har förmodligen ett hyfsat stort underhållningsvärde när man tänker närmare på saken."

Den här gången valde han att uppfatta undertexten. "Du tycker ju inte om någon av dem", kontrade han. "Jag förstår inte varför du måste försvara dem så envetet inför mig. Jag tycker det är lite barnsligt."

"Det är inte alldeles enkelt att bara amputera de kroppsdelar man inte gillar", förklarade hon tålmodigt. "Även om Jesus från Nasaret påstår att man ska göra det. För övrigt har jag aldrig haft något emot Robert... inte fram till det här i varje fall."

Han gjorde en ny tankepaus. Vek ihop tidningen och betraktade henne från sidan.

"Du har varit förbannad på mig i flera dagar nu. Kan du inte kläcka ur dig vad det är frågan om och ge mig en ärlig chans?"

Men innan hon hann svara vaknade Kelvin med en hickning och en snyftning och det blev inte mera sagt i ärendet.

5

TV-programmet "Fångarna på Koh Fuk" hade uttänkts av två projektanställda kreatörer i sina bästa år – Torsten "Bengalen" Lindmanner och Rickard Krantze – och det var ett av landets dokusåpainriktade produktionsbolag som genomförde eländet. Den bärande idén, i den mån det gick att använda ett sådant begrepp i sammanhanget, var antagligen att löpa linan ut. Att under ett antal höstveckor sända en radda förnedringsdokusåpor, som var så genomskinligt usla att man inte ens behövde simulera någon sorts anständighet. Eller något ädlare syfte än att visa upp människor från deras snuskigaste, mest berusade och naknaste sida.

Utgångspunkten var enkel. En ö. Två grupper – eller lag – det ena manligt, det andra kvinnligt. Någon, eller möjligen ett par stycken, skulle vinna en helvetes massa pengar. Till en början, under de två-tre första programmen skulle lagen hållas separerade, men bara till den grad att den världsvane tevetittaren kunde ana att ett och annat övertramp förekom. Vad det gällde – vad hela den satans shebangen gick ut på att göra, som Krantze uttryckte det vid den första och enda presskonferensen före avresan i september – var att utföra ett mycket speciellt uppdrag, men detta uppdrags art och innehåll hölls inledningsvis hemligt för såväl de inblandade som för tevetittarna.

De fem kvinnorna var alla vackra och mellan 25 och 35 år gamla. Deras gemensamma nämnare var att de var ensamstående, heterosexuella, samt att de alla någon gång i sitt liv vunnit något slags skönhetstävling. Minst Lucia på regional- eller storstadsnivå. Ön hette Koh Fuk, en dryg timme med långsvansbåt från Thrang i södra Thailand. Kvinnornas första uppgift på ön var att under tio dagar skaffa sig en så snygg och heltäckande solbränna som möjligt; filmbilder av deras intensiva solande i bar hud, silikon och stringtrosor översändes dagligen till herrlägret, som också innehöll fem singlar i åldrar mellan 26 och 38. Dessa herrar röstade varje kväll om den bästa brännan, och satte poäng på sju andra kvinnliga variabler efter ett system som utarbetats av Lindmanner och Krantze i samråd med expertisen på en större s.k. boulevardtidning. Under dagarna sysslade herrarna med olika kraftgrenar, såsom repklättring, längdhopp, handstående och armbrytning, allt utfört i de enklaste av klädesplagg: solbrillor och kulört penisfodral. Sedan fick damerna varje kväll, i sällskap av solnedgången och ett par glas champagne, sätta poäng på och kommentera herrarnas bedrifter utifrån ett motsvarande variabelsystem.

Det manliga laget bestod av – eller var i varje fall tänkt att bestå av – en handfull firade, garanterat heterosexuella, idrottsstjärnor. De deltagare som slutligen togs ut av produktionsledningen hade väl en smula mindre lyskraft än vad kreatörerna hoppats på, men what the heck? menade Krantze på den redan omnämnda presskonferensen. Life is a meatball.

De fem var: en ishockeyspelare med sexton landskamper i Tre Kronor och en halv säsong i NHL, en brottare med ett EM-brons och två SM-guld, en skidåkare med fyra SM-medaljer i stafett och en tredjeplats i Vasaloppet, en roddare med en olympisk final och ett EM-brons, samt Robert Hermansson, hinderlöpare med två fjärdeplatser i två på varandra följande finnkamper.

Den sistnämnde, Robert Hermansson, var utan tvekan den minst meriterade i ett ganska omeriterat gäng, och bereddes plats i sista minuten som substitut för en mycket berömd fotbollsspelare, som olyckligtvis gått och fått flickvän och kalla fötter bara veckorna före den gemensamma avfärden till Koh Fuk i slutet av september.

Efter en dryg vecka (och i program nummer 3) sammanfördes de lättklädda och vackert solbrända hannarna och honorna planenligt till en strandfest, där alkoholen flödade alldeles dionysiskt, men där också en del nya tävlingsmoment vidtog: dragkamp, kärringbärning, brottning och bockhoppning. En för såväl deltagare som tevetittare okänd krydda (men inte för kvällstidningsreportrarna) var också att drinkarna spetsats med en mild dos amfetamin för att förhöja lustarna. Efter tävlandet och festandet fick deltagarna tillåtelse att under två timmar fritt umgås med varandra på stranden i skydd av mörkret. Med hjälp av infraröd filmteknik kunde inte mindre än två rejäla samlag härvid registreras och komma tittarna till fromma. Vilka de faktiska aktörerna var, var dock inte möjligt att urskilja, något som lämnade fältet fritt för trevliga spekulationer. Redan här – i det tredje programmet – var tittarsiffran uppe i över miljonen: 1 223 650, en icke oväsentlig siffra, eftersom den i kronor uttryckt utgjorde första delen av den utlovade prissumman.

I program nummer 4 skulle två saker avslöjas: dels den totala prissumman (1 223 650 plus denna kvälls tittarantal, vilket kom att uppgå till storslagna 1 880 112, sammanlagt en bra bit över tre miljoner kronor, således), dels själva syftet och målsättningen med "Fångarna på Koh Fuk". Och det var i och med detta senare avslöjande som Lindmanner-Krantzes verkligt kreativa storhet kom i dagen.

Det gällde att befrukta varandra. Helt enkelt.

Av någon anledning blev kvällstidningarna redan från början förtjusta i Koh Fuk – eller Fucking Island som det nästan omgående döptes om till – och sände ner var sin permanent reporter med fotograf (med infraröda möjligheter) efter det första programmet. Kanske berodde intresset på en halvt bekräftad historia om att två av de kvinnliga skönhetsdrottningarna båda, men under olika perioder, hade sällskapat med en rikskänd bankrånare, vilket ansågs skapa goda synergieffekter; kanske berodde det på att höstens övriga dokusåpor visade sig vara skäligen mediokra anrättningar med skåpmatskonflikter och flata, blott halvnakna förutsägbarheter – eller kanske berodde det på annat. I alla händelser stod det snart klart att Fucking Island var höstens stora tevesucché.

Och att själva knorren på grisen var genial var de flesta bedömare rörande ense om. Att avla ett barn.

Få en och en halv miljon för besväret dessutom. Tre om man valde att hänga ihop och bilda familj. Från kvinnornas synvinkel gällde det att bli den första som fick en graviditet bekräftad av det medföljande läkarteamet. Från mannens sida: att vara den som befruktat sagda kvinnas ägg och få detta bevisat medelst DNA-analys av fostervattenprov.

Inga fler dragkamper. Inget mer handstående och kärringbärande. Bara måttligt solande.

Istället: lättja och bad och sprit och fritt kopulerande var helst och när helst tillfälle bjöds.

Och en kameraövervakning av sällan skådad omfattning.

Och intervjuer. Och lögner. Och sammanbrott. Och psykologisk rådgivning och smutskastning och mera sprit.

Insändarstormar. Moralisk upprustning. Tre olika ministrar som tog avstånd i tre olika morgonprogram.

Och nära nog två miljoner tittare under program 5, där det var för tidigt att konstatera någon graviditet (naturligtvis och ett genidrag i det intelligenta fördröjandets konst) – men där alla de fem männen och de fem kvinnorna var spelbara på Oddset. Både Individuellt och som Veckans Dubbel.

Av kvinnorna gav en storbystad, silikonerad på inte mindre än fjorton ställen, brunögd skånska, som filmats tillsammans med två av männen, möjligen tre, lägst odds – runt 2,40 – medan den mycket virile roddaren var favorittippad bland herrarna till drygt 3 gånger pengarna. Robert Hermansson pendlade mellan 15 och 25 och var egentligen aldrig i närheten av den näst minst spelade mannen, som var skidåkaren och som mestadels höll sig mellan 8 och 12.

Efter det sjätte programmet, som sändes den 5 november, gav en Dubbel på Robert och en avgjort aggressiv, halvnaken Luciadrottning från Grums hela 158 gånger insatsen efter en rungande örfil och ett kraftfullt uttalande från den senare, innebärande att om Robert så mycket som kom i närheten av henne skulle hon bita pungkulorna av honom.

Och det var alltså i det följande, näst sista, programmet (1 980 457 tittare), som det kunde konstateras att någon lyckats göra Miss Hälsingland 1995 på smällen till ett odds av 4,82. Och det var i samma program som den f.d. hinderlöparen Robert Hermansson avslöjades i sin berusade och frustrerade ömklighet, där han med kraftiga tag och ylande mot månen onanerade i vattenbrynet. En tevekrönikör i en Norrlandstidning skrev att det var en bildmässig milstolpe.

Runk-Robert fick nästan lika stora rubriker som Miss Hälsingland, men i det sista programmet (2 011 775) – där ishockeyspelaren något överraskande (singelodds: 6,60, dubbelodds 21,33) avslöjades som den lycklige avelshingsten och barnafadern – deltog han överhuvudtaget inte. Han hade lämnat Fucking Island och befann sig i kristerapi på ett vilohem på hemlig ort i konungariket Sverige.

Robert drog ner kepsen i pannan och satte på sig de gultonade glasögonen innan han gick in på bensinstationen och betalade. Köpte kaffe och cigarretter också; insåg plötsligt att det inte skulle vara möjligt att stå ut med vare sig sin far eller sin storasyster utan en konstant och hög dos nikotin i ådrorna.

Klockan var kvart över fyra. Det var måndagen den 19 december och mindre än en och en halv timmes körning kvar till Kymlinge. Han gick fyra vida varv runt bensinstationsområdet bara för att få tiden att gå. Rökte två cigarretter. Han hade lovat att komma senast klockan sju. Fanns ingen anledning att anlända redan vid sex eller halv sju. När han kröp in i bilen kändes det fortfarande som i tidigaste laget, fast kanske kunde han unna sig ett stopp till? Varför inte? Köpa en Loka citron och ett tuggummi på en ny mack och bli av med tio minuter.

Han körde ut på vägen och försökte frammana den illusoriska bilden av Jeanette Andersson, som kanske skulle bli hans räddare i nöden, men det var svårt att få riktig fason på henne. Fast tanken på att hon gått och åtrått honom redan som tonåring kändes tilltalande, alltmer tilltalande ju mer han sög på den. Femton-tjugo års återhållen och uppdämd sexuell längtan, vilka kärlekens blomster kunde inte spira ur en sådan mylla?

Men det var svårt också att hålla henne kvar i tankarna; han hade inte kört mer än tio-femton minuter, när han istället drabbades av någonting dittills okänt. Ett skavande, och samtidigt förlamande obehag, så starkt och så obönhörligt att han måste köra in på en parkeringsplats, kliva ur bilen igen och tända ytterligare en cigarrett.

Han såg sig omkring. Det var en högst ordinär parkeringsplats och inga andra bilar hade stannat i det gråkalla, ogästvänliga eftermiddagsmörker som rådde. Asfalten var blank och snöfri. Inte halt, ett par grader över noll antagligen. Tät granskog på båda sidor av vägen; trafiken var gles, en bil i minuten åt varje håll ungefär, vinden svag och nordlig om han bedömde väderstrecken rätt.

Men det var inte yttervärlden som trängde sig på. Den känsla som långsamt sköt upp inuti honom var samtidigt välbekant och oerhört främmande. Den kom nerifrån en punkt mittemellan magen och bröstkorgen, solarplexus kanske, den växte långsamt, till övervägande delen uppåt, tycktes det honom, och den lade allt i sin väg i aska. En inre ökenbrand, eller kallbrand, som inte gick att bekämpa, bara invänta och acceptera.

Jag kommer att dö, tänkte Robert. Här och nu på denna mörknande parkeringsplats kommer jag äntligen att dö. Det går inte att hejda, jag behöver inte ens kliva ut på vägen framför en bil. Jag har haft dödens grodd i mig länge, den har legat där och grott och grott och bidat sin tid och nu är det dags. Jag kan inte röra mig. Jag kan verkligen inte röra mig, allt är obevekligt, det här är vägs ände, det blev aldrig någon roman från min hand. Ingen människa kommer någonsin att få läsa *Människa utan hund*.

Han försökte föra cigarretten till munnen, men handen lydde inte. Han försökte sära på fingrarna och släppa cigarretten till marken, men inte minsta darrning förrådde att hjärnans signal gått fram. Han försökte vrida på huvudet och betrakta bilen istället för den mörka skogen och den oroliga himlen, men ingenting hände.

Absolut ingenting.

Inte förrän cigarretten, nästan utan att han märkte det, gled mellan fingrarna och landade en decimeter framför hans högra fot. Låg där och pyrde sakta innan den slocknade, han såg det i utkanten av sitt synfält utan att behöva sänka blicken.

Herregud, tänkte Robert Hermansson. Är jag redan död? Dör jag just nu? Lämnar jag... lämnar jag i detta ögonblick min kropp och förvandlas till någonting annat?

Men allting föreföll helt och odelbart. Värken i bröstet molade, hans andning kom i små, korta stötar, vinden var fortsatt svag och nordlig och kändes dödligt kall mot hans fuktiga panna, ljuset från ett fordon började lysa honom i ögonen, kom närmare, passerade och försvann. Ljus och ljud. Ljus och ljud.

Ett okänt antal fordon for förbi på detta vis under ett okänt antal minuter, ett okänt antal händelser inträffade eller inträffade inte i världen; därefter föll han.

Snett framåt i nordostlig riktning med händerna utefter sidorna; just innan han landade lyckades han åstadkomma en vridrörelse och tog emot sig med höger skuldra. Blev liggande på höger sida med utsträckta armar och ben och kände ingen smärta, bara hur underkäken började darra. Försökte knyta händerna utan att lyckas, försökte få käken att stilla sig innan han gav upp och förlorade medvetandet.

En kort dröm gled in mellan två av ribborna i hans sömngaller. Han var bara ett barn, fyra eller fem år gammal, han stod inför sin far och han hade kissat på sig.

"Du gjorde det med vilje", sa fadern.

"Nej", svarade han. "Jag gjorde det inte med vilje. Det bara kom."

66

"Jodå", sa fadern. "Jag känner dig, du gjorde det med vilje. Du kunde ha gått på toaletten, men du ville plåga din mor genom att tvinga henne att tvätta dina pissiga kläder."

"Nej, nej", försäkrade han med gråten i halsen. "Det är inte alls så. Det bara kom, jag kan tvätta mina pissiga kläder själv."

Fadern knöt händerna i vredesmod.

"Du ljuger också", sa han. "Du pissar i byxorna med vilje, du sliter ut din egen mor och du ljuger. Varför tror du egentligen vi har satt dig till världen?"

"Jag vet inte, jag vet inte", ropade han förtvivlat. "Jag kan inte rå för det, det är inte alls som far säger, jag älskar er alla, låt mig få leva så skall ni få se."

Men hans far drog ut en låda ur det stora skrivbordet som han satt bakom och plockade upp någonting. Det var hans syster Kristinas huvud. Det var blodigt och hemskt och skilt från kroppen, fadern höll det i håret med utsträckt arm, det dinglade från höger till vänster, från vänster till höger över skrivbordet. Kristina såg så övergivet ledsen ut, och till slut kastade han iväg huvudet rakt mot Robert, som just var i färd med att pissa i byxorna en gång till, och precis som han skulle ta emot sin älskade lillasysters huvud, i samma sekund som han sträckte fram händerna mot det som en handbollsmålvakt som försöker rädda ett välriktat skott, men innan han hann nudda med fingertopparna vid hennes rödbruna hår, så vaknade han.

Han kom hastigt på fötter. Tog tre steg ut mot skogskanten, knäppte upp gylfen och pinkade.

När han på nytt kröp in i bilen, frös han så han skakade och det var med knapp nöd han lyckades vrida om tändningsnyckeln och starta.

"Nej, nej", sa Ebba Hermansson Grundt, "vi väntar med ljudboken. Nu måste vi faktiskt få en utförlig rapport från Henrik. Den första universitetsterminen är alltid en milstolpe i den personliga utvecklingen, vare sig man vill det eller inte."

Leif Grundt suckade och stängde av CD-spelaren. För egen del hade han slutat sin personliga utveckling efter en tvåårig gymnasieutbildning på handelslinjen. Naturligtvis var han intresserad av hur det gick för äldste sonen i Uppsala, han var en god fader efter förmåga och själv uppväxt i universitetsstaden – i Salabacke, på behörigt avstånd från den akademiska gärdesgården – men ändå. Henrik var Ebbas territorium, det var en inmutning som antagligen vunnit laga kraft redan i moderlivet och på den vägen var det. I synnerhet numera, med studier i juridik, boende i korridor, deltagande i nationslivet, gasker och herrmiddagar och eftermiddagspunsch och jerum och allt vad det hette.

Nåja, tänkte Leif Grundt, det kanske blir folk av honom i alla fall.

"Det har gått bra", sa Henrik Grundt.

"Bra?" sa mamma Ebba. "Nu får du vara så god och utveckla lite. Ni har hela terminstentan i januari, alltså? Tänk att dom måste köra höstterminen över jul och nyår, det gjorde vi inte på min tid. En liten dugga kanske, men 20 poäng? Nåja, du har ju tre pluggveckor på dig, trots allt. Eller hur?"

"Det är lugnt", sa Henrik. "Vi är en grupp på fyra stycken som pluggat ihop hela hösten. Vi kör igång den andra januari och råläser i tio dagar."

"Men du har väl med dig böckerna hem?" undrade Ebba med antydan till moderlig oro och omsorg i rösten.

"Ett par stycken", sa Henrik. "Ni behöver inte vara oroliga

68

för den sakens skull."

Leif Grundt började köra om en smutsgul, tysk långtradare, och eftersom Ebba Hermansson Grundt aldrig pratade under en omkörning, blev det tyst i bilen i tio sekunder. Kristoffer kastade en hastig blick på sin bror i baksätet. *För den sakens skull?* tänkte han. Var det bara som han inbillade sig eller fanns det en undermening i det som Henrik just sagt? Att det faktiskt fanns någonting att oroa sig för? Någonting annat?

Han kunde inte tro det. Super-Henrik hade överhuvudtaget aldrig oroat sina föräldrar. Han lyckades med vad han än företog sig; det gällde skolan, det gällde idrottsprestationer och pianospel och Trivial Pursuit och flugfiske, det gällde allt. Det hade alltid varit så. En gång när Henrik var elva år och blev distriktsmästare i "Vi i femman" hade pappa Leif sagt att Henrik bara hade ett problem i livet, och det var att bestämma sig för om han skulle bli nobelpristagare eller statsminister. Mamma Ebba hade omedelbart förklarat att Henrik utan problem skulle hinna med bägge delarna – och Kristoffer, som bara var sex vid tillfället, hade gått in på sitt rum och surat eftersom storebror som vanligt skulle roffa åt sig allt berömmet och bägge godbitarna. Statsmister och nobeltagare. Jävla piss-Henrik, hade han tänkt, jag ska bli kung och då ska du få se. Du ska få äta råa grönsaker i hela ditt liv tills du storkar.

Men nu skulle det alltså – möjligen, om han förmått tolka den där lilla dissonansen i broderns röst rätt – finnas anledning till oro?

From förhoppning, tänkte Kristoffer Syndaren och glodde dystert på den saltstänkta långtradaren som långsamt gled förbi utanför sidorutan. Nej, sånt händer inte i våran familj.

"Och den här flickan, då?" frågade Ebba och började fila naglarna, en sysselsättning som hon bara hade tid med när hon åkte bil utan att själv köra, och därför heller aldrig försummade. "Ni är väl rädda om varandra?"

Det betyder att dom ska använda kondom, översatte Kristoffer tyst för sig själv. "Ja", svarade Henrik. "Vi är rädda om varandra."

"Jenny?" sa Ebba.

"Jenny, ja."

"Medicinare från Karlskoga?"

"Ja."

"Är hon med i nationskören också?"

"Ja, fast vi är inte i samma. Det har jag väl redan berättat."

Det blev tyst några sekunder igen. Tamejfan, tänkte Kristoffer. Det är nånting.

"Du verkar lite trött", bröt sig pappa Leif in i samtalet. "Ja, det är väl ett jävla pluggande och festande, kan jag förstå?"

"Leif", sa mamma Ebba.

"Sorry, sorry", sa Leif Grundt och lade sig i läge för nästa omkörning. "Men han verkar lite slö, tycker inte ni andra det också? Inte i klass med Krille och mig förstås, men ändå?"

Kristoffer log ett invärtes leende och tänkte att han älskade sin pappa, konsumföreståndaren. "Hur långt har vi kvar?" frågade han.

"Om gud och mamma vill är vi framme till kvällsmjölkningen", konstaterade Leif Grundt och fick ett uttryckslöst ögonkast från sin hustru.

"Tack och lov att vi ska bo på hotellet", sa Kristina när de svängt av från stora vägen och fått Gahns industrier och

70

kyrkan i blickfånget. "Då kan jag inbilla mig att jag inte hör hemma här."

Det var en tanke hon aldrig skulle ha klätt i ord om hon inte varit så trött, det visste hon. När hon var trött kunde tyvärr nästan vad som helst hoppa ut ur munnen på henne, och även om det förvisso stämde att hon avskydde allt slags samröre med barndomsstaden i modern tid, så var det onödigt att hälla vatten på Jakobs kvarn. Mycket onödigt.

"Har aldrig förstått idén med småstäder överhuvudtaget", deklarerade han nu. "Dom är någon sorts felande länkar mellan landsbygden och riktiga städer, är det inte så?" Han tecknade med handen mot en räcka radhus som de just körde förbi. En familjesatsning från tidigt 70-tal i fuktskadat mexitegel och med adventsljusstakar i åtta av tio fönster och sydostasiatiska kombismåbilar på sju uppfarter. "Gud måste ha varit bakis när han skapade det här."

"Det finns de som anser att Stockholm inte heller är världens medelpunkt", sa Kristina. Hon stoppade nappen i munnen på Kelvin, som omedelbart spottade ut den. "Skönt att vara framme i alla fall. Vi checkar in och tar en dusch som vi sa, eller hur?"

"Gärna för mig, om vi hinner."

"Klockan är bara kvart i sex. Det räcker om vi är där runt sju."

"Din vilja är min lag", sa Jakob och stannade för rött ljus. "Har du sett på fan, inte visste jag att dom hade trafikljus också. Det tar sig."

Håll käften, din lönnfeta Östermalmsfjant, tänkte Kristina, men trots att tröttheten hängde som ett blylod i henne kom inte ett ord över hennes läppar.

"Kuck", sa Kelvin oväntat.

6

Rosemarie Wunderlich Hermansson lade sista handen vid skaldjurspajerna, sköt in dem i ugnen och rätade försiktigt på ryggen. Klockan var sex på måndagskvällen, ännu hade inga barn eller barnbarn dykt upp, men inom en timme skulle huset vara fullt. Ebba hade ringt strax efter fem och meddelat att de skulle bli lite sena, men före sju förstås, lilla mamma, inget problem. Kristina hade hört av sig för fem minuter sedan och sagt att man var framme i Kymlinge och hade checkat in på hotellet. Man skulle bara duscha av resdammet och byta blöjor på lille Kelvin.

Robert hade inte ringt.

Småvarmt, öl och en liten nubbe stod på programmet. Julmust åt pojkarna. Kanske var Henrik stor nog att få öl, han också, han gick ju på universitetet. Men absolut ingen nubbe. På den punkten var Rosemarie och Karl-Erik av samma mening.

Annars var de oense om det mesta. Visserligen hade de nästan inte talat med varandra på hela dagen, men det kändes så. Ända in i ryggmärgen kände hon det. Efter fyrtio års äktenskap behövs inte orden längre, det var en gammal god sanning. Låg liksom i sakens natur – i den mån hon fortfarande ägde något slags makt över sin make, lät sig denna makt bäst utövas i form av stumma blickar och talande tystnader. Om hon försökte sig på att använda språket som vapen, kom hon alltid till korta, det hade hon lärt sig tidigt. Karl-Erik ägde ett ordförråd som vida översteg antalet molekyler i universum, men föralldel, han var inte oäven när det gällde tystnadens piruetter, han heller – och vem som egentligen, i det långa loppet, skulle komma att avgå med flest segrar, kunde nog vara hugget som stucket.

Fast kanske var det som Vera Ragnebjörk sagt någon gång: det förekom dueller med två förlorare också. Kanske var de den vanligaste sorten. Långa, utdragna dueller, som var så trista och så vardagliga till sin natur att man nästan inte lade märke till att de pågick.

Hon hade unnat sig en halvtimmes tupplur mitt på eftermiddagen, och under denna välförtjänta vila hade hon på nytt drömt att en av dem måste dö. De hade befunnit sig på en ö, omgiven av smaragdgrönt vatten – antagligen var det Roberts fördömda Koh Fuk som spökade – och det gällde att överleva. Han eller hon. Karl-Erik eller Rosemarie. Det närmade sig någon sorts kraftmätning, ett avgörande slag i ett gammalt krig med högst oklara förutsättningar och regler – och med helt andra vapen än tystnader och blickar – men ännu var allt bara förberedelser, hon hade vaknat långt innan det var dags att sätta in den första stöten eller parera den andres utfall.

Men tanken hölls vid liv hos henne, således. Svävade som en manetartad, diffus plasma i det halvt genomskinliga skiktet mellan det förnimbara och det icke förnimbara i hennes medvetandes hav.

Va? tänkte hon förvirrat. Var det jag som tänkte det där?

Hemlagade köttbullar. Rökt lax. En urtråkig grönsallad med färdigköpt, fransk dressing. Två pajer. En stor Jansson. Ägghalvor med röd och svart ishavsrom.

Gud, så fantasilöst, konstaterade hon och överblickade läget. Men det fyllde upp köksbordet åtminstone, i synnerhet när hon ställde dit brödet och den stora cheddarn också. Men det var Karl-Eriks linje som gällde. Både för måndagskvällen och för tisdagen. Det var han som fyllde 65 år, inte hon. Ingen dukning vid matsalsbordet ikväll, det skulle sparas till morgondagens stora sittning. Det småvarma kunde man med fördel peta i sig i fåtöljer och soffor i vardagsrummet. Lite informellt och familjärt. Trevligt småprat om stort och smått. Åren som gått. Höstens vedermödor. Men inget tevetuggande, gud förbjude. Livet som liv betraktat. Karl-Erik kunde beröra sin nu avslutade pedagogiska gärning medelst belysande och humoristiska anekdoter. Ellinor Bengtssons specialarbete om rödbetor från 1974. Branden i kyrkan under luciafirandet 1969, då en av tärnorna blivit flintskallig som en svedjeåker. Adjunkt Nilssons bilaffärer, herregud, hon hoppades att han åtminstone skulle avhålla sig från adjunkt Nilsson. Liksom studierektor Grunderins pinsamheter i samband med kärnkraftsomröstningen 1980.

Och medan hon stod där och lät blicken vandra mellan den sorgliga salladen och det dystra mörkret utanför köksfönstret, dök Robert på nytt upp i hennes huvud som ett ännu mörkare moln, och hon önskade plötsligt att allt det här, hela hennes liv, bara hade varit en gammal engelsk herrskapsfilm, där hon utan vidare kunde gå upp och lägga sig i sin säng, förebärande migrän eller någon annan passande opasslighet, och sedan stanna kvar där så länge hon hade lust.

Eller att hon kunde rymma till sin syster i Argentina och gömma sig där för tid och evighet. Men hon hade inte pratat med henne på mer än tio år. Rosemarie och Regina hade kommit till Sverige tillsammans med sina föräldrar när de var sju respektive tolv år, det var fyra år efter kriget. På vinst och förlust hade familjen lämnat ett bombhärjat Hamburg och lyckats slå rot i Sverige. Först i Malmö, sedan upp genom landet. Växjö, Jönköping, Örebro. Men Regina hade aldrig funnit sig till rätta; hade lämnat både hemmet och landet innan hon fyllde arton och på den vägen var det. När mamma Bärbel dog 1980 hade de setts på begravningen, när det var dags för pappa Heinrich två år senare hade hon inte kommit.

Men hon bodde i Buenos Aires sedan ett decennium, det kom julkort varje år. Inte födelsedagsgratulationer, bara julkort.

Buenos Aires, tänkte Rosemarie Wunderlich Hermansson. Kunde man tänka sig något avlägsnare? Kunde man föreställa sig ett bättre gömställe?

Hon märkte att hon i själva verket höll på att trampa i samma spår som Karl-Erik plöjt upp i Spaniens röda jord, och muttrade ilsket åt sina egna tankar.

Märkte också att hon muttrade på tyska. Det var väl tankarna på släkten som spökade, förstås. Hon hade aldrig utbildat sig till tysklärare; det var Karl-Erik som föreslagit att hon skulle prova, när det blev en vakans i mitten av åttiotalet och skolledningen inte lyckats hitta någon intresserad behörig. När hon nu ändå hade språket sedan barnsben.

På den vägen var det också.

Fast inte längre, erinrade hon sig. Vägs ände var nådd sedan tre dagar tillbaka. Vad var det hon hade tänkt på för bara en liten stund sedan? Någonting viktigt, eller kanske var det bara...?

Karl-Erik kom in i köket och inspekterade.

"Ser bra ut", kostade han på sig. "Var tänker du ställa pilsnern?"

"Köksbänken", sa hon. "Men de ska väl vara kalla, antar jag? Så jag har inte tagit fram dem än."

"Naturligtvis. Jag ville bara veta var de ska stå."

"Jaså", svarade hon. "Ja, då så."

"Just det ja, som sagt", instämde hennes 64 år och 364 dagar gamle make och gick ut i badrummet för knyta slipsen.

Ebba anlände först. Med sin konsumföreståndare och sina tonårspojkar. Rosemarie kände en plötslig förlägenhet vid hälsningsritualen, pojkarna föreföll så mycket vuxnare än hon trott. Men eftersom hon kramade om Ebba, kramade hon också om Kristoffer, som verkade blygare och mer försagd än någonsin, och till slut också Henrik och Leif. Henrik hade vuxit om sin far, måste vara över en och nittio, hon hade inte sett familjen på vad kunde det vara? Ett och ett halvt år? Henrik hade sin mors och Karl-Eriks ögon och näsa, Rosemarie insåg under en svindlande sekund att han såg ut nästan precis som Karl-Erik gjort när hon träffade honom första gången på skoldansen på Karro för snart ett halvt sekel sedan. En repris på Karl-Erik Hermansson? Herregud. Det var en på många sätt förfärande tanke, men till all lycka blev det inte tid att fördjupa sig i den. Karl-Erik den förste stod inne i vardagsrummet och tog emot i sin tur; inga kramar här, bara fasta, hederliga handslag, medan han värderande granskade var och en av medlemmarna i den Hermansson-Grundtska familjen. På armlängds avstånd, eftersom han var för fåfäng för att bära glasögon när det egentligen inte behövdes – och med sitt vanliga sammanbitna leende. När han kom till Kristoffer kunde Rosemarie se att han var nära att brista ut i ett "Räta på ryggen, pojke!" – men han höll inne med det; allt har sin tid, även den pedagogiska frånvaron.

"Så var det med den saken", deklarerade Leif Grundt outgrundligt. "Vi bär väl upp picket och packet och presenterna till övre däck, antar jag? Skönt att vara framme. Sjuttio mil är ändå sjuttio mil, som det står i Koranen."

"Var det halt?" frågade Karl-Erik.

"Nejvars", svarade Leif.

"Mycket trafik?" frågade Rosemarie.

"Javars", svarade Leif.

"Bråda dagar på kirurgen kan jag tänka mig", sa Karl-Erik.

"Gäller att delegera ansvaret", sa Ebba.

"Så sant som det var sagt", instämde Leif Grundt. "Har delegerat uppemot fyra ton grisrumpor den senaste veckan, faktiskt."

"Grisrumpor?" undrade Rosemarie eftersom hon trodde att han behövde den repliken.

"Julskinkor", sa Leif Grundt och flinade fryntligt.

"Ursäkta mig, jag måste gå på toaletten", viskade Kristoffer.

"Naturligtvis", ryckte Rosemarie in på nytt. "Upp till rummen med er nu. Det är som vanligt, jag hoppas Henrik inte vuxit ur sängen, bara."

"Det är lugnt", sa Henrik och log inbjudande mot sin mormor. "Jag är böjbar både här och där."

Åt detta skrattade åtminstone morfar Karl-Erik riktigt hjärtligt.

Kristina et consortes anlände som tvåa tio minuter senare. Lille Kelvin vände omedelbart den församlade uppmärksamheten ryggen och klamrade sig fast vid sin mammas ben. Kristina bar en ny, gul – och mycket storstadsaktig – yllekappa, men såg trött ut; Rosemarie gjorde genast en minnesanteckning om att hon borde ta ett samtal om blodbrist med henne, trots att hon visste att hon aldrig skulle – eller egentligen ville – komma till skott. Förtroliga samtal med Kristina hade upphört någon gång när flickan var i tolv-årsåldern, och kanske (reviderade Rosemarie sitt intryck), kanske var det inte riktigt trötthet det var frågan om. Ut-tråkning snarare, hon undrade om det enbart hade med återbesöket i föräldrahemmet att göra eller om det fanns djupare orsaker.

Jakob Willnius var rutinerat charmerande och bar en uls-ter som heller inte riktigt hörde hemma i Kymlinge. Med-förde en alldeles egen gåva till nypensionären också – och var noga med att betona att det inte var den riktiga presen-ten, den skulle komma under morgondagen, förstås – vad det rörde sig om nu var en flaska Otium, haha, nämligen en Single Malt Whisky vid namn Laphroaigh. Lagrad på ekfat sedan strax efter Kristi födelse. Varje droppe var renaste guld, var man lagom måttlig borde den räcka ett halvår, tog man en centiliter för mycket kunde man flyga, hehe.

För att tydligt visa hur lite han uppskattade denna hu-vudstadliga märkvärdighet, öppnade Karl-Erik omedelbart flaskan och bjöd runt; alla utom barnbarnen (varav de bägge Grundtgossarna fortfarande höll på att installera sig i sitt rum och Kelvin satt under bordet och betraktade sin högra tumme) fick sig en smutt och hummade begåvat om den karaktäristiska röksmaken – utom Rosemarie som tog fram sin vanliga replik att hon aldrig förstått sig på det där med whisky.

”Kvinnan är en gåta”, log Jakob Willnius.

”Har inte Robert kommit?” frågade Kristina.

”Nej”, sa hennes mor. ”Men han ringde igår och lovade att vara här vid sjutiden.”

”Hon är kvart över”, sa Kristina.

"Det vet jag väl", sa Rosemarie. "Nej, nu tror jag att jag behöver en stund i köket."

"Vill du ha hjälp?" frågade Ebba.

"Nejdå, tack så mycket", sa Rosemarie och hörde själv att hon lät mer avspisande än hon avsett. Var hon redan irriterad? Hade hon redan svårt att stå ut? Det vore illa om hennes barn märkte det. "Men du kan väl hämta ner pojkarna om en kvart", lade hon till i ett försonligare tonläge. "Vi kan ju inte sitta och hungra bara för Roberts skull."

"Skulle aldrig falla mig in", sa Ebba.

"Hrrm", sa Jakob Willnius. "Och nu ska det bära av till Spanien, hör jag?"

"Andalusien", preciserade Karl-Erik och gick förtroligt en decimeter närmare sin måg. "Jag vet inte om du känner till det, men det finns en oerhört rik historia i de där trakterna. Granada. Córdoba. Sevilla... Ronda inte att förglömma. Det moriska och det judiska inslaget, jag har faktiskt tänkt mig att forska en smula i all anspråkslöshet. En inventering av arvet från..."

Det ringde på dörren.

Runk-Robert hade anlänt och skaran var fulltalig.

Bröderna låg på var sin säng i det tolv kvadratmeter stora rummet. Tapeterna var mörkgröna med tunna, vertikala ränder i en något ljusare grön nyans. Där fanns en byrå med tre lådor och två identiska små lampor, där det stod "Smögen" inbränt i snirkliga bokstäver på furufoten. På dörren till den inbyggda garderoben hängde en stor almanacka från 1988 till förmån för det lokala fotbollslaget Reimer. Gröna tröjor, gröna byxor.

Kristoffer stirrade upp i taket, som var vitt, och tänkte på Linda Granberg. Henrik komponerade ett SMS på sin mobiltelefon. Ett nybryggt, stilla regn drev mot fönstret, lät som en viskning från yttre rymden eller nånting.

"Vem skriver du till?" frågade Kristoffer.

"En kompis", sa Henrik.

"Jag förstår", sa Kristoffer.

Han slöt ögonen. Det var svårt att inte tänka på Linda. Det var svårt att stå ut. Det var svårt att inte komma tillbaka till den där tanken om att få hoppa över några dagar.

Två, just nu skulle det räcka med två. Om det vore onsdag kväll istället för måndag kväll, räknade han ut, skulle han vara tillbaka i Sundsvall. Ligga i sin egen säng i sitt eget rum istället för på det här sunkiga stället. Ha Linda på lite närmare håll, hon bodde faktiskt bara några hundra meter bort från deras hus på Stockrosvägen. Han skulle kunna ringa henne och stämma träff. Varför inte? Säga att han ville ge henne en julklapp.

Ja jävlar, varför hade han inte tänkt på det tidigare? Ringa Linda, be henne komma till Birgers kiosk, ge henne en helvetes oemotståndlig julklapp, sen kunde de ta en hamburgare och en promenad och var sin cigarrett. Prata lite om livet och börja kyssas, jävlar anamma, bara han kom hem skulle det fixa sig med Linda. No doubt.

Han svor invärtes över att han varit så klantig och tappat bort sin mobil, undrade om han verkligen skulle få en ny i julklapp – fast just nu kanske han kunde låna Henriks och skicka henne ett SMS?

"Får jag låna din telefon när du är klar?"

"Mhm. Va?"

"Får jag låna din mobil?"

"Det vet du att du inte får."

"Varför då?"

"Det vet du."

"Tack. Vad ska man med fiender till när det finns bror-sor."

Inget svar.

"Jag sa: Vad ska man med brorsor till när det finns fien-der."

"Jag hörde. Fast menar du inte tvärtom?"

"Vad då tvärtom?"

"Du sa: Vad ska man med brorsor till när det finns fien-der?"

"Det sa jag inte alls."

"Det gjorde du."

"Inte."

Tystnad.

"Inte."

Tystnad.

"Inte."

"Kristoffer, ibland blir jag jävligt trött på dig. Kan du inte hålla käften, så jag får skicka iväg det här?"

"Vem skriver du till?"

Inget svar.

"Vem skriver du till? Din tjej? Vad heter hon... är det den där Jenny?"

"Ja, tänk för att det är det. Kan inte du skaffa dig en tjej, Kristoffer, så får du nånting vettigt att ägna dig åt?"

"Tack för rådet. Jag ska tänka på saken. Är hon snygg?"

"Va?"

"Är hon snygg, Jenny?"

"Jag har ingen lust att diskutera det med dig."

"Tack. Kul. Ens enda brorsa drar till universitetet och blir så stöddig att han inte längre vill prata med en."

"Lägg av, Kristoffer. Låt mig få skriva färdigt det här och håll tyst, är du snäll."

"Kan du inte SMS:a och snacka på samma gång? Det kan jag."

"Det beror på att du aldrig skriver nånting viktigt. Och aldrig säger nånting viktigt."

"Tack igen. Med såna fiender behöver man inga brorsor."

"Nu sa du det igen."

"Vad då?"

"Du vände på det."

"Det gjorde jag inte alls."

Tystnad.

"Det gjorde jag inte alls."

Tystnad.

Dom här tapeterna är dom fulaste jag någonsin sett, tänkte Kristoffer Grundt. Hela rummet förresten, till och med jag måste verka snygg innanför dom här fyra väggarna.

Kanske kunde man springa med huvudet före in i en av dem och bli medvetslös i två dagar?

Karl-Erik Hermansson hade aldrig i sitt liv brukat alkoholhaltiga drycker till övermått – men eftersom han bjudit alla de andra på Jakob Willnius medhavda skrytwhisky, var han naturligtvis tvungen att bjuda Robert också, när han dök upp vid pass tjugo minuter över sju. Det bar honom emot, det gjorde det sannerligen, men i brist på annat måste man luta sig mot skick och fason. Låtsas som om det regnade, vilket det faktiskt hade börjat göra, ett underkylt regn som skulle kunna övergå till snö om bara temperaturen sjönk en eller annan grad – låtsas som om det regnat hela hösten, faktiskt, tänkte han stoiskt, men han märkte att det gjorde ont i tänderna på honom när han tog sin enfödde son i hand och önskade honom välkommen. Även om man kan lura alla andra, insåg han, kan man aldrig lura sig själv.

Och när han nu bjöd Robert på Lafroggen eller vad tusan den hette, så var det förstås tvunget att han serverade de övriga en omgång till, eftersom de hade hunnit hyfsa sina glas. Alla tackade ja, utom Rosemarie, som upprepade sin litania om att hon aldrig förstått sig på den där omtalade drycken och dessutom inte tålde den så bra – och Kelvin, som övergått till att ligga på mage under bordet och undersöka mönstret i mattan.

Och kanske var det på grund av denna inledande överkonsumtion av gudabenådad Single Malt Whisky, som kvällen blev som den blev.

Eller kanske berodde det på annat. Psykologiskt grumliga men sinsemellan närliggande och samverkande faktorer, till exempel, över vilka ingen av de närvarande hade, och heller inte kunde förväntas ha, någon ordentlig överblick.

Eller – naturligtvis – på en kombination av bägge delarna.

7

"En sak har faktiskt förundrat mig de senaste åren", sa Jakob Willnius, "och det är att inte fler människor väljer att lämna det här landet, när de får möjlighet. Jag menar, vem vill vakna upp en tisdagsmorgon i februari i Tranås, om man lika gärna kan göra det i Sevilla? Jag förstår alldeles utmärkt att ni väljer att ge er iväg."

"Det krävs att man har tillräckligt vida vyer", förklarade Karl-Erik och såg ut som om även han ägnat en del tid åt denna allmänpsykologiska aspekt. "Alla människor har inte det, och det kan man heller inte begära."

"När blir det av?" frågade Leif Grundt.

"Vi får tillträde den första mars, i sämsta fall den femtonde. Det vi inte tar med magasinerar vi, ni behöver inte börja tänka på något arvskifte redan nu."

"Herregud", sa Kristina. "Vi skulle väl aldrig…"

"Det är inget fel på Spanien", sa Leif Grundt. "Fyrtio miljoner spanjorer kan inte ha fel."

"Fyrtiotvå faktiskt", sa Karl-Erik. "Per den 1 januari 2005. Men de har en demografisk ålderspuckel nästan i klass med vår egen."

"Då gör det väl inte saken bättre om ni flyttar dit?" sa Kristina.

"Nu förstår jag inte riktigt", sa Karl-Erik och luktade försiktigt i sitt tomma glas.

"Det där var inte snällt", sa Ebba och riktade en varnande gaffel mot sin lillasyster. "Men du har väl aldrig talat om att

84

flytta tidigare, pappa? Jag hoppas verkligen att det här inte har någonting att göra med... höstens händelser."

"Naturligtvis inte", deklarerade Rosemarie omedelbart. "Jag förstår inte vad du talar om. Är det verkligen ingen som vill ha lite mera paj? Den andra är ju knappt påbörjad ens."

"Jag är redan på väg", sa Leif Grundt.

"Jag tror jag behöver en öl till", sa Robert och kavade sig upp ur fåtöljen. "Men nån mera paj får jag inte ner, om mamma ursäktar."

"Du gör som du vill, Robert", sa mamma Rosemarie och fick någonting lite svårtolkat och lite vemodigt i ögonen.

"Balla", sa Kelvin lite överraskande nerifrån golvet.

"Vi har naturligtvis inte tänkt oss att ingå i någon sorts imbecill svenskkoloni", fortsatte Karl-Erik efter att ha ställt ifrån sig glaset och kastat en hastig blick på sin hustru. "Kom ihåg att om vi bara skrapar aldrig så lite på den andalusiska ytan, så hittar vi en historia och en kulturskatt som egentligen saknar motstycke i Europa. I hela världen. Här finns inga mörka århundraden, överallt hittar vi spår av en judiskmorisk-kristen samexistens som faktiskt är unik i både tid och rum... vill jag påstå. Att sitta uppe i Albaicín och blicka ut över Alhambra medan någon spelar klassisk gitarr under platanen... ja, haha, jag kanske måste ge Jakob rätt. Det är någonting helt annat än en tisdag i Tranås, det."

"Hrrm ja", sa Jakob Willnius.

"Jakob har lite svårt för svenska småstäder", sa Kristina.

"Det gäller inte bara Tranås."

"Jag hoppas det inte var för mycket salt i pajen", sa Rosemarie Wunderlich Hermansson.

"Pajen var utmärkt, mamma lilla", sa Ebba Hermansson Grundt.

"Har ni lyckats sälja huset?" undrade Leif Grundt som kom tillbaka med en ny rågad tallrik. "Det är fanimej inte lätt i våra dagar."

"Leif", sa Ebba.

"Det är inte riktigt i hamn ännu", sa Rosemarie. "Det är så svårt med saltet nuförtiden. Det finns så olika sorter."

"Vi skriver under papperen på onsdag", sa hennes make.

"Är det verkligen ingen som vill ha lite mer glass och bär? Det är ju tonvis kvar. Pojkar, vad är det med er?"

Rosemarie Wunderlich Hermansson betraktade sina båda dottersöner med olycklig min. Henrik och Kristoffer skakade samfällt sina huvuden.

"De kanske håller på att mogna till män", föreslog Jakob Willnius. "Förr eller senare kommer det en tidpunkt i en mans liv då det är slut med geléhallon och Bugg."

"Bugg?" sa Kristoffer ofrivilligt. "Vad är bugg?"

"Ett tuggummi", förklarade Leif Grundt initierat. "Finns faktiskt kvar i sortimentet, men det är ingen som köper det längre. Ni har väl inte glömt Fyra bugg och en coca-cola? Himla bra låt."

"Holy cow", muttrade Kristina.

"Coca-cola vet jag vad det är", sa Kristoffer.

Karl-Erik harklade sig och tog sats. "Det är ett paradigmskifte på gång när det gäller det sekundära kulturarvet, det kanske ni har lagt märke till?"

"Va?" sa Kristoffer.

"Ungdomar idag vet inte vilka Hasse och Tage var. De har aldrig hört talas om Gösta Knutsson eller Lennart Hyland eller Monica Zetterlund. Jag undantar nu de elever jag själv undervisat, men i det stora hela betraktat är de ju ett försvinnande fåtal. Ja, varsågoda, ta för er av Málagavinet, om några månader kommer vi att ha källaren full."

"Tack gärna", sa Leif Grundt. "Det var riktigt gott. Men vissa saker lever för evigt, eller hur? Emil i Lönneberga och Konsum och sånt. Skål på er, skål min kära hustru. Tänk att du blir fyrti imorgon. I mina ögon ser du inte ut att vara en dag över trettionio och ett halvt."

"Tack", sa Ebba utan att se på sin man. "Som ni säkert lagt märke till har Leif gått en kooperativ charmkurs i höst."

"Hehe, hrrm, jaha", sa Karl-Erik, gnisslade ett kort ögonblick med tänderna och återvände till sitt paradigm-skifte. "Fucking Åmål är ett annat lite humoristiskt exem-pel. Vet ni vad en av mina elever sa när filmen just haft premiär? Ja, fucking vet jag vad det är, men vad i helsike är Åmål?"

Han skrockade belåtet och en dämpad munterhet hovra-de ett ögonblick över de församlade i vardagsrummet. Som om en milt berusad glädjeängel förirrat sig in i huset, stan-nat upp en sekund innan han insåg att han kommit fel och vände om. Det var bara Kristina som uppfattade Henriks lågt frammumlade kommentar: "Det där stod att läsa i varannan svensk dagstidning."

Jag tycker om Henrik, tänkte hon. Ja, honom tycker jag riktigt mycket om.

"Så ni har verkligen källare till huset?" frågade Leif. "Jag menar med tanke på vinet?"

"En sorts matkällare, faktiskt", förklarade Karl-Erik nöjt. "Tolv-femton kubikmeter, nog får vi plats med dryckerna alltid."

"Ska jag sätta på kaffet, alltså?" frågade Rosemarie.

"Te för min del, mamma lilla", sa Ebba. "Jag kommer med dig och hjälper till."

Jakob Willnius kom ner från övervåningen.

"Äntligen", utbrast Kristina. "Vad i hela friden har du haft för dig?"

"Jag har sövt vårt barn, min älskade", sa Jakob Willnius anspråkslöst och drack ur sitt Málagavin, som han ställt ifrån sig på ekskänken bredvid en liten inglasad bit av Berlinmuren. Satte sig ner i soffan mellan Kristina och Henrik.

"Det brukar gå på tre minuter."

"Ja, men den här gången tog det fyrtiofem. Vad sitter ni och talar om? Har jag gått miste om nånting väsentligt?"

"Skulle inte tro det", sa Kristina.

"Ja, vad skulle det vara?" sa Robert. "När får man gå och lägga sig utan att såra någon?"

Det blev tyst i rummet. Ovanligt tyst med tanke på att där ändå befann sig nio mer eller mindre fullvuxna människor.

"Förlåt", sa Robert. "Jag tror jag fick lite för mycket vin. Förlåt mig, mamma."

"Jag förstår inte vad du pratar om", sa Rosemarie muntert. "Finns väl ingenting att be om förlåtelse för. Nu blir det te och kaffe."

Hon gick ut i köket tätt följd av sin äldsta och mest välartade dotter.

"Fy fan, Robert", försökte Kristina teaterviska. "Vad var det för poäng med det där?"

Robert Hermansson ryckte på axlarna, såg ledsen ut och drack ur sitt ölglas. Därefter tycktes det för ett ögonblick som om han var på väg att säga någonting, förklara ett eller annat, men tillfället gled honom ur händerna och det dröjde ännu en timme innan han kom till skott.

"Jag antar att ni sitter och väntar på något slags förklaring."

Han ställde ifrån sig glaset efter att ha tömt i sig de näst sista ädla dropparna av Laphroaighen, som skulle ha räckt ett halvår. Men föralldel, den hade fördelats tämligen broderligt bland herrarna. Henrik och Kristoffer oräknade. Kristina drack ett glas rödvin, Ebba drack fortfarande grönt te. Rosemarie diskade, Kelvin sov. Klockan var halv tolv. Nu är vi där, tänkte Kristina. Nu är förpostfäktningen undanstökad.

"Eller nån sorts ursäkt", lade Robert till.

En lång sekund av tystnad följde.

"Vi sitter inte och väntar på någonting, Robert", sa Kristina. "Ja, visst får du ta lite av mitt vin, Henrik."

"Nej, det gör vi verkligen inte, Robert", sa Ebba bestämt, men lite för sent för att det skulle låta riktigt övertygande. "Let bygones be bygones, för guds skull. Det enda vi kan lära oss av det här är konsten och vikten av att glömma. Och hoppas på att andra kan den konsten också. Eller hur?"

Hon såg sig om efter medhåll, men allt hon fick var en axelryckning från Jakob Willnius. Hon bytte riktning. "Pappa, är du säker på att det inte kommer någon uppvaktning imorgon? Henrik, det räcker nu."

"Säker och säker", muttrade Karl-Erik. "Rosemarie har tre extra tårtor och fem kilo kaffe på lager för den händelse att. Men de som dyker upp, kommer att göra det på förmiddagen. Det är bara att ni håller er undan."

"Hur kan du veta att de kommer på förmiddagen?" undrade Kristina.

"Därför att jag formulerade det så i annonsen", förklarade Karl-Erik med en gäspning. "All uppvaktning undanbedes. Bortrest efter klockan ett."

"Det är ju genialt", sa Jakob Willnius och höjde sitt glas med de allra sista dropparna ädelwhisky. "Om du har fått smak för den här drycken, vill jag rekommendera Gibraltar, hursomhelst. När ni nu ändå är i närheten. Billigare sprit finns inte i hela Europa."

"Säger du det?" sa Karl-Erik Hermansson neutralt. "Ja, vi har ju tolv-femton kubik, som sagt."

"Så det är ingen som sitter och väntar på någon förklaring, alltså?" återtog Robert och tittade runt i rummet. "Jag känner liksom ett visst tryck."

Kristina tog stöd med handen mot Henriks knä och reste sig. "Robert, följ med mig ut en stund, är du snäll."

"Gärna det", sa Robert. "Behöver en rök."

De försvann ut och en annan sorts ängel gick genom rummet. Karl-Erik gäspade på nytt och Leif Grundt kliade sig i nacken. "Jag tror det börjar bli dags", konstaterade Jakob Willnius. "Jag går upp och gör i ordning Kelvin. Det lär ju vara en dag imorgon också."

"Hur är standarden på hotellet nuförtiden, egentligen?" ville Ebba plötsligt veta. "Jag minns hur det var förr."

"Du har väl aldrig bott på Kymlinge Hotell?" sa Rosemarie som just kom in i rummet. "Är det någon som vill ha en smörgås eller lite frukt?"

"Nej i båda fallen, mamma lilla", sa Ebba. "Men hotellet hade ju inte det bästa rykte på min tid."

"Det såg i varje fall respektabelt ut när vi checkade in", försäkrade Jakob Willnius. "Inga horor och inga kackerlackor, såvitt jag kunde se. Fast man vet ju aldrig hur det blir frampå nattkröken."

"Frukt?" upprepade Rosemarie med ett stråk av vanmakt i rösten. "En smörgås? Någon?"

"Hör du inte att de fått krävan full, min duva?", sa hennes make. "Nej, om ni inte misstycker, är det dags för den förlorade generationen att dra sig tillbaka nu. Men sitt uppe så länge ni vill."

"Vart har Robert och Kristina tagit vägen?" frågade Rosemarie.

"De är ute och pratar moral och röker", sa Leif Grundt. "Hördu Ebbabebba, ska vi inte ta och krypa till kojs, vi också? Jag ska ju upp tidigt imorgon bitti och sjunga för ett fagert fruntimmer jag känner."

"Röker Kristina?" sa Rosemarie. "Det hade jag aldrig…"

"Nej, det är hon som står för moralen" sa Leif Grundt. "Godnatt på er alla människobarn."

"Nej, Jakob. Jag vill faktiskt stanna kvar en stund. Jag vill prata lite mer med min familj, det är väl inte så konstigt?"

Hon hade hoppats att han skulle visa åtminstone ett tecken på att han motsatte sig detta, men det gjorde han inte. Hon förstod att han tog tillfället i akt att friköpa sitt samvete för onsdagens frukostmöte med den där amerikanske magnaten, och att hon i själva verket spelade honom i händerna. Det retade henne. Vore bättre om han fick smida sina vapen själv, tänkte hon.

"Okej", sa han bara. "Jag tar en taxi med Kelvin. Kom när du kommer."

"En timme kanske", sa hon. "Jag går, det tar bara tio minuter."

"Du ska inte underskatta småstadens faror", sa han.

Jag underskattar aldrig någonting, tänkte Kristina Hermansson. Det är det som är problemet.

Klockan kvart över tolv hade föräldraparet, den förlorade generationen, kommit till ro. I varje fall befann de sig förskansade bakom en stängd sovrumsdörr. Ebba Hermansson Grundt och konsumföreståndare Leif Grundt hade också dragit sig tillbaka. Till den förstnämndas gamla flickrum bakom en annan stängd dörr.

Jakob och Kelvin Willnius hade avrest till Kymlinge Hotell på Drottninggatan i en taxi.

Fortfarande kvar på nedervåningen i den Hermanssonska villan på Allvädersgatan 4 befann sig syskonen Robert och Kristina, samt syskonen Henrik och Kristoffer. Kristina såg på klockan.

"En halvtimme till", bestämde hon. "Annars får jag bara en massa bassning av min storasyster."

"Äsch", sa Henrik.

"Säkert", sa Kristoffer. "Men det är sånt man får lära sig att ta."

"Vinstället ute i köket såg lite överlastat ut", sa Robert. "Jag tror vi tar och öppnar en ny flaska."

Han försvann ut ur rummet utan att vänta på svar, och återvände tio sekunder senare med en Valpolicella i handen.

"Berätta om Uppsala", bad Kristina och lutade sig lite närmare Henrik.

Det var ett högst harmlöst förslag, men till sin stora förvåning såg hon att pojken bet sig i underläppen, och för en kort sekund tycktes han få tårar i ögonen. Antagligen hann varken hans bror eller Robert notera tillståndet, men för egen del kände hon ingen tvekan.

Det bodde en stor sorg i hennes systerson.

8

Kristoffer hittade sin brors mobil där han hade gömt den. Under kudden i sängen. Ha! tänkte han.

Varför i helvete tänker jag "Ha!"? tänkte han sedan.

Det svirrade lite i tinningarna. Klockan var drygt halv ett; han hade druckit två glas vin, trodde inte att de andra hade märkt något, men han förstod att han antagligen var lite full. Säkert var det därför han tänkte en så nördig tanke som "Ha!" när han hittade Henriks telefon.

De andra var kvar därnere. Kristina och Henrik och Robert. Kristina var fin. Hon var hans gudmor; om hans mor dog – förolyckades, som det hette – på något vis, skulle det vara Kristina som ryckte in i hennes ställe. Wow! tänkte han (ganska nördigt igen), tänk att få ha Kristina som morsa!

Sedan flammade en glödröd tanke upp i skallen på honom. Man fick inte tänka att ens föräldrar skulle dö. Om gud fanns, var det en tanke han ristade dit på minuskontot för tid och evighet.

Men Kristoffer trodde inte att gud fanns. Och de var ändå systrar, Kristina och hans mor; hade en massa gener och aminosyror och jox som var precis likadana, så nog hade man kunnat begära att det skulle finnas lite bättre överensstämmelser på ytan också.

Robert hade förstås samma gener, han också. Påminde kanske en aning om Kristina, om man tänkte närmare på det, men visst var han en sorglig figur. En riktig jävla loser. Ställa sig och runka i teve!

Fast det hade inte snackats mycket om det under kvällen. Det låg under lock, liksom. En stor och fet skandal, som det gällde att gå som katten runt het gröt omkring. Kristoffer hade förstås inte sett själva programmet, man tittade inte på sådana program hemma hos familjen Grundt på Stockrosvägen i Sundsvall. Men han hade läst om det i Aftonbladet, man hade pratat om det i skolan – och tack och lov, ja, tack och lov, hade han redan från början lytt sin mammas order och hållit tyst om att han hade en morbror som var med i Fucking Island. Ibland kunde hon ha rätt i alla fall, det erkännandet fick man ge henne.

Mobilen var på. Det behövdes ingen kod för att använda den. Utmärkt, tänkte Kristoffer. Nu är jag lite fyllemodig, vem kunde ha trott att det skulle utveckla sig på det viset i det här skunkgrytet? Nu skickar jag ett fräckt och oemotståndligt SMS till Linda. Fanimej, det gör jag!

Han formulerade det i huvudet först, det tog nästan ingen tid alls, det kom lätt och elegant som ett rinnande vatten. *Hej Linda. Är lite kåt på dej. Vill du byta julklappar med mej? Birgers kiosk klockan 21 torsdag kväll.*

Det lät bra. Oemotståndligt bra. Och så: *Skriv för fan inget svar, det här är brorsans mobil. Bara kom. Kristoffer*

Han log för sig själv. Var det för djärvt att skriva att han var kåt på henne? Inte fan, det var sånt som chicks som Linda föll för. Det gällde att inte vara feg. Han hade varit alldeles för feg i hela sitt liv, det var det som var felet. Om han fortsatte på det viset skulle han aldrig någonsin få veta hur... hur det kändes att stryka med handen över en kvinnas sköte.

Han tryckte på en knapp och displayen lystes upp. *Nytt meddelande* stod det.

Nytt meddelande till Henrik med andra ord. Hm, tänkte

Kristoffer. Om man skulle? Why not? *Läsa nu?* Det var bara att trycka på YES-knappen, Henrik skulle aldrig få reda på det. Och han skulle aldrig få reda på att Kristoffer SMS:at till Linda, eftersom han omedelbart skulle radera ut det. Det skulle bara ta ett par sekunder att läsa Henriks meddelande. Kanske var det från den där Jenny? Kanske var det nånting fräckt? Han undrade om Henrik hade knullat med henne. Klart att han hade, det var väl det enda man sysslade med i studentsvängen i Uppsala. Sprang på nationer och festade och knullade runt. Pluggade några timmar på söndagseftermiddagarna så att man hängde med. Kristoffer hoppades att han själv snart skulle vara där. Om man kunde hoppa över fyra-fem år, så... nej, nu kom de där överhoppningstankarna igen. Bort med dom, bestämde han, nu gällde det Linda Granberg. Här och nu. Eller Birgers kiosk på torsdag, åtminstone. Han tittade på displayen. *00.46* stod det. *Läsa nu?* Han tryckte på YES-knappen.

Henrik, min prins. Längtar och längtar. Armarna om din kropp. Tränger in i dig i mina drömmar. J

Han läste den korta texten tre gånger. Vad fan? tänkte han. *Tränger in i dig?* Vad betydde det? Var det... var det bara att hon ville tränga in i hans drömmar? Nej, inte fan, det stod inte så. *J* måste stå för Jenny. Men vad tusan menade hon med att hon...? Var det någon fullständigt avgörande variant av hur ett samlag går till som han hade missat? En kvinna kunde väl förihelvete inte tränga in i en man? Kristoffer hade inte sett många porrfilmer i sitt fjortonåriga liv, men alldeles oskuld därvidlag var han faktiskt inte. Han var tämligen bekant med hur det kvinnliga könsorganet såg ut, i alla dess aspekter och faser, men vad man än kunde använda

95

det till, så inte kunde man tränga in i någonting med det. Tvärtom.

Och var någonstans skulle man tränga in i Hen...?

Jösses, tänkte han. Det ser ut som om... Det här liknar ju...

För en sekund var hans medvetande blankt som en nyvattnad isfläck. Sedan förstod han hur han skulle bära sig åt för att få klarhet. Blixtsnabbt, nästan innan han hunnit ställa frågan. Han tittade på avsändarnumret, memorerade det och klickade sig fram till adressboken. Började bläddra från A, Henrik gjorde likadant som han själv, tydligen: gick på förnamnen, struntade i efternamnen. Han hoppade direkt till J, och där, där hittade han det. Han stirrade på den lilla upplysta displayen och ville inte tro sina ögon.

Jens, stod det.

Jens. Numret stämde.

Det var som, tänkte Kristoffer Grundt.

Det fanns ingen Jenny.

Det fanns bara en Jens. Henrik hade inte alls ihop det med någon söt, medicinstuderande tjej från Karlskoga. Han var ihop med en kille. En som hette Jens och som... som längtade efter att få köra kuken i Henriks rövhål!

En mängd motstridiga impulser och tankar började plötsligt bombardera Kristoffers en smula intoxikerade hjärna, men när ovädret dragit förbi kunde han nästan inte hålla sig för skratt.

Hans storebror var bög.

Super-Henrik knullade med killar.

Åtminstone med en som hette Jens.

Vilket... vilket helvetes övertag! Ja, just så kändes det faktiskt. Det var den första spontana kommentaren som infann sig i huvudet på honom. *Övertag!* Det var ingen vacker tanke, det insåg han, men äntligen – för första gången någonsin – var det som om… som om han fått greppläge på den där övermänniskan som var hans bror. Tack, o tack, du mobiltelefonens skapare! tänkte Kristoffer Grundt. Det här förändrar läget, skulle jag vilja påstå! Fanihelvete!

Han skrev sitt meddelande till Linda, klickade iväg det och raderade. Återställde apparaten i neutralläge och stoppade tillbaka den under Henriks kudde.

Jens!

Han släckte Smögenlampan på sin sida av byrån men lät Henriks brinna. Vände sig in mot väggen, betraktade en av de lite ljusgrönare, vertikala ränderna från mycket nära håll och tänkte att det här skulle göra både mamma Ebba och pappa Leif tio år äldre.

Och för en gångs skull, för en enda gångs skull var det inte han själv som var problemet.

Rosemarie Wunderlich Hermansson låg på sidan med uppdragna knän och betraktade klockradions röda minuter. 01:12. Karl-Erik befann sig platt på rygg bakom henne och drog samma lugna, lätt väsande andetag som hon lyssnat till i fyrtio år. Om jag placerade en kudde över hans mun, tänkte hon, skulle de upphöra då? Var det så enkelt?

Antagligen inte. På det viset kunde man mörda barn och späda jungfrur, men inte riktiga karlar. Han skulle vakna upp och börja försvara sig. Dessutom var det hans födelsedag, han skulle aldrig förlåta henne om hon försökte ta livet av honom på hans 65-årsdag.

Hon sköt bort tanken. 01:13. Bättre dö själv, alltså. Fast han skulle säkert inte förlåta henne för det heller. Om hon tog livet av sig på den stora dagen. Det var som det var. Ett dygn till måste hon ta sig igenom. Ebbas och Karl-Eriks stora dag. Det skulle ha varit ett krön, men det kändes mera som ett... vad hette det?... ett slukhål? Ja, faktiskt. Men var kom all den här dysterheten ifrån? Varför ansattes hon av dessa morbida fantasier nu plötsligt? Dag efter dag, natt efter natt. Var det bara Roberts olycksaliga teveprogram eller var Robert en katalysator för någonting annat? Inte hade hon tänkt på det här viset förr i tiden.

Eller Spanien? Var det Spanien som drog ner henne i depressionens dypöl? 01:14. Eller att hon gått i pension? Hade meningen och målet i hennes liv gått förlorade bara för att hon inte längre hade ett arbete att gå till? De där förbannade ungarna på Kymlingeviksskolan?

Hela kvällen hade varit en vandring i dödsskuggans dal. Och en balansgång; hon hade varit bråkdelar av sekunder ifrån att helt enkelt kasta tallrik och bestick åt helvete och skrika rakt ut. Ändå hade ingen märkt något. Mamma lilla hit och mamma lilla dit, och de här varma hjortronen är du bäst på i hela världen, mamma. Som om det krävdes någon sorts finess för att värma upp djupfrysta hjortron. Hon hade serverat och plockat och diskat och kläckt ur sig födoämnesrelaterade repliker ur ett manus som var så gammalt och utnött att ingen ens noterade att det var en teater som pågick. Hon hade fiskat i djupet av sin själ efter någonting vettigt att säga – efter varma känslor för något av sina barn (barnbarnen och mågarna också) – men krokarna hade dinglat nakna på sina slaka linor rakt ner i slukhålet. 01:15. Kelvin var ett konstigt, inåtvänt barn, hon undrade om han var riktigt frisk. Autism kanske, eller Aspergers syndrom, fast det var visst en variant av samma sak? De enstaka läten han kläckte ur sig med långa mellanrum lät på något egendomligt vis alltid som könsord. Om jag var tjugo år och tvungen att välja en av de andra att leva med på en öde ö, tänkte hon

98

– ja, han skulle också vara tjugo, förstås – så vete tusan om jag inte skulle välja Leif.

Det var en lite förvånande slutsats, men Leif var i alla fall ingen ulv i fårakläder. Möjligen ett svin i svinpäls, men ett snällt svin och med honom behövde man aldrig anstränga sig. Ebba har haft tur, tänkte hon. Hon kommer i hela sitt liv att inbilla sig att hon köpt ner sig, medan hon i själva verket dragit en vinstlott. Uppblåsta fjolla! tänkte hon plötsligt med en hastigt uppflammande vrede, du borde ha hetat Karl-Ebba! Det var en tanke hon nästan kunde le åt i mörkret, hon undrade om där överhuvudtaget fanns någonting annat än ett kvartssekel och olikformade könsorgan som skilde dem åt. Far och dotter. Ler och långhalm, fy tusan! 01:16. Och pojkarna verkade betryckta, bägge två. Särskilt lille Kristoffer naturligtvis, men han hade ju alltid vuxit upp i skuggan av sin guldgosse till storebror. Ja, Henrik var sannerligen den tredje generationen i rakt nedstigande led. Karl-Erik, Karl-Ebba, Karl-Henrik. Det fattades bara att Henrik också haft födelsedag imorgon. Men trots allt var han ju en oplanerad människa, hon hoppades att detta enkla faktum skulle kunna vara den detalj som räddade honom.

Och vad Kristina såg – eller en gång sett – hos Jakob Willnius var inte svårt att förstå. Styrka, framgång, mognad. Charm och säkerhet, falsk som vatten. Nej, det var orättvist, men det var något med vatten som stämde på honom. Genomskinlighet och anpasslighet kanske? Skitsamma, tänkte Rosemarie. Varför ligger jag här och analyserar den ena efter den andra? Jag bryr mig ju inte ett dugg om någon enda av dem.

Fast både Robert och Kristina är mera mig än Karl-Erik, hursomhelst, fortsatte ändå hennes tankar, som om hon inte längre kunde styra dem det minsta… det blir tydligare för varje år som går. Och kanske hade det funnits en sorts värme i Kristinas kram? En antydan och ett tyst budskap om samförstånd och försoning, trots allt – ännu så länge var det för skört för ord och handlingar – 01:17 – men i sinom tid kunde det växa sig starkt och användbart. Om hon bara klarade sig, Kristina, om hon inte gick sönder utefter vägen.

Som Robert. Hon stack in händerna i det mjuka hullet ovanför knäskålarna, knäppte ihop fingrarna och bad till den gud hon emellanåt trodde på, men oftast inte, att Robert inte skulle bli missbrukare. Han hade varit stupfull i teveprogrammet, och han hade druckit för mycket ikväll också. Gode Gud, mumlade hon tyst, skydda mina barn... åtminstone mina yngsta, den äldsta klarar sig ändå... skydda dem från allt ont som möter dem på deras levnads stig och skydda mig själv från mig själv. Låt mig åtminstone få sova lite nu och sedan hålla ihop ett och ett halvt dygn till. Om jag hamnar på sjukhus på onsdag eftermiddag spelar det verkligen ingen roll – kropp eller själ kvittar också lika, det vore faktiskt rätt skönt. 01:18, jag måste gå upp och ta ett sömnpiller i alla fall, förbaskat också, det borde jag ha begripit, innan hjärnan kokar över. Innan slukhålet. Innan... jag avskyr dessa nätter, det gör jag verkligen, på sista tiden har de blivit nästan värre än dagarna.

”Jag går ut en sväng”, sa Robert. ”Behöver en promenad och ett par cigarretter, det är väl fan att det ska vara så svårt att hantera det här.”

”Hantera vad då?” frågade Kristina och fyllde på sitt eget och Henriks vinglas ur den andra buteljen som Robert varit ute i köket och hämtat. Spillde ett par droppar på bordet. Herregud, jag är full, tänkte hon. Det här får bli sista glaset.

Men det kändes rätt skönt. När hon tänkte efter insåg hon att hon nog inte varit berusad efter att hon blev gravid med Kelvin. Två år, nej mer, två och ett halvt, undra på att det kändes som något av ett nyhetens behag.

Och så egendomligt att det skulle hända just ikväll. "Hemkomst", sa Robert. "Det är fenomenet hemkomst jag talar om. Hela det här förbannade familjeträsket... ja, det gäller inte dig, Henrik. Du vet vad jag menar, Kristina."

"Klart jag gör", sa Kristina. "Du minns väl *Min familj?*"

Robert skrattade till. Det var en klassiker. Året var 1983. Ebba var 18 och gick sista året på gymnasiet. Robert var 13. Kristina var 9, gick i tredje klass och hade fått i hemuppgift att skriva en uppsats under rubriken *Min familj.*

Min familj är som ett fängelse. Pappa är fängelsedirektör. Mamma är kokerska. Min syster Ebba, som har blivit jättetjock på sista tiden och inte längre kommer i sina jeans, är fångvaktare och det är min bror Robert och jag som är fångarna. Vi är oskyldigt dömda men vi sitter inne på lifstid.

Varje dag får vi pörmission för att gå till ett annat fängelse i närheten, det heter Kymlingviksskolan och här är det massor av andra fångar och fångvaktare. Det är lite roligare här, inte så strängt.

Pappa fängelsedirektörn är en elak jävel och har alltid slipps utom på söndagarna då han går uppknäppt. Mamma kokerskan är rädd för honom och gör alltid som han säger. Det gör vi andra också annars slår han oss med en stor påk med spikar i.

Min syster fångvaktarn fjäskar för honom och är också en elak jävel. Ibland kan hon vara snäll mot oss fångar med då beror det alltid på att nån av oss har födelsedag.

Så snart Robert och jag blivit stora nog ska vi rymma och rappårtera våran familj för barnavårdsföreningen. Och kungen och drottning Sylvia som är alla misshandlade barns beskyddare. Kungen kommer att rida ut på sin vita åsna, skuta ihjäl mamma, pappa och Ebba och befria Robert och mig ur fångenskapen. Vi kommer att leva lyckliga i alla våra dagar in till tidens ända.

Sant, sant, sant.

Uppsatsen hade åstadkommit ett visst rabalder. Det var i mitten av åttiotalet, skolpsykologer och kuratorer åkte på kurser och fick lära sig sagan om Mörkertalen. Minst två incestfall i varje klass var det rättframma budskapet. Minst tre övriga grova missförhållanden, det var bara att snoka upp dem. Hela familjen Hermansson blev kallad till ett möte; det ägde rum inne i det pastellfärgade kuratorsrummet och inleddes genom att Kristinas fröken, en kraftfull 25-årig gräbba från Landskronatrakten – som sedermera hoppade av lärarbanan och blev Sveriges första kvinnliga röjdykare – läste upp Kristinas kria.

Mamma Rosemarie svimmade. Pappa Karl-Erik Hedersknyffelpedagog blev vindögd och började stamma, men det var Ebba som räddade situationen genom att gapskratta, krama om sin lillasyster och säga att det var då det fjolligaste hon hört i hela sitt liv.

Kristina erkände att hon i själva skrivsituationen varit sur för att hon inte fått lov att titta på ett teveprogram om massmördare och våldtäktsmän i New York, och att hon hade överdrivit en aning för den sakens skull.

Robert fick överhuvudtaget inte tillfälle att yttra sig, men när mamma Rosemarie vaknade upp ur sin svimning var allt i stort sett frid och fröjd. Kuratorn var nöjd, studierektorn var nöjd, och den blivande röjdykerskan var åtminstone så nöjd hon hade förutsättningar att bli, hon hade en svaghet på just det området. Karl-Eriks stamning gick också över, men vindögdheten hängde i några dagar. Det spekulerades i om han faktiskt kunde ha råkat ut för en lättare hjärnblödning.

"Du fångade nånting där", sa Robert. "Jag går ut en sväng, som sagt. Vi ses imorgon, sitt inte uppe och uggla."

"Jag ska snart gå och lägga mig", sa Kristina.

"Jag också", sa Henrik.

Klockan var fem minuter över ett när han kom ner till torget. Skönt, tänkte han. I den här hålan finns inte en människa ute så här dags på dygnet. Ingen att behöva skygga med blicken för, den som vandrar om natten... och så vidare.

Ändå kom där en välbekant känsla smygande över honom, när han stannade utanför Royalbiografens mörklagda entré och såg sig omkring. Våt filt och kvävning. Detta hörn av evigheten hade varit navet i hans liv de första tjugo åren, undra på att han tagit skada. Undra på att det hade gått åt helvete.

Han insåg att det luktade självömkan. Naturligtvis. Att skylla sitt vuxenlivs inre ödslighet på sin barndoms yttre var vad själsliga haverister alltid ägnat sig åt, det var ingen nyhet. Alla måste vara födda någonstans. Att resa sig var vad alla fick lov att lära sig. Han räknade ut att han inte varit hemma på ett och ett halvt år, och undrade samtidigt varför han fortfarande kallade det "hemma". Ett svart hål som aldrig tycktes förlora sin dragningskraft, men så var det kanske också för alla? Gällde bara att inte sugas in i det. Gällde att hålla distansen. Han tände en cigarrett och började vandra uppför Badhusgatan. Vad var det som hade hänt honom på den där parkeringsplatsen? *Vad?* Man kunde väl inte dö av ren ångest? Bara av handlingar utförda under ångestens inflytande. Eller var det helt enkelt en psykisk kollaps? Var det så det kändes? Han hade faktiskt svimmat. Kunde man må så jävla taskigt att man helt enkelt tuppade av? Säkert ingen dum försvarsmekanism i så fall. Att sova, sova, som sagt, glömma både världen och sin egen unkenhet. Han hade inte sett mamma Rosemarie i ögonen på hela kvällen. Inte många av de andra heller, möjligen var det bara Kristina. Hon hade hittat de rätta orden när de varit ute och pratat, ingen tvekan om saken: Du är ett jävla svin, Robert, och jag älskar dig. Alla andra hade försökt lägga sig vid en bekväm flytboj någonstans mellan svinet och kärleken, men det var bara Kristina som var stor nog att omfatta båda ytterligheterna. Och skita i mellanrummet. Det slog honom att det var en sådan kvinna Paula hade varit. En kvinna som var förtrogen med både skiten och skönheten. Varats smutsiga guldglans, skökan och madonnan... orden rumsterade fritt i huvudet på honom nu, det var whiskyn och vinet förstås; han kom upp på Norra Kungsvägen, stannade en stund och betraktade det vackra gamla vattentornet. Rödbrunt tegel, alldeles runt, tänk om man kunde riva alla fula vattentorn i det här landet och bygga sådana här istället. Med vanliga små fönster här och där och ett ärgat, grönt koppartak, det borde väl inte vara så förbannat märkvärdigt? Det vore en värld att leva i, tänkte Robert, i en värld med runda, rödbruna tegelvattentorn skulle jag känna att jag hörde hemma.

Men en ny Paula, alltså. Det var det som behövdes, det var det som vore räddningen. Borde väl inte vara omöjligt att hitta en ny kvinna om han åkte och satte sig på Kanarieöarna i tre månader? Där drällde det av lediga kvinnor. Fixade till den där gamla, lysande romanen samtidigt som han hittade sin slutgiltiga madonnahora, ja, det vore sannerligen på tiden. Bägge delarna. Han tände en ny cigarrett och började gå bort mot kyrkan. Imorgon ska jag se min mor i ögonen, bestämde han. Säga åt henne att inte gråta över spilld säd (jag menar mjölk, förihelvete *mjölk!*), och att jag har en plan.

Under hela kvällen hade han knappt ägnat Jeanette Andersson en tanke, men när han svängde in på Fabriksgatan insåg han plötsligt att det var här hon bodde. Nummer 26, var det inte så?

Varför inte? tänkte Robert Hermansson.

Klockan var visserligen tjugo minuter över ett, men det var ju inte alldeles säkert att hon skulle upp och arbeta imorgon bitti. Han fick fram plånboken och hittade lappen med hennes telefonnummer.

9

Han är en så vacker pojke, tänkte Kristina. Hoppas han kommer att kunna stå emot sin mor, bara. Men var kommer den där sorgen ifrån?

"Är du lycklig, Henrik?" frågade hon.

Det var den sortens fråga hon kunde ställa i kraft av att hon var den hon var. Hans frihetsmoster. Det var han själv som hittat på uttrycket; det var för flera år sedan när de tillbringade ett par sommarveckor tillsammans i Skagen. Ebba och Leif hade hyrt ett jättehus en hel månad, men Ebba hade haft konferenser och kirurgiska åtaganden minst halva tiden och Kristina hade ryckt in som en sorts extramamma för pojkarna. Henrik hade varit 12, Kristoffer 7. Kristina, vet du vad du är? hade han sagt en dag när de var på stranden och byggde sandslott och drack coca-cola. Du är min härliga, goa frihetsmoster!

Och han hade kramat henne med sin beniga pojkkropp så att luften nästan gått ur henne, och sedan hade de brottats alla tre så att sanden yrde och slottet lades i ruiner. Med förenade krafter hade Henrik och Kristoffer lagt sin frihetsmoster på rygg, pussat henne på naveln och så småningom bakat in henne i tusen ton sand så att bara huvudet stack upp.

Det måste ha varit en god sommar, tänkte hon förvånat. Eller också var det bara minnets vanliga retuschering som gjorde sig gällande.

"Jag vet inte", sa han. "Nej, jag antar att jag inte är särskilt lycklig."

"Jag har sett det på dig. Du vet att jag lyssnar, om det är så att du vill prata om nånting."

Han satt och snurrade på sitt vinglas. Antagligen var han lite berusad, han också, men det kunde väl knappast vara något obekant tillstånd för honom? Inte efter en hel termin i Uppsala. Nitton år, tänkte hon. Tolv år yngre än hon själv och ingen särskilt eftersträvansvärd ålder när hon tittade i sin egen backspegel. Men vad var det som var fel? Hade han inga vänner? Gick studierna åt skogen? Droger? Eller var det bara en fnurra med den där flickvännen? Ebba hade sagt att Henrik hade en flickvän som läste medicin.

"Har du missat en massa tentor?" försökte hon hjälpa honom på traven.

Han skakade på huvudet. "Har inte haft några. Vi har den där stortentan i januari."

"Så du har en del plugg att ta itu med under lovet, då?"

"Det liknar mer en inläsningsperiod än ett lov."

"Jaså. Men du tycker att det går bra? Att du hängt med under hösten, och så?"

Han nickade. Det slog henne att han kanske tyckte att hon var enfaldig. Att det var enfaldigt att sitta och fråga Super-Henrik om han klarade av studierna.

"Och du har valt rätt inriktning?"

"Jag tror det."

Nej, det var inte där skon klämde. Drick lite mer vin, käre systerson, tänkte hon, så att du vågar berätta om vad det är som trycker dig. Hon höjde lite skämtsamt sitt eget glas. Blinkade med ena ögat åt honom.

Han tog en klunk. Gav henne plötsligt en blick med en ny sorts energi i. Vägde henne och tycktes under några sekunder stå och vackla på beslutets tunna egg. Med ens var det svårt att förstå att han bara var nitton år.

"Det är en grej jag inte tror att jag kan prata om", sa han till slut. "Du får ursäkta, men så är det."

"Inte ens med mig?" frågade hon. "Inte ens mitt i natten?"

Han svarade inte.

"Nåja, om det är något allvarligt, hoppas jag att du har någon annan som du litar på. Bara du inte kapslar in det i dig själv."

Jävla tramspsykologi, tänkte hon. Jag låter som en skolkurator. Hon betraktade honom. Han hade slagit ner blicken. Knäppt händerna, sina långa, kraftiga pianistfingrar, framför sig och satt tyst igen. Den tjocka, mörkbruna luggen föll ner och skymde hans ansikte. Hon kunde nästan känna intensiteten i hans tankar nu. Beslutet låg och bubblade mellan hjärtat och struphuvudet på honom, orden var redan färdiga, det skulle inte vara mer än ett ögonblicks verk att ge ljud åt dem. Hon undrade om hon faktiskt kunde förnimma detta så tydligt, undrade om hon inte bara satt och inbillade sig för att hon så gärna ville. Hursomhelst var det nu det gällde; om han inte berättade vad det var som tryckte honom nu, skulle han inte göra det senare heller. Imorgon eller i nästa vecka eller någon annan gång. Jag vill veta, tänkte hon. Jag tycker verkligen om den här pojken och jag vill att han öppnar sitt hjärta för mig. Jag kommer att kunna hjälpa dig, Henrik, förstår du inte det? Jag är inte din mamma, jag är din frihetsmoster. Hon övervägde att lägga handen på hans arm, men lät bli. Balansen var hårfin, för mycket tryck kunde stjälpa beslutet åt fel håll.

Hon tog fatt i den halvfulla vinflaskan och fyllde på deras glas igen. Det gick en halv minut, kanske en hel; hon hade just bestämt sig för att allt det här bara var en tramsig situation där hon satt och var fjolligt överkänslig och ömhudad av för mycket rödvin, när han rätade på ryggen, drack en stor klunk och såg på hennes med den där energin.

"Jag är homosexuell, Kristina", sa han. "Det är det som är problemet."

När Robert redan stod med mobiltelefonen i handen, blev han plötsligt tveksam.

Ringa upp en vilt främmande kvinna klockan halv två på natten, var det riktigt klokt? Tänk om hon var enbent och vägde etthundrafyrtio kilo? Tänk om hon var en tandlös heroinist?

Jeanette Andersson?

Fast å andra sidan, tänk om hon var hans räddning? Tänk om hon låg och väntade på honom? Hans nya Paula. Eftersom hon tydligen kände till den Hermanssonska hundrafemårsdagen, visste hon säkert också att han befann sig i stan i denna stund. Att han hade kommit tillbaka.

Men ändå? Om det åtminstone hade varit en fredags- eller lördagskväll.

Han beslöt sig för en kompromiss. En vandring genom Pampas bort mot idrottsparken och järnvägen, närmare bestämt, så han fick henne på lite avstånd. Om han inte hunnit ångra sig under de tio minuter det borde ta att nå dit bort, kunde han ringa upp henne – och om hon verkligen svarade och bad honom komma, hade han ändå tio ångerminuter kvar, medan han återvände till Fabriksgatan.

Enkel plan, tänkte Robert, tände ytterligare en cigarrett och huttrade till. Smart. Det var råkallt i luften, han var tacksam för att han i alla fall hade så pass mycket alkohol i blodet att han inte behövde frysa. Alltid något.

Sköt upp axlarna och började gå igen.

En ström av automatiska och tämligen divergerande tankar for genom huvudet på henne. Hon drack lite vin och försökte anstränga sig för att inte visa någon reaktion. Någonting sa henne att det var viktigt att inte reagera på fel sätt, och samma någonting lät henne samtidigt veta att det fanns åtminstone hundra olika felreaktioner att välja emellan. Det förvånade henne också att hon inte hittade någonting spontant att säga. Att det inte dök upp en känsla som hon kunde klä i alldeles rena och sannfärdiga ord. Det var ju så uppenbart att Henrik var plågad. Både av inriktningen på sin sexualitet och av att han avslöjat det; hon kunde inte avgöra vilketdera som vägde tyngst i hans spända tystnad. Han hade lutat sig tillbaka i soffan, knäppt händerna bakom nacken och fäst blicken uppe i taket. Ville inte se på henne, tydligen. Hon penetrerade – och förkastade – hastigt hela arsenalen av snusförnuftiga korrektheter: "Det är väl ingenting att vara olycklig för." "Alla har en dragning åt det hållet." "Du är inte färdigutvecklad i din sexualitet ännu." "Ja, och?" Försökte hitta vad hon faktiskt kände och tyckte och tänkte istället; det borde väl inte vara så förbaskat svårt, bara hon släppte efter litegrann?

Till slut kom det.

"Det är du inte alls", sa hon.

"Va?" sa han.

"Jag sa att det är du inte alls."

Han knäppte upp händerna bakom nacken. Lutade sig framåt med armbågarna på knäna.

"Jag hörde det. Vad är det för skitprat? Tror du inte jag själv vet om jag är...?"

"Nej", sa Kristina. "Jag tror faktiskt inte att du vet det."

"Och hur kan du sitta och påstå det? Jag hade faktiskt väntat mig en annan reaktion, det måste jag erkänna."

Vass i tonen plötsligt. Hon såg honom stint in i ögonen en sekund innan hon svarade.

"Vilken då?"

"Va?"

"Vilken reaktion hade du väntat dig?"

"Jag vet inte. I varje fall inte den här."

"Är det så viktigt med min reaktion?"

Han ryckte på axlarna och slappnade av en smula. "Jag vet inte. Ja… nej, det är det förstås inte. Skitsamma, nu känner du till att jag är bög i alla fall."

Hon skakade på huvudet och log åt honom. Flyttade sig lite närmare honom i soffan och strök honom över armen.

"Henrik, lyssna på mig nu. Jag har åtminstone ett halvdussin homosexuella i min bekantskapskrets. Jag vet att det finns olika sorter och att man blir det av olika skäl. Men jag är väldigt säker på att du inte platsar i det gänget. Du har säkert haft homoerotiska erfarenheter, men det betyder inte automatiskt att du är bög. Jag har…" Här hejdade hon sig ett ögonblick, men märkte att där inte fanns utrymme för tvehågsenheter. "… jag har själv varit tillsammans med kvinnor ett par gånger under mitt liv, det var skönt, men jag förstod rätt snart att jag hörde hemma i det andra lägret."

"Har *du* varit lesbisk?"

Hans förvåning var storögd och hundraprocentig.

"Jag sa att jag har ett par erfarenheter av lesbisk kärlek. På samma sätt som du antagligen har erfarenhet av hur det är att vara med en man."

"Det var som fan", sa Henrik och drack lite vin. "Det hade jag inte trott."

"Hade inte du en tjej när du gick på gymnasiet, till exempel? Hanna eller vad hon hette?"

111

"Jag hade faktiskt två", erkände Henrik. "Men det funkade aldrig nåt vidare."

"Låg du med dom?"

"Ja. Eller vad man ska kalla det."

Han skrattade självironiskt. Men där fanns en godmodighet också; hon lutade sig närmare honom.

"Och eftersom det funkade bättre med den här killen du förmodligen träffat i Uppsala, så drar du slutsatsen att du är homosexuell?"

"Nja, men…"

"Rätt många är lite bi-, vet du. Så småningom väljer man bort det ena eller det andra, svårare är det faktiskt inte. Det är som att välja yrke… eller bil, man behöver faktiskt inte både en Bugatti och en Rolls Royce."

"En Bugatti och en Rolls…?"

Han skrattade igen men kom av sig; det sorgliga hann ifatt honom på nytt. Han såg på henne med lätt oscillerande blick från mycket nära håll.

"Kristina, jag är faktiskt bög. Jag är tacksam för att du försöker lägga balsam på såret, men det ändrar inte utgångsläget."

Hon höll kvar hans blick. Det gick fem sekunder. Fem svirrande sekunder då någonting började hända; det kändes märkligt att sitta här och titta in i sin systersons blå ögon på det här viset och på det här alldeles för korta avståndet. Det gick ytterligare sekunder, det omgivande rummet tycktes på något vis förlora både sin form och sitt innehåll, långsamt välvdes en glaskupa, en kuvös över dem, och plötsligt föreföll alla förutsättningar upphävda.

Nej, tänkte hon, det är bara ett försök att sätta guldkant på berusningen. Sedan sa hon:

"Lägg din hand på mitt bröst, Henrik."

Han tvekade men rörde sig inte.

"Seså, jag har ingen behå, det ser du. Varsågod."

Han gjorde som hon sagt. Först utanpå hennes blus, sedan inunder. Hans hand var varm och varsam. Hennes bröstvårta styvnade omedelbart.

"Vad känner du?"

Han svarade inte. Hans hand darrade lite. Eller också var det hon själv. Varför skulle jag bromsa nu? tänkte hon. Varför låta det stanna vid en halvmesyr? Hon tryckte handen mot hans skrev. Höll den kvar där medan hon kände hur han växte. Vad gör jag? skrek en röst inuti henne. Vad i helvete håller jag på med?

Men hon ignorerade den. "Jag har två bröst", viskade hon. "Varsågod."

Han lydde igen. Hon knäppte upp hans jeans och stack in handen. Greppade honom.

"Vad känner du?"

Han svalde. Släppte henne fortfarande inte med blicken. Som om den var den illusoriska tråd allting hängde i. Han smekte hennes bröst nu. Hon fick ner hans kalsonger under pungen och tog ett bättre tag. Rörde honom försiktigt upp och ner några gånger. Han öppnade munnen och andades tyngre.

"Herregud", sa han och slöt ögonen.

"Ja", viskade Kristina. "Just det. Herregud."

Robert bestämde sig för att gå ett helt varv runt den nattsvarta idrottsparken innan han tog fram telefonen. Ett sista ångervarv. En tunn, diffus nederbörd hade börjat falla, ett nytt frostigt regn som kom och lade sig som en kall hinna över hans ansikte och hår, men fortfarande kände han sig inte riktigt frusen. Han hade inte sett en enda människa den

113

sista kvarten, bara två bilar i rörelse och en strykarkatt, som hoppat fram ur ett prång på Johannes kyrkogata alldeles framför fötterna på honom.

"Det blir inte mycket ensammare än så här", mumlade han för sig själv när han på nytt kom upp till huvudingången – och på något vis kändes det som en trösterik tanke. Som om han äntligen nått botten. På ensligt strövtåg runt Kymlinge idrottspark en natt i december. Han plockade fram mobilen. När han öppnade locket såg han att klockan hunnit bli 01.51.

Stannade upp, drog ett djupt andetag och tände en cigarrett. Kände att det bara fanns två kvar i paketet och slog numret.

Hon svarade efter tre signaler.

"Ja, det är jag."

"Jeanette?"

"Ja."

Det lät inte som om hon vaknade upp, men han visste att sådant var svårt att avgöra. Vissa människor kunde nästan tala i sömnen och ändå låta pigga och nytra. Hennes röst var lite sträv, en aning väsande. Men varm, han tyckte om den – och för en idiotisk sekund blixtrade en replik förbi i hans hjärna.

I'm your long lost lover and there's snow on my hair.

Han lyckades hejda den, hann inte fundera över var i hela friden den kom ifrån. "Förlåt mig", sa han istället. "Det här är Robert, Robert Hermansson. Jag vet att det är mitt i natten, men jag hade lite svårt att sova, och om du fortfarande…?"

"Kom", sa hon enkelt. "Jag väntar på dig."

"Det var inte min mening att…"

"Kom, bara", sa hon. "Jag har ju bjudit in dig och jag hade

114

faktiskt inte somnat. Du vet var jag bor?"

"Ja", sa Robert. "Du berättade det. Fabriksgatan 26... är det någon kod?"

"Nitton femtioåtta", sa hon. "Var är du nu?"

"Idrottsparken."

"Idrottsparken? Vad gör du i idrottsparken mitt i natten?"

"Jag tog en promenad. Och så kom jag att tänka på dig."

"Bra", sa hon. "Då är du här om tio minuter. Jag sätter på te. Eller vill du hellre ha ett glas vin?"

"Te blir bra... tror jag."

"Allright. Vi kan ta bägge delarna. Jag ser fram emot att träffa dig, Robert. Nitton femtioåtta."

Sedan tryckte hon bort samtalet. Hennes röst stannade kvar i honom, han tyckte plötsligt att det funnits någonting vagt bekant över den. Han stoppade ner telefonen i jackfickan, kastade ifrån sig den halvrökta cigarretten och styrde stegen tillbaka i riktning mot Fabriksgatan.

Hon hade bara klänning och trosor på sig och var hur lättåtkomlig som helst, men när han trevat sig fram till hennes känsligaste punkt, avbröt hon verksamheten.

"Vi måste tänka oss för, Henrik", viskade hon i hans öra. "Vi får inte göra andra människor illa."

"Mhm?", sa Henrik.

"Men om du vill går jag gärna hela vägen. Du lägger väl märke till att jag är en kvinna, hoppas jag?"

"Du är en kvinna", erkände han med hes röst. "Jag måste få fortsätta."

Hon släppte kroppskontakten med honom, sköt honom ifrån sig. Rättade till trosorna och klänningen. Pendylen slog två, de spröda slagen blev hängande i rummet som en otvetydig erinran om yttervärldens existens. Det fanns inte bara den här soffan och de här två människorna i världen. Det fanns, tänkte Kristina, överhuvudtaget en oändlighet av förlamande förhållanden och omständigheter att ta hänsyn till. Om man ville vara på det humöret.

"Imorgon natt, Henrik", sa hon. "Jakob åker tillbaka till Stockholm sent på kvällen. Om du vill väntar jag på dig på hotellet."

"Men?" sa Henrik. "Går det verkligen att...?"

"Kelvin sover alltid som en stock", försäkrade Kristina. "Ja, det går verkligen. Du behöver inte oroa dig... och jag vill gärna lära dig lite om kärlek innan jag är klar med dig. Om det allra bästa."

"Herregud", upprepade han och stirrade på henne. "Jag fattar inte..."

"Ja?"

"Jag fattar inte att det är du och jag som sitter här, Kristina? Vad menar du med det bästa?"

"Fördröjandets konst", sa hon. "Uppskjutandets ljuva lidelse. Men nu skiljs vi åt, jag måste hem till man och barn."

"Kristina, jag..."

Hon höll ett pekfinger över läpparna och han tystnade. Hon kysste honom lätt i bägge handflatorna och reste sig. Vacklade till ett ögonblick när blodet lämnade huvudet, men återvann sig.

"Nej, följ inte efter mig. Vi ses imorgon."

Regnet kändes tätt och egendomligt, som en sorts flytande, mjuk mossa, tänkte hon, och det följde henne längs hela den långa och ödsliga Järnvägsgatan. Hon var tacksam för det. För dess kyla och dess envetenhet. Bland de tusen tankar och känslor som rev i henne, var det två som ropade med

116

högre röst än alla de andra.

Vi kommer verkligen att löpa linan ut imorgon natt.

Detta kommer inte att sluta väl.

Och när hon smög genom korridoren på väg till rummet på första våningen av Kymlinge Hotell – en tredje röst som inte var hennes egen: Jag är så kåt på min systerson att jag måste väcka min man och älska med honom.

Klockan var tjugo minuter över två, men det spelade ingen roll.

10

Karl-Erik Hermansson vaknade klockan tjugo minuter i fyra av ett distinkt klick inuti huvudet.

Det hade aldrig hänt förr. Varken det ena eller det andra. Det brukade inte klicka till i skallen på honom, och han brukade alltid sova som en stock fram till kvart i sju. Arbetsdag som vilodag.

Fast nu fanns det förstås inga arbetsdagar längre. Bara vilodagar. Det var ett så kallat obestridligt faktum. Ett livsvillkor att lära sig acceptera.

Aldrig mer dra fram sin treväxlade Crescent ur garaget och trampa de ettusentrehundrafemtio meterna till Kymlingeviksskolan. Aldrig mer i en enda elegant, svepande rörelse fiska upp nyckelknippan ur kavajfickan, stoppa nyckeln i låset och bjuda den slöa horden att stiga in i sal 112. Aldrig mer ur minnet citera Marcus Antonius tal till folket den 15 mars 44 f.Kr.

Bara vilodagar. En oändlighet av morgnar då han kunde ligga kvar i sängen så länge han ville och sedan ägna dagens timmar åt vad det vara månde. Belöningen. Sötebrödsdagarna efter ett helt liv av slit och släp och nya läroplaner. Men varför hade han vaknat tjugo i fyra? Varför hade det sagt klick inuti hans huvud? Det hördes ett svagt susande också som han inte tyckte att han kände igen. Fast det var nog snarare elementet under fönstret på Rosemaries sida. Hon hade väl skruvat upp det i smyg som vanligt.

Men ändå, någonting hade hänt, just så kändes det faktiskt, det svävade som en oro inuti bröstet på honom, någonting pickande och lite ansträngt, var det inte så? Han låg stilla och försökte känna efter. Och var det inte... var det inte så att det var just den här timmen – mellan tre och fyra på morgonen – då flest människor dog? Den stund då livslågan blåstes ut när den tynade som allra svagast. Det hade han med allra största säkerhet läst någonstans. Det kunde väl aldrig...?

Karl-Erik Hermansson satte sig kapprak upp i sängen. Det svirrade till ett par sekunder innan blodet hann med att syresätta hans hjärna, men när denna process var i hamn kunde han, tack och lov, konstatera att han kände sig alldeles kärnfrisk. Rätt så, tämligen kärnfrisk åtminstone.

Och inte förrän nu, inte förrän han vigt och spänstigt svängde benen över sängkanten och satte ner fötterna på den mjuka, luddiga sängmattan, kom han ihåg vad det var för dag.

Hundrafemårsdagen.

Sextiofem för honom själv. Fyrtio för Ebba.

Och sedan vaknade tiotusen andra omständigheter av bara farten. Estepona. Rosemarie. Självsprickorna på hans vänstra fot. Men skit i det, i Andalusien fanns inga självsprickor. Muy bien. Whisky. *Whisky?* Just det, den där rökiga skrytwhiskyn som Kristinas karl kommit dragande med och som han fortfarande kunde känna smaken av uppe i gommen. Lundgren på banken, han dök också upp, och det hörde förvisso till saken. Till de saker han behövde tänka på. Papperen som skulle skrivas under på onsdag eftermiddag, det var imorgon faktiskt, och den där uppblåsta familjen som skulle flytta in här, han kunde svära på att varken mannen eller kvinnan kunde namnge så mycket som tre minist-

119

rar eller två svenska uppfinnare som haft betydelse för den industriella utvecklingen under arton- och nittonhundratalet. Kretiner. Skulle bli skönt att lämna det här historielösa landet. Riktigt skönt; fast för tillfället kunde han själv inte komma på vad familjen Uppblåst egentligen hette. Struntsamma, vad mera?

Robert.

Robert. Nej, bort med honom.

Rosemarie istället. Inga kommentarer. Nej, tillbaka till den nyutslagna självsprickan på hans vänstra fot, som skulle försvinna så snart han satte ner den på Spaniens röda jord... ja, alltså inte foten, men väl sprickan, Karl-Erik Hermansson hade alltid varit noggrann med syftningarna även i sina tankar... och så hopp igen till Robert.

Bort. Det är en annan sorts struktur på mina tankar så här dags på dygnet, tänkte Karl-Erik Hermansson lite förvånat och kom sig inte för att göra annat än att bli sittande på sängkanten och betrakta tavlan över Örebro slott, som han vunnit på en korsordstävling 1977. Rosemarie hade inte velat hänga upp den, men sedan han väl förklarat för henne vilken utomordentligt viktig roll slottet spelat i svensk historia, hade hon förstås givit vika.

Robert igen. Allright, allright. Den förlorade sonen; han hade bestämt sig för att ha sitt stora samtal med honom redan under gårdagskvällen – för att få det ur världen – men det hade inte blivit av. För mycket folk och för många omständigheter, helt enkelt. Och whisky. Måste se till att det blev det idag, således. Helst så tidigt som möjligt. Innan man satte sig till bords för födelsedagsmiddagen i alla händelser. Det fanns saker man inte kunde gå runt.

Samtalet mellan Fadern och sonen. Stort F men litet s, just så såg han det faktiskt framför sig i textat skick inuti huvudet.

Märkligt, men det fanns en poäng i det. Men *samtal* var fel ord, det var just ett samtal det inte skulle bli; vad det gällde, närmare bestämt, var att klargöra en ståndpunkt. Att man... tankarna slirade runt på tomgång en stund och fick fäste... att man befann sig på den absoluta nollpunkten.

Det kunde inte bli värre. Just så skulle han säga. *Nollpunkten* var bra. Det bjöd emot att ens tala om saken. Den vanära Robert dragit över familjen skulle hänga kvar livet ut... nej, han vill inte höra några ursäkter eller förklaringar. Det Robert hade gjort lät sig inte relativiseras, och nej igen, vi hade sannerligen inga planer på att lämna landet, mamma och jag, det hade vi inte, men som det har blivit har vi ingen annan utväg. Ser vi oss ingen annan råd.

Skam, Robert, skulle han säga, skammens träsk har du knuffat ner oss i, och det får vi leva med, och nu vill jag inte säga ett ord mer i den här saken.

Ärendet? Säga i det här ärendet? Nej, *saken* var bättre. *Ärendet* lät för... ja, han visste inte riktigt vad.

Han reste sig och gick ut till badrummet. Satte sig ner på toalettstolen och pinkade. Sedan mer än tio år tillbaka pinkade han alltid sittande om morgnarna, det var ingenting att hymla om. Men bara om morgnarna. Det rann ännu långsammare än det brukade idag, kanske berodde det på den ovana tidpunkten, det hade inte hunnit flöda till ordentligt, och han hann gå igenom hela talet till Robert en gång till medan han satt där.

Han hade haft det i huvudet i över en månad. Orden, formuleringarna, de noggrant avvägda pauserna. Det skulle bli en... en sorts pedagogiskt mästerstycke. I kortheten skönjes mästaren. Robert skulle sitta tyst. Hans faders ord skulle borra sig in i honom obevekligt och bestämt. *Som fästingar i en skabbig hund*, hade han läst någonstans. Robert skulle

121

förstå vad han hade gjort. Han skulle ångra sig bitterligen, men det skulle inte hjälpa. Han skulle se på sin far och han skulle förstå att för någonting sådant här kunde man inte be om förlåtelse. Blott tystnaden och glömskan kunde med tiden lägga en dimma över det som varit. En dimma och ett balsam. Jag hade bara en son, Robert, skulle han säga... konstpaus... och jag har fortfarande bara en son. Sådan är min lott. Din mor har inte mått bra av det här, Robert, jag har flera gånger fruktat för hennes liv. Nej, *förstånd* var bättre. Fruktat för hennes förstånd. Skammen borde vara din och enbart din, Robert, men den tillkommer också din familj. Nej, du behöver inte säga något. Ord är bara luft efter sådana här handlingar. Du skall veta att rektor Askbergson ville entlediga både mamma och mig för resten av terminen – av omtanke om oss – men vi stod kvar. Rakryggade gick vi till våra arbeten, rakryggade såg vi våra kolleger, nej, arbetskamrater var bättre, rakryggade såg vi våra arbetskamrater i ögonen. Jag vill att du kommer ihåg det, Robert. Vi kommer att lämna landet nu i vår, men vi gör det med högburna huvuden. Det vill jag att du kommer ihåg.

Han satt kvar och tuggade på orden, trots att det droppat färdigt för en god stund sedan. Därefter reste han sig, drog upp pyjamasbyxorna och spolade. Tvättade händerna och såg sig i spegeln. Någonting hade hänt med hans högra öga, var det inte så? Oklart vad, men det var sig inte riktigt likt. Ögonlocket hängde en millimeter längre ner än brukade. Eller var det bara inbillning?

Han blaskade kallt vatten i bägge ögonen och kontrollerade igen. Nu såg det normalt ut.

Jovisst, inbillning, bara.

Klockan var fem i fyra. Han gick tillbaka till sovrummet och kröp ner i sängen bredvid sin hustru. Det svaga susandet från elementet hördes fortfarande. Örebro slott hade inte rört sig.

Måste försöka somna om, tänkte han. Har en lång dag framför mig.

Allra först anlände en liten släktdeputation vid niotiden. Det var Karl-Eriks båda kusiner från Göteborg med make respektive maka, de hade råkat ha vägarna förbi och bestämt sig för att titta in en timme på den stora dagen. En halv tårta och tolv koppar kaffe gick åt. Varken Robert, Leif eller pojkarna var uppstigna (eller hade åtminstone sinnesnärvaro nog att hålla sig kvar på övervåningen); man satt i köket, de fyra förbifarande, de bägge födelsedagsfirarna, Rosemarie, samt en medföljande boxervalp som hette Silly och som pinkade tre gånger under bordet.

Samtalet gick lite trögt och kretsade huvudsakligen kring en gemensam, till Amerika avrest släkting (Gunvald, 1947), det rådande ränteläget samt alla de trevliga människor man lärde känna genom att helt enkelt skaffa sig en hund.

Teveprogrammet "Fångarna på Koh Fuk" nämndes i förbigående och av misstag, men tråden togs inte upp.

Släktdeputationen avreste efter förrättat värv i två snarlika småbilar i metallic, den ena vit, den andra gråvit, vid pass kvart över tio. De kvarlämnade två presenter: ett större, ramat konstverk (100x70 cm) i form av ett havsmotiv i noppad ylle, samt ett mindre, ramat strandmotiv (70x40 cm) i noppad ylle. Konstnären hette Ingelund Sägebrandt, Rosemarie var inte säker på om det var en man eller en kvinna. I samråd med Ebba bestämde hon sig för att tills vidare förvara bägge tavlorna i garaget.

När denna undanstuvning var avklarad, gick hon ut och lyfte på locket till den tomma brevlådan; det hade börjat snöa och hon kände redan de karaktäristiska tecknen på en annalkande halsbränna. Den här dagen kommer aldrig att ta slut, tänkte hon.

Klockan elva anlände åtta kolleger från Kymlingeviksskolan. Leif hade kommit ner från övervåningen, men inte Robert och inte pojkarna. Inte heller hade Kristina, Jakob och Kelvin hörts av; Rosemarie antog att man passade på att unna sig en riktig sovmorgon på hotellet och när hon tänkte efter tyckte hon att det var lika bra.

Bland kollegerna förefanns den dråpliga spexerskan och matematiklärarinnan Rigmor Petrén, som var jämngammal med Rosemarie, hade opererat bort båda brösten, men var still going strong. För tjugofem år sedan och däromkring hade hon undervisat Ebba i matematik (en termin i fysik också), och nu hade hon komponerat en ny dråplig visa som riktade sig både till Karl-Erik och till hans präktiga dotter.

Den innehöll tjugofyra verser och medan den framfördes åttastämmigt ägnade Rosemarie sina tankar åt två saker. För det första föreställde hon sig ett maratonlopp under vatten i mörker, det var en ny och på sätt och vis intressant bild av livet, för det andra tyckte hon att det var något fel på Karl-Eriks ansikte. Han såg inte ut riktigt som vanligt där han satt rakt uppochner på en köksstol och log så att käkarna vitnade.

Fast kanske var det helt enkelt på det viset man skulle betrakta allting, tänkte hon. Som en uthållighetsfråga. Rigmor Petrén hörde till de lärare som alltid hann med alla moment i alla kurser. År efter år efter år. Inte ens cancern bet på henne. Hennes dråplighet lade allt som kom i hennes väg i aska. Leif Grundt smet ut på toaletten under vers sju och återkom under vers nitton.

När sången var över gick man in i vardagsrummet och

drack tjugonio koppar kaffe, åt upp resten av kusintårtan och två tredjedelar av nästa. Konsumföreståndare Grundt underhöll med en roande och jämförande studie över skinkpriser inför julen. Rosemaries halsbränna slog ut i full blom.

Sedan höll adjunkt Arne Barkman ett känsloladdat tal till Karl-Erik. Ungefär mitt i var han tvungen att avbryta sig och snyta bort den starka rörelse han inte kunde undgå att drabbas av i ett sådant här ögonblick. Han och Karl-Erik hade suttit i samma pedagogiska arbetsrum i nästan trettio års tid, och Arne frågade sig nu om det överhuvudtaget skulle vara möjligt för honom att återvända till sitt skrivbord på Kymlingeviksskolan i januari. Det tomrum Karl-Erik lämnade efter sig gick inte att beskriva i ord, påstod han. Därför tänkte han inte heller försöka. Tack, Karl-Erik, det var allt han ville säga. Tack för allt. Tack, tack, tack.

"Tack Arne", sa Karl-Erik påpassligt och gav sin gamle kamrat en dunk i ryggen så att näsduken åkte fram igen.

Två blomsterkvastar, en större, gulaktig och en mindre, rödaktig hade överbringats redan vid ankomsten, men nu var det dags för presenterna. Först en bok av Richard Fuchs till Ebba, hon var ju trots allt läkare och kunde säkert behöva ett gott skratt. Sedan sju gåvor till Karl-Erik, antalet symboliserade muserna eller gracerna eller dygderna, eller vilket sjutal man nu ville skattskriva sig åt, haha, och alla med en klar hänsyftning till det iberiska.

Ett tjurhuvud i brons på dryga kilot. En Rioja Gran Reserva från 1972. Ett sexhundrasidigt bildverk om Alhambra. En tapaskokbok. En spansk reseskildring av Cees Nooteboom. Ett par kastanjetter i ädelträ. En CD-skiva med gitarristen José Muñoz Coca.

"Jag är rörd", erkände Karl-Erik Hermansson.

"Det var alldeles för mycket", sa Rosemarie.

"Dom är ju till dig också förstås litegrann, kära Rosemarie", förklarade Ruth Immerström, samhällskunskap, religion och historia. "Ja, det blir verkligen ett tomrum efter er, det är precis som Arne säger."

Kollegerna avtågade i samlad tropp strax före klockan ett. Rosemarie placerade alla gåvorna på ekskänken under tavlan som föreställde slaget vid Gestilren, och Ebba begav sig omedelbart upp till övervåningen för att sätta fart på sina bägge söner och sin bror.

"Robert är inte här", konstaterade hon när hon kom ner till köket tio minuter senare för att hjälpa sin mor med disken.

"Inte här?" sa Rosemarie. "Vad menar du med att han inte är här?"

"Jag menar att han inte är här, förstås", sa Ebba. "Han har bäddat sängen, men han är inte däruppe. Och inte härnere heller."

"Vem är det som inte är här?" undrade Kristina, som anlände i samma stund tillsammans med make i Armanikostym och son i sjömans-.

"Vilken vacker klänning du har", sa Rosemarie. "Du har alltid klätt i rött. Tänk att Ebba är så blå och du är så röd. Man kunde nästan tro att..."

"Tack, kära mamma", sa Kristina. "Vem är det som inte är här?"

"Robert, förstås", sa Ebba. "Men han har väl stuckit ut för att promenera och röka igen. Han har ju ett och annat att fundera över. Har ni sovit gott på hotellet?"

"Tack, utmärkt", försäkrade Jakob med Kelvin hängande som en trasdocka i famnen. Det är nåt allvarligt fel på den där ungen, tänkte Rosemarie automatiskt.

"Du ser faktiskt lite trött ut, Kristina", sa hon med samma sorts automatik. Det var någonting med döttrars utseende som det inte gick att tiga om. "Jag trodde ni hade haft en ordentlig sovmorgon."

"Jag är översövd", sa Kristina. "Grattis pappa. Grattis Ebba. Var gjorde du av paketen, Jakob?"

"Jävlar också", slank det ur Jakob. "De blev kvar i bilen."

"Jag hämtar dem sen", sa Kristina. "Det är väl inte dags än, kan jag tänka. Går du och lägger Kelvin däruppe?"

Jakob och Kelvin lämnade köket. Kör hon med honom? tänkte Rosemarie. Det märkte jag inte igår?

"Har det hänt nåt med ditt ansikte, pappa?" frågade Kristina. "Jag tycker inte du är dig riktigt lik."

"Det är åldern", sköt Leif Grundt in.

"Ja, jag vet inte riktigt", sa Karl-Erik och strök sig med båda händerna utefter kinderna. "Jag vaknade halv fyra inatt och kunde inte somna om. Förstår inte varför, nej, jag känner mig lite trött, faktiskt."

"Du behöver klippa näshåren", sa Rosemarie.

"Jag tycker pappa ska ta en tupplur", deklarerade Ebba. "Det har varit lite ståhej här på morgonen, kan vi berätta för dem av er som inte var närvarande."

Det är inte bara det att jag inte hittar mina känslor för dem, tänkte Rosemarie, de tycker inte om varandra heller. Om jag inte får ett glas Samarin snart brinner jag upp.

Bröderna Grundt dök upp i dörröppningen, välkammade och beslipsade.

"God morgon på er, rötägg", hälsade deras fader gemytligt. "Men hej och hå, vad är det för tattarsnören ni har fått om halsen?"

"Nu tror jag vi tar lite kaffe och en smörgås när alla är församlade", sa Rosemarie Wunderlich Hermansson.

11

Under eftermiddagen sjönk temperaturen fem grader och snöfallet tilltog. Den sydvästliga vinden vred till nordvästlig dessutom, och ökade från tre till åtta meter per sekund, men inget av detta lade på minsta vis hinder i vägen för dagens nästa inplanerade programpunkt: stadsvandringen.

Sedan åtminstone tjugofem år tillbaka hade Karl-Erik Hermansson genomfört den knappt två timmar långa promenaden med de åttondeklasser han undervisade i något av de samhällsorienterande ämnena – för att bibringa det uppväxande släktet en åtminstone rudimentär kunskap om den egna staden och dess sevärdheter – och så stor skillnad var det faktiskt inte på maj och december.

Stadshuset. Skomakarmuseet. Gamla vattentornet. Hemmelbergska gården. Gahnska parken och den välbevarade Rademachersmedjan invid Kymlingeåns fall. För att nu bara nämna något.

För några av dagens deltagare var det mesta förstås skåpmat, men Nya biblioteket hade invigts för bara åtta månader sedan och den färdigrestaurerade altarmålningen i kyrkan hade ingen av dem haft tillfälle att beskåda tidigare.

Dessutom var det skönt att komma ut. Församlingen var fulltalig, sånär som på Rosemarie, som i samråd med väninnan och hjälpkokerskan Ester Brälldin stannade hemma för att organisera den instundande middagen, och Robert, som ännu inte synts till.

"Det är väl typiskt att han inte kan anpassa sig ens till det här", sa Ebba till sin syster, när deras far var klar med historiken över och de många turerna kring Skomakarmuseet och tecknade åt skaran att fortsätta i snöyran upp mot Linnégatan.

"Vad då typiskt?" undrade Kristina. "Han har väl sin frihet som alla andra?"

"Frihet?" sa Ebba och slog ut med armarna som om hon inte riktigt kunde erinra sig vad det var för ett konstigt begrepp. "Vad i hela friden talar du om?"

"Jag menar bara att vi inte ska döma honom innan vi vet vad han har för skäl", sa Kristina.

"Jag skulle väl aldrig drömma om att döma någon", sa Ebba. "Du sårar mig, Kristina."

"Förlåt, då", sa Kristina och torkade bort snoret under sin sons näsa med en pappersnäsduk. "Det är så lätt att kritisera Robert, bara."

"Hmff", sa Ebba och körde sin arm under sin mans.

"Nå, pojkar", vände sig Karl-Erik Pedagogfura till bröderna Grundt, "kan ni säga mig varför det här årtalet står ingraverat ovanför den här porten?"

"Artonhundrafyrtioåtta?" sa Henrik tankfullt och stannade upp. "Det kommunistiska manifestet. Fast jag visste inte att det var i Kymlinge dom satt och skrev det."

"Haha", skrockade Karl-Erik, som lyckats få i sig en kvarts tupplur, trots den välfyllda dagen, och verkade vara i lite bättre form igen. "Mycket bra, min gosse. Nej, Marx och Engels satte såvitt känt aldrig sina fötter i Kymlinge. Men din mor kanske kan upplysa oss?"

"Stadsbranden", svarade Ebba prompt. "Hela Kymlinge brann ner det året. Det var nästan bara träbebyggelse på den tiden, och det här var det enda huset som klarade sig. Lehrbergska huset. Det sägs alltså att det bara var en ensam piga hemma den aktuella natten, och att det var hennes fromhet och böner som räddade både henne och huset."

"Exakt", sa Karl-Erik. "Och det är sedan på 1850-talet som den moderna staden byggs. Det Kymlinge vi känner. Nytt gatunät i stället för det gamla medeltida. Två nya torg, Södra torg och Norra torg. Stadshuset, som sagt... saluhallen och..."

"Det var då ett jävla snöande", sa Leif Grundt. "Tur man lagt på vintersulorna. Tog verkligen den där whiskyn slut igår?"

"Leif, jag ber", sa Ebba och släppte hans arm.

"Den tycks ha gått åt, ja", konstaterade Karl-Erik med lätt bekymrad min. "Ja, man kan faktiskt undra var Robert blivit av."

Som om det plötsligt slog honom att dessa två omständigheter kunde ha något slags samband med varandra, tänkte Kristina och för första gången kände hon ett hugg av oro för brodern. Klockan var över halv fem, han hade inte synts till på hela dagen, nog var det en smula underligt? Till och med för att vara Robert.

Fast kanske satt han hemma i köksvärmen på Allvädersgatan och pokulerade med sin mor och Ester Brälldin.

"Nu tar vi en rask promenad bort till kyrkan, sedan tror jag det kan vara dags att gå hem och smörja kråset", förklarade Karl-Erik, fällde ner öronlapparna på sin skinnmössa från tidigt sextiotal, och tog befälet över den huttrande skaran.

"Hu, vilket väder", utbrast Rosemarie Wunderlich Hermansson trekvart senare när alla stod och stampade i tamburen. "Har alla kommit tillbaka välbehållna? Nej, var är...?"

"Kristina och Henrik gick in på ICA och köpte någonting", förklarade Ebba. "Har Robert dykt upp?"

"Nej", sa Rosemarie medan hon hjälpte den sovande Kelvin ur selen på hans faders mage. "Jag förstår verkligen inte var det blivit av honom. Men ni måste ju vara genomfrusna. Var det verkligen nödvändigt att släpa ut allihop i det här yrvädret, Karl-Erik?"

"Trams", sa Karl-Erik. "Jag är faktiskt äldst i hela församlingen. Om inte jag tagit någon skada, förstår jag inte varför någon annan skulle ha gjort det. Nu tar vi en glögg framför brasan i vardagsrummet."

"Naturligtvis gör vi det", instämde hans hustru. "Det passar bra, vi kan nog sätta oss till bords om en timme ungefär. Els-Marie har ringt och gratulerat, förresten. Till er bägge två, förstås."

"Tack", sa Ebba.

"Tack", sa Karl-Erik.

Eftersom det inte ansågs riktigt lämpligt att unge Kristoffer drack glögg, ansågs det heller inte lämpligt att Henrik gjorde det. Av syskonsolidariska skäl. Bröderna tog tillfället i akt att dra sig tillbaka till sitt grönrandiga rum en halvtimme.

"Jo, det var en sak", sa Henrik efter att ha komponerat och avsänt ett nytt SMS.

"Mhm?" muttrade Kristoffer ointresserat från sin säng.

"Jag... jag behöver din hjälp."

Va? tänkte Kristoffer. Min hjälp? Nu tror jag tamejfan världen håller på att rämna. Harmageddon eller vad det hette?

"Öh... javisst", sa han.

"Inte din hjälp, riktigt", sa Henrik. "Din tystnad, snarare."

"Jaha?"

Han märkte att hjärtat plötsligt galopperade i bröstet på honom, och han hoppades vid gud att brodern inte skulle märka det.

"Bara en överenskommelse om att du håller tyst, alltså."

"Vad gäller saken?" sa Kristoffer och låtsades gäspa.

Henrik låg tyst på sin säng några sekunder och verkade överlägga med sig själv. Kristoffer började vissla lite lojt.

"Jag tänker dra ut ett par timmar inatt."

"Va?"

"Jag sa att jag tänker vara borta några timmar inatt."

"Varför då?"

"Och jag vill att du håller tyst om saken."

"Jag förstår… men varför tänker du vara borta?"

Henrik tvekade igen.

"Jag tycker inte du behöver veta det. Jag vill bara inte att du talar om det för mamma… eller för någon annan."

Kristoffer visslade några toner till. Stairway to heaven, faktiskt, lät det som. "Om jag ska hålla tyst, tycker jag att jag har rätt att veta vad du ska göra."

"Det tycker inte jag."

Kristoffer tänkte efter.

"Kanske det, men i det här fallet, så…"

Henrik satte sig upp på sängkanten.

"Allright", sa han. "Jag ska träffa en gammal kompis."

"En kompis? Här i Kymlinge?"

"Ja. Vad är det för märkvärdigt med det? Dom flyttade hit för några år sedan."

Jävlar, vad du ljuger, brorsan, tänkte Kristoffer. Och vad dåligt du ljuger. Men vad tusan ska jag säga?

"Är det en tjej?" frågade han. Det kom nästan automatiskt, utan att han tänkte det först, men i samma stund som orden

132

hoppade ut ur munnen på honom förstod han att det var precis rätt fråga att ställa. Med tanke på omständigheterna. *Alla* omständigheter. Det gick tre sekunder.

"Ja", sa Henrik. "Det är en tjej."

Kristoffer kände hur upphetsningen tickade i honom och han blev tvungen att simulera en ny gäspning för att kamouflera den. Gosse, tänkte han, du ljuger som en travhäst skiter. Det är väl aldrig så att tjejen heter Jens?

Men hur fan kunde det komma sig att Jens befann sig i Kymlinge? Bodde inte Jens i...?

Nej visst, ja, tänkte Kristoffer. Det var ju Jenny som bodde i Karlskoga, och det speciella med Jenny var ju att hon antagligen inte existerade.

"Nå?" sa Henrik.

"Eh... javisst", sa Kristoffer. "Jag ska hålla tyst. Inte ett ord över mina läppar."

"Bra", sa Henrik. "Ja, det är ju inte säkert att jag sticker iväg, men om."

"Men om", upprepade Kristoffer. "Jag förstår."

Inte, lade han till inuti sitt eget huvud. Inte riktigt.

Fast när han tänkte efter, så var det ju ingenting som sade att Jens inte hade sitt föräldrahem någonstans i närheten av Kymlinge. Eller i själva stan. Faktiskt inte, även om det föreföll en smula osannolikt.

Nåja, tänkte Kristoffer, intressant resa det här, onekligen. Bättre än jag trodde, det ska erkännas.

"Jag förstår inte vad du menar", sa Karl-Erik irriterat. "Vad är du ute efter egentligen?"

"Det är väl inte så svårt att begripa", sa Rosemarie. De befann sig ute i tvättstugan, dit Rosemarie föst iväg sin man med milt våld. "Robert har inte kommit tillbaka."

"Jag har noterat det", sa Karl-Erik. "Men nu är det så att bordet är dukat, förrätten är klar enligt vad Ester säger, och allihop sitter och väntar. Menar du att vi ska låta den där förbannade slyngeln ruinera hela…?"

"Det är din son", avbröt Rosemarie. "Tänk på vad du säger, Karl-Erik."

"Bah", sa Karl-Erik. "Jag har tänkt på vartenda ord jag yttrat i femtio års tid. Nu får det snart vara nog. Kan du få in det i din skalle?"

Vad i hela friden är det med honom? hann Rosemarie tänka innan Robertmolnet på nytt tog över och förmörkade hennes sinne.

"Lugna ner dig", sa hon. "Jag har upptäckt en sak dessutom."

"Jaså minsann. Och vad är det du har upptäckt? Klockan är snart halv sju, vi kan verkligen inte vänta längre. Det är inte bara jag som håller på att tappa tålamodet."

"Det jag har upptäckt", sa Rosemarie med tillkämpad långsamhet, "är att han inte har sovit i sin säng på hela natten."

"Dumheter. Det är klart att han har. Var skulle han annars ha sovit? Och bilen står ju här utanför."

"Jag vet att hans bil står kvar", sa Rosemarie och tog ett steg närmare sin man, så att hon kom att tala på bara två decimeters avstånd från hans ansikte. Det kändes ovanligt, men det fanns inget bättre sätt att komma underfund med hur många glöggar han petat i sig. "Nu ska du höra på vad jag säger, Karl-Erik", sa hon. "Robert har inte sovit i sängen. Jag stoppade in en av hans gamla pyjamasar och en handduk under kudden, och det ligger kvar ihopvikt precis som jag placerade det. Robert måste ha givit sig av redan inatt. Han gick aldrig och lade sig."

134

Karl-Erik fick ett stråk av nervositet över ögonen, men hon kunde bara känna en högst måttlig glöggdoft ur hans mun. "Har du pratat med... med Kristina och de andra?" frågade han. "Jag tror han satt uppe med dom... vilka det nu var... som stannade kvar efter att du och jag gått till sängs?"

"Jag har inte nämnt det här för någon", sa Rosemarie och tog ett steg tillbaka igen. "Jag upptäckte det för fem minuter sedan, bara."

Karl-Erik spände ut bröstkorgen och såg bister ut.

"Vi får fråga de andra, förstås. Han kanske har sagt någonting... du menar att han skulle ha gått ut sent igår kväll, alltså?"

"Vad tror du själv?" svarade Rosemarie. "Det känns i varje fall inte speciellt roligt att sätta sig till bords."

"Hans mobil!" kom Karl-Erik på. "Vi ringer till hans mobil, förstås."

"Har jag redan gjort", sa Rosemarie uppgivet. "Sex eller sju gånger under eftermiddagen. Den verkar avstängd, jag kommer bara fram till svararen."

Karl-Erik suckade. "Hans väska? Han hade väl en väska med sig igår?"

"Står kvar på rummet", sa Rosemarie. "Karl-Erik...?"

"Ja?"

"Karl-Erik, det kan väl inte vara så att det har hänt honom någonting?"

Karl-Erik Hermansson harklade sig överdrivet högljutt, samtidigt som han försökte skratta och skaka på huvudet. Det såg ut och lät som en sjuk hund. "Dumheter. Vad skulle kunna hända Robert här i Kymlinge? Nu går vi till bords. Han dyker väl upp, och om han inte gör det, hör vi efter med de andra efter maten. Det finns faktiskt viktigare hänsyn

135

att ta just nu, det måste du väl hålla med om, Rosemarie, lilla?"

"Allright", nickade Rosemarie dystert. "Vi får väl lov att göra så i alla fall, då."

I dörren på väg in mot det väntande matbordet hejdade sig Karl-Erik ett ögonblick, som om han plötsligt erinrade sig hur det egentligen förhöll sig med saker och ting och ville få det ordentligt understruket. "Du ska veta en sak, Rosemarie", sa han. "För tillfället är jag förbannat trött på Robert. Om det visade sig att han rymt till Australien igen, skulle ingen vara tacksammare än jag."

"Jag har förstått det, Karl-Erik", svarade Rosemarie och gick ut i köket för att meddela Ester Brälldin att det nu var klart att servera blinierna med rödlök, ångad sparris och två sorters stenbitsrom.

Det hölls tal.

Till blinierna och Rieslingvinet hälsade den äldste jubilaren hela fotbollslaget välkommet (härvid inräknade han tydligtvis både sig själv, den frånvarande Robert, och Ester Brälldin ute i köket, annars blev det knappast elva). Det var en stor dag, förklarade han. För honom själv och för Ebba. Att fylla fyrtio betydde att man fortfarande befann sig i språnget, man hade tio år kvar till livets middagshöjd, som var femtio. Att fylla sextiofem betydde inte enbart att man hade landat, man hade också gått i mål. Bildligt talat, alltså, och om man ville hålla sig kvar en stund på den inslagna idrottsmetaforikvägen.

Det sista ordet var krångligt och Karl-Erik stakade sig en smula, något som fick hans hustru att ännu en gång fråga sig hur det stod till med honom egentligen. Inte var han riktigt att känna igen, den trägne pedagogfuran?

136

I alla händelser kastade han sig in i en tjugo minuter lång exposé över den svenska grundskolan sedan starten 1968, utbringade därefter en skål för den "goda Kunskapen med stort K, som är sig själv nog och inte säljer sig åt giriga marknadssybariter och tillfälliga strömmingar" (det borde väl ha varit strömningar? tänkte Rosemarie), och hälsade slutligen alla välkomna en gång till.

Därefter blev det rådjurssadel med primörer, syltlök, svart vinbärsgelé och pommes duchesse, och innan omtagningen var det Leif Grundts tur. Hans inlägg sönderföll i tre delar. Först berättade han en svårbegriplig historia om en storbystad charkuterissa på en Konsumbutik i Gällivare, sedan prisade han sin hustru för hennes dygder i tjugo sekunder, och slutligen sa han att han för sin personliga del aldrig skulle ha gissat att hans svärfar var en dag över sextiofyra och ett halvt.

Under osten började Rosemarie plötsligt att gråta. Hon blev tvungen att lämna bordet, och när hon återkom förklarade hon att känsloutbrottet berodde på den starka rörelse hon utan förvarning hade drabbats av. Nu när alla (nästan) var församlade och allting.

Till dessa allas förvåning (utom möjligen Ebbas) ställde sig i det ögonblicket Henrik upp och sjöng en sång a cappella – sannolikt en sorts italiensk serenad – ett tilltag som möttes av stormande applåder och som betydligt förhöjde stämningen.

Därpå blev det toscapäron i konjaksgrädde och ett sofistikerat men aningen opersonligt (vilket kan ha berott på att han hållit det cirka tjugo gånger tidigare i olika sammanhang, konstaterade hans hustru) tack-för-maten-tal av Jakob. Härvid drogs även Ester Brälldin ut ur köket och bespisades med ett glas av det omtyckta Málagavinet.

Slutligen var det dags för kaffe, tårta och presenter. Tyngd-punkten för Ebbas del härvidlag låg på en hel serie av nytt vardagsporslin av ett känt engelsk märke; tallrikar, flata och djupa, assietter, kaffe- och tekoppar, uppläggningsfat och byttor och soppterrin – men även ett par s.k. upplevelse-gåvor: Hasseluddens Yasuragi inklusive middag och trettio minuters stenmassage, samt Selma Lagerlöf Spa i Sunne med body-splash (där hon redan varit två gånger, men vem kunde hålla reda på sådant?).

För Karl-Eriks blev utfallet lite mer blandat: diverse bok-verk av olika slag, en morgonrock, en käpp med silverkrycka, fem sidenslipsar (av allt att döma inköpta av Robert på flyg-platsen i Bangkok), en digitalkamera samt en gammal lito-grafi föreställande höstslaget vid Baldkirchenerheim1622.

Inte förrän även denna punkt på dagordningen var av-verkad, kom frågan om vart Robert tagit vägen upp till de-batt. Klockan var nu närmare elva och själva 105-årsfirandet kunde på sätt och vis sägas vara avslutat. Det var tid att lufta liken i garderoben en smula, som Leif Grundt lite klumpigt uttryckte saken och för vilket han fick en mild tillrättavisning av sin jämnt fyrtioåriga hustru.

"Han gick ut för att ta en promenad och en cigarrett", sa Kristina. "Jag tittade inte på klockan, men hon var väl halv ett ungefär."

"Hur verkade han?" frågade Rosemarie.

"Inte vet jag", sa Kristina. "Som vanligt, antar jag."

"Varför frågar du hur han verkade, mamma?" undrade Ebba.

"Det är väl en naturlig fråga i sammanhanget", sa Rose-marie.

"Säkert", sa Leif Grundt. "Han har väl hittat ett fruntim-mer, helt enkelt. Det verkar ju vara det han behöver."

"Leif", sa Ebba skarpt. "Nu är det nog."

"Jaja", sa Leif. "Det var en teori, bara. Vad har ni andra för teorier?"

"Jag tror klockan var lite mer än halv ett", påpekade Kristoffer försiktigt. "Jag gick till sängs tjugo i ett och då var han kvar. Jag sa god natt till honom."

"Allright", sa Karl-Erik. "Tio minuter hit eller dit spelar väl ingen roll. Har vi verkligen ingenting annat att tala om?"

"Det har vi alldeles säkert, Karl-Erik", inföll hans hustru. "Men nu är det faktiskt så att vi är några stycken som är en smula oroade för Robert. Även om inte du tycks vara det."

Karl-Erik drack ur sitt kaffe och reste sig.

"Behöver gå på toaletten", förklarade han.

"Shit happens", sa Leif Grundt.

"Men ärligt talat, Kristina, hur tyckte du han verkade? Ni var ju ute och pratade förtroligt. Var han berusad när han gick iväg?"

Kristina betraktade sin mors oroliga ansikte och försökte väga orden. Vad skulle hon svara? Hade Robert betett sig egendomligt på något vis? Berusad? Tja, det är klart att han inte hade varit nykter.

Det hade hon inte varit själv heller. Förvisso inte. Men sanningen att säga hade hon varit inriktad på annat. Herregud ja, det hade hon sannerligen varit, i synnerhet *efter* att Robert gått ut.

Och idag hade Henrik sagt att han absolut tänkte komma och träffa henne på hotellet. Om hon hade trott att eftertanken skulle få honom att blekna, så hade hon tagit grundligt miste.

"Jag kommer till dig inatt, Kristina", hade han deklarerat när de som på en överenskommelse lyckats smita in på

139

ICA-butiken efter stadsvandringen. "Du har väl inte ändrat dig?"

Hon hade skakat på huvudet. Nej, hon hade inte ändrat sig. Inte om inte han hade gjort det.

Sedan hade de knappt bytt ett ord med varandra på hela kvällen. Undvikit att se på varandra, det var kanske inte så konstigt. Och under hela den långa taffeln hade hon känt en märklig upphetsning, som påminde om... ja, som påminde om hur det hade varit när hon var en hormonstinn fjorton-femtonåring och intresserad av än den ena, än den andra finniga tonårspojken. Medan Henrik framförde sin sång hade hon haft svårartad hjärtklappning.

Och samtidigt: om Ebba hade haft en aning om vad som försiggick mellan hennes son och hennes syster, skulle hon inte tveka en sekund att döda henne. Kristina visste detta med en övertygelse lika stark som... som den ett mycket litet djur känner när det plötsligt står öga mot öga med en lejoninna som tänker försvara sin avkomma. Ja, det var nog ingen dålig bild av läget.

Men Robert? Nej, hon hade faktiskt ingen aning om vad Robert kunde tänkas ha för sig.

"Säg nånting, Kristina", uppmanade hennes mor. "Stå inte bara där och fundera." De befann sig ute i arbetsrummet med var sitt litet glas Baileys i handen. Rosemarie hade manövrerat in dem hit och Kristina förstod att modern inbillade sig att hon satt inne med någon sorts hemlig information i ärendet.

"Jag är ledsen, mamma", sa hon. "Men jag vet faktiskt inte. Det är klart att Robert inte mått bra, men om du tror att han gått ut och tagit livet av sig, så är jag rätt säker på att du har fel."

"Jag har väl aldrig sagt att..." började Rosemarie, men

avbröt sig själv genom att stampa i golvet. Stirrade därefter förvånat på sin fot och verkade ha nära till gråten igen.

Kristina stod tyst ytterligare en stund och iakttog sin mor. Tyckte plötsligt oändligt synd om henne och fick en oväntad impuls att krama om henne. Men hon hann inte ens lägga handen på hennes arm, förrän Jakob stod i dörröppningen.

"Kristina?"

"Ja?"

Han behövde inte säga mer. Hon visste. Han hade suttit och druckit Ramlösa hela kvällen och började närma sig bristningsgränsen. Det märktes rätt tydligt för den som förmådde tolka tecken. Han längtade efter att komma härifrån. Längtade efter att få dumpa av sin hustru och sin son på hotellet och sätta sig i bilen i ensamt majestät. Köra hem till Stockholm på nattomma vägar och lyssna på Dexter Gordon i CD:n. Detta var en annan sorts läge, och det var inte utan att hon förstod honom.

Och det där hastigt uppdykande ögonblicket av ömhet för modern falnade och dog.

"Allright, Jakob", sa hon. "Ja, det är väl dags, kanske."

"Inte ska ni väl åka redan?" utbrast Rosemarie. "Vi har ju inte ens..."

Men hon hittade inga ord för att beskriva de fiktiva nödvändigheter som ännu återstod. "Jag är bara så orolig för Robert", sa hon istället.

"Det har säkert en naturlig förklaring", sa Jakob. "Han dyker nog upp vilken minut som helst."

"Tror du verkligen det?" sa Rosemarie, och tittade troskyldigt på sin måg. Som om Jakob Willnius, i kraft av att vara huvudstadsbo och dessutom anställd i chefsposition vid Sveriges Television, också skulle besitta den clairvoyanta förmågan att tala om vad som hänt med förlorade söner som virrat bort sig i vinternatten ute i landsorten.

"Säkert", upprepade han. "Han kanske kände att pressen blev för stor, bara. Det vore ju inte alldeles obegripligt i så fall. Eller hur?"

"Kan... kanske det", stammade Rosemarie Wunderlich Hermansson. "Nej, jag hoppas det är som du säger. Att ingenting har hänt honom. Jag är bara så..." Hon vandrade med blicken mellan sin dotter och hennes milt leende make några gånger, men fann inte på någonting mer att säga.

För en sekund, tänkte hon, för en sekund fick jag för mig att Kristina tänkte krama mig. Men det var tydligen bara inbillning.

"Jag går upp och gör i ordning Kelvin", sa Jakob. "Eller?"

"Javisst", nickade Kristina. "Gör det. Tack mamma, det var ett trevligt kalas."

"Men ska ni verkligen redan...?" försökte Rosemarie, men det skorrade så illa i hennes egna öron att hon för tredje eller fjärde gången på mycket kort tid bet huvudet av orden och tystnade.

Vad är det med mig? tänkte hon. Jag kan inte ens tala som folk längre.

12

Det fanns sammanlagt arton bilder av huset i Spanien, och efter att Kristina, Jakob och Kelvin givit sig av till hotellet i sin Mercedes, förevisades dessa.

"Vem har tagit dem?" frågade Ebba.

"Jag, förstås", sa Karl-Erik

"Så ni har varit där?"

"Bara jag", förklarade Karl-Erik. "Jag åkte ner över en helg. Första advent, faktiskt. Det var tjugotre grader i skuggan, fast det fanns nästan ingen skugga, haha. Blå himmel som en riktig svensk sommardag."

Fotografierna gick runt. Arton lite oskarpa bilder av ett vitkalkat, platt hus i ett stort kluster av andra vitkalkade, platta hus. Kala berg i bakgrunden. En och annan bougainvillea. En och annan cypress. En liten pool med vita plaststolar och ljusblått vatten.

På ett par av motiven såg man också havet på avstånd. Det föreföll att ligga någon halvmil bort, och ett nätverk av moderna trafikleder ledde ner mot det.

"Inga inomhusbilder?" frågade Leif Grundt.

"De som bor där nu var hemma", förklarade Karl-Erik. "Flyttar ut i februari. Jag ville naturligtvis inte tränga mig på."

"Jag förstår", sa Ebba.

"Hade bara min gamla systemkamera", lade han till lite urskuldande. "Den fungerar inte som den ska, mäter ljuset fel. Det var därför jag önskade mig den här digitala istället. Vi kommer att kunna skicka bilder till er varenda vecka. Över nätet."

"Det ser vi fram emot", sa Leif Grundt.

"Hur många pixlar?" undrade Kristoffer.

"Många", sa Karl-Erik.

Det blev tyst en kort stund och väggklockan passade på att slå tolv.

"Jag hoppas verkligen att ni är överens om det här och att ni vet vad ni ger er in på", sa Ebba.

"Har du varit i Granada, min flicka?" sa Karl-Erik och fick en milt tillrättavisande ton i rösten. "Har du stått på nya bron i Ronda och tittat ner i ravinen? Har du…?"

"Pappa, jag säger inte att det är fel att flytta dit, jag hoppas bara att ni inte tagit ett förhastat beslut."

Karl-Erik samlade ihop fotografierna och stoppade in dem i kuvertet han förvarade dem i. "Ebba, vi ska inte diskutera det här nu", sa han sammanbitet. "Jag behöver inte påminna dig om vad som hänt under hösten. Det finns situationer i livet då man måste fatta ett beslut."

"Man måste väl få fråga?" sa Ebba.

"Är det någon som vill ha en smörgås innan vi går och lägger oss?" undrade Rosemarie, som just kom in från köket. "Eller lite frukt?"

"Men har du blivit tokig, mamma?" sa Ebba. "Vi har ju suttit och ätit fem timmar i sträck."

"Jag…"

Men rösten bröt sig, hon drog ett djupt andetag och gjorde ett nytt försök.

"Jag funderar på om vi inte… om vi inte borde ringa till polisen."

144

"Det kommer inte på fråga", förklarade Karl-Erik för sin hustru när de blivit ensamma i sovrummet en kvart senare. "Vad du än gör, så kontaktar du inte polisen. Jag förbjuder det."

"Förbjuder?"

"Ja, förbjuder."

Hans ansikte hade en färg som Rosemarie inte kunde påminna sig att hon sett förr. Jo, på plommon och andra övermogna frukter kanske, men aldrig på sin make.

"Men käre Karl-Erik", försökte hon. "Jag tänkte ju bara att..."

"Du tänkte överhuvudtaget inte", avbröt han ilsket. "Fattar du inte vad det skulle ställa till med? Som om det inte vore nog med vad han redan åstadkommit! Att han har mage att komma hit och försvinna ovanpå allt annat, fy fan, jag står inte ut med att tänka på det... Runk-Robert går upp i rök i Kymlinge! Kan du se löpsedlarna, Rosemarie? Det är din son vi talar om!"

Rosemarie svalde och sjönk ner på sängkanten. Hon hade nog aldrig sett honom så arg förr. Inte på fyrtiofem år. Om jag säger emot honom nu, får han en blodpropp och dör, tänkte hon.

"Säg inte det där ordet, är du snäll", sa hon spakt och han gick muttrande och småsvärande ut till badrummet.

På sätt och vis hade han förstås rätt, hon insåg det. Hon vågade inte tänka på vad tidningarna skulle skriva och vad folk skulle säga, om det kom ut att Robert faktiskt hade försvunnit. Här i Kymlinge. I samband med ett födelsedagskalas hemma hos föräldrarna!

Och om hon ringde polisen, kunde man nog vara säker på att det kom ut. Hälften av allt som stod i tidningarna och hälften av vad nyheterna på radio och teve handlade om hade med polisen att göra. På det ena eller andra sättet.

Gode Gud, vad skall jag ta mig till? tänkte Rosemarie Wunderlich Hermansson och knäppte händerna i knät – men det enda svar hon fick var en bild som projicerades på hennes inre näthinna: den föreställde Robert, övergiven och ihjälfrusen i en snödriva. Gode Gud, hjälp mig, försökte hon på nytt, jag orkar snart inte längre.

Och hon erinrade sig den där drömmen hon haft. Om fåglarna med sina märkliga pratbubblor i näbbarna. Att det var hennes eller Karl-Eriks liv det gällde. Låt honom leva, tänkte hon nu. Ta bort mig istället. Om jag inte behöver vakna upp imorgon bitti, så kommer jag bara att känna en stor tacksamhet.

"Du vill inte åka med?" frågade Jakob Willnius när han stannat framför Kymlinge Hotells svagt rödskimrande entré.

"Jag tror inte det", sa Kristina.

"Det skulle bara ta en kvart att springa upp och packa ihop grejerna, vet du", sa han.

Kristina nickade obestämt. Hans egen resväska låg redan i skuffen, han hade klarat av den detaljen när de åkte iväg på morgonen. Med typisk Jakob Willniuseffektivitet. Han tänkte alltid på allt; små, små detaljer som kunde ligga flera timmar – eller dagar – in i framtiden, men som med fördel kunde skötas om i förväg.

Vill han verkligen ha med mig? tänkte hon. Eller låtsas han bara? För artighets skull. Familjepolitisk korrekthet?

Hon kunde inte avgöra vilket.

"Nej", sa hon. "Jag tror faktiskt vi stannar tills imorgon."

"Är det det här med Robert som hindrar dig?"

"Bland annat. Det känns lite taskigt att bara ge sig iväg. Om han inte dyker upp, behöver nog mamma… ja, inte bara Ebba att prata med."

146

Vilken otroligt bekväm ursäkt, tänkte hon. Tala om att förädla sina låga motiv. Men han köpte det naturligtvis.

"Allright", sa han. "Jag förstår. Men hur ska ni ta er upp, om inte den gode Robert kommer tillbaka?"

"Det finns tåg", sa Kristina. "Men det känns faktiskt som om jag inte bara kan åka härifrån, om det visar sig att han är försvunnen på riktigt. Jag menar, då måste det ju ha hänt någonting. Han kan inte ha *planerat* det här."

Hon knäppte loss Kelvin ur barnstolen. Jakob klev ur bilen och gick runt till passagerarsidan. "Nej, du behöver inte följa med upp", sa Kristina. "Jag tar Kelvin på armen och väskan i andra handen. Det går fint."

"Barnstolen?" sa Jakob. "Om du åker med Robert behöver du kanske...?"

"Vi kan sitta i baksätet i så fall. Och jag har verkligen ingen lust att dra med den på tåget."

Hon steg ur och hivade upp Kelvin på armen. Pojken vaknade till och betraktade sina föräldrar med sin vanliga, sorgsna uppsyn. Därefter lutade han huvudet mot Kristinas axel och somnade om. Jakob strök honom varligt med avigsidan av handen över kinden, medan han såg ömsom på barnet, ömsom på sin hustru.

"Kristina", sa han. "Jag älskar dig. Glöm inte bort det. Jag tyckte det var så skönt när du kom hem igår."

Hon log hastigt och skuldmedvetet. "Det tyckte jag också. Och jag älskar dig också, Jakob. Förlåt mig om jag inte visar det tillräckligt."

Hon ställde sig på tå och kysste honom. "Seså, ge dig iväg nu. Vi ringer imorgon. Lycka till med din amerikan, men kör försiktigt först."

"Jag lovar", sa Jakob Willnius, nuddade flyktigt med fingrarna vid hennes kind på samma vis som han nyss rört vid

147

sin son. "Tur att det slutat snöa, de har nog hunnit få bort det mesta."

Sedan kröp han in i bilen och körde iväg.

När hon kom upp på rummet var klockan tjugo minuter över tolv. Hon bäddade ner Kelvin i extrasängen i alkoven utan att han vaknade, klädde av sig och gick och ställde sig i duschen.

Vad är det jag håller på med? tänkte hon. Vad är det som driver mig till det här? Skulle... skulle inte Jakobs kärlek vara nog, nu sköljer jag bort hans sista beröring och förbereder mig för en annan.

Det är skamligt, finns inget annat ord.

Det var berättigade tankar förvisso, men samtidigt visste hon att vilka anklagelser hon än riktade mot sig själv, vilka fördömanden hon än slungade ut, så skulle det bara vara fråga om ett retoriskt spel.

Det är i sådana här stunder, när folk gör sådana här val, som de ruinerar sina liv, konstaterade hon.

Och det märkliga är att det är så djupt mänskligt.

Ändå handlade det bara – på ett visst plan – om att hjälpa Henrik att hitta sin sexualitet. Det var detta som satt igång det hela. I varje fall ville hon intala sig det, och om... *om* allt slutade väl, för det kunde det faktiskt göra, det *borde* det faktiskt göra... så kanske de, han och hon, systerson och moster, en gång i framtiden kunde le åt alltihopa och tänka tillbaka på det som ett gott minne. En ljuv hemlighet, som de delade och kunde bära med sig inkapslad under hjärtat under resten av sina liv. Ta fram till beskådande endast under korta, utvalda stunder.

Det där har jag läst i tre romaner och fem veckotidningar det senaste året, tänkte hon, klev ur duschen och började torka sig med hotellets knallröda badlakan.

Betraktade sedan sin nakna kropp i spegeln på samma neutrala, milt accepterande sätt som hon gjort häromkvällen i sitt eget badrum i Gamla Enskede.

Försökte föreställa sig hur det skulle kännas när den blott nittonårige Henrik tryckte sin gängliga kropp emot henne. Trängde in i henne.

Om en timme kanske. En och en halv?

Hon tog med sig mobiltelefonen och kröp naken ner mellan de behagligt svala hotellakanen. Fast de hade inte bytt sedan igår, noterade hon. Jakob och hon hade älskat häftigt, nästan brutalt, i just den här sängen, med just de här sängkläderna, för mindre än tjugofyra timmar sedan. Och nu...

Hon fingrade över apparatens pyttesmå knappar, men någonting höll henne tillbaka. Röster ropade i henne att besinna sig. Hon bestämde sig för att vänta i tio minuter och tänka efter; försöka simulera någon sorts eftertanke åtminstone.

Två saker dök upp ur virrvarret av motstridigheter. Det första var den där bilden av Ebba som en lejonhona som försvarar sin avkomma till sista andetaget. Med blodet sipprande mellan tänderna.

Det andra var någonting annat, någonting hon med säkerhet kunde säga att hon inte tänkt på på flera år. Det var en sak Jakobs dotter Liza hade sagt den där gången hon ringde från London.

Att Jakob kunde bli våldsam. *Han är inte bara en sån där sofistikerad filbunke som du tror, det är lika bra du får reda på det, så du är lite förberedd.*

Jakob våldsam? Hon hade inte trott på det då, och det hade aldrig funnits minsta tecken. Dessutom föraktade tvillingdöttrarna både sin far och henne, det hade det aldrig rått något tvivel om. De skulle inte dra sig för att så falska frön.

Så varför dök det upp just nu?

Lejonhonan och den våldsamma filbunken?

Kristina skrattade till. Hon hade ingen avsikt att utsätta sig för vare sig det ena eller det andra. Men skrattet skorrade och dog. Hon vägde mobilen i handen. De hade inte kommit överens om någonting, men hon hade hans mobilnummer. Kanske väntade han på en klarsignal.

Jag vågar inte, tänkte hon plötsligt.

Men hennes fingrar på de pyttesmå tangenterna tycktes styra henne. När hon väl slagit numret var tre små tryckningar allt som behövdes.

Kom

Och så *Skicka. Yes* eller *No?*

Hon klickade bort det. Det fick bli hans avgörande.

13

Kristoffer Grundt hade nästan inte tänkt på Linda Granberg på hela dagen, men när han tittade ner på sin snopp medan han stod och pinkade alldeles före sänggåendet i VFR (Världens Fulaste Rum, som bröderna enats om att benämna det), gjorde han det.

Han undrade hur det hängde ihop. Att han kom att tänka på Linda medan han stod med snoppen i handen.

Men innan han trampade vidare längs detta freudianska spår (jodå, Kristoffer Grundt visste vad Sigmund Freud var för en figur, trots att han inte var mer än fjorton år), stoppade han in Lille Ville (som hans mor alltid kallat hans ståtliga organ när han var mindre) i kalsongerna och tänkte att han var en tönt. En nörd och en fjant och en inbilsk pajas, you name it. Linda Granberg skulle aldrig någonsin komma i vägen för Lille Ville och lika bra var det. Och om hon ändå gjorde det skulle hon sannolikt skratta sig fördärvad.

Fast när han kommit i säng fem minuter senare var hon där i huvudet på honom igen, och det var också först nu han kom på att hon måste ha reagerat på hans fräcka SMS från gårdagen på något vis.

Han önskade att han visste hur. Han önskade också att han inte bara skrivit att hon skulle komma till Birgers kiosk, utan att han haft vett att be henne meddela sig med honom på något vis. Fast hur? En gång till *hur?*

Kanske kunde han skicka ett nytt SMS? Helt enkelt fråga

151

om han fick låna Henriks mobil, hans positioner när det gällde brodern hade ju flyttats fram en smula sedan igår. Han kanske skulle säga ja? Även om Henrik förstås ännu inte hade de nya positionerna riktigt klara för sig.

Han suckade. Satan också att han slarvat bort sin egen apparat. Att leva utan mobil i dagens läge var som att vara en dinosaurie på stenåldern, tänkte Kristoffer Grundt. Man var dömd att gå under.

Å andra sidan var han inte säker på att han ville veta. Tänk om Linda blivit skitförbannad och bara ville be honom fara och flyga. I så fall kunde han gärna vänta ett par dagar på beskedet.

Och när han tänkte närmare på det, verkade det dumt att pressa Henrik. Dumt att vara kaxig och antyda att man satt med oanad trumf på handen. Kunde säkert behövas bättre någon gång i framtiden. För om Linda skulle hinna svara på ett nytt SMS, skulle han faktiskt behöva behålla broderns mobil. Och det var nog lite mycket begärt. Klockan var halv ett på natten; om hon fick ett meddelande nu, skulle hon kanske inte svara förrän imorgon bitti. Och även om svaret kom redan under natten, kunde han knappast be Henrik lämna kvar telefonen, när han nu snart gav sig iväg för att träffa Jens.

Jens? Det var väl honom det var frågan om?

Vem skulle det annars vara? Kristoffer betraktade förstulet sin bror, som just kom in i VFR, och undrade om han bar på fler hemligheter. Kanske var det, trots allt, bara en gammal kompis han skulle träffa, och så hade han sagt att det var en tjej för att retas lite? Det var ingen omöjlighet.

Jag skiter i vilket, bestämde Kristoffer. Och jag skiter i hans telefon också.

Men han ångrade att han inte bett att få låna den under

dagen. Eller någon annans. Kristinas eller morfars, till exempel. Varken pappa Leif eller mamma Ebba hade tagit med sina på resan; pappa Leif för att han avskydde mobiltelefoner (även om han insåg att han var tvungen att ha en i jobbet), mamma Ebba för att hon ville slippa de tio dagliga samtalen från kolleger som inte visste hur de skulle bära sig åt när de skulle operera.

För det skulle ha varit skönt att ligga här och veta att Linda längtade efter honom, tänkte Kristoffer. Alldeles otroligt skönt.

Henrik kröp ner i sängen i T-shirt, kalsonger och strumpor.

"När tänker du dra?" frågade Kristoffer.

"Bry dig inte om det", sa Henrik. "Bara du håller tyst. Det kanske inte blir nåt, förresten."

"Hur ska du få veta om det blir nåt?"

"Snälla Kristoffer. Sov nu och tänk på nånting annat. Om jag ger mig iväg dröjer det säkert minst en halvtimme till."

Kristoffer släckte sin lampa och funderade en stund.

"Okej, brorsan", sa han. "Ha det så kul i vilket fall som helst. Du kan lita på mig."

"Tack, jag ska komma ihåg det", sa Henrik och släckte han också.

Det kändes bra, tyckte Kristoffer. Att Henrik tackade honom. Det brukade han sällan göra – i ärlighetens namn för att det sällan fanns någon anledning, men nu fanns det alltså det. Jag måste i alla fall hålla mig smygvaken och kolla om han kommer iväg eller inte, tänkte Kristoffer och vände på den alldeles för stora och alldeles för hårda kudden.

Men när Henrik Grundt försiktigt tassade ut genom dörren tjugo minuter senare, hade Kristoffer Grundt redan somnat och drömde att han trampade tandemcykel med Linda Granberg. Hon satt fram och han satt bak; hennes nakna rumpa vickade och dansade framför ögonen på honom och det var underbart att leva.

"Det är någonting med Henrik", sa Ebba. "Jag känner det."

"Henrik?" mumlade Leif från sin trånga halva av sängen.

"Menar du inte Kristoffer?"

"Nej", sa Ebba. "När jag säger Henrik, menar jag Henrik."

"Det gör du rätt i", sa Leif. "Och vad skulle det vara med honom, då?"

"Jag vet inte. Men det är någonting som inte stämmer. Han är sig inte riktigt lik. Jag undrar om det hänt något i Uppsala som han håller inne med. Har inte du lagt märke till att... ja, att det är någonting?"

"Nej", svarade Leif helt sanningsenligt. "Det har nog gått mig förbi, tyvärr. Men jag har snappat upp att Robert verkar ha ramlat ur brädet."

Detta bemöttes med tystnad, och Leif funderade hastigt på om det kunde vara lönt att placera en hand på hennes höft. Han trodde inte det. Hon var nästan alldeles nykter och dessutom irriterad. Själv var han lite full och lite trött.

Och de hade redan älskat en gång i december.

"Ska vi tända lampan?" frågade han utan att förstå varför han frågade just det. För att kasta ljus över Henrik, kanske? Eller över Robert eller över allting?

"Varför skulle vi tända lampan? Klockan är snart ett."

"Jag vet", sa Leif Grundt. "Jag tar tillbaka förslaget. Men

var tror du Robert håller hus, alltså?"

Det dröjde några sekunder innan Ebba svarade.

"Där vill jag nog ge dig rätt", sa hon.

"Va?" sa Leif med uppriktig förvåning. "Nu förstår jag inte vad du menar."

"En kvinna", suckade Ebba. "Du hade ju en teori om att han hade träffat en kvinna. Jag håller med, det låter faktiskt ganska troligt. Han har förstås nån gammal flamma i den här stan också."

"Hm", sa Leif Grundt och placerade försiktigt sin högra hand på hennes höft.

Men det var precis så lönlöst som han hade förutspått.

Två riktiga teorier på en och samma dag, således, tänkte han glatt och gav ifrån sig ett fniss i mörkret.

"Vad ligger du och skrattar åt?" frågade Ebba. "Om det finns något att skratta åt i det här läget vill jag gärna dela det med dig."

"Delad glädje är halv sorg", sa Leif och vände ryggen åt henne. "Nej det var ingenting, bara nåt som kliade i näsan. Nu sover vi på saken."

Jag är gift med en idiot, tänkte Ebba Hermansson Grundt. Men jag har valt honom själv.

Eller har jag inte det?

Vägarna visade sig vara inte fullt så farbara och framkomliga som Jakob Willnius hade förmodat, och det tog honom över en timme att tillryggalägga de första sju milen. Han mötte två snöplogar och körde om en.

Det gjorde i och för sig inte så mycket. Han tyckte om att köra bil ensam, i synnerhet om natten; Mercedesen spann som en katt och i CD-spelaren snurrade en skiva med Thelonius Monk. Han tänkte på Kristina. Insåg att han gått och oroat sig lite för deras förhållande den senaste tiden, men nu kändes det bra. Det hade varit några veckor sedan de älskade senast; men hon hade haft mens och han visste att det inte var någonting att bekymra sig över. Och inatt hade de haft ett härligt famntag. Varför använder jag ett så urgammalt ord som "famntag"? tänkte han, men kärt barn hade förstås många namn. Hon hade tagit för sig på ett sätt som hon nästan inte gjort sedan tiden före Kelvin. Och nu, när de skildes åt utanför hotellet för en dryg timme sedan, hade han sett på henne att hon gärna skulle ha tagit emot honom inatt också.

Och hon hade sagt att hon älskade honom – på det där viset som betydde att hon verkligen gjorde det.

Du är lyckligt lottad, Jakob Willnius, tänkte han. Förbannat lyckligt lottad, kom ihåg det.

Han visste att det var så. Ingen tvekan om att han hade haft tur. Fått mer än han förtjänade. Det hade kunnat sluta med en katastrof med Annica, det hade det verkligen, men han hade klarat sig helskinnad ur det. Hade det velat sig riktigt illa kunde det ha blivit både rättegång och skandal, men tack och lov hade han haft pengar. Annica och hennes advokat hade accepterat en ekonomisk lösning, under förutsättning att hon fick vårdnaden om bägge döttrarna och slapp se honom igen.

Men Annica var en annan historia, tänkte han, den hade utspelats i ett annat kapitel av hans liv. Han hade lärt sig.

Fast det hände att han drömde om henne, både mardrömmar och motsatsen; heta, upphetsande drömmar som ibland var så verkliga att han tyckte sig känna hennes lukt när han vaknade efteråt.

Just nu var det dock Kristinas lukt han hade kvar i näsborrarna. Fan också, tänkte han, vad jag längtar efter henne.

Han önskade att hon följt med honom. Om inte den där förbannade Robert gått och försvunnit, kunde hon ha suttit bredvid honom i bilen nu; de skulle ha färdats tillsammans genom natten och han skulle bara ha behövt sträcka ut handen för att...

Telefonen avbröt hans fantasier.

Det är hon, tänkte han. Det är Kristina.

Men det var det inte. Det var Jefferson.

"Jakob, I'm terribly, terribly sorry", inledde han.

Sedan bad han om ursäkt för att han ringde mitt i natten, men det var inte detta han var så ledsen för. Nej, saker och ting hade trasslat till sig något så infernaliskt i Oslo. *Infernally complicated.* Var de alltid så här omöjliga att ha att göra med, norrmännen? Inte riktigt vana vid förhandlingsbordet, var det så? Statliga förordningar överallt? Fast struntsamma, det kunde Jakob säkert informera honom om vid ett senare tillfälle. Men nu var det alltså så att han måste bli kvar i Oslo en hel dag till, och sedan ta direktflyget till Paris på torsdagen. Det där mötet de hade kommit överens om gick helt enkelt inte att pressa in. Kunde de kanske träffas i början av januari istället? In Stockholm, of course, han måste bara över Atlanten och fira jul och nyår i Vermont först – men sedan, runt den 5–6 of January, vad trodde Jakob om det?

Din uppblåsta, amerikanska Harvardbög, tänkte Jakob.

"Javisst", sa han. "Det möter inga hinder."

Jefferson tackade, förklarade på nytt att han var terribly, terribly sorry, önskade god jul och lade på luren.

Jakob Willnius svor och tittade på klockan. Den var kvart i två. Han stoppade tillbaka mobiltelefonen i kavajens bröstficka. Kastade en blick på bensinmätaren och konstaterade att han hade knappt kvartstank kvar.

Det återstod åtminstone tre timmars körning till Stockholm, förmodligen tre och en halv med tanke på väglaget. Plötsligt kände han sig trött.

Om han vände om, skulle han kunna krypa ner hos sin hustru om drygt en timme.

I samma ögonblick som han tänkte detta – och innan han hunnit fatta något beslut – dök en nattöppen bensinstation upp. Han svängde av vägen. Under alla förhållanden behövde han tanka och få i sig en kopp kaffe.

Jag ringer henne och hör efter vad hon tycker, tänkte han. Om hon är likadan som igår, säger hon inte nej.

Men när han åter skulle fiska upp mobilen ur bröstfickan, stötte hans fingrar emot hotellrumsnyckeln, som han hade glömt att återlämna i receptionen på Kymlinge Hotell. Varför inte överraska henne? kom det för honom.

Han klev ur bilen och började fylla 98-oktanig, högpotent bensin i tanken.

Ja, varför inte? Smyga in på rummet tyst som en tjuv om natten, skala av sig kläderna och krypa ner bakom hennes varma rygg.

"Fuck you, Mister Bigmouth Shit-talking Jefferson", muttrade Jakob Willnius när pumpen tickat färdigt. Gick in på macken, betalade bensinen och köpte en dubbel espresso ur automaten. Satte sig i bilen igen och styrde kosan tillbaka mot Kymlinge.

14

När Rosemarie Wunderlich Hermansson vaknade onsdagen den 21 december, var klockan några minuter i sex och hon hade två mycket distinkta tankar i huvudet.

Robert är död.

I eftermiddag blir vi av med huset.

Men inga fåglar. Och inga pratbubblor. Hon låg kvar en stund i sängen och stirrade ut i det omgivande mörkret, medan hon lyssnade till Karl-Eriks jämna andetag och försökte väga dessa tankar. Bedöma sanningshalten i dem. Den första vågade hon överhuvudtaget inte hålla kvar i medvetandet mer än under korta, brådstupande ögonblick. Robert död? Den kom och hon sköt bort den; kom tillbaka, sköts bort. Kanske låg han däruppe i sängen? Kanske hade han återkommit under natten? Hon bestämde sig för att inte gå och se efter. För om han inte låg där, om han faktiskt varit försvunnen i två nätter och en dag, kunde det bara betyda... nej, det var för mycket.

Den andra tanken istället. Huset. I eftermiddag klockan fyra skulle de sitta i Lundgrens rum på banken. Således. Sitta där i hans björkfanerade kontorsmöbler och sälja sina liv. Hon och Karl-Erik. I trettioåtta år hade de bott i det här huset. Ebba hade varit två när de flyttade in, Robert och Kristina var födda här. Och de hade bott nästan fyrtio år i Kymlinge. Här har jag haft min tillvaro, tänkte hon. Här har jag hört hemma. Vad ska det nu bli av mig? Ska jag aldrig mer sitta ute i bersån och äta årets första färskpotatis? Ska jag aldrig få se plommonträdet vi planterade för sex år sedan bära frukt? Ska jag... ska jag sitta i en vit plaststol på ett kalt berg och möta döden? Under Spaniens glödande sol. Är det detta som varit meningen med allt? Var det detta öde gud skar ut åt mig?

Och vad har han tänkt att jag ska ta med mig? Mina sextiotre bortkastade, bortvittrande år? Mitt distanspaket i flamländskt broderi? Min adressbok, så att jag kan skriva vykort varje vecka till mina tre... nåja, fyra, då... väninnor, och berätta om det blå poolvattnet och det blå havsvattnet och de vita plaststolarna?

Nej, tänkte Rosemarie Wunderlich Hermansson. Jag vill inte.

Men det hördes så svagt inuti henne, detta nej. Så urbota svagt och ämligt. Hur skulle hon hitta kraft att gå emot Karl-Erik i det här? Och var? *Var* skulle hon slå ner sina motståndspålar?

Motståndspålar? Vad i hela friden var det? Det fanns väl inget sådant ord... men om Robert var död, tänkte hon plötsligt. Om Robert verkligen var död, inte kunde de gå och sätta sig på banken och skriva bort sina liv under sådana omständig...?

Hon steg upp. Ilsken på sig själv med ens. Varför skulle Robert vara död? Vad var det för löjliga, kråksvarta förutsägelser hon hemföll åt? Och det var så kroniskt typiskt också, var det inte? När barnen var små hade hon alltid umgåtts med tankar på att de skulle omkomma. Hamna i vägen för bussar, ramla ner i vakar eller bli ihjälbitna av rabiessmittade hundar. Robert var trettiofem år gammal, han kunde ta vara på sig själv. Och hade han inte varit frånvarande större delen av sitt liv, förresten? Det var ju hans specialitet, sanningen

160

att säga. Nu höll han sig undan några dagar igen, av det ena eller andra skälet, vad skulle det vara för konstigt med det? Och varför skulle hon bara gå och sätta sig hos kritstrecks-randige Lundgren och avskriva sig sitt liv som en dum gås? Varför inte… varför inte tala om för sin tyranniska pedagog-fura att han kunde packa sin väska och dra till Andalusien på egen hand? Eller vart han ville för den delen. Helt enkelt.

Men hon tänkte stanna där hon hörde hemma. På All-vädersgatan i Kymlinge, Sverige. Åk till Senilkusten, du, och inbilla dig att du skiljer ut dig från de andra solskållade kär-ringarna! Forska i det moriska och judiska arvet? Pyttsan, tänkte Rosemarie Wunderlich Hermansson. Skitprat, Karl-Erik Telefonstolpe!

Hon gick ut i köket och satte på kaffet. Och medan hon satt där med armbågarna fnasande på köksbordet och vän-tade på att bryggaren skulle puttra färdigt, sjönk modet och handlingskraften i henne som en sten i en brunn.

Som vanligt. Precis som vanligt.

Jamen, jag är ju bara en feg gås, tänkte hon. En sextiotre-årig fjolla utan någon som helst uppgift att fylla.

Mer än att oroa mig. Tänka dystra vardagsprofetior och vänta på nästa besvikelse.

Små olyckor och stora olyckor. Olyckan med stort O en dag, kanske. Robert? Var det han som var den tunga profetia som nu skulle gå i uppfyllelse?

Döden? Ja, det kändes som om det faktiskt var just den mörka skepnaden som lurade i vassen den här gången. Var-ken mer eller mindre.

Men inte den egna döden. Den bekymrade henne inte ett vitten. Jag är alldeles för obetydlig för att Döden skulle bry sig om mig, tänkte hon uppgivet. Jag kommer att leva som en krympande dammråtta intill tidens ände.

Nu var kaffet färdigt.

Huset sov ännu. Ännu hade de små olyckorna inte vaknat.

Och inte de stora.

"Nej, mamma lilla", sa Ebba Hermansson Grundt, "vi vill verkligen inte ha lunch också innan vi åker. Vi har över sextiofem mil att köra, vi äter en bit efter vägen, förstås. En normal frukost är vad som behövs."

"Jamen, jag tror..." försökte Rosemarie invända.

"Jag väcker pojkarna och Leif om en halvtimme. Tänk vilken begåvning för att sova män har, håller du inte med om det, mamma?"

"Jag hörde det där", sa pappa Karl-Erik, som stod vid köksbänken och blandade till sin morgonmüsli. "Fördomsfullt tänkande, min flicka. Kom ihåg att väckarklockan uppfanns av en man. Oscar William Willingstone d.ä."

"För att han inte kunde vakna av sig själv, ja, pappa lilla", sa Ebba. "Hur är det med Robert? Har han kommit tillbaka?"

"Jag vet inte", sa Rosemarie.

"Vet inte? Vad menar du med det?"

"Att jag inte vet, förstås", sa Rosemarie. "Jag har inte varit uppe och tittat efter."

Ebba betraktade sin mor med en orosrynka mellan ögonbrynen. Såg ut att ha någonting milt förebrående att säga också, en enkel tillrättavisning från en dotter till en mor, men vad det än var så höll hon inne med det.

"Några operationer kvar före jul?" frågade Karl-Erik och satte sig vid bordet med sin skål.

"Åtta", sa Ebba neutralt. "Men inte särskilt komplicerade. Fem imorgon, tre på fredag. Men sedan blir det jullov i några dagar. Allright, mamma, jag går upp och ser efter."

Hon reste sig och lämnade köket. Rosemarie såg på klockan. Den var några minuter över halv åtta. Hon funderade på att ta sin tredje kopp kaffe, men bestämde sig för ett glas Samarin istället. Lika bra att mota Olle i grind. Karl-Erik hade börjat bläddra i tidningen. Är han lika obekymrad som han verkar? tänkte hon. Eller försöker han bara ge sken av det? Nog skulle han bli bra förvånad om hon körde den stora förskäraren mitt emellan skulderbladen på honom. Skulle han hinna säga något, eller skulle han bara segna ner som en säck potatis på köksgolvet? undrade hon.

Kanske skulle han inte ens ha tid att bli överraskad?

Det får jag aldrig veta, tänkte hon trött. Hon blandade till Samarindrinken. Drack ur glaset i tre djupa klunkar och började plocka ur diskmaskinen. Karl-Erik satt tyst. Hon undrade hur många gånger hon gjort just detta. Plockat den rena disken ur diskmaskinen. Den här var deras tredje. Hade fungerat utan anmärkning i... vad var det nu? Fyra år? Nej mer, åtminstone fem... hon försökte räkna efter medan hon torkade kastrullerna torra med en kökshandduk, det var den enda funktionen hon var lite missnöjd med, torkningen... ja, nästan sex år var det faktiskt. En gång, ibland två gånger, om dagen i sex år, vad blev det? Rätt mycket, fast Karl-Erik ryckte in då och då, det erkännandet måste hon faktiskt...

"Kommer de in och äter frukost?"

"Va?"

"Kristina och dom. De kommer förbi och äter en smörgås innan de ger sig iväg, eller hur?"

"Jag vet inte", svarade Rosemarie sanningsenligt. "Jo, jag tror vi kom överens om det."

"Tror?", sa Karl-Erik.

"Jag minns inte", sa Rosemarie. "Det är ju det här med

163

Robert, det är svårt att ha riktig kontroll på... det andra."

Karl-Erik svarade inte. Läste vidare i tidningen.

Om tre dagar är det meningen att det ska vara julafton, tänkte Rosemarie trött. Och om tre månader är det meningen att jag skall ta mig till ett Supermercado när jag vill gå och handla. Vad har de för diskmaskiner i Spanien? Men om Ebba kommer tillbaka och säger att Robert ligger i sängen däruppe, kom hon plötsligt på, då lovar jag att följa med Karl-Erik utan att gruffa det minsta. Både till banken och till Spanien.

Vad var det för konstig deal? tänkte hon sedan. Det hette väl så? *Deal?* Kohandel hette det förr, det var ett ord hon kände sig mer befryndad med. *Kuhhandel* på tyska. Men varför skulle hon behöva kohandla Robert mot Spanien? Vad var det för idiotiska röster i henne som påstod att hon måste välja det ena eller det andra. Att det var fråga om en sorts hoppets ekvation: Roberts liv eller huset i Kymlinge. Att det vore förmätet att inbilla sig att det skulle lösa sig på båda fronter. Att hon måste...

Ebba återkom.

"Nix", sa hon. "Lillebror var inte hemma idag heller."

Rosemarie kände hur det svartnade för ögonen och för en kort sekund var hon säker på att hon skulle svimma.

Men hon höll sig i köksbänken och återhämtade sig. Stängde igen luckan till diskmaskinen, trots att hon inte avslutat urplockningen. Rätade på ryggen och betraktade sin dotter och sin man, som båda satt där vid köksbordet; tryggt vilande, tycktes det, i sina etthundrafem år, i sin medfödda, nedärvda samstämmighet – utan att verka oroa sig det minsta. Hon drog ett djupt andetag.

"Polisen", sa hon. "Nu är du så god och går och ringer till polisen, Karl-Erik Hermansson."

"Aldrig i livet", svarade Karl-Erik utan att lyfta blicken från tidningen. "Och jag förbjuder dig att göra det också. Som sagt."

"Pappa, jag tror faktiskt att du måste lyssna lite på mamma i det här fallet", sa Ebba.

Kristoffer vaknade och stirrade in i en mörk vägg.

Var är jag? var hans första tanke.

Det dröjde ett par sekunder innan han förstod. En egendomlig dröm om hyenor drog sig hastigt undan och försvann ner i det undermedvetna. Hyenor som sprang omkring och hånskrattade i någonting som såg ut som ett gammalt stenbrott. Varför drömde han om hyenor, han hade väl aldrig sett en hyena, ens? Inte i levande livet i varje fall.

Inte många stenbrott heller.

Han tittade på sitt självlysande armbandsur. Klockan var kvart i åtta. Han vände på sig och tände ljuset. De grönstrimlade tapeterna kom tillbaka. Henrik var redan uppstigen. Jäklar också! tänkte Kristoffer. Jag måste ha somnat som en stock igår kväll. Märkte aldrig om han kom iväg eller inte.

Nåja, tänkte han sedan och släckte lampan igen. Jag får väl fråga honom hur det gick. Jag ligger kvar och drar mig en stund, kanske är han på toaletten och kommer tillbaka snart.

Eller hade mamma Ebba redan varit och väckt dom? Han försökte komma ihåg hur det låg till, men det kändes lönlöst. Hon hade väckt honom så många gånger, så många morgnar i så många olika tonlägen, att det var omöjligt att skilja det ena tillfället från den andra. Kanske hade hon varit inne, kanske inte.

Idag var det i alla fall onsdag, erinrade han sig. Ikväll skulle han vara hemma i Sundsvall igen. Och imorgon skulle...

Linda Granberg. Birgers kiosk. Kristoffer vände på sig och tände lampan för andra gången. Meningslöst att ligga kvar, han var klarvaken som ett vårföl. Lite hungrig också, faktiskt, det brukade han inte vara om morgnarna. Lika bra att stiga upp, beslöt han. Ta en dusch och gå ner och käka frukost.

Medan han stod i den trånga, urmodiga duschkabinen och lät vattnet skvala, funderade han över Henrik. Vilken förändring! Vilken fullständig omsvängning som skett på bara ett par dagar. Från den perfekte, ofelbare Super-Henrik till den... vad hette det? Promiskuöse?... till den promiskuöse Henrik, som hade ihop det med en kille som hette Jens och som rantade ut mitt i natten till hemliga, ljusskygga möten!

Om han nu verkligen kommit iväg inatt. Det var förstås inte säkert. Men på något vis kändes det ändå att han kommit sin bror närmare. Även om Henrik ännu inte visste om att han visste. För Henrik var inte fläckfri, det var det som var det nya. Han hade sina mörka sidor precis som vem som helst. Som Kristoffer själv. Han var... ja, mänsklig, helt enkelt.

Glädjande, tänkte Kristoffer. Utomordentligt glädjande.

Sedan höjde han vattentemperaturen en grad och övergick till att grubbla över morbror Robert. Där var promiskuiteten (svårt ord, tänkte Kristoffer, men bra) väldokumenterad sedan länge. Han hade varit familjens svarta får långt innan han slog alla tiders rekord i Fucking Island. Hade alltid hört till de företeelser man inte gärna pratade om runt middagsbordet hemma på Stockrosvägen i Sundsvall.

Och nu var han försvunnen. Eller hade han kanske kommit tillbaka under natten? Kristoffer kom på sig själv med att önska att han inte hade gjort det. Det var coolt att bara gå

166

upp i rök på det här viset. Flera av de andra, särskilt mormor, verkade oroliga för honom, men inte Kristoffer. Antagligen var det precis som pappa Leif hade sagt. Robert hade hittat en kvinna, och hellre än att sitta och lida sig igenom ett sällsynt tråkigt födelsedagskalas, hade han valt att tillbringa tiden med henne. Han sket fullkomligt i vad folk tyckte och tänkte. Kristoffer önskade att han själv en dag skulle nå upp till den positionen. Där man bestämde över sitt eget öde och sina egna handlingar, och inte behövde vara beroende av... av mamma, kort sagt.

För det var så det var. Det var inte för pappa Leifs skull Henrik bett honom hålla tyst om sina nattliga eskapader, den saken var klar. Pappa Leif hade reagerat på Kristoffers eget övertramp i lördags precis som en bra farsa skulle reagera. Blivit förbannad och sagt åt honom att förihelvete skärpa sig och tänka efter vad han höll på med – men inte belagt honom med en massa skuldkänslor. Så skulle det vara mellan föräldrar och barn. Rakt och enkelt, inget hymlande. En rejäl åthutning och sedan frid och fröjd igen.

Fast hur han skulle reagera om han fick reda på att Henrik var homosexuell, ja, det var nog en annan femma, som han brukade säga. En helt annan femma.

Tänkte Kristoffer och stängde av vattnet. Hörde att det knackade på dörren.

"Henrik?"

Det var mamma.

"Nej, det är jag, Kristoffer."

"Bra att ni är uppe. Kom ner och ät frukost när ni är klara."

"Javisst", svarade Kristoffer och började inspektera sitt ansikte i spegeln.

Inte mer än fyra-fem finnar; med tanke på hur mycket choklad han proppat i sig de senaste dagarna hade han anledning att känna sig nöjd. Om han höll igen idag och imorgon, borde han vara riktigt presentabel vid Birgers kiosk om... om trettiosju timmar sisådär.

"Rosemarie, vi måste försöka vara en smula realistiska", sa Karl-Erik med den emfatiska, skolfuxaktiga långsamhet som betydde att han inte hade för avsikt att upprepa det kommande meddelandet. "Det finns ingenting som talar för att någonting skulle ha hänt Robert. Både du och jag... och Ebba... känner till hans karaktär. Jag behöver inte gå in på exempel. Han tyckte antagligen att det var lite pressande att vara här... kanske skämdes han, för att tala rikssvenska... med all rätt i så fall. Och så har han ringt upp någon gammal kontakt här i stan. Rud... vad hette den där skolkamraten? Rudström?"

"Rundström", sa Rosemarie. "Han flyttade till Gotland för flera år sedan. Men varför har han inte meddelat oss? Det är det som gör mig orolig, Karl-Erik. Robert skulle väl inte bara...?"

"Därför att han skäms", fastslog hennes make bestämt. "Som sagt. Och han har ju inget riktigt godtagbart skäl att hålla sig borta. Vad skulle han säga?"

"Varför kom han överhuvudtaget, då? Och bilen står ju här... alldeles översnöad."

"Han behöver inte bilen", förklarade Karl-Erik tålmodigt. "Gissningsvis kommer han och hämtar den i eftermiddag, när han vet att alla andra har åkt hem. Jag förstår verkligen inte varför du måste röra upp himmel och jord för den här bagatellen. Verkligen inte, Rosemarie, Robert är inte värd din uppmärksamhet."

Kristoffer kom in i köket och hälsade artigt god morgon. Karl-Erik avbröt sig och tycktes tveka om huruvida diskussionen om den vanartige var lämplig att åhöras av ett par fjortonåriga öron. Tydligen var den det, för han fortsatte.

"Med andra ord, Rosemarie, tala om för mig vad det är du inbillar dig har inträffat med vår förlorade son?"

Kristoffer satte sig vid bordet. Rosemarie tittade på Ebba för att få något slags fortsatt stöd, men kunde inte riktigt bedöma om hon fick det eller inte. Och Ebba var ju Karl-Eriks dotter, trots allt, påminde hon sig. Man fick inte glömma bort det i hastigheten.

"Allt jag vill", sa hon till slut, "är att du ringer till polisen… och till sjukhuset… och hör efter."

"Så du tror inte att de skulle meddela oss, om han nu hamnat här eller där?"

"Inte om han…"

"Till och med Robert måste väl ha något slags legitimation på sig", fortsatte Karl-Erik. "Och om han nu inte har det, ja, då är det väl ganska troligt att han blir igenkänd ändå. Eller hur?"

Rosemarie svarade inte. Ebba harklade sig och började medla.

"Jag föreslår att ni väntar lite. Du vill väl ändå inte att polisen faktiskt rycker ut och börjar leta efter honom, mamma lilla? I så fall kanske ni har det i tidningen imorgon. Eller att de kommer hit och förhör oss, det skulle inte heller vara någon vidare munter utveckling, eller hur?"

Telefonen ringde. Rosemarie tog tillfället i akt och gick in i sovrummet och svarade.

"Var är Henrik?" frågade Ebba.

Kristoffer ryckte på axlarna och hällde upp fruktyoghurt i en djup tallrik. "Vet inte."

169

Ebba såg på klockan. "Vi borde komma iväg om en timme. Vet du om pappa var i duschen?"

"Jag tror det", sa Kristoffer.

Karl-Erik vek ihop sin tidning och betraktade sin dotterson ett ögonblick. Såg ut att väga ett eller annat gott råd – ett stycke livsvisdom – att skicka med honom upp till Sundsvall, men hittade uppenbarligen inte rätt bland alla tusentals tänkbara alternativ och reste sig från bordet istället. Gick fram till fönstret, sköt undan gardinen och kikade ut.

"Tolv grader kallt", konstaterade han. "Ja, man får hoppas att ni fyllt på med glykol i alla fall."

"Självfallet har vi det, pappa", sa Ebba. "Fast hur det står till med Roberts snöhög vet jag inte."

"Ett rejält snötäcke fungerar faktiskt som skydd mot kylan", sa Karl-Erik Hermansson. "Det trodde jag du visste."

"Det visste jag också, kära pappa", sa Ebba.

Rosemarie återkom samtidigt som Leif Grundt dök upp, nyduschad och alert. "God morgon, alla kristliga människor", hälsade han. "Jag vet inte om ni har lagt märke till det, men en ny dag har randats."

"Jo, vi känner till det", sa Ebba. "Vem var det som ringde, mamma? Du ser lite bekymrad ut."

"Nej då", sa Rosemarie med ett hastigt leende. "Det var bara Jakob. De kommer inte in till frukost, det var något möte uppe i Stockholm som det plötsligt var bråttom till. Kaffet står här, Leif, vill du att jag häller upp en kopp åt dig?"

"Tack, sköna svärmor", sa Leif Grundt. "Ja, det är väl bäst man stoppar i sig så man står sig. För nu bär det snart av norrut igen. Har den berömda tevepersonligheten dykt upp än, då?"

"Leif", sa Ebba.

Rosemarie drog en djup suck och lämnade köket. Kristoffer stoppade två skivor i brödrosten och tänkte att hans pappa hade en rätt god talang när det gällde att säga fel saker. Frågan var om han gjorde det med avsikt eller inte; hursomhelst var det en smula beundransvärt.

"Tack för god frukost, kära pappa", sa Ebba. "Jag går upp och börjar packa ihop. Säger åt Henrik att raska på lite. Vill du ha hjälp med någonting innan vi åker, pappa?"

Det var sannolikt en invit till att berätta för en läkekunnig dotter om någon krämpa, gammal eller ny, det förstod till och med Karl-Erik Hermansson, men han ruskade bara på huvudet och lade armarna i kors över bröstet.

Det enda symtom han kände var det där svaga susandet inuti huvudet som börjat efter klicket igår morse, om det nu inte var elementen, och detta hade han inte för avsikt att diskutera med någon. I synnerhet inte med folk som möjligen kunde tänkas sitta inne med en eller annan icke önskvärd förklaring.

"Jag har aldrig mått bättre i hela mitt liv, min flicka", sa han och spände ut bröstkorgen. "Och jag har sovit som ett barn."

15

Kristoffer låg på sängen i VFR igen.

Klockan var halv tolv, de var över en timme försenade.

"Gå och vänta på ditt rum, Kristoffer", hade mamma Ebba instruerat honom. "Jag kommer upp till dig om en stund, men först måste vi vuxna få prata igenom det här."

Det här syftade på Henrik. Efter diverse oklarheter och frågor och vittnesuppgifter – från alla närvarande i den Hermanssonska villan på Allvädersgatan i Kymlinge: mamma Ebba, pappa Leif, mormor Rosemarie, morfar Karl-Erik och Kristoffer själv – hade det så småningom stått klart att Henrik faktiskt inte var på plats. Ingen tycktes ha stött på honom under hela morgonen; var och en hade för sig att någon annan ätit frukost med honom, att någon annan sagt att han eller hon mött honom i trappan, hört honom i badrummet, pratat med honom – men när alla uppgifter metodiskt tröskats igenom under Ebbas kompetenta ledning, visade det sig att samtliga dessa förmodanden var felaktiga.

Ingen hade sett till Henrik under hela morgonen, så var det med den saken.

En spirande aning hade väckts i Kristoffers huvud tämligen omgående, och han hade haft gott om tid att bestämma sig för vilken linje han skulle följa. Det var inte särskilt svårt.

"Nej, mamma, jag har faktiskt inte sett honom, jag heller. Han hade redan stigit upp när jag vaknade."

I själva verket hade han inte ens behövt ljuga. Henrik *hade* varit uppstigen när han vaknade. Kristoffer *hade* inte sett honom på hela morgonen.

Att han sedan undanhöll en liten bit information, som ingen uttryckligen frågade efter, nej, det kunde man faktiskt inte lasta honom för. I varje fall inte ännu så länge. Men om tio-femton minuter skulle antagligen positionerna förändras en del. Läget skulle skärpas. Mamma Ebba skulle komma upp till honom och anställa ett lite mer ingående förhör. Det var denna prövning han nu låg och samlade sig inför.

Vet du någonting som kan förklara vart Henrik tagit vägen? skulle hon till exempel vilja veta, och här skulle han vara tvungen att komma med en ren lögn. Överskrida en gräns. Just den där gränsen som varit på tapeten i söndags, när han själv suttit på botbänken.

Fast det bekymrade honom egentligen inte. I varje fall inte särskilt mycket, han insåg det när han försökte skärskåda läget lite noggrannare. Att skydda Henrik – den nye, promiskuöse Henrik – var en självklarhet. Det var den dealen de hade gjort. Det var Henrik som satt i klistret den här gången, inte Kristoffer, och det var svårt att inte känna en viss tillfredsställelse inför detta enkla men ovanliga faktum.

Och Henrik skulle förstås ta hela smällen själv, när han väl dök upp. Det skulle aldrig framkomma att hans lillebror suttit och hållit inne med upplysningar. Kristoffer skulle gå fri; han riskerade inte det minsta genom att ljuga för sin mor. Tvärtom, det var en plikt att hålla sig till den överenskommelse han och Henrik ingått.

Brothers in Arms.

Men visst var det sällsynt klumpigt, han kunde inte låta bli att konstatera det. Och förvånas över det. Henrik hade

173

uppenbarligen dragit iväg till sitt hemliga möte någon gång under natten, och sedan... ja, exakt vad han hade haft för sig hade Kristoffer ingen lust att fundera närmare över... men sedan, när allt detta onämnbara var klart och överståndet, hade han och den andre, vem det nu var, förmodligen lagt sig för att slagga – och försovit sig! Vilken fruktansvärd klantighet, tänkte Kristoffer. Och vad tusan skulle han dra för vals när han kom tillbaka?

Sin mobiltelefon hade han stängt av, tydligen. Man hade ringt honom både fem och tio gånger den senaste timmen, men bara kommit fram till svararen. Det var olikt Henrik att inte ha mobilen på, mycket olikt. Kristoffer hade inte fått klart för sig vad de vuxna egentligen trodde; pappa Leif hade framkastat förslaget att Henrik var ute på en skidtur, en teori som först modifierats till en joggingtur med tanke på att det inte fanns någon lämplig skidutrustning i huset – för att sedan skrotas helt av hänsyn till snöläget.

Ingen hade dock verkat särskilt orolig ännu så länge, men kanske låg det och puttrade under ytan. Kristoffer kände att han inte riktigt kunde bedöma läget härvidlag. Fast att de skickat upp honom till VFR för att få ha överläggningar i fred tydde förstås på att man såg allvarligt på det hela. Det var ju dessutom en smula konstigt att det nu var två personer som saknades, inte bara en. Även om Kristoffer inte hört någon av de vuxna uttala sig om ett sådant samband i ord. Fast det kanske skulle komma, de visste ju inte vad han visste.

Din satans klantbrorsa, muttrade Kristoffer för sig själv, och insåg samtidigt att det måste vara det mest nedsättande han någonsin tänkt om Henrik. Men att han skulle behöva sitta och ljuga sin mor rätt upp i ansiktet för sin storebrors skull! Det hade han knappast kunnat föreställa sig för några dagar sedan.

Han skulle dock göra det utan att darra på manschetten, och in till sista svettdroppen, ingen skulle komma och inbilla sig annat. Som sagt. Fast han kunde ändå inte låta bli att fundera på vad i helvete Henrik hade för sig – och när han nu legat och gjort det en stund i det gröna, började han få en ganska obehaglig känsla i mellangärdet.

Lite skrämmande och lite – ja, sorglig, faktiskt. Vad är det som håller på att hända med dig, Henrik, min bror? tänkte Kristoffer.

Han stirrade in i tapeten, men där stod som väntat inget svar skrivet.

"Kristoffer, vi måste försöka reda ut det här, det är vi väl överens om?"

"Ja", sa Kristoffer.

"Henrik är inte här och vi vet inte var han är."

Kristoffer försökte nicka och skaka på huvudet samtidigt, allt för att verka så tillmötesgående som möjligt.

"Det förefaller ju som om han givit sig av väldigt tidigt imorse, eller…?"

Kristoffer fyllde inte i de felande orden.

"… någon gång inatt", sa Ebba.

"Ja, inte vet jag", sa Kristoffer. "Jag lade inte märke till något, varken inatt eller imorse. Jag sov nog väldigt djupt, är jag rädd."

Mamma Ebba försökte penetrera honom med sina stålblå, men han tyckte själv att han uthärdade hennes blick ganska lätt. Han satt inte i den anklagades bås den här gången, och det gjorde saker och ting enklare. Betydligt enklare.

"Han berättade ingenting för dig?"

"Om vad då?"

"Jag vet inte, Kristoffer. Om han hade några planer på att

vara borta några timmar, till exempel?"

"Nej", sa Kristoffer. "Han sa ingenting om nånting sånt."

"Säkert?"

"Javisst."

"Men jag måste säga att du…"

"Ja?"

"Du verkar inte förvånad över att han inte är här."

"Va?"

"Du verkar inte förvånad och det är lite märkligt, tycker jag… jag försöker förstå vad det betyder."

Det var ett överdrivet insinuant angrepp och han parerade på det enda möjliga sättet. "Inte förvånad? Nu fattar jag inte vad mamma talar om. Jag har ingen aning om vart Henrik tagit vägen och jag är lika förvånad som alla andra."

Hon tvekade en sekund, därefter retirerade hon. "Allright, Kristoffer. Jag tror dig. Men om du tänker efter, finns det verkligen ingenting som han sa… eller bara antydde… som skulle kunna förklara var han håller hus? Ni måste ju ändå ha pratat en massa med varandra."

Kristoffer bet sig i underläppen och simulerade stark eftertanke en stund. "Nej", sa han sedan. "Nej, mamma, jag kan inte komma på vad det skulle ha varit i så fall."

"Tycker du att Henrik varit sig lik de här dagarna? Jag menar, ni har ju nästan inte träffats på hela hösten. Det har inte känts som om… ja, som om han är förändrad på något vis?"

Bingo, lilla mamma, tänkte Kristoffer. Om du visste hur mycket förändrad din gulleplutt är, skulle du skita knäck och få blodstörtning. Och någon gång, tänkte han vidare, någon gång skulle jag önska att jag fick säga sådana här saker istället för att bara tänka dom.

"Njaä…", sa han. "Det tror jag inte. Men han kommer nog

176

snart tillbaka och förklarar alltihop. Han kanske trodde att vi skulle åka runt lunch eller så... han kanske bara är ute och handlar julklappar?"

Ebba tycktes allvarligt överväga detta förslag, innan hon på nytt värderade honom en stund i stålbadet. Men han vek sig inte en tum.

"Vad pratade ni om igår kväll?"

Det har ni inte med att göra, fru åklagare, formulerade han i huvudet. "Ingenting särskilt", kom det ut ur munnen på honom. "Han berättade lite om Uppsala och så."

"Jaså? Och vad sa han om Uppsala, då?"

"Att det var kul att plugga där. Men rätt jobbigt."

"Berättade han om Jenny?"

Kristoffer tänkte efter.

"Han nämnde henne nog. Men bara i föregående."

"Förbigående."

"Va?"

"Förbigående. Du sa föregående."

"Förlåt."

"Jaja, det spelar ingen roll. Någonting annat?"

"Som vi pratade om?"

"Ja."

"Vi snackade lite om morbror Robert."

"Verkligen? Och vad kom ni fram till när det gällde honom?"

"Inte mycket", sa Kristoffer. "Mer än att han verkar lite egendomlig."

"Jaså minsann", muttrade Ebba. "Ja, för tillfället är jag faktiskt inte särskilt intresserad av er uppfattning om min bror. Men om du kommer på någonting om Henrik, så vill vi inte – varken pappa eller jag... eller mormor eller morfar... att du håller inne med det."

177

"Varför skulle jag hålla inne med det?" sa Kristoffer med en upprördhet som kändes nästan äkta. "Jag vill också komma härifrån. Om jag visste nåt, skulle jag förstås ha kläckt ur mig det med en gång."

Hon gjorde en sista, kort paus.

"Bra, Kristoffer", sa hon sedan. "Jag litar på dig."

Därefter lämnade hon rummet.

Klant-Henrik, tänkte Kristoffer när hon stängt dörren. Var fan håller du hus?

Han tittade på klockan. Den var en minut i tolv.

Klockan två hade snön på nytt börjat falla och i den Hermanssonska villan hade man avslutat lunchen. Isterband med stuvad potatis; i normala fall en av Karl-Eriks absoluta favoriträtter, men idag hade den känts alldeles malplacerad. Ingen hade ätit med någon större aptit, och den spända tystnad som hängt över matbordet följde med till kaffet och klenäterna inne i vardagsrummet. Kristoffer drack inte kaffe, men väl en julmust, och medan han gjorde det försökte han i smyg studera de stumma ansiktsuttrycken hos de vuxna: sin mor och far, sin mormor och morfar. Han undrade vad som rörde sig bakom deras pannben. En hel del, antagligen. Irritation, oro. Farhågor, frustration, you name it. Alla frågor som gick att ställa var redan ställda, och ingen tycktes vara villig att upprepa dem ännu en gång. Alla tänkbara gissningar var gissade och alla spekulationer spekulerade. Bilen stod packad och resklar ute på garageinfarten, det var bara den där lilla omständigheten att en passagerare saknades.

Det som ingen ännu riktigt satt ord på, tänkte Kristoffer, var nog rädslan. De verkligt svarta farhågorna tycktes ännu ligga under lock, och här började han känna att hans försteg gentemot de övriga hastigt krympte. Visserligen visste han vad han visste; Henrik hade givit sig av till ett hemligt möte någon gång under natten – möjligen till en okänd älskare vid namn Jens (fast på den punkten kände Kristoffer en tilltagande osäkerhet) – men varför i hela friden han inte återkommit under morgonen eller förmiddagen, ja, det var en fråga som blev allt större och allt obegripligare för varje minut som gick.

Henrik var försvunnen. Robert var försvunnen. Det här är tamejfan bland det märkligaste jag har varit med om, tänkte Kristoffer Grundt.

"Klockan är fem minuter över två", sa Rosemarie Wunderlich Hermansson, som om denna upplysning kunde tänkas kasta ljus över någonting. Men det enda den åstadkom var att en blodåder i Karl-Eriks ena tinning började kråma sig som en mask. Det hade den gjort några gånger under dagen, Kristoffer hade haft ögonen på den och förstod att det betydde att morfadern var irriterad eller upprörd över någonting. Det var också någonting egendomligt med hans ena ögonlock, det hängde ner över ögat och fick honom att se en smula berusad ut, tyckte Kristoffer. Han var rätt säker på att just detta inte var fallet.

På pappa Leif hängde båda ögonlocken ner, och Kristoffer gissade att han höll på att falla i sömn. Han hade varit ovanligt tystlåten den senaste halvtimmen; det hade synts på honom att han inte var i närheten av att kläcka någon bärkraftigare teori om vart hans präktige – hitintills närmast ofelbare – son tagit vägen.

Mamma Ebba såg sammanbiten ut, som om hon koncentrerade sig inför en operation som verkade bli mer än lovligt komplicerad. Eller som om hon satt och arbetade med den nya och paradoxala ekvationen Henrik i huvudet, och inte kunde få korn på lösningen fast hon normalt sett borde ha klarat av det för länge sedan.

Kristoffer suckade och tog en ny klenät, trots att han var proppmätt. Den stuvade potatisen låg som ett långsamt svällande klisterhölje inuti honom, och han funderade på om han inte helt enkelt borde släpa sig uppför trappan och ta en tupplur i VFR i väntan på den förlorade broderns återkomst. Fast kanske var det bäst att hålla sig på plats och à... vad var det det hette?... *jour*?... med vad som hände. Eller inte hände.

Det som faktiskt hände, exakt för tillfället, var att morfar Karl-Erik mödosamt reste sig ur fåtöljen och gick fram till fönstret. Körde händerna i byxfickorna och vägde några gånger fram och tillbaka på hälar och tår. Harklade sig högljutt, fortfarande med ryggen vänd åt de övriga. "Hrrm!" intonerade han. "Nu är det så här, att klockan fyra måste Rosemarie och jag vara på banken. Vi får väl se om ni har kommit er iväg då eller inte."

"Det är väl klart att de..." började Rosemarie, men tanken ändrade riktning halvvägs och fick ett nytt innehåll. "Vad är det du säger, Karl-Erik? Inte kan vi gå och sätta oss på banken, nu när..."

"Nu när vad då?" ville Karl-Erik veta och vände sig om. "Vi har en avtalad tid. Lundgren väntar oss och familjen Singlöv har åkt ända från Rimminge."

"Det är på sin höjd tre mil", sa Rosemarie. "De kan gott åka hem igen. Det begriper du väl att vi inte kan lämna Ebba och Leif i sticket nu när... och Kristoffer... nej, vi blir kvar här, du får ringa och avboka mötet."

"Nej, nu jävlar..." började Karl-Erik och det slog ut en dittills okänd blodåder i hans andra tinning, men innan han hunnit utveckla sin tankegång blev han hejdad av Ebba.

"Snälla pappa, inte nu", sa hon. "Och mamma, ni behöver verkligen inte ställa in något för vår skull. Det är ju löjligt. Vad är det för poäng med att fem personer sitter och väntar när det räcker bra med tre... dessutom, nej, jag vet inte... vet inte vad jag tänkte säga..."

Och så började Ebba gråta.

Först förstod inte Kristoffer att det var gråt det var frågan om. Kanske berodde det på att han aldrig förr sett sin mamma gråta. Åtminstone kunde han inte komma ihåg att han gjort det. Men det var en egendomlig gråt också; påminde mer om någon sorts maskin som inte ville starta, ja, som en liten motor; hennes axlar åkte upp och ner och hon släppte ut och drog in luft genom munnen i små, flämtande pustar. Huvudet vickade fram och tillbaka i takt med flämtningarna, men inte i takt med axlarna, ja, det var liksom där det inte stämde, tyckte Kristoffer, en motor som hackade och spottade och hackade, men där cylindrarna, hur många det nu var, inte lyckades samspela med varandra så att det blev riktig fart på nånting.

Som om hon aldrig tidigare i sitt liv hade gråtit och inte riktigt visste hur man bar sig åt.

De andra förstod antagligen inte heller vad det handlade om, för det dröjde en stund innan mormor Rosemarie lite valhänt började stryka sin dotter över ryggen och armarna för att trösta henne. Leif ryckte till undsättning något ögonblick senare och klappade henne på huvudet, medan Karl-Erik blev stående mitt på golvet och såg ut som en boxerhanne som klämt tassen i en hissdörr.

Det tyckte i varje fall Kristoffer, som inte heller kom på tanken att på något sätt hjälpa den gråtande till rätta. Hon var i och för sig hans mor, men han var övertygad om att det krävdes betydligt bättre handlag än vad han skulle kunna

181

bistå med. Men det kändes obehagligt att se henne så här oväntat hjälplös, och när han kastade en blick på morfar såg han i dennes ögon samma förvirrade frustration som tumlade runt inuti honom själv.

Jävlars, jävlars jävlar, tänkte Kristoffer medan han bet ihop tänderna för att inte börja hulka han också. Mamma Ebba gråter, nu är det allvar. Kom tillbaka nån gång, då, satans Henrik. Det här är inte roligt längre.

En kort stund senare hade gråten stillat sig och man hade nått fram till en överenskommelse. Rosemarie och Karl-Erik skulle åka till Kritstrecks-Lundgren på banken som avtalat var. Pappersskrivandet beräknades ta på sin höjd en timme, och om läget var oförändrat när de kom tillbaka till Allvädersgatan, skulle polisen omedelbart underrättas.

Så fick det lov att bli. Fanns ingen anledning att överila sig.

Kristoffer fick aldrig lämna någon synpunkt på denna handlingsplan, men när han på nytt återvänt till sin säng i Världens Fulaste Rum, kunde han lite dystert konstatera att även om han hade fått det, skulle han ändå inte ha haft något att invända.

Snön fortsatte att falla och timmarna gick. Rosemarie och Karl-Erik Hermansson åkte till banken och kom tillbaka efter förrättat ärende. Vid det laget hade Kristoffer sovit ungefär trekvart och legat overksam på rummet ungefär dubbelt så lång tid; han kom ner från övervåningen i samma ögonblick som mormor och morfar klev in genom ytterdörren. Hur mamma Ebba och pappa Leif fördrivit eftermiddagstimmarna visste han inte, men de fanns också på plats i köket en minut senare.

Mormor såg på Ebba, Ebba skakade på huvudet. Hennes ögon var rödkantade, Kristoffer förstod att hon gråtit ytterligare och han kände en hjälplöshet inför detta som han aldrig trodde sig ha upplevt tidigare. En sorts fastfrusen panik, ja, ungefär så var det faktiskt.

Efter ett mycket kort resonemang föll det på Karl-Eriks lott att ta sig an den överenskomna uppgiften.

Medan han stod med luren i handen och väntade på svar, slog pendylen i matsalen två slag, för att markera att klockan var halv sju. Det var onsdagen den 21 december och Robert Hermansson och Henrik Grundt var mer försvunna än någonsin.

16

Kriminalinspektör Gunnar Barbarotti skulle i och för sig ha kunnat heta Giuseppe Larsson.

När han kom till världen den 21 februari 1960 var hans fader Giuseppe Barbarotti och hans moder Maria Larsson helt överens om en enda sak. De skulle aldrig mer ha med varandra att göra.

Allt annat var de oense om. Till exempel den nyfödde gossens (3 880 gram, 54 centimeter) namn. Giuseppe ansåg att det borde klinga italienskt, svenskan var bönders och tölpars språk, och ville man ge pojken en god start i livet var det viktigt att han fick ett namn som hette duga.

Mamma Maria ville inte höra på sådant känslomässigt, sydeuropeiskt dravel. Sonen borde heta något sunt och urnordiskt; att komma till skolan med ett makaroni- och tangotjusarnamn skulle göra honom till underklassare och hackkyckling från första början. Giuseppe kunde vaxa sin mustasch och dra till varmare nejder, med pojkens namn hade han intet att skaffa.

Giuseppe förklarade att detta var en så pass viktig sak att om Maria tänkte fortsätta att obstruera, måste han allvarligt överväga att gifta sig med henne och på så vis få sitt rättmätiga inflytande över vad hans förstfödde son skulle heta. Över annat också.

Till slut blev det en kompromiss, på klok inrådan från Marias äldre syster Inger, som ägde och skötte en korvkiosk i Katrineholm alldeles på egen hand. Det italienska språket var ändå inte att förakta, menade hon, och om man kunde kombinera saker och ting med varandra, blev resultatet ofta bättre än om man stirrade sig blind på det ena eller det andra. Korv med bröd var ju på det hela taget att föredra framför korv med korv. Eller bröd med bröd.

Så det blev *Gunnar*, efter systrarnas bortgångne och mycket saknade äldre bror, och *Barbarotti* efter barnafadern – som, medan modern ännu låg kvar på BB, som bäst höll på att packa sina tillhörigheter för att flytta hem till Bologna. Båda parter sade sig vara åtminstone till hälften nöjda med den föreslagna lösningen, och ingen av dem tyckte Giuseppe Larsson lät riktigt klokt.

Vilket, om man ville vara noggrann, innebar att det faktiskt fanns hela två saker de var överens om.

Det var när Gunnar Barbarotti blivit övergiven av sin hustru Helena – för fyra år sedan och i en ålder av fyrtioett – som han hade gjort sin deal med Gud.

Vad det gällde var frågan om den senares existens. Sin egen existens var Gunnar Barbarotti blott alltför smärtsamt medveten om. Han och Helena hade varit gifta i femton år; de hade tre barn, och att plötsligt – från den ena dagen till den andra praktiskt taget – upptäcka att man befann sig i BG, Brända Gänget, hade fått honom att tvivla på allt. Guds närvaro eller frånvaro stod visserligen inte allra högst upp på dagordningen – det gjorde snarare frågor om meningen med att fortsätta streta överhuvudtaget, om vad han gjort för fel, om varför hon inte hade sagt någonting tidigare, vad i helvete han skulle ägna kvällarna åt när han inte kunde arbeta över, och om det kanske inte vore bäst att byta jobb helt och hållet. Men en månad efter dråpslaget, när han redan flyttat till sin lugubra trerummare på Baldersgatan i Kymlinge, dök alltså Gud upp under en i raden av sömnlösa nätter.

Möjligen var det Gunnar själv som framkallade honom. Projicerade upp honom ur sin marterade själ för att ställa honom till svars – men hur det än var med den saken, så hade de ett långt och givande samtal, som alltså mynnade ut i den aktuella dealen.

Det fanns så många erbarmligt usla gudsbevis, det var Gunnar Barbarotti och Vår Herre helt överens om. Än den ena, än den andra efemära omständigheten eller teologiska spetsfundigheten togs som intäkt för att ro det s.k. grund-problemet i hamn. Anselm. Descartes. Thomas av Aquino. Vad Gunnar efterlyste – och för vilket Gud påstod sig ha all förståelse i världen – var någonting handfastare. En en-kel och rationell metod som en gång för alla kunde avgöra frågan. Det fick gärna ta lite tid, menade Gud; javisst, men inte alltför lång, menade Gunnar, som hade sitt begränsade livsspann att ta hänsyn till; han ville ju gärna få veta hur det verkligen förhöll sig medan han fortfarande var sysselsatt med sin jordevandring – och Gud hade lyssnat och gått med på även detta villkor utan onödigt parlamenterande.

Till slut – klockan var vid det laget närmare fem på mor-gonen och en av Djävulen frammanad snöplog hade börjat skrapa asfalten utanför Gunnar Barbarottis sovrumsfönster så att det slog gnistor om det – hade man enats om följande bevismodell:

Om nu Gud faktiskt existerade, så borde en av hans främs-ta arbetsuppgifter vara att lyssna till de stackars människor-nas böner – och att efterkomma dem i den grad han ansåg det berättigat. De ohemula och egennyttiga önskningarna ägde han förstås rätt att omedelbart gallra bort. Gunnar

186

Barbarotti kunde för sin del inte erinra sig att han blivit bönhörd någon enda gång under sitt liv. Verkligen? hade Gud kontrat. Och hur många böner har du sänt upp till mig med rent och allvarligt hjärta, då, din agnostiske kanalje? Detta hade Barbarotti skam till sägandes ingen riktig koll på, men så värst många kunde det förstås inte vara frågan om – men inget tjafs om gammal ost, från och med nu var han beredd att ge det hela en ärlig chans.

Allright, sa Gud. We have a deal, sa Gunnar – som om det marginella svenska språket inte riktigt förmådde uttrycka eller omfatta en överenskommelse av den här kalibern.

Det yttre tidsmåttet bestämdes till tio år. Under denna tid skulle Gunnar Barbarotti testa Vår Herres förmenta existens genom att uppsända böner till honom så ofta det kunde tänkas lämpligt och berättigat, och sedan – i en för ändamålet särskilt införskaffad anteckningsbok – notera huruvida de infriades eller ej.

Det fick naturligtvis inte vara fråga om vilka idiotböner som helst: stora penningvinster på trav eller lotteri, sköna nymfer som dök upp från ingenstans och ingenting hellre begärde än att få krypa till sängs med inspektören, och liknande egoistiska påfund – utan en sorts oegennyttiga rimlighetsböner. Sådant som skulle kunna inträffa om man bara hade en liten gnutta flax och som inte drabbade någon annan. En god natts sömn. Bra väder under en fisketur. Att dottern Sara skulle klara av konflikten med bästa väninnan Louise på ett tillfredsställande sätt.

Efterhand hade Gunnar Barbarotti (i samråd med Gud, förstås) också utvecklat ett poängsystem med avseende på hur stor sannolikheten för ett gynnsamt utfall kunde bedömas vara. Om Gunnar inte blev bönhörd fick Gud alltid en minuspoäng – men om han blev det, kunde Vår Herre erhålla en eller två eller till och med tre pluspoäng.

Ett år efter skilsmässan existerade Gud inte. Han hade sammanlagt skrapat ihop 18 pluspoäng mot hela 39 minus-, dvs en minusbalans på 21.

Andra året gick det lite bättre, och balansen justerades upp till minus 15. Tredje året backade han tillbaka till minus 18, men det var under det fjärde – innevarande – året som omsvängningen kom. Redan i maj hade avståndet tagits in, och mitt i juli månad existerade faktiskt Gud med en så pass god marginal som 6 poäng, en notering som dock åts upp av en ganska regnig och dyster semestervecka i Skottland, en öroninflammation samt en höst späckad av tungt och föga framgångsrikt polisarbete.

Just idag, torsdagen den 22 december, låg Gud två poäng under existensstrecket – nio dagar före årets slut. Visserligen återstod ju alltjämt sex år av hela maratonloppet, men nog skulle det ha varit skojigt att kunna fira nyår i den fromma förhoppningen att det fanns en godartad högre makt att ty sig till i nödens stund.

Tyckte Gunnar Barbarotti. Möjligen var det också härför som han sänt upp en något desperat trepoängsbön sent föregående kväll – och om Gud bara hade förstånd att effektuera den, skulle han således s.a.s. gå upp i ledningen. Visserligen bara med en enda futtig poäng, men i ett PS till bönen, avsänt några minuter efter att han vaknat denna morgon – för mindre än en timme sedan, således – hade Gunnar lovat den eventuellt existerande Allsmäktige, att om han bara blev bönhörd den här gången, skulle han inte komma med fler önskemål förrän inpå nyåret. Gud skulle kunna se fram emot att få existera i lugn och ro i åtminstone tio dagar. Över själva årsskiftet, alltså, vore inte det en fjäder i hatten?

Gud hade svarat att han inte hade för vana att bära huvudbonad av något slag, men att han ändå skulle ta sig an ärendet med sedvanlig välvilja och oväld.

Det var en smula bråttom, hade Gunnar påpekat. Tåget skulle avgå klockan 13.25 och hade det inte inträffat någonting innan dess, vore nog loppet att betrakta som kört. För att tala prosa.

I see, sa Gud.

Good, sa Gunnar.

Saken gällde julen.

Alltsedan den plötsliga brytningen med Helena – under mellandagarna för fyra år sedan – hade Gunnar Barbarotti haft svårt att uppbringa den riktigt genuina julglädjen. De forna makarna hade heller inte fallit för påfundet att fira helgen tillsammans för barnens skull, en lösning som annars snarare var regel än undantag i bekantskapskretsen. Istället hade de ett vartannatårssystem: alla tre barnen hos Helena den första julen, alla tre hos Gunnar den andra, och så vidare. I år skulle det ha varit Gunnars tur att ta emot Lars och Martin i sin trea i Kymlinge; äldsta barnet, dottern Sara, som var arton och gick andra året på gymnasiet, bodde redan samman med sin fader – ett beslut hon fattat i samband med skilsmässan, och som gjort honom till lika delar häpen och lycklig.

Men Lars och Martin – nio respektive elva vid det här laget – bodde med sin mamma i Södertälje.

Med sin mamma och sin plastpappa Fredrik, närmare bestämt. Tills för en tid sedan, vill säga. Fredrik Fyrehage hade dykt upp misstänkt snart efter separationen, men Barbarotti hade lyckats avhålla sig från att forska vidare i ärendet. Ibland var det viktigare med värdighet än med kunskap. Det hade kostat honom några sömnlösa nätter, men det hade gått.

I alla händelser hade denne Fredrik från första början visat sig vara ett riktigt underverk till människa, och han besatt, i stort sett utan undantag, alla de viktiga egenskaper och dygder som Barbarotti själv saknade – ända fram till i september innevarande år, då han utan närmare förklaring lämnat såväl Helena som Lars och Martin till förmån för en färgad magdansös från Elfenbenskusten.

Nåja, hade Barbarotti försökt trösta sin förra hustru när han fick höra talas om saken. Han verkar åtminstone inte ha varit rasist.

Helena hade ändå fått ett nervöst sammanbrott – och som extra påbröd råkade hennes far uppe i Malmberget i samma veva ut för sin första stroke. Utgången blev förhållandevis lycklig; han överlevde, men med påtaglig vänstersidensvagning, en ironiskt passande efterbörd, tyckte Gunnar Barbarotti, för en gammal gruvarbetare som varit kommunist i hela sitt liv. Dessa två saker sammantagna – den svarta magdansösen och den slagrörde gruvarbetaren – hade emellertid fått Barbarotti att vekna. Efter ett par tårefyllda telefonsamtal hade han samtyckt till att ta med sig Sara upp till det nordliga gruvhålet och fira en riktig familjejul under polstjärnan. Mormor och morfar. Gunnar och Helena. De tre barnen.

Löftet hade avgivits i mitten av oktober, och han hade ångrat det varenda dag sedan dess. Om det fanns några människor i världen som Gunnar Barbarotti hade svårt att stå ut med, så var det de forna svärföräldrarna.

Härav bönen.

O, Herre, du som för närvarande inte riktigt existerar men som ändå kanske finns, sätt en rejäl käpp i hjulet för den här förbannade resan. Låt mig slippa, låt Sara slippa, förunna mig och min dotter en stillsam jul här i vårt hem i Kymlinge med pasta och hummer och Trivial Pursuit och några goda böcker – och en julotta om vi orkar upp – istället för denna miserabla familjebegravning med sju personer i en trång, frostskadad, fyrarums eternitvilla och ett andligt mörker och bottenfrusna relationer och en vrång gammalkommunist med vänstersideförsvagning och hans förgrämda hustru. Gör vadsomhelst, o, Herre, men låt ingen komma till skada eller skam, bara som ett tips kunde jag tänka mig att halka på en isfläck och bryta något mindre ben i kroppen eller få en inte alltför tung istapp i huvudet, så långt är jag beredd att sträcka mig, men du vet bäst, o, Herre. Tåget går klockan 13.25, det är ont om tid. Tack på förhand, det gäller tre poäng, som sagt, amen.

Gunnar Barbarotti tittade på klockan. Den var tjugo minuter över nio. Han hade ätit en halv frukost i sängen och läst en hel tidning; det var dags att stiga upp och brygga kaffe. Ställa sig i duschen och vänta på ett mirakel.

På väg till badrummet passerade han Saras rum, funderade ett ögonblick på att ge henne en första väckning, men lät det vara. Hon kunde gott få sova en timme till; om han kände henne rätt hade hon packat sin väska redan föregående kväll, och hon brukade vara ett under av effektivitet om morgnarna.

Förresten var hon ett under hela hon, tänkte han när han stod under duschen, och inte bara om morgnarna. Han hade läst någonstans (Klimke, antagligen) att av alla de fröjder som kunde vederfaras en man här på jorden, så fanns det ingenting som kunde mäta sig med den glädje en klok och god dotter kunde skänka.

Alldeles riktigt, konstaterade Gunnar Barbarotti och

hällde schampo i sitt uttunnade hår, och vad skulle kunna toppa en stilla julsamvaro under fem lediga dagar med en sådan dotter?

Intet, platt intet, o, Herre, så hör min bön.

Miraklet som säkerställde Guds existens över julhelgen var tudelat och inträffade mellan klockan kvart i tio och fem minuter i.

Först var det kommissarie Asunander som ringde.

Asunander var chef för kriminalavdelningen vid Kymlinge-polisen och Barbarottis närmaste chef. Han bad så inihelvete mycket om ursäkt, men var det så att Gunnar Barbarotti inte ville ta emot bollen själv, var det bara att passa den vidare till Backman.

Barbarotti valde att inte komma med synpunkter på denna inledande fotbollsmetafor. Eva Backman var kollega och god vän med honom, och hade också lyckats utverka ledighet över julhelgen. Var i behov av den också, det visste Gunnar, eftersom hennes äktenskap förmodligen hade nått fram till den punkt då det mycket väl kunde totalhaverera – men där det ännu fanns en tydlig strimma hopp kvar. Eva var gift med en viss Wilhelm, Ville gemenligen kallad och grundare av samt ordförande och coach för KIT, Kymlinge Innebandytigrar. Paret hade tre söner, 14, 12 och 10 år gamla, vilka alla spelade innebandy och ansågs som ypperliga påläggskalvar. Under det senaste året hade Eva Backman långsamt men obevekligt börjat avsky allt som hade med den aktuella sporten att göra, efter att ha förhållit sig neutral under en lång rad av år. Hon hade anförtrott Barbarotti att hon till och med fick allergiska utslag i armvecken och på halsen när hon tvingades titta på en match, vilket normalt inträffade åtminstone två gånger i veckan. Hon hade anförtrott sin man samma sak och såvitt Barbarotti förstått hade han inte tagit det på rätt sätt.

Men Eva älskade sin man och hon älskade sina barn. Hon ville inte att allt skulle gå i putten bara för en fånig sports skull. Eller för sin egen oresonlighets; Barbarotti och Backman hade dryftat saken så sent som för två dagar sedan, han visste hur landet låg. En arbetshelg istället för en julhelg med familjen (inte så mycket som en träningstimme fanns inlagd under de röda dagarna) skulle vara någonting näst intill ödesdigert för Eva Backman.

Men Barbarotti eller Backman måste ta det här ärendet, klargjorde kommissarien, det fanns inga andra möjligheter. Egentligen låg ju Backman lite närmare till hands, men det var ju det här med Backmans hemmaplan... ingenting man tyckte om att ta hänsyn till, men som det såg ut kunde hon kanske vara betjänt av några dagar i familjens sköte? Eller vad trodde Barbarotti?

Barbarotti höll med. I princip. Och om till och med Asunander kände till Backmans läge, så var det förmodligen allvarligt. Vad gällde saken?

Kommissarie Asunander harklade sig med den omständlighet som bara trettio års träget piprökande kan lägga grunden till, och förklarade att det rörde sig om ett försvinnande.

Fel, två försvinnanden.

Sedan gjorde han en paus och justerade löständerna. De halkade alltid snett när han pratade för mycket. Att han överhuvudtaget hade löständer berodde på arbetet. För knappt tio år sedan hade han i samband med en tjänsteutryckning råkat ut för en påtänd muskelbyggare beväpnad med ett baseballträ; slaget hade träffat Asunander över munnen och han hade tappat tjugosex tänder på en halv sekund, vilket möjligen var världsrekord och vilket också föranledde ett drygt år av omfattande käkoperationer med inte riktigt lyckat slutresultat. Det ville liksom aldrig sluta glappa, och det ständiga justerandet gjorde att han ofta uttryckte sig så kortfattat som möjligt. Särskilt om han hade händerna upptagna och var tvungen att hålla pipan fastbiten i mungipan. Ibland kunde han låta som ett gammaldags telegram, i synnerhet om han redan råkat ut för ett haveri. Vissa småord hoppade han gärna över om de inte var nödvändiga för sammanhanget.

"Konstig historia", sa han nu. "Bara telefonkontakt hittills – går kväll och morse."

"Jag förstår", sa Gunnar Barbarotti.

"Definitivt dags skicka över man. Undersöka saken noggrannare. Per omgående. Du tar det?"

"Ge mig en kvart", bad Gunnar Barbarotti. "Jag har ett tåg norrut halv två. Rätt mycket inplanerat som går i stöpet i så fall."

"Uppfattat", sa kommissarien. "Ring mig tio minuter. God jul."

Han hade nätt och jämnt avslutat samtalet, när Sara vacklade in i köket.

Han stirrade på henne. Någonting var fel. Hennes vackra, rödbruna hår såg ut som om någon hade kissat i det. Ögonen var glansiga och röda, hon andades tungt med öppen mun och den fotsida nattskjortan hade förvandlats till en smutsig svepning. En svetteduk. Hon stannade och höll sig fast i kylskåpet.

"Pappa", sa hon med matt stämma.

Gunnar Barbarotti motstod en impuls att rusa fram till sin dotter och lyfta upp henne i sina armar. "Sara lilla", sa han istället. "Vad är det med dig?"

"Jag… tror… jag… är… sjuk."

Orden tog sig ut ett och ett över hennes fnasiga läppar och orkade bara med knapp nöd fram till hans trumhinnor.

"Sätt dig, Sara."

Han drog ut en köksstol och hon satte sig. Han lade en hand på hennes panna. Den var het som ett strykjärn. Hon tittade på honom med tom blick och halvt sänkta ögonlock.

"Jag tror… inte… jag orkar…"

"Har du tagit tempen?"

"Nej."

"Sara, gå och lägg dig igen. Jag kommer in med lite dryck och en termometer. Du ser verkligen inte frisk ut."

"Men mamma… Malmberget…?"

"Det är inställt", sa Gunnar Barbarotti. "Jag måste jobba lite dessutom. Vi stannar och firar jul här i Kymlinge, du och jag."

"Men…"

"Inga men. Ska jag hjälpa dig tillbaka till sängen?"

Hon ställde sig upp och svajade till, han stöttade upp henne genom att lägga ena armen om hennes midja.

"Tack, pappa, men jag kan gå själv. Måste kissa också… men om du kommer… kommer in med någonting att dricka, så… är jag tacksam…"

"Självfallet, min flicka", sa Gunnar Barbarotti.

Han letade fram två nya kuddar med rena örngott. Vädrade som hastigast, stoppade om sin dotter, placerade två glas på nattygsbordet – det ena med vatten, det andra med tranbärssaft – såg till att hon tog tempen – 39,2 – och när han märkte att hon hade somnat igen, smög han försiktigt ut ur hennes rum.

Ringde två telefonsamtal.

Det första till kommissarie Asunander, för att förklara att han åtog sig fallet med de bägge försvinnandena.

Det andra till sin före detta hustru, för att beklaga att det tyvärr uppstått förhinder. Sara låg i trettionio graders feber och kunde inte komma upp ur sängen, ens.

När detta var undanstökat gick han fram till fönstret i vardagsrummet och kastade en blick upp mot den gråvioletta decemberhimlen.

"Tackar allra ödmjukast", mumlade han. "Jag ber att få återkomma i januari."

Sedan tog han fram sin svarta bok och antecknade.

17

Innan han begav sig bort till Allvädersgatan 4, den punkt i Kymlinge som försvinnandena av allt att döma utgått ifrån, åkte han förbi stationen och fick en briefing av Sorgsen.

Sorgsen hette egentligen Borgsen, Gerald i förnamn, norsk till födseln. Han hade arbetat i distriktet i fem år vid det här laget, och hade – som Backman brukade uttrycka det – en märkvärdigt stark integritet. Han var i trettiofemårsåldern, bodde ett stycke utanför stan, i Vinge, tillsammans med sin hustru och två barn. Han deltog aldrig i några frivilliga aktiviteter med kollegerna, gick aldrig med och tog en öl; han tycktes inte ha några särskilda intressen och han gav nästan alltid, därav smeknamnet, ett intryck av att vara en smula sorgsen.

Men en renhårig och kompetent polisman utan tvivel.

Briefingen tog tio minuter. Sorgsen hade skrivit ut en sammanfattning på två A4-sidor, och han drog det hela muntligt också.

Två personer hade anmälts försvunna av samme anmälare, en viss Karl-Erik Hermansson, 65 år gammal, före detta högstadielärare på Kymlingeviksskolan och nybliven pensionär. De bägge saknade var dels hans son Robert Hermansson, 35 år gammal, som försvunnit i samband med besök hos föräldrarna på Allvädersgatan någon gång under natten mellan måndagen den 19 och tisdagen den 20 december – dels anmälarens dotterson Henrik Grundt, 19 år gammal, som försvunnit någon gång följande natt, det vill säga mellan den 20 och 21 december. Både Robert och Henrik hade varit på besök i Kymlinge med anledning av en dubbel bemärkelsedag den 20:e. Karl-Erik Hermansson själv fyllde 65, och hans dotter Ebba (Henriks mor) fyllde 40.

Till vardags var Robert Hermansson hemmahörande i Stockholm. Henrik Grundt var mantalsskriven hos sina föräldrar i Sundsvall, men hade också ett studentrum i en korridor i Uppsala, där han just avslutat första terminens studier i juridik. Eller avsåg att avsluta dem i januari, rättare sagt, eftersom tentamen låg en bit in på det nya året.

Anmälaren Karl-Erik Hermansson hade inga som helst idéer om vad som kunde tänkas ha hänt med någon av de bägge saknade personerna, inte heller kunde han säga om försvinnandena på något vis hade samband med varandra.

En efterlysning hade gått ut vid tiotiden under gårdagskvällen, men inga iakttagelser hade ännu inrapporterats.

En detalj som anmälaren inte själv presenterat, men som ändå så småningom framkommit, var att den tidigast försvunne, Robert Hermansson, var identisk med den temporärt kände s.k. dokusåpadeltagaren i teveprogrammet "Fångarna på Koh Fuk" med samma namn.

"Runk-Robert?" hade Barbarotti frågat.

Sorgsen hade inte tagit just den beteckningen i sin mun, men hade nickat bekräftande.

När han lämnade stationen erinrade han sig hur Asunander beskrivit läget: *Konstig historia.*

Kommissarien var inte känd för att komma med överdrifter, och han hade nog inte gjort det den här gången heller, tänkte Gunnar Barbarotti när han kröp in i bilen och satte kurs mot Allvädersgatan borta på Väster.

Ett dubbelförsvinnande under årets mörkaste dygn? Ja, konstig var nog bara förnamnet.

Karl-Erik Hermansson såg blek men samlad ut, hans hustru Rosemarie blek men splittrad. Barbarotti hade ett ögonblick övervägt huruvida han skulle följa grundregeln att alltid samtala med uppgiftslämnarna en i taget, men beslutat att frångå det den här gången.

Åtminstone inledningsvis. Om det visade sig bli aktuellt med noggrannare förhör, fick han väl ta dem i tur och ordning när det var så dags. Man satt i vardagsrummet, ett något övermöblerat sådant, tyckte inspektör Barbarotti – med den heterogenitet i stilar och färger som vittnade om ett långt liv tillsammans mellan två innevånare som inte stördes nämnvärt av den kostsamma ledstjärna som kallas god smak. Soffgruppen var i mörkbrunt skinn från mitten av sjuttiotalet, den gräddfärgade vitrinen med softad belysning från betydligt senare datum, på väggarna hängde en uppsjö av brokiga tavlor med ramar som sög musten ur motiven och tapeterna gick i blekgult och blått med bordeauxfärgad blomgirlandbård. På det gedigna furubordet hade Rosemarie Hermansson bullat upp med kaffe, en mjuk kaka av pepparkaketyp samt fyra sorters hårda. Porslinet var i blåblom och servetterna julaktigt rödgröna, men vad fan, tänkte Gunnar Barbarotti, han hade väl inte kommit hit för att skriva heminredningsreportage.

"Mitt namn är alltså inspektör Barbarotti", inledde han. "Jag kommer att ha hand om det här fallet och försöka lösa det till allas belåtenhet."

"Fallet?" sa Rosemarie Hermansson och tappade en halv mjuk kaka i knät.

"Det får vi hoppas", sa hennes make.

"Låt oss börja med att gå igenom fakta", föreslog Gunnar Barbarotti och slog upp sitt anteckningsblock. "Ni hade alltså samlat familjen för ett litet kalas med anledning av...?"

"Med anledning av att min dotter Ebba och jag råkar vara födda på samma dag", förklarade Karl-Erik Hermansson prompt och rättade till sin blanka, grönmelerade slips. "Just i år var det jämnt, dessutom. Jag fyllde 65, Ebba 40."

"Vilken dag?" frågade Barbarotti.

"Tisdagen den tjugonde. I förrgår, alltså. Ja, det var bara fråga om en liten familjetillställning i all enkelhet. Vi har aldrig varit roade av det storslagna och övermaga, min hustru och jag. Eller hur, Rosemarie?"

"Nej, ja", instämde Rosemarie Hermansson.

"Våra tre barn och deras familjer, således. Sammanlagt var vi tio personer... därav en ettochetthalvtåring, vårt yngsta barnbarn. Ja, alla anlände under måndagen, själva kalaset ägde alltså rum dagen efter... i tisdags, som jag sa."

"Men då hade redan en person försvunnit?" frågade Barbarotti och smakade försiktigt av kaffet. Till hans förvåning var det både starkt och gott. Jag är fördomsfull, tänkte han. På alla möjliga plan.

"Det är riktigt, ja", sa Karl-Erik Hermansson och nickade eftertänksamt. "Fast vi insåg nog inte riktigt allvaret i det vid den tidpunkten, är jag rädd."

"Varför inte?"

"Va?"

"Varför insåg ni inte allvaret? Hade er son... det var alltså er son Robert som försvann mellan måndagen och tisdagen?"

"Ja, det var Robert", intygade Rosemarie Hermansson.

Gunnar Barbarotti gav henne ett uppmuntrande leende, men vände sedan tillbaka till maken.

"Du säger att ni inte insåg allvaret. Betyder det att Robert skulle ha haft någon anledning att hålla sig borta... att ni kanske trodde att ni visste vart han tagit vägen?"

"Absolut inte", deklarerade Karl-Erik Hermansson bestämt. "Det här... ja, det här kräver kanske en liten förklaring. Min son... jag menar *vår* son, förstås... har inte varit sig själv den senaste tiden."

Intressant sätt att uttrycka det på, tänkte Gunnar Barbarotti. Nej, om man ställde sig och onanerade i teve, var man förmodligen inte riktigt sig själv. Han noterade att Rosemarie Hermansson satt och smulade sönder den rödgröna servetten i knät och han anade att hon nog inte hade långt kvar till bristningsgränsen.

"Jag känner till det där teveprogrammet", sa han. "Men jag såg det inte själv. Tittar rätt lite på teve överhuvudtaget, faktiskt. Nåja, men ni satte alltså detta att han försvann i samband med... ja, med hur han kände sig?"

Karl-Erik Hermansson såg ut att tveka. Kastade en hastig blick på sin hustru och fingrade över slipsen igen. Sidenhistoria, om inte Gunnar Barbarotti såg fel. Thaisiden, om han skulle våga sig på en kvalificerad gissning. Kanske hade han fått den på den stora dagen.

"Jag vet inte riktigt", sa Karl-Erik Hermansson till slut. "Jag hann aldrig tala ordentligt med honom. Jag hade tänkt göra det, men det blev inte tillfälle. Det blir inte alltid som man tänkt sig..."

När han sagt detta sjönk han ihop en smula. Som om han tillstått någonting han egentligen inte haft för avsikt att tillstå, tänkte Barbarotti – och det blev utrymme för hustrun att komma till tals.

"Robert kom vid sjutiden på måndagskvällen", förklarade hon. "Det gjorde de andra också. Vi åt en bit mat, det var ingenting märkvärdigt, några satt uppe och samtalade lite efter att Karl-Erik och jag gått och lagt oss… nej, det är som Karl-Erik säger, det blev inte tid att prata enskilt den där kvällen."

"Men Robert hörde till dem som stannade uppe lite längre?"

"Ja. Jag tror det var han och Kristina, vår dotter. De har… ja, de har alltid stått varandra nära. Ebbas och Leifs söner var nog med också."

"Och sedan försvann Robert?"

Rosemarie bytte en blick med sin man, som för att få bekräftelse på att hon kunde fortsätta. "Ja", sa hon och ryckte lite uppgivet på axlarna. "Han gick ut för att ta en promenad och en cigarrett, tydligen. Det är i varje fall vad Kristina säger…"

"Vad var klockan?"

"Halv ett ungefär… kanske lite mer."

"Och vilka var fortfarande uppe vid den tidpunkten, när Robert gav sig iväg, alltså?"

"Det var väl egentligen bara Kristina och Henrik. Kristoffer säger…?"

"Ett ögonblick. Vem är Kristoffer?"

"Ebbas och Leifs yngre son. Ja, ni får förstås tillfälle att träffa dem alla tre sedan…"

"Jag förstår. Vad säger alltså Kristoffer?"

"Han säger att han gick upp och lade sig strax efter klockan halv ett. Och då var Robert, Kristina och Henrik kvar… ja, här i vardagsrummet."

Gunnar Barbarotti nickade och antecknade.

"Och Kristina?"

"De åkte tillbaka hem till Stockholm igår."

"När igår?"

"Tidigt på morgonen."

"Men ni diskuterade Roberts försvinnande med henne under tisdagen?"

"Javisst. Fast det tog ju en stund innan vi märkte att han var borta. Det var ju själva födelsedagen också. En hel del uppvaktning och sådant..."

"När lade ni märke till att han saknades? Robert, vill säga."

Makarna Hermansson tittade på varandra. Karl-Erik rynkade pannan och slätade ut den.

"Runt lunchtid, kanske..."

"Vi trodde först att han gått en promenad under förmiddagen", lade hans hustru till. "Det var senare på eftermiddagen som jag upptäckte att han inte sovit i sin säng överhuvudtaget."

Gunnar Barbarotti gjorde ytterligare anteckningar. Drack ytterligare av kaffet. "Allright", sa han. "Vi kanske får ta det här lite mer i detalj så småningom. Jag måste först försöka få en överblick över vad som hänt."

"Det är obegripligt", konstaterade Karl-Erik Hermansson med en tung suck. "Helt och fullständigt obegripligt."

Gunnar Barbarotti gjorde ingen kommentar till detta, men inom sig började han känna att det nog var en tolkning av läget han kunde skriva under på. Åtminstone för närvarande.

Helt och fullständigt obegripligt.

"Jag kommer förstås att tala med familjen Grundt sedan", sa han. "Men först skulle jag vilja höra vad ni har att säga om Henrik."

Det tog tjugofem minuter för makarna Hermansson att berätta om Henrik Grundt och hans försvinnande. I Gunnar

Barbarottis anteckningsbok blev det dock bara sex rader.

Den nittonårige pojken hade – av okänd anledning – lämnat sin säng och sitt rum någon gång under natten mellan tisdagen den 20 och onsdagen den 21 december. Förmodligen inte före klockan 01.00, då hans bror Kristoffer, som bodde i samma rum, somnade – och absolut inte efter klockan 06.15, då Rosemarie Hermansson steg upp och skulle ha märkt om någon rört sig på övervåningen.

Varför? Ja, det hade varken morfar eller mormor någon aning om. Det var nog bäst att fråga pojkens mamma och pappa och bror om den saken. Själva kände de bara en stor förvirring och en stor förtvivlan.

Kriminalinspektör Barbarotti sade sig ha all förståelse för dessa känslor, men att man ändå inte fick ge upp hoppet om en lycklig utgång. Innan han avslutade samtalet med herr och fru Hermansson, frågade han om någon av dem kunde se något slags samband mellan de bägge egendomliga försvinnandena.

Inget som helst, därom var makarna rörande överens.

"Mina föräldrar har tagit det här väldigt hårt, jag hoppas du förstår det."

Ebba Hermansson Grundt hade själv begärt att få tala med honom i enrum. Han visste att hon var överläkare i kirurgi, men hon var också syster till den ene av de bägge saknade och mor till den andre. Det var en smula förvånande att hon inledde genom att tala om föräldrarna.

"Jag har förstått det", sa Gunnar Barbarotti. "Jag har just pratat med dem."

"Särskilt mamma, det lade du säkert märke till. Hon har inte sovit på hela natten. Jag försökte få henne att ta en sömntablett igår kväll, men hon vägrade… hon är rätt så nära bristningsgränsen. Men det såg du kanske på henne?"

"Det är en ganska normal reaktion i det här läget, eller hur?" sa Gunnar Barbarotti. "Hur känner du dig själv?"

Ebba Hermansson Grundt satt kapprak på stolen och andades långsamt genom vidgade näsborrar några gånger innan hon svarade. Som om hon var tvungen att känna efter för att kunna leverera ett korrekt svar. "Jag mår likadant", konstaterade hon. "Men det skulle bli mycket värre om jag tappade kontrollen."

"Du är van att hålla den?"

Hon betraktade honom; tycktes leta efter spår av kritik eller ironi. Uppenbarligen hittade hon ingenting sådant, för hon svarade: "Jag är inte okänslig, om du tror det. Men både för mammas och pappas skull... och för Kristoffers... försöker jag vara lite optimistisk."

"Och din man?"

Hon tvekade ett ögonblick. "För hans skull också."

Gunnar Barbarotti nickade. Det var egentligen inte det han frågat efter. Han kände att han tyckte synd om den mycket balanserade och vältränade kvinna som satt mittemot honom. Hon var 40 år, hade två barn och var överläkare. Ett mycket ansvarsfullt jobb; det måste ha kostat en del, ändå skulle han snarare ha gissat på 35.

"Jag förstår", upprepade han. "Jag måste hursomhelst få utsätta dig för en del frågor, det inser du säkert?"

"Varsågod, kommissarien."

"Inspektör. Jag är bara kriminalinspektör."

"Förlåt."

"Föralldel. Nåväl, allra först skulle jag vilja veta om du ser någon sorts samband mellan de här bägge försvinnandena. Finns det något som tyder på att de hänger ihop på något sätt?"

Hon skakade på huvudet. "Jag har tänkt på det ett helt dygn", sa hon. "Men jag hittar ingenting. Det är ju tillräckligt egendomligt att en person försvinner, men att... ja, att bägge två går upp i rök?... nej, det är fullkomligt obegripligt."

"För mig också", la hon till efter en liten paus. Som om företeelser som var obegripliga för hennes mor eller hennes man inte med nödvändighet behövde vara obegripliga också för Ebba Hermansson Grundt.

Men i det här fallet var det alltså så.

"Om du är övertygad om det här, föreslår jag att vi diskuterar dem var för sig", sa Gunnar Barbarotti och vände blad i anteckningsblocket. "Robert först, kanske? Vad har du att säga om honom?"

"Vad jag har att säga om Robert?"

"Ja tack."

"I allmänhet eller med avseende på att han försvunnit?"

"Bägge delarna kanske?" föreslog Gunnar Barbarotti försiktigt. "Kan du se något motiv för honom att ge sig iväg, till exempel? Om vi nu alltså helt och hållet bortser ifrån din son."

Ebba Hermansson Grundt satt tyst några sekunder, men såg inte ut att leta efter ett svar på frågan. Satt nog snarare och bestämde sig för vad hon ville och inte ville säga, gissade inspektör Barbarotti.

"Allright", sa hon till slut. "Om jag skall vara fullkomligt uppriktig, så trodde jag nog från början att han helt enkelt stuckit och gömt sig."

"Stuckit och gömt sig?"

"Eller vad man vill kalla det. Robert är en ganska karaktärssvag människa. Om en situation blir obekväm, kan det mycket väl hända att han tar till flykten. Du känner säkert till vad han sysslat med under hösten."

"Du syftar på det här teveprogrammet?"

"Ja. Det säger ju det mesta, eller hur? Han har antagligen mått rätt dåligt den senaste tiden, och det vore inte särskilt konstigt om den här familjesammankomsten blev för mycket för honom. Att plötsligt stå inför alla sina närmaste släktingar, och... ja."

"Du tror att han uppehåller sig här i Kymlinge?"

Hon ryckte på axlarna. "Jag vet inte. Men hans bil står ju fortfarande här utanför. Han är uppväxt i stan. Har säkert en del gamla bekanta kvar där han skulle kunna söka tillflykt."

"Kvinnor?"

"Varför inte? Men det här är bara spekulationer. Och kanske är det alldeles fel. Han måste ju förstå att han gör mamma fruktansvärt orolig, och det trodde jag faktiskt inte om honom."

"Pratade du mycket med honom under måndagskvällen?"

"Nästan ingenting. Det var bara några timmar och huset var fullt, så att säga. Jag och min man gick ganska tidigt till sängs, dessutom."

"Hur verkade han?"

"Robert?"

"Ja."

Hon gjorde en kort paus innan hon svarade. "Som man kunde ha anledning att förvänta sig, antar jag. En blandning av arrogans och osäkerhet. Det är klart att han på något vis måste försöka hålla masken, men innerst inne kan han ju inte ha mått så värst. Pappa hade bett oss att inte nämna det där bedrövliga programmet och det gjorde vi inte heller."

"Men du pratade aldrig med honom på tu man hand?"

"Nej."

"Var det någon annan som gjorde det?"

"Jag tror att Kristina, min syster, gjorde det. De har alltid..."

"Ja?"

"De har alltid stått varann lite närmare än vad jag och Robert gjort."

Gunnar Barbarotti skrev *Kristina* i sitt block och strök under det med två streck.

"Det har gått lite för lång tid", sa han.

"Förlåt?"

"Du antyder att Robert möjligen kan ha valt att hålla sig härifrån av egen kraft. Men det var i måndags natt han försvann. Idag är det torsdag. Tycker du inte att...?"

"Jag vet", avbröt hon. "Jo, jag håller med. Några timmar eller en dag kanske, men inte så här länge. Det måste... det måste ha hänt honom någonting."

Hennes röst darrade till en aning och han förstod att den sista slutsatsen också spillde över på hennes son. Han vände blad i blocket och beslöt att övergå till försvinnande nummer två.

"Henrik", sa han. "Om vi skulle tala lite om din son istället?"

"Ursäkta mig", sa Ebba Hermansson Grundt. "Ge mig två minuter, bara."

Rösten bar inte riktigt nu heller. Hon reste sig och skyndade ut ur rummet. Gunnar Barbarotti lutade sig tillbaka och såg ut genom fönstret. Glesa snöflingor hade börjat falla och skymningen hade tjocknat till mörker. Från någon annan plats i huset hördes nyheter från en radio. Men dörrarna till vardagsrummet var sorgfälligt stängda; han hade ingen uppfattning om vad de övriga medlemmarna i den drabbade familjen hade för sig för att få minuterna att gå. Och timmarna. Stackars jävlar, tänkte han ofrivilligt. Det här kan inte vara lätt.

Sedan hällde han upp mera kaffe och försökte känna efter om han hade en aning om vartåt det här fallet lutade.

Det kändes ingenting.

18

"Nej, jag har ingen aning om var Henrik befinner sig. Kan inte komma med en gissning, ens. Det trotsar allt förnuft."

Hon var samlad igen, men han antog att hon hade gråtit. De två minuterna hade blivit fem och hennes ansikte såg nytvättat ut.

"Har Henrik några andra bekanta här i Kymlinge än sina morföräldrar?"

"Nej." Hon skakade på huvudet, men inte mer än en centimeter åt vardera hållet. "Inga som helst. Henrik har på sin höjd varit här sju-åtta gånger under sitt liv. Aldrig mer än några dagar. Han känner inte en människa i den här stan."

"Du är säker på det här?"

"Så säker man kan vara."

"Henrik är alltså nitton år gammal. Han har läst en termin juridik i Uppsala. Stämmer det?"

"Ja."

"Kan du berätta lite om honom?"

"Vad är det du vill veta?"

"Jag vill bara få en allmän bild. Är han skötsam? Lugn eller orolig? Intressen? Har ni god kontakt?"

Hon svalde och nickade. Torkade bort någonting ur yttre ögonvrån med knogen på lillfingret. "Vi har alltid haft mycket god kontakt, Henrik och jag. Och han är skötsam och duktig. Han har lätt för sig… vad det än gäller. Studier, idrott, musik…"

"Vänner?"

"Om han har vänner?"

"Ja."

"Han har många goda vänner, och han har alltid varit uppriktig mot mig. Jag är… jag är stolt över min son, jag vill att du skall förstå det, kommissarien."

Gunnar Barbarotti brydde sig inte om att rätta henne. Stängde igen anteckningsblocket och placerade det bredvid sig i soffan. Stoppade pennan i bröstfickan och knäppte händerna över sitt högra knä. Det var en intränad gest av förtrolighet, och som vanligt skämdes han en smula när han utförde den.

"Det är en sak jag inte riktigt förstår", sa han.

"Vilken då?"

"Han måste ju ha gått ut på natten."

"Ja, jag antar det."

Någonting i ögat irriterade henne igen och han gav henne tid att torka bort det.

"Kan du hitta något rimligt… eller åtminstone tänkbart… skäl till varför din son skulle ha stigit upp ur sängen och lämnat sitt rum… och huset… mitt i natten?"

"Nej, jag…", tvekade hon.

"Är han sömngångare?"

"Nej. Henrik har aldrig gått i sömnen."

"Har han en mobiltelefon?"

"Ja… javisst har han en mobil. Vi har provat att ringa till honom ända sedan… ja, ända sedan han försvann."

"Inget svar?"

"Nej, inget svar. Varför frågar du om det här? Det vet du väl redan?"

211

Gunnar Barbarotti gjorde en kort paus och formulerade sig. "Jag frågar därför att jag ser två tänkbara alternativ framför mig", förklarade han.

"Två?"

"Ja, två. Antingen lämnade din son sitt rum därför att någon ringde till honom. Eller också hade han bestämt sig för att göra det redan innan han gick och lade sig."

"Jag..."

"Vilket håller du för troligast?"

Hon tänkte efter några sekunder.

"Jag håller dem för lika otroliga bägge två."

"Kan du tänka dig något annat, eller rättare sagt, något tredje alternativ?"

Hon rynkade pannan och skakade långsamt på huvudet. Större rörelser den här gången, men fortfarande kontrollerat, som om hon var mycket medveten om vad hon gjorde även på det här planet.

"För min del kan jag bara tänka mig en annan lösning", förklarade Gunnar Barbarotti och knäppte händerna om sitt vänstra knä som omväxling. "Men den låter inte särskilt trolig."

"Vilken... vilken lösning då?"

"Att någon kom och rövade bort honom."

"Det var det mest idiotiska jag har hört", sa Ebba Hermansson Grundt med en fnysning. "Hur skulle någon bära sig åt för att röva bort en vuxen...?"

"Allright", avbröt Barbarotti. "Jag vill bara utesluta den möjligheten. Jag håller med om att det antagligen inte gick till på det sättet. Hur hade han det i Uppsala?"

Frågan tycktes överrumpla henne.

"I Uppsala? Bra... han hade det bra. Naturligtvis är den

första universitetsterminen en smula omvälvande, men så är det för alla."

"Vad menar du med det?"

"Med vad?"

"Jag fick för mig att du antydde att någonting inte riktigt var som man skulle önska."

Hon såg på honom en sekund med munnen sammanbiten till ett irriterat streck. "Nej då, det gjorde jag inte alls", sa hon sedan. "Men jag har förstås inte kännedom om allt han gjort och inte gjort i Uppsala. Studentlivet innebär både det ena och det andra, det är bara det jag vill ha sagt. Men du kanske inte..."

"Jag har läst åtta terminer i Lund", upplyste Gunnar Barbarotti och fick ett hastigt, lite förvånat ögonkast tillbaka. "Har han någon flickvän, Henrik?"

Hon tvekade igen. "Ja, han har visst träffat en flicka under terminen... Jenny heter hon. Men hon har aldrig hälsat på oss i Sundsvall, jag vet inte hur allvarligt det är."

"Har du talat med henne i telefon?"

"Varför skulle jag ha gjort det? Henrik har bara varit hemma två gånger under hela hösten. Juridikstudierna är rätt så krävande, så..."

"Jag känner till det", sa Gunnar Barbarotti. "Jag tog en jur kand i Lund."

"Gjorde du? Och så blev du... polis?"

"Just det", sa han. "Och så blev jag polis."

Hon hade ingen ytterligare kommentar till detta, men han såg att hon hade svårt att få ekvationen att gå ihop. Och om det var någonting han hade förstått av samtalet så här långt, så var det att Ebba Hermansson Grundt tyckte om ekvationer som gick ihop.

"Vet du om Henrik fick några telefonsamtal medan ni var

här i Kymlinge?" frågade han.

Hon tänkte efter och ryckte sedan på axlarna.

"Det kan jag inte svara på. Jag kan inte minnas att jag såg honom prata i telefon någon enda gång. Men jag hade honom inte för ögonen särskilt mycket. Kanske kan Kristoffer upplysa om det här. De delade ju rum, så han borde ha märkt om Henrik ringde upp någon eller fick några samtal."

"Jag kommer att prata med både Kristoffer och din make om det här", försäkrade Gunnar Barbarotti. Han satt tyst några sekunder medan han betraktade en liten fluga som kom och landade på den grönröda bordduken, uppenbarligen ovetande om att det var december och att den vaknat alldeles för tidigt. Eller för sent.

Sedan lutade han sig tillbaka i soffan och tog fatt i blocket igen.

"Vad tog han med sig?" frågade han.

"Va?"

"Har ni kontrollerat vad han tog med sig när han gav sig iväg? Ytterkläder? Tandborste? Telefon…?"

"Javisst, förlåt, jag förstod inte vad du menade. Jo, det är riktigt, jacka, halsduk, handskar och mössa är borta. Telefon och plånbok också…"

"Men tandborsten är kvar?"

"Ja."

"Var sängen bäddad?"

"Nej."

"Vad tycker du det tyder på?"

"Det… det betyder väl att han tänkte komma tillbaka, förstås. Herregud, kommissarien, nu låter det som om ni… som om du sitter och förhör mig. Jag hade faktiskt väntat mig…"

"Ursäkta", sa Gunnar Barbarotti. "Men jag är en smula

214

intresserad av vilka slutsatser du själv drar. Du är ju hans mor, du känner kanske Henrik bättre än någon annan. Det vore förmätet av mig om jag trodde att jag skulle bli på det klara med hur saker och ting ligger till innan du gör det. Eller hur?"

"Jag tror inte…"

"Om jag provocerar dig lite, kanske du kommer på någonting viktigt, ingenting är vunnet med att jag sitter och tycker synd om dig."

"På det viset", sa hon kort, men han såg att hon höll med honom. Naturligtvis, tänkte han. Att vädja till både hennes moderskänslor och hennes intellekt kunde knappast vara fel.

"Så vad tyder det på?" upprepade han.

Hon tänkte efter länge nu. Lutade huvudet en smula åt ena sidan, som han plötsligt mindes att en finsk skidlöpare som han glömt namnet på brukade göra under slutfasen av loppen.

"Jag förstår vad du säger", sa hon så. "Han gav sig iväg för att han hade en anledning att göra det, naturligtvis måste det vara så. Möjligen skulle han möta någon… någon som ringde till honom, kanske?"

"Det råkar inte vara så att den här flickan…" Han blev tvungen att bläddra tillbaka i blocket. "… Jenny. Att hon råkar bo någonstans här i trakten?"

Han såg att hon aldrig kommit på tanken. "Jenny?" utbrast hon. "Nej, jag tror… jag har för mig att hon kommer från Karlskoga. Och varför skulle hon…?"

"Jag håller med om att det låter långsökt", erkände Gunnar Barbarotti. "Men det behöver ju inte ha varit hon. Kan ha varit någon studiekamrat också, till exempel. När jag läste i Lund kom vi verkligen från hela Sverige."

215

"Hm", sa Ebba Hermansson Grundt och såg med ens ganska kritisk ut. "Nej, jag måste säga att jag inte tror på det här."

Inte jag heller, tänkte Gunnar Barbarotti dystert. Inte jag heller. Men frågan är vad man då ska tro på.

Han genomförde samtalet med Leif och Kristoffer Grundt omedelbart efter att deras maka och mor lämnat rummet, och efteråt frågade han sig om han inte borde ha unnat sig en paus och en nypa frisk luft först. Ingen av dem hade mycket att tillägga till vad han redan fått veta genom de tre tidigare uppgiftslämnarna, men efter mer än två timmars soffsittande i den Hermanssonska villan hade det också börjat bli lite si och så med hans skärpa. Om det hade funnits saker att uppfatta mellan, och under, de ord som faktiskt blev sagda, var det långt ifrån säkert att han varit kapabel att snappa upp dem.

Han var i varje fall inte mer avtrubbad än att han förstod att han var avtrubbad, och med denna klena tröst i gott minne, beslöt han att låta sig nöja.

Men att Leif Grundt skulle sitta inne med någonting som kunde kasta ljus över sakernas tillstånd, höll han ändå för föga troligt. Mannen var stor och kraftig, gav ett helt annat intryck än sin hustru och utstrålade nästan en sorts sävlighet – eller godmodighet åtminstone. Fast kanske var det ett medvetet val; en strategi och ett modus vivendi. Det hade antagligen ingen betydelse för försvinnandet, men Barbarotti kunde inte låta bli att fundera över rollerna och styrkeförhållandena i familjen Grundt. Att det var mamma Ebba som styrde och ställde föreföll ställt bortom varje tvivel.

Hur skulle jag själv hantera en kvinna som hon? tänkte inspektören, ruskade på huvudet och insåg att han förirrat sig bortom det relevantas gräns.

Kristoffer visade sig vara en ganska tystlåten pojke. Var fjorton år gammal, och Barbarotti anade att han till stor del vuxit upp i skuggan av sin fem år äldre storebror. Henrik var tydligen en av dessa rikt begåvade ynglingar som lyckades med allt vad de företog sig, det hade framgått med all önskvärd tydlighet – medan Kristoffer förföll att vara, ja vad då? På intet vis någon yngling på glid, men en högst normal fjortonåring.

Han hade delat rum med Henrik under vistelsen hos morföräldrarna; Gunnar Barbarotti hade varit uppe och tittat på det, en trång liten kabyss med två sängar, en byrå och tapeter som var så hiskeligt fula att han undrade om folk som satte upp någonting dylikt på sina väggar verkligen kunde vara vid sina sinnens fulla bruk.

Angående broderns försvinnande hade Kristoffer inte mycket att bidra med. Han hade somnat någon gång strax efter halv ett den aktuella natten, och vid den tidpunkten hade Henrik fortfarande legat i sin säng. Han hade inte lagt märke till att han stigit upp och lämnat rummet, han hade inte hört någon telefon ringa; när han stigit upp på morgonen hade han antagit att brodern vaknat en stund före honom själv och befann sig i badrummet eller nere i köket.

Nej, han kunde inte erinra sig att Henrik pratat i sin mobil under hela vistelsen i Kymlinge. Möjligen hade han skickat ett eller ett par SMS, men inte heller det kunde han svära på.

De hade samtalat en del, förstås, men inte särskilt mycket. Litegrann om hur det var att ligga i Uppsala, litegrann om morbror Robert, men ingenting hade blivit sagt som på något vis kunde ge en vink om försvinnandena. Varken det ena eller det andra.

Gunnar Barbarotti tyckte annars att far och son Grundt

verkade ha ett gott och lättsamt förhållande sinsemellan; pojken var spänd förstås, men såvitt han kunde bedöma hade det ingenting att göra med pappans närvaro under samtalet. Ändå bestämde han, redan medan de höll på och pratade, att han måste sätta sig i enrum med Kristoffer någon av de närmaste dagarna – för ett förnyat och lite mer stringent förhör.

Dels på grund av den konstaterade tröttheten, alltså, dels för att det knappast kunde skada.

Om nu inte saker och ting fick en snar och lycklig lösning, vill säga. Pappa Leif lät informera att man under inga förhållanden hade för avsikt att återvända upp till Sundsvall så länge Henrik inte kommit till rätta.

Om nu någon skulle ha inbillat sig det.

När Gunnar Barbarotti stod ute i hallen och hade alla de fem familjemedlemmarna för ögonen, hade klockan hunnit bli halv sex och han letade förgäves efter någonting optimistiskt – eller åtminstone trösterikt – att säga som avrundning, men även härvidlag tycktes hans egen trötthet, ackompanjerad av en begynnande huvudvärk, sätta käppar i hjulet. Allt han kom på var:

"Vi arbetar vidare med det här och ser tiden an."

Nåja, tänkte han när han åter satt i bilen på väg hem, jag lovade i alla fall inte för mycket.

Sara såg inte ut att ha blivit bättre. Hon låg i sin säng och sov när Gunnar Barbarotti försiktigt kikade in i hennes rum; drog tunga, rosslande andetag med öppen mun, och för en sekund högg skräcken tag i honom.

Tänk om detta var priset? Gud hade hört hans bön, men krävde ett offer. Hans dotters liv; alltihop var en ond, gammaltestamentlig saga.

Han blev stående och höll sig i dörrkarmen, medan han betraktade henne och kände huvudvärken växa till ett pulserande moln uppe under hjässan. Jag är inte klok, tänkte han. Jag måste sluta upp att leka med makterna, man får inte köpslå på det här viset, tala om hybris.

Men framförallt... framförallt måste jag få i mig två Alvedon innan skallen spricker.

Besöket hos familjen Hermansson hade sänkt livsandarna i honom rejält, inget tvivel om saken. Lägenheten kändes ostädad och unken. Det luktade sjukt i Saras rum, det stod odiskad disk ute i köket. Han hade inte handlat mat och inte tänkt på att höra efter med någon läkare. I Gunnar Barbarottis värld kröp man till sängs om man blev sjuk. Sov och drack sig frisk, det var allt. Men tänk om det var allvarligare, tänk om hon behövde medicin av något slag? Vad var han för en far egentligen?

Han gick fram och satte sig på sängkanten. Flyttade undan dotterns toviga hår som klibbade i ansiktet på henne, och lade handen på pannan.

Kladdigt, som sagt. Men inte lika varmt som imorse, bedömde han. Hon slog upp ögonen. Såg på honom en stund och stängde dem igen.

"Hur mår du?" frågade han.

"Trött", viskade hon.

"Sov du bara, min skatt", sa han. "Har du druckit ordentligt?"

Han hade ställt två nya glas bredvid henne när han gav sig iväg vid tvåtiden – vatten och druvjuice – hon hade druckit ur båda till hälften. Hon rörde lite på huvudet, kanske nickade hon.

"Jag går och handlar på Konsum. Är tillbaka om en halvtimme. Är det okej?"

Ny huvudrörelse, han strök henne tafatt över kinden och lämnade henne.

Enkla bestyr i hemmet – med passning av sjuk dotter som självklar tyngdpunkt – upptog honom sedan under återstoden av kvällen. Han letade fram ljusstakar och tände ljus lite här och var; spelade Mercedes Sosa om och om igen på CD:n, det fanns inte många skivor i huset som både han och Sara tyckte om, men Mercedes Sosa var en av dem. Han lagade en omelett med ångkokta grönsaker, Sara åt två tuggor och sa att det var jättegott. Hon tog tempen, den hade gått ner till 38,5. Han frågade efter symptomen och hon förklarade att hon hade ont i halsen. Kraftlös och värk i kroppen, liksom. Behövde sova.

Han lät henne göra det, efter att först ha bäddat rent i sängen och vädrat. Lämnade sedan dörren till hennes rum på glänt, det skapade åtminstone illusionen av någon sorts samvaro – men den där varma kokongen av skymnings-kurande och stilla förväntan inför julen, med lite pyssel och lite nötter och lite knäck, kom det inte i närheten av. Inte i utkanten av närheten. Till dels berodde det förstås på att ingredienserna saknades; såväl nötter, som knäck, som någonting att pyssla med. Liksom entusiastiska pysslare förstås, vissa saker gjorde sig helt enkelt bättre på avstånd och i fantasin.

Men Mercedes Sosa och stearinljusen gjorde vad de kunde, således. Och Alvedonen hade fungerat, huvudvärken var borta. Vid niotiden ringde Helena uppifrån Malmberget och rapporterade lite syrligt (men inte så syrligt som han hade förväntat sig) att man saknade dem men att alla mådde bra; det var två meter snö, tjugofem grader kallt och hennes far tycktes ta sin situation med jämnmod. Gunnar Barbarotti

pratade med bägge sina söner, fem minuter vardera, fick
veta att mormor hade gjort ett pepparkakshus som var skevt
så in i bomben och att de skulle åka skidor nerför Dundret
följande dag. Han sa att han var ledsen över att han inte
kunde vara hos dem och att de skulle få sina julklappar till
nyår istället för på julafton.

När han avslutat samtalet kontrollerade han läget inne
hos Sara. Hon sov som en stock. Han tog ut en öl ur kylen
och slog sig ner vid köksbordet. Började läsa igenom anteck-
ningarna från samtalen med familjen Hermansson, och för-
sökte föreställa sig vad det egentligen var som hade hänt.

Det var inte det lättaste. Två människor hade försvunnit
spårlöst från samma adress med ungefär ett dygns mellan-
rum. Ingen av dem han talat med hade haft en aning om
vart de tagit vägen.

Mitt i natten hade de givit sig iväg någonstans. Till samma
ställe? undrade Gunnar Barbarotti. Kunde det vara så?

Han hade svårt att tro det. Alla uppgifter han fått in tydde
på att Robert Hermansson och Henrik Grundt haft mycket
lite med varandra att göra. De var släkt, det var allt; morbror
och systerson, men ingen av de övriga familjemedlemmarna
hade kunnat erinra sig att de överhuvudtaget talat med var-
andra under måndagskvällen, medan de fortfarande befann
sig i villan på Allvädersgatan.

Fast bägge två hade suttit uppe, påminde han sig. Om han
förstått det rätt, så var det en kvartett som dröjt sig kvar lite
längre efter att de andra gått till sängs den där kvällen. Sys-
konparet Robert och Kristina Hermansson och syskonparet
Kristoffer och Henrik Grundt.

Och så hade Robert Hermansson gått ut och rökt och
försvunnit.

Och nästa natt hade Henrik Grundt lämnat sin säng och försvunnit.

Så såg det ut.

Varför? Gunnar Barbarotti skakade irriterat på huvudet och drack en klunk öl. Nog var det ett egenartat fall? Det kändes som om det inte gick att ställa några vettiga frågor ens.

Men förhoppningsvis, tänkte han, förhoppningsvis var det i alla fall möjligt att skissera en handlingsplan? Hur han skulle bära sig åt för att försöka komma framåt med historien.

Efterlysningen av de bägge försvunna var den första möjligheten, förstås. Denna åtgärd var redan vidtagen; imorgon skulle deras bilder finnas i tidningen och kanske hade någon vaken medborgare sett någonting. En skymt av den ene eller den andre på väg till någonting ännu så länge okänt i Kymlinge.

Det var i varje fall ingen omöjlighet. Man kunde alltid hoppas. Men vad skulle han själv, spaningsledare Barbarotti – och ännu så länge den ende inkopplade polismannen (utom möjligen Sorgsen) – ägna sig åt?

Trogen sitt anteckningsblock och sina rutiner började Gunnar Barbarotti skriva en lista.

Efter tio minuter hade han kommit på fyra punkter, som alla gick att ta itu med redan under morgondagen.

1) *Ta telefonkontakt med dem som varit närvarande på Allvädersgatan men som ännu ej blivit utfrågade: Jakob Willnius och Kristina Hermansson. I synnerhet den sistnämnda. Bestäm ev. tid för att tala öga mot öga vid senare tillfälle.*

2) *Robert Hermanssons bekanta i Kymlinge? Vilka gamla vänner kunde han fortfarande tänkas ha kontakt med? Prata med dessa.*

3) *Nytt samtal med Kristoffer Grundt. Finns det någon som sitter inne med upplysningar (medvetet eller omedvetet), så borde det vara han. Bröderna bodde i samma rum och måste ha pratat med varandra en del.*

4) *Undersök mobiltelefonitrafiken.*

Det var det hela. Och punkt nummer fyra hade Sorgsen antagligen redan börjat ta itu med. Mobiltrafik var Sorgsens bord, hade blivit så av någon anledning, men han måste naturligtvis kontrollera att kollegan tog på sig uppgiften i det här fallet också.

För både Robert Hermansson och Henrik Grundt var utrustade med mobiler. Naturligtvis. Gunnar Barbarotti hade läst någonstans att det fanns fler mobiltelefoner än människor i landet. För femton år sedan hade det funnits fler vargar än mobiler. Det var som det var, allt har sin tid.

Han drack ur ölen och tittade på klockan. Tjugo över tio. Han tog fram en ren kökshandduk ur skåpet, blötte den i kallt, rinnande vatten och gick in till Sara och tvättade henne i ansiktet. Hon vaknade med ett ryck.

"Pappa, vad i hela friden gör du?"

"Jag hjälper min älskade dotter med kvällstoaletten", förklarade han vänligt.

"Herregud", stönade hon. "Ge mig lite vatten att dricka istället för att hälla det i ansiktet på mig."

"Hur känner du dig?"

"Trött", sa Sara. "Jag drömde om dig."

"Va?" sa Gunnar Barbarotti. "Har du inget bättre att drömma om?"

"Inte för tillfället", sa Sara. "Men det var lite otäckt. Du gick ut för att handla någonting, och sedan försvann du. Jag tycker inte om att du ska hålla på och försvinna."

"Jag sitter ju här", sa Gunnar Barbarotti.

"Jag ser det", sa Sara och log ett blekt leende. "Det är jag tacksam för. Och jag skulle vara ännu tacksammare om du hämtade det där vattnet och sedan lät mig sova."

"På momangen, min flicka", svarade Gunnar Barbarotti. "På momangen."

19

Dan före dan började med ett ymnigt snöande över Kymlinge med omnejd.

Gunnar Barbarotti vaknade tidigt och blickade förvånad ut genom sovrumsfönstret mot ett landskap som lika gärna kunde ha legat vid Malmberget. Eller Murmansk. Ett tjockt vitt snölager under en gråsvart himmel. Ett virvlande däremellan. Ändå en sorts dödens stillhet.

Han steg upp och hämtade tidningen utifrån hallen. Tittade in till Sara som hastigast, hon sov och hade druckit ur hela vattenglaset och halva druvsaften. Han tog med en tallrik yoghurt och ett glas juice från köket och kröp ner i sängen igen. Började bläddra i tidningen.

Artikeln om Robert Hermansson och Henrik Grundt stod på sidan sex. En tvåspaltare och fotografier av de bägge försvunna. Rubriken löd kort och gott: *Saknade*

Det stod bara en enda rad om att den ene av dem förekommit i det inte okända teveprogrammet "Fångarna på Koh Fuk", och det meddelades att polisen ännu så länge inte hade några misstankar om att det låg något brottsligt bakom de egendomliga försvinnandena.

Gunnar Barbarotti hade själv inte talat med någon journalist, och han undrade vem som gjort det. Sorgsen eller Asunander själv, antagligen. Och han undrade hur länge det skulle dröja innan kvällstidningarna fick fatt i historien. Inte särskilt länge, om de jobbade som de brukade. Och då skulle inte rubriken stanna vid *Saknade,* det kände han sig ganska förvissad om. I synnerhet fru Hermansson hade enträget bett honom om hjälp i det här avseendet, men han hade naturligtvis inte kunnat lämna henne några garantier. Själva poängen med att efterlysa personer var att allmänheten skulle kopplas in, och om allmänheten kopplades in, var det naturligtvis omöjligt att stänga ute kvällspressen.

Omöjligt, och kanske heller inte alldeles önskvärt, hade han försökt förklara. I vanliga fall, alltså. Hur man än vände och vred på saken, så var det svårt att inte ge massmedia som sådant ett visst existensberättigande. Man fick ta det onda med det goda.

Hade Gunnar Barbarotti konstaterat. Fru Hermansson hade fallit till föga, det hade hennes make också gjort, och han hoppades i varje fall att de där erbarmliga dokusåpaskribenterna i kungliga huvudstaden inte skulle använda samma epitet om Robert som man gjort förra gången han var på tapeten. Han hoppades också att de skulle anse sig lite för fina för att behöva dra ut i landsorten dan före julafton. När man nu hade både Arne Weise och hela helgens teveprogram att analysera.

Men, som sagt, mer än en from förhoppning var det inte. Och hade inte herr Weise slutat för något år sedan, förresten? Eller dött? Angående vissa saker kände inspektör Barbarotti på sig att han var plågsamt dåligt uppdaterad. Mera varg än mobiltelefon så att säga.

Han läste färdigt tidningen och övergick till att planera dagen. Vad göra? Han tittade igenom listan han skrivit föregående kväll, och bestämde sig för att skjuta upp återbesöket på Allvädersgatan till eftermiddagen. Bättre att ge dem lite tid och försöka etablera kontakt med den ohörda systern i Stockholm istället. Ringa till stationen också, och försäkra sig om att de inte glömde bort att meddela honom om det kom in något tips. Det borde de i och för sig begripa ändå, men man visste aldrig. Var det Jonsson som satt vid telefonen, kunde det bli både timmars och dagars fördröjning, det visste han av erfarenhet. I synnerhet med julfirande och annat i faggorna.

Han fick fatt i Sorgsen. Nej, det hade ännu inte inkommit några tips, förklarade han. Inte ens från gamle Hörtnagel, som var en notorisk tipsare vad det än gällde. Under ubåtsaffärerna i Hårsfjärden hade han flera gånger rapporterat om periskop i Kymlingeån, och så fort det var en rymmare lös någonstans i landet brukade Hörtnagel få korn på honom. Han var österrikare och ansåg sig som sådan ha betydligt bättre överblick över saker och ting än vad man kunde förvänta sig av de enkla svenskarna med gammalt trögt bondeblod i ådrorna.

"Han kanske har dött under hösten?" föreslog Gunnar Barbarotti. Hade också på tungan att fråga om Sorgsen möjligen visste om Arne Weise var i livet, men höll inne med det.

"Det tror jag inte", svarade Sorgsen tonlöst. "Han fyllde åttiosju i förra veckan, jag såg honom på skidor i stadsparken för en timme sedan."

Barbarotti tittade ut genom fönstret igen. Man borde kanske ta sig en tur? tänkte han. Mycket syre i luften och det ena med det andra. "Vore bra om jag fick reda på det omedelbart, om det kommer in nånting", sa han.

Sorgsen lovade att se till det. Lovade också att ta hand om mobiltrafiken, han hade som väntat redan noterat bägge de aktuella numren, och de avslutade samtalet. Gunnar Barbarotti låg kvar i sängen en stund och försökte komma på om han överhuvudtaget ägde några skidor längre, men kom inte fram till något svar. Antagligen hade de försvunnit i samband med separationen från Helena. Som så mycket annat.

Han steg upp och ställde sig i duschen. Det var hög tid att komma igång med arbetsdagen.

"Kristina Hermansson?"

"Ja."

"Mitt namn är Gunnar Barbarotti. Jag arbetar som kriminalinspektör i Kymlinge."

"Jag förstår."

"Det gäller alltså din bror och din systerson som försvunnit. Har du tid att tala med mig en stund nu?"

"Ja... javisst."

Hon lät dämpad och sorgsen. Han hörde henne ganska svagt, antog att hon talade i en sladdlös telefon på långt avstånd från basstationen. Eller också var det bara hans egna öron som börjat få nog. Hans fader italienaren hade enligt långväga uppgifter varit stendöv de sista fem åren, så det fanns anlag.

"Jag behöver säkert träffa er också, för ett utförligare samtal. Både dig och din man. Skulle det passa någon av de närmaste dagarna?"

"Naturligtvis. Vi firar jul här i Stockholm. Hur vill ni...?"

"Vi återkommer till det. Men just nu har jag en del frågor som du kanske kan hjälpa mig med?"

Han hörde hur hon drack någonting. Eller också var det bara ett eller annat som försiggick i hans egna öronvindlingar.

"Javisst. Jag vill naturligtvis göra allt jag kan för att det... för att det ska bli klarhet i det här. Det är ju förfärligt, jag förstår inte vad som kan ha hänt. Har ni någon aning om vart de har tagit vägen?"

"För tillfället inte", sa Gunnar Barbarotti.

"Nej, jag talade med mamma sent igår kväll. Hon berättade att ni hade varit på besök och pratat med... ja, med alla de andra."

"Vi kan säga du, om du inte har något emot det."

"Förlåt... du. Javisst."

Han tyckte sig höra att hon inte hade långt till gråten.

"Om vi börjar med måndagskvällen", föreslog han. "Du satt alltså uppe och samtalade med båda de försvunna sedan de andra gått och lagt sig. Var det så?"

"Ja, det stämmer. Det var jag, Robert och Henrik... och Kristoffer. De andra gick till sängs lite tidigare."

"Din man?"

"Jakob tog med sig Kelvin... det är vår son... tillbaka till hotellet."

"Ni bodde på Kymlinge Hotell?"

"Ja. Det var inte plats åt allihop hemma hos mamma och pappa. Vi valde att bo på hotellet för att underlätta lite."

"Jo, jag känner till det", sa Gunnar Barbarotti. "Men du bestämde dig alltså för att stanna kvar och prata med din bror och dina systersöner, istället för att följa med tillbaka till hotellet."

"Ja."

Han funderade hastigt på om det var lönt att gräva vidare i denna omständighet. Var det en fnurra på tråden mellan Kristina och hennes man? Möjligen, men han bestämde sig för att skjuta upp frågan tills han satt öga mot öga med henne.

"Jag förstår", sa han. "Och varför stannade du kvar?"

"Därför att jag ville prata lite med dom, förstås. Jag hade inte träffat vare sig Robert eller Henrik... eller Kristoffer... på rätt länge."

"Och vad samtalade ni om?"

"Allt möjligt. Sånt som familjemedlemmar samtalar om när de möts efter lång tid, antar jag."

"Till exempel?"

"Va?"

"Kan du ge mig några exempel på sådana samtalsämnen?"

Jag går på för hårt, tänkte han. Varför blir det alltid ett korsförhör när jag hållit på några minuter? Hon är ju inte misstänkt för nånting, jag vill ju bara ha informationer från henne.

"Ja…" Hon tvekade. "Vi talade om både det ena och det andra. Du känner väl till Roberts läge, antar jag… det där teveprogrammet han var med i?"

"Jag känner till det", bekräftade Gunnar Barbarotti.

"Han mådde rätt dåligt, faktiskt. Vi pratade en del om det, bara vi två. Vi har alltid stått varandra ganska nära, Robert och jag. Han skämdes, förstås, men han drack lite för mycket, han försökte väl dämpa oron… ja, du vet?"

"Var Robert berusad under kvällen?"

"Nej, inte berusad. Ja, han var lite småfull, kanske."

"Hur dags var det han gav sig iväg?"

"Han sa att han skulle ta en cigarrett och en promenad. Jag tror klockan var lite drygt halv ett."

"Och det var det sista du såg av honom?"

"Ja."

"Och han var lite berusad?"

"Ja, okej, han var lite berusad."

"Vad hade ni druckit?"

" Öl och vin till maten. Lite whisky…"

"Var du också berusad?"

"Nej, inte särskilt."

"Men litegrann?"

"Kanske det. Är det förbjudet?"

"Inte alls. Men du är alltså den som talade mest av alla med Robert. Ni var ute en stund också, bara du och han, det har din mor berättat. Vad pratade ni om då?"

Hon gjorde en kort paus innan hon svarade.

"Han var... ja, han var ganska låg. Hade varit lite oförskämd mot mamma också."

"Oförskämd? På vilket sätt?"

"Det var en bagatell. Han var klumpig, helt enkelt. Det rådde en sorts överenskommelse om att ingen skulle nämna någonting om hans övertramp i det där teveprogrammet, och han tyckte det kändes konstigt att alla bara gick omkring och låtsades som om ingenting hänt. Han blev lite grov."

"Och det här talade du med honom om när ni var ute på tu man hand?"

"Ja."

"Att han skulle lugna ner sig?"

"Nej, det var... det var inte av den digniteten. Men jag tyckte synd om honom. Kände att han behövde ett litet prat på tu man hand."

Gunnar Barbarotti funderade. Tänkte att telefonen var en praktisk inrättning på många sätt, men att det var rätt mycket den dolde också. Av den person man samtalade med. Han önskade att han suttit med Kristina Hermansson över ett cafébord istället.

"Nåja", sa han. "Finns det någonting i allt det som du och Robert pratade om som skulle kunna ge en fingervisning om vart han tagit vägen?"

Hon drog ett djupt andetag åtföljt av en tung suck, det lyckades i varje fall telefonen förmedla.

"Nej", sa hon. "Jag har gått igenom vartenda ord vi sa i

231

tre-fyra dagar nu och det finns ingenting, tro mig, inte ett skvatt som… ja, som kastar ljus över vad som hänt. Jag är förtvivlad över det här, ni… du måste förstå det… båda två, både Robert och Henrik… det… det är…"

Hon började gråta.

"Förlåt mig." Hon försvann en kort stund. Gunnar Barbarotti stirrade ut mot snöfallet och tänkte på ingenting. Eller möjligen på vargar. Det var någonting med vargar och snö som hängde ihop på något vis.

Hon återkom. "Förlåt mig. Jag har… jag har så svårt att hantera det här. Men ni har inga nyheter, alltså?"

"Tyvärr inte. Men vi blev ju inkopplade lite sent. Robert försvann i måndags natt, och ni kontaktade inte polisen förrän på onsdagskvällen, när ännu en person försvunnit. Hur kommer det sig att ni väntade så länge?"

"Jag vet inte. Alla trodde väl att Robert… ja, att han höll sig undan på något vis. Att han gått hem till någon gammal bekant i Kymlinge, och bestämt sig för att han inte orkade med den här familjesammankomsten. Det vore ju… förklarligt, åtminstone."

"Och du trodde också att det var på det här viset?"

"Jag antar det."

"Känner du till vilka gamla bekanta Robert har i Kymlinge?"

"Nej, jag gör inte det. Mamma och jag har pratat om det, men ingen av oss har kommit på någon trolig kandidat… och det har ju snart gått fyra dagar."

"Vi kommer att undersöka den här saken noggrannare", lovade Gunnar Barbarotti. "Men det är som du säger. Varför skulle han hålla sig undan så länge?"

"Jag vet inte", svarade Kristina Hermansson med en snyftning. "Jag vet verkligen inte."

"Om vi övergår till Henrik, din systerson", skyndade han sig för att stävja nästa opasslighet. "Vad pratade ni om, då?"

"Allt möjligt."

Lysande svar, tänkte han.

"Till exempel?"

"Ja, om hur det var att flytta hemifrån, bland annat. Henrik har ju börjat läsa i Uppsala... om studentlivet och sådant."

"Har du god kontakt med dina systersöner?"

"Ja, det har jag väl. Vi har alltid tyckt om varandra."

"Inkluderar det här Kristoffer också?"

"Naturligtvis."

"Men det var mest Henrik du pratade med?"

"Ja, Kristoffer gick och lade sig... ja, vid kvart i ett kanske."

"Så det blev bara du och Henrik kvar?"

"Ja, vi satt väl inte uppe mer än en kvart till, skulle jag tro. Sedan gick jag tillbaka till hotellet."

"Men du satt ensam och talade med Henrik i en kvart?"

"Ungefär. Jag tittade inte på klockan, men det var inte särskilt länge."

"Jag förstår. Och pratade ni om någonting speciellt under den kvarten?"

"Nej... studier... en del gamla minnen. Om hur det var när han och Kristoffer var små... lite sådant."

"Tack. Det här var alltså i måndags. Hur var det på tisdagen, pratade du mycket med Henrik då?"

"Nästan ingenting alls. Det var ju själva födelsedagen... pappas och Ebbas stora dag... nej, jag bytte inte många ord med Henrik, faktiskt."

"Hur mådde han?"

"Va?"

233

"Hur mådde Henrik? Var han glad? Ledsen?"

"Han mådde rätt så bra, tror jag. Tyckte det var skönt att ha fått flytta hemifrån... verkade trivas bra i Uppsala."

"Berättade han om någon flickvän?"

"Nej... jag tror faktiskt inte det. Ebba, min syster, nämnde något om en flicka som hette Jenny, men han tog nog aldrig upp det själv. Det var kanske ingenting allvarligt."

"Men han var inte deprimerad?"

"Deprimerad? Nej, det tror jag inte. Allvarlig... han var allvarlig, men det har han alltid varit. Varför frågar du om...?"

"Och han sa ingenting som skulle kunna förklara varför han försvunnit?"

"Nej."

"Eller att han hade några speciella planer?"

Hon drog en ny suck.

"Snälla du, jag har tänkt på det här dag och natt. Om jag hade kommit på någonting, så skulle jag naturligtvis ha berättat det med en gång. Men det är lika obegripligt för mig som för alla andra. Jag har nästan inte sovit en blund på två nätter nu, och..."

"När åkte ni tillbaka till Stockholm, du och din man?"

"Va? När vi... ja, vi åkte tillbaka i onsdags. På morgonen, min man var tvungen att vara med på ett sammanträde, så vi gav oss iväg vid åttatiden."

"Och då kände ni inte till att Henrik var försvunnen?"

"Nej, det gjorde vi inte. Det var mamma som ringde strax efter lunch och berättade. Jag kunde inte tro att det var sant."

Nej, tänkte Gunnar Barbarotti, det var ett omdöme han var beredd att skriva under på. Det var faktiskt lite svårt att tro att den här historien var riktigt sann.

"Jag ber att få tacka så mycket för de här upplysningarna", sa han. "Men jag skulle ändå vilja ha ett sammanträffande med dig. Prata lite med din man också. När tror du det skulle vara möjligt?"

Efter en stunds bollande med dagar och tidpunkter, kom de överens om tredjedag jul. Tisdag.

Om ingenting av vikt inträffat före dess, vill säga, han var noga med att betona det.

Han hade bett om en lista över Robert Hermanssons eventuella kontakter i Kymlinge, och när han åter var på plats på Allvädersgatan strax efter klockan två, hade Rosemarie Hermansson gjort i ordning en.

Den omfattade fyra namn.

Inga Jörgensen
Rolf-Gunnar Edelvik
Hans Pettersson
Kerstin Wallander

De bägge kvinnorna var före detta flickvänner, de bägge männen forna kamrater från skolåren, förklarade fru Hermansson. Men de bodde alla kvar i stan, så om inspektören trodde att det var någon poäng...?

Det trodde han knappast, men det sa han inte, och naturligtvis skulle saken undersökas. Som ytterligare hjälp på traven fick han en klasslista ur en skolkatalog från gymnasiet, så det var bara att sätta igång och välja och vraka.

Han tog emot bägge listorna och stoppade dem i portföljen. Insåg att han redan hade arbetsuppgifter för att hålla igång två-tre kolleger i två-tre veckor, om så vore, men beslöt att hänskjuta denna fråga till Asunander. Det var inte

Gunnar Barbarottis sak att avgöra storleken på insatserna. Han tackade fru Hermansson och bad att få tala med Kristoffer Grundt. Det var en eller två frågor som dykt upp efter gårdagens samtal, och han ville inte försumma någonting.

Ingenting fick försummas, instämde Rosemarie Hermansson. Gick det bra om man höll till uppe på övervåningen? Hon hade råkat få en väninna på besök och familjen Grundt var ju fortfarande kvar, det var väl bäst om man fick vara lite ostörda?

Naturligtvis, försäkrade Gunnar Barbarotti. Övervåningen gick alldeles utmärkt.

Kristoffer Grundt såg ut som en normal fjortonåring den här dagen också. Gunnar Barbarotti hade i och för sig ingen riktigt säker uppfattning om hur normaliteten tedde sig i just denna ålderskategori. Åtminstone inte för tillfället; det var några år sedan han arbetade som ungdomspolis och hans dotter hade fyllt arton. Men ändå. Han hade läst någonstans att fjortonårsåldern var den mest moraliska av alla åldrar, den tid i livet då man allra tydligast såg vad som var gott och ont, vad som var rätt och fel – inte så att man alltid handlade därefter, men man hade klarsynen. Därefter, ju äldre man blev, desto mer fördunklades det. Blev grumligare och svårare att avgöra.

Fan tro't, tänkte Gunnar Barbarotti och betraktade den benige ynglingen som satt mittemot honom.

"Hur har du det?" frågade han.

"Jag har sovit lite dåligt", sa Kristoffer Grundt.

"Jag kan föreställa mig det", sa Gunnar Barbarotti. "Du trivs inget vidare här i Kymlinge, va?"

"Inte så värst", tillstod Kristoffer Grundt. "Men om bara Henrik kommer tillrätta, så…"

"Vi ska göra vad vi kan", lovade Gunnar Barbarotti. "Det är därför jag behöver fråga dig om ett par saker till. Om Henrik, alltså, vi struntar i din morbror för tillfället."

"Varsågod", sa Kristoffer Grundt.

Han är inte dum, tänkte Gunnar Barbarotti. Jag måste komma ihåg det. "Jo, jag tänker så här", sa han. "Trots allt så måste ju din bror ha givit sig av frivilligt härifrån i tisdags natt. Vi tror inte att någon kom och rövade bort honom. Nå, hur bedömer du saken, fick han en plötslig idé och stack iväg, bara?"

Kristoffer funderade ett ögonblick.

"Nej", sa han sedan. "Det tror jag förstås inte."

"Alltså måste han planerat att sticka iväg", fortsatte Gunnar Barbarotti. "Eller fått ett telefonsamtal från någon som bad honom komma någonstans."

"Det här pratade vi ju om igår."

"Jag vet. Men det kan hända att man kommer på saker och ting i efterhand också. Du är säker på att du inte hörde någon telefonsignal efter att du hade somnat in i tisdags kväll?"

"Jag hörde ingenting."

"Även om man sover, kan ju en sådan här signal… tränga igenom, så att säga."

"Jaså. Ja, men jag minns inte att jag hörde nånting."

"Känner du igen Henriks signal?"

Kristoffer Grundt tänkte efter.

"Nej, jag tror faktiskt inte det. Jag vet hur den lät hemma i Sundsvall, men han har nog ändrat… han har en ny telefon också."

"Och du har aldrig hört hans mobil ringa?"

"Jo, vänta, den ringde en gång när vi åkte ner hit… varken mamma eller pappa har med sina mobiler, men mormor…

eller morfar… ringde en gång. Fast jag minns inte signalen. Det var nog en rätt vanlig."

"En rätt så vanlig signal?"

"Ja."

"Ingen sådan där med hästgnägg eller kyrkoorgel eller så?"

"Nej, det skulle jag ha kommit ihåg i så fall."

"Allright. Vi lämnar det här så länge. Vi föreställer oss istället att Henrik vet om att han tänker ge sig iväg någon gång under natten. Kanske ligger han bara och väntar på att du ska somna. Är du med?"

"Javisst."

"Det jag har funderat på är varför du inte visste om det."

"Va? Varför skulle han säga nånting till mig?"

"Jag sa inte att han skulle ha sagt någonting. Men du borde ha lagt märke till något."

"Varför då?"

"Därför att ni delade rum. Ni måste ha varit i varandras närhet nästan hela tiden. Måste ha pratat en massa… ja, jag tycker faktiskt att du borde ha någonting att komma med."

"Men jag har ingenting att komma med."

"Jag menar inte att du visste om det i förväg. Men om du tänker tillbaka, var det verkligen inte något som Henrik sa eller gjorde, som kan ge en vink om vilka planer han hade?"

"Nej."

"Någon aldrig så liten detalj?"

"Nej."

"Har du tänkt på det här?"

"Jag har tänkt på det rätt så mycket."

"Nämnde han några personer här i Kymlinge?"

"Nej."

"Vet du om han kände någon här förutom mormor och morfar?"

"Jag tror inte han kände en katt. Varför skulle han göra det? Vi har nästan aldrig varit här. Jag känner ingen."

Gunnar Barbarotti gjorde en kort paus. Kände ett stråk av vanmakt dra förbi och lämna ett avtryck i själen. "Ändå måste det finnas någonting", sa han med långsamt eftertryck. "Det håller du säkert med om? Henrik måste ha haft en sorts plan, och jag tycker det är konstigt att du inte lagt märke till ett enda dugg... du förstår väl att jag bara är ute efter en liten aning?"

Han väntade på nytt ett par sekunder för att ge pojken möjlighet att bekräfta hans antaganden. Men Kristoffer Grundt nöjde sig med att slå ner blicken och bita sig i läppen.

"Någonting som kan förefalla hur obetydligt som helst när man hör det, men som i efterhand kan innehålla en avgörande ledtråd. Du har klart för dig vad jag pratar om, eller hur?"

Kristoffer Grundt nickade. Sedan sjönk han ihop lite över bordet och stirrade tomt framför sig. Gunnar Barbarotti lutade sig tillbaka och betraktade honom. Den mest moraliska av åldrar? tänkte han på nytt. Antingen kommer det någonting, eller också kommer det ingenting.

"Jag har klart för mig vad du pratar om", sa Kristoffer Grundt till slut. "Men jag kommer ändå inte på ett skit."

Jaha, så var det med den saken, tänkte inspektör Barbarotti med en trött suck.

20

Juldagarna kom och gick.

Sara blev långsamt bättre. Julafton tillbringade far och dotter i stort sett framför teven. Weise hade bytt kön och hudfärg och hette Blossom. Sara låg nedbäddad i soffan, själv häckade han i fåtöljen eller sprang mellan köket och vardagsrummet och försåg dem med små godsaker att stoppa i magen. Sushibitar. Svarta oliver. Blinier med gräddfil och kaviar. Han hade köpt allting på en halvtimme i Saluhallen och då och då sände han en tacksamhetens tanke till den existerande guden och försökte föreställa sig vad som inmundigades vid julbordet uppe i Malmberget. Han hade varit med om det en gång och mindes med vämjelse hur han suttit och gnagt på en grisfot en halvtimme. Efter Kalle Anka ringde han upp och önskade god jul, fick veta att Martin skadat handleden under morgonens skidåkning i tjugotvå graders kyla på Dundret, men att allt annars var okej.

I övrigt läste de julklappsböcker. För Saras del var det Moa Martinson och Kafka som gällde, hand i hand på något egendomligt vis; det var antagligen någon skoluppgift som låg i botten men han frågade aldrig. Själv hade han fått den önskade *Train* av Pete Dexter.

Fallet med försvinnandena stod stilla. Åtminstone skenbart. Bägge kvällstidningarna hade fått fatt i nyheten, men på något barmhärtigt vis tycktes den drunkna i det allmänna julfrossandet. Eller också hade dokusåpister så fantastiskt kort halveringstid att de var bortglömda efter två månader. En nåd att stilla bedja om? tänkte Gunnar Barbarotti. Han hade varit i kontakt med Allvädersgatan och fått veta att ett par journalister hade ringt, och en fotograf hade stått och plåtat huset, tydligen, men det var också allt.

Något övrigt matnyttigt hade han inte fått veta. Familjen Grundt stannade kvar och firade jul i föräldrahemmet; det skulle på alla sätt ha känts fel att bege sig upp till Sundsvall utan Henrik, förklarade hans moder. Men förr eller senare, om det nu fortsatte att hända ingenting, skulle man förstås bli tvungen att ta det steget också.

Gunnar Barbarotti sa att han tyckte det var ett klokt beslut att bli kvar tills vidare, och försäkrade att polisen satt in alla tillgängliga krafter för att komma till rätta med vad som hänt.

Det var förstås en sanning med modifikation. Det som i realiteten pågick var att man väntade på tips från Detektiven Allmänheten och på telefoniuppgifter från mobiloperatörerna, uppenbarligen hade julen bromsat upp även den detaljen, det brukade gå fortare – samt att Sorgsen tillsammans med assistenterna Lindström och Hegel var sysselsatta med att gå igenom listorna på tänkbara bekanta till Robert Hermansson. Sent på juldagens eftermiddag fick Gunnar Barbarotti en första rapport från det sistnämnda inventeringsarbetet, och beskeden var lika tydliga som negativa. Ingen av de hittills intervjuade tretton personerna (de fyra som hade beteckningen "närstående" plus nio stycken från klasslistan – alla var fortfarande bosatta i grannskapet och hade varit lätta att få tag på) hade haft en aning om att Robert varit på besök i Kymlinge. Det var i varje fall vad de påstod, och Sorgsen sade sig inte heller ha minsta anledning att betvivla något av vittnesmålen.

241

Så var det med den saken. Gunnar Barbarotti frågade också Rosemarie Hermansson om man överhuvudtaget nämnt någonting om att Robert och Henrik skulle komma på besök dagarna före jul – nämnt det för några utomstående, vill säga. Hon rådgjorde en stund med sin man, kom sedan tillbaka till luren och förklarade att varken hon eller Karl-Erik pratat om saken till höger och vänster. Verkligen inte. Fast naturligtvis visste väl folk om det ändå på något vis.

På skolan till exempel. Antog hon. Där brukade alla nyheter flyta upp till ytan förr eller senare. Åtminstone de dåliga.

Men med Robert hade man legat lågt? undrade Gunnar Barbarotti. Jo, tillstod fru Hermansson, med Robert hade man legat lågt.

Han tackade och lade på. Kände sig inte mycket klokare, men det var han van vid. Tog den sista överblivna sushibiten och återvände till Pete Dexter.

På annandagen mådde Sara så pass bra att hon klädde på sig, städade rummet och gick en promenad med en väninna, och Gunnar Barbarotti bestämde sig för att slå en signal till Eva Backman. Kollegan hade nu vistats fyra dygn i familjens sköte och var kanske i behov av omväxling. Även om det inte idkats innebandy dagligen och stundligen.

En timme och en kopp kaffe på Storken, till exempel? Det var ett fall han gärna ville ha Backmans synpunkter på.

Eva Backman accepterade omedelbart. Ville och ungarna skulle ändå gå på bio, förklarade hon, så hon behövde inte ens ha dåligt samvete. Gunnar Barbarotti kunde inte avgöra om hon ljög eller inte, men behovet att få prata med någon vettig människa om händelserna på Allvädersgatan var så starkt att han sköt undan alla eventuella dubier.

De satt en timme och fyrtiofem minuter på Café Storken. Han lade fram fakta i fallet och inspektör Backman lyssnade med knäppta händer och karaktäristiskt halvsänkta ögonlock; de hade jobbat ihop i snart åtta år vid det här laget och han visste att det inte betydde att kollegan höll på att falla i sömn. Tvärtom, det simmiga uttrycket i blicken betydde att hon lyssnade koncentrerat.

"Det var som fan", sa hon när han var färdig.

"Säger du det?" sa Gunnar Barbarotti.

"Ja. Det var bland det konstigaste jag hört. Vad har du för idéer?"

Gunnar Barbarotti skakade på huvudet. "Det är det som är problemet. Jag har inga idéer."

"Inga som helst?"

"Inga som helst."

Eva Backman plockade upp smulor från kakfatet med ett fuktat pekfinger en stund. "Hur verkar dom?"

"Vilka då?"

"Familjen. Hela det här gänget. Man får ju en känsla av..."

Hon avbröt sig.

"Vad är det du får en känsla av, Eva?"

Eva Backman satt tyst och plockade upp ett cigarrettpaket.

"Du har börjat röka igen?"

"Nej, det är en missuppfattning. Jag brukar betrakta paketet en stund bara, förresten får man ju inte röka inomhus längre och ut i blåsten på den där balkongen tänker jag inte bege mig."

"Förlåt. Nå, vad var det du fick en känsla av?"

"Så här är det ju", sa Eva Backman, sänkte rösten och lutade sig fram över bordet. "Om vi hittar en kvinna mördad,

243

kontrollerar vi om hon var gift. Om det visar sig att hon var det, så haffar vi maken. I åtta fall av tio är det han som har gjort det. Man ska inte leta på grannens gräsmatta när hunden ligger begravd på ens egen. It's all in the family. Det är bara det jag säger."

"Tror du jag är en idiot?" sa Gunnar Barbarotti. "Tror du inte jag har tänkt på det här?"

"Då så, jag blev lite orolig." Hon lutade sig tillbaka, tog upp en cigarrett ur paketet och luktade på den.

"Hm", sa Barbarotti.

"Betraktar och luktar", sa Eva Backman. "Det är inte skadligt. Vad var det du sa?"

"Jag minns inte riktigt", sa Barbarotti en smula irriterat. "Men jag tror jag försökte förklara att det är lite svårt att sy ihop det här till en familjehistoria."

"Varför då?"

"Skulle Rosemarie Hermansson ha slagit ihjäl sin egen son och sitt barnbarn och begravt dom ute i garaget, eller vad är det du försöker säga? Hon är gammal syslöjdslärarinna för tusan, Eva. Syslöjdslärarinnor går inte omkring och mördar sina nära och kära."

"Hon hade tyska också. Jag hade henne i två år."

"Det spelar väl för fan ingen roll. Nu får du skärpa dig, annars får du betala kaffet själv."

"Allright", sa Eva Backman och stoppade undan cigarretterna. "Men jag har inte sagt att det är fru Hermansson som ligger bakom det här. Jag påpekade bara att det kanske kunde vara värt att nysta lite i familjeförhållandena. Det är väl ingenting att bråka om?"

Barbarotti fnös.

"Menar du på allvar att någon av de andra skulle ha rövat bort Robert och Henrik? Varför då? Hur?"

Eva Backman ryckte på axlarna. "Nej, jag vet inte", erkände hon. "Försöker bara vara lite konstruktiv. Vad tror du själv, då?"

Gunnar Barbarotti suckade och slog ut med händerna i en uppgiven gest. "Det sa jag ju. Jag tror ingenting."

"Aha?" sa Eva Backman och fick för en sekund något milt trösterikt i blicken. Det gick hastigt över. "Men du har väl en handlingsplan åtminstone? Även om man inte vet vad man bör göra, så måste man hitta på någonting. Annars blir man försoffad."

"Det är upplyftande att prata med dig", sa Gunnar Barbarotti. "Onekligen. Men, jovisst, jag har en handlingsplan."

"Mhm?"

"Betyder det att du vill höra?"

"Jag sitter ju här. Nå?"

"Systern. Kristina."

"Jag är med."

"Åker till Stockholm imorgon. Roberts lägenhet också, tänkte jag mig."

"Bra."

"Ja, det kan i varje fall inte skada att ta sig en titt. Tja, sedan fortsätter jag till Uppsala och försöker ta mig in i studentlivet."

"Säkert rejält tryck på studentlivet under mellandagarna", sa Eva Backman och log vänligt.

"Säkert. Jag ser mycket fram emot det."

"Tack för kaffet", sa Eva Backman. "Ja, jag får väl önska dig lycka till på utflykten i alla fall."

"Har inte varit i Stockholm på ett år", sa Gunnar Barbarotti.

Villan där Kristina Hermansson bodde tillsammans med make och son låg på Musseronvägen i Gamla Enskede. Det var en stor gammal träkåk, från 20- eller 30-tal, bedömde Gunnar Barbarotti, och den var nog snarare värd över fem miljoner än under. Ett hastigt överslag gav vid handen att hans egen trerummare i Kymlinge antagligen skulle rymmas fyra-fem gånger under det brutna, roströda tegeltaket.

Maken, Jakob Willnius, var ännu inte hemma, men skulle komma inom en timme, lät Kristina Hermansson förstå. Han hade bett att få prata med honom också, och det hade förstås inte mött några hinder. Sonen Kelvin befann sig tre hus längre ner på gatan, hos en andelsdagmamma, men eftersom han ännu inte fyllt två år beslöt Gunnar Barbarotti att tills vidare hoppa över utfrågningen av honom.

De slog sig ner i en stor, infrauppvärmd glasveranda som vette inåt trädgården. Kristina Hermansson var i trettioårsåldern, hon hade mörkbrunt pageklippt hår och han tyckte hon var vacker. En sådan hustru och sådana här omständigheter skulle han själv aldrig nå upp till, konstaterade han nyktert. Hade aldrig varit i närheten av, och han undrade varför ett sådant underklassperspektiv dök upp just nu; han brukade inte falla ner i känslomässiga skyttegravar, men det var något med den blå skymningen som hastigt föll över de gamla fruktträden därute i trädgården, med knarrandet i korgstolarna, med de spröda, vackra kopparna som hon serverade teet i – Meissenporslin, om han inte tog fel – som fick honom att känna sig som en kusin från landet.

"Varsågod", sa hon. "Jag kanske skulle ha gjort i ordning en smörgås åt dig, men…"

Han skakade på huvudet. "Jag åt på tåget, ingen fara."

"…jag är så knäckt över det som har hänt. Det känns så overkligt."

Hon strök bort en liten fläck på bordet med tummen; det var en alldeles omedveten gest, men han förstod plötsligt att Kristina Hermansson egentligen var en lika främmande fågel i den här miljön som han själv. Skillnaden var att hon haft några år på sig att vänja sig.

"Ni har ett vackert hem", sa han. "Hur länge har ni bott här?"

Hon räknade efter. "Fyra år... ja, det blir faktiskt fyra år nu i april."

"Kan du berätta för mig om Henrik och Robert?"

"Ja... vad är det du vill veta?"

Han knäppte händerna och betraktade henne allvarligt. "Vad som helst som du tror kan vara väsentligt", sa han.

Hon drack lite te men sa ingenting.

"Det måste ju finnas ett skäl till att de försvunnit", utvecklade han. "Möjligen finns det två skäl, som är helt olika, men det är för tidigt att ha någon uppfattning om den saken nu. Jag är inte särskilt förtjust i tillfälligheter och slump. Det finns en förklaring... eller två förklaringar, alltså... och om jag visste vad de tänkte och tyckte, och hur de mådde timmarna innan de försvann, ja, då skulle jag antagligen också begripa vart de tagit vägen. Eller få en liten aning åtminstone. Är du med?"

Hon nickade.

"Av de människor som var på plats hemma hos dina föräldrar, är det nog du som stod närmast Robert. Jag har i varje fall fått den uppfattningen. Håller du med om det?"

"Jag... ja, det stämmer nog", sa hon och rätade lite på ryggen. "Vi har alltid tyckt om varandra, Robert och jag. Jag vet att de flesta anser att han är en idiot, men jag bryr mig inte om det. Han är som han är, men vi har alltid funkat på nåt vis. Han bodde hos oss här i huset en period, faktiskt."

247

"Jaså?"

"Ja. Kom hem efter några år i Australien och behövde någonstans att kraschlanda... det var ett par månader, bara."

"Och Henrik?"

"Va?"

"Vad hade du för förhållande till Henrik?"

"Jag har alltid tyckt bra om honom också. Både honom och Kristoffer. Jag brukade rycka in som en sorts extramamma för dom då och då under några år, min syster har en förmåga att ägna sig lite väl mycket åt sitt arbete. Fast vi har förstås inte träffats särskilt mycket på senare tid."

"Hur är relationen mellan Robert och Henrik?"

Hon funderade, men bara ett kort ögonblick. "Det finns ingen. Nej, jag tror aldrig de stått varandra nära. Frågar du det här för att du inbillar dig att det skulle finnas ett samband mellan deras... ja, deras försvinnanden?"

"Vad tror du själv?"

"Nej", svarade hon tveklöst. "Jag tror inte på något samband. Fast det innebär ju bara att det blir två gåtor istället för en, så jag vet inte riktigt..."

"Om vi försöker inrikta oss på dina iakttagelser istället för att spekulera", föreslog han. "Och om vi börjar med måndagskvällen... du satt ju uppe och samtalade med både Robert och Henrik, var det inte så?"

"Jovisst."

"Och du var ute och pratade allvar med Robert efter att han förolämpat er mor?"

"Jag vet inte om vi... jo, det gjorde vi förstås."

"Vad sa ni, närmare bestämt?"

"Inte så mycket. Han sa att han mådde dåligt, att han nästan inte stod ut med att befinna sig i huset. Att han skämdes. Jag sa åt honom att skärpa sig och försöka spela med. Det

248

har ju fungerat förr. Jag frågade om han hade några planer för framtiden, och han sa att han tänkte åka bort någonstans och skriva färdigt sin roman."

"Sin roman?"

"Robert har ett romanprojekt sedan… ja, jag vet inte när det började egentligen… tio år, kanske. Han tyckte väl att det kunde vara ett lämpligt läge att sätta sig ensam i ett hörn av världen och få boken färdig."

"Jag förstår. Han talade ingenting om att ta livet av sig?"

Hon skakade på huvudet. "Nej, han gjorde inte det. Jag har förstås funderat på det, men jag inbillar mig att han inte var suicidal… eller är det. Han är inte den typen, fast sådant kan man ju inte veta. Men han har gått igenom rätt mycket, Robert, och jag minns aldrig att jag hört honom prata i de banorna. Eller att jag varit rädd för att han skulle göra det. Han vet nog att…"

"Ja?"

Hon skrattade till. "Jag tror att han vet att jag skulle bli så förbannad på honom om han tog fegvägen ut. Komma och hemsöka honom i dödsriket och ställa honom till svars och sådär."

"Din mor sa att hon trodde han gått i terapi efter den där tevehistorien. Vet du om det stämmer?"

"Jag tror han gick några gånger till en psykolog."

"Du råkar inte ha namnet på honom eller henne?"

"Tyvärr."

Gunnar Barbarotti nickade. "Och Henrik?"

"Menar du om Henrik… om Henrik skulle vara självmordsbenägen?"

"Ja."

"Nej, varför skulle han vara det? Det är klart att jag har tänkt på det här också, men det verkar alldeles orimligt.

Om Robert eller Henrik… eller båda två… tagit livet av sig, varför har man inte hittat dem? Kroppar kan väl inte bara gå upp i rök?"

"Man kan hoppa i Kymlingeån", föreslog Gunnar Barbarotti försiktigt. "Men vi har inte börjat dragga än. Tänkte vi skulle ha en liten anledning först. Fast vad jag skulle vilja veta nu, är alltså vad du och Henrik pratade om under måndagskvällen. Och hur han verkade. Har du funderat på det sedan vi talades vid på telefon?"

"Jag har knappast gjort annat", sa Kristina Hermansson. "Och jag kommer ingenstans. Det är som jag sa, vi pratade mest om gamla minnen från när han och Kristoffer var mindre, jag var rätt mycket tillsammans med dom då. Litegrann om hur han hade det i Uppsala också, men inte mycket… och, ja, han kanske nämnde en tjej som jag tror hette Jenny, men jag fick inte intrycket att det var någonting allvarligare. Jag är… jag är ledsen, men jag kan ju inte sitta och uppfinna saker och ting som inte fanns där."

"Och på tisdagen?"

"Vi pratade ganska lite på tisdagen. Och aldrig på tu man hand. Det var ju pappas och Ebbas stora dag och det var full fart och mycket folk hela tiden. Jag tänkte nog inte så mycket på Henrik… fast han sjöng när vi satt och åt. Han har en ljuvlig röst, Henrik."

"Hur dags åkte du och din man till hotellet ungefär? Ni åkte väl tillsammans den kvällen?"

"Javisst. Ja, det var nog strax efter halv tolv."

"Tog du farväl av Henrik?"

"Ja… ja, det gjorde jag naturligtvis."

"Och du lade inte märke till någonting särskilt?"

"Med Henrik?"

"Ja."

"Nej, varför skulle jag ha gjort det? Det var ingenting särskilt med honom. Det vi alla pratade om var förstås vart Robert tagit vägen. Vi hade liksom inte låtsats om det under middagen... för att inte förstöra för pappa och Ebba. Men när vi brutit taffeln började vi diskutera var han kunde hålla hus. Mamma var väl den som var oroligast, skulle jag tro."

"Och du själv?"

"Det är klart att man undrade. Men, som jag sa, jag trodde väl att han inte pallade, helt enkelt. Att han letat upp någon gammal god vän, och skulle dyka upp igen nästa dag."

"Jag förstår. Och sedan åkte ni till hotellet och nästa morgon körde ni upp till Stockholm?"

"Ja. Vi hade halvt om halvt tänkt äta frukost hemma hos mamma och pappa också, men det visade sig att Jakob måste vara på ett sammanträde vid tolvtiden, så vi var tvungna att ge oss iväg tidigt."

"Och när fick ni reda på att Henrik hade försvunnit?"

"Inte förrän vi kommit hem. Mamma ringde och berättade det... eller att de inte visste var han var, snarare. Det lät liksom inte så allvarligt från början..."

"Men Robert var ju fortfarande försvunnen. Nog måste de väl ha...?"

"Ja, javisst. Mamma var ganska uppskakad, hon försökte spela lite lugnare än hon egentligen kände sig, antar jag."

"Men det var inte förrän på onsdagskvällen som din far kontaktade polisen. Har du någon förklaring till att han väntade så länge?"

"Ja", suckade Kristina Hermansson. "Det har tyvärr en ganska enkel förklaring. Pappa berördes fruktansvärt illa av det där teveprogrammet som Robert var med i. Han ville helt enkelt inte ha honom på tapeten en gång till. Jag tror de andra fick övertala honom till att ringa överhuvudtaget."

"På det viset", sa Gunnar Barbarotti. "Ja, det låter kanske inte så konstigt när allt kommer omkring."

Han bytte ställning i korgstolen. Drack lite te. Men allt annat, tänkte han, allt annat är desto konstigare. Jag kommer ingenvart med den här historien.

Inte en centimeter.

Samtalet med Jakob Willnius tog en halvtimme. Han satt kvar i samma korgstol och blickade ut genom samma spröjsade fönster. Jakob Willnius tog ett glas vitt vin, själv höll han fast vid teet.

Resultatet var magert. Skäligen magert. Teveproducent Willnius bekräftade på varje punkt sin hustrus version av vad som tilldragit sig under deras vistelse nere i Kymlinge, och han hade som väntat ingen som helst inblick i någon av de bägge försvunnas karaktärer. Henrik hade han överhuvudtaget aldrig träffat förr – och hade på sin höjd bytt tio ord med honom den här gången. Beträffande Robert, så hade ju denne varit inkvarterad i huset under någon månads tid för ett par år sedan, men de hade egentligen aldrig haft något djupare samtal, förklarade Jakob Willnius med en lätt urskuldande axelryckning. Robert var Kristinas raison d'être, inte hans.

Gunnar Barbarotti funderade ett ögonblick på varför han använde just detta franska uttryck – såvitt han begrep också på fel sätt – men lät bli att ta upp den frågeställningen. Det var väl också en sorts klassmarkering, antagligen. Jakob Willnius gav på det hela taget ett lugnt, världsvant och harmoniskt intryck; han var ingift i familjen Hermansson och även om det inte beredde honom någon större glädje, så hade han i varje fall sinnesro nog att ta det med jämnmod.

Och varför skulle han inte göra det? tänkte Gunnar Barbarotti, när han tagit avsked av paret Hermansson-Willnius och var på väg bort mot tunnelbanestationen. Om han nu hade fått en sådan hustru som Kristina.

För egen del hade Gunnar Barbarotti hållit sig borta från kvinnor helt och hållet efter skilsmässan från Helena. Ända tills för en månad sedan, vill säga. Hon hette Charlotte och var också polis; han hade träffat henne på en konferens i Göteborg. De hade blivit lite berusade och sedan haft gott utbyte av varandra på hennes hotellrum under större delen av natten.

Problemet var att hon var gift. Med en annan polis. De bodde i Falkenberg och hade två barn, tio och sju år gamla. Detta hade hon berättat på morgonen när de åt frukost; men föralldel, han hade haft chansen att fråga henne under hela kvällen, och det hade han alltså inte gjort.

Efter denna enda gång hade de inte träffats, men de hade talats vid på telefon vid två tillfällen. Hon hade låtit lika generad som han känt sig, och de hade enats om att tills vidare inte ha någonting mer med varandra att göra. Men att de kanske skulle höras av framåt sommaren. Gunnar Barbarotti visste inte riktigt hur han kände inför hela situationen – och inte hur det egentligen stod till med Charlottes äktenskap – men under båda telefonsamtalen hade han haft hjärtklappning, och natten i Göteborg var utan tvekan hans mest minnesvärda på flera år.

Men att lägga rabarber på en kollegas, låt vara okänd, hustru var definitivt inget att vara stolt över, och han var tacksam över att de lagt locket på så länge. Saknadens och den outtalade förhoppningens bleka sötma var inte att förakta, den heller.

Robert Hermanssons lägenhet låg i en trettiotalsfastighet på Inedalsgatan på Kungsholmen. Femte våningen; det stod Renstierna på en mässingsskylt på dörren och Hermansson på en handskriven papperslapp ovanför brevinkastet. Gunnar Barbarotti tillbringade en timme med att vanka runt i två små rum och ett ännu mindre kök och leta efter informationer om vad som hänt med den frånvarande hyresgästen. En konstapel Rasmusson från Stockholmspolisen höll honom sällskap, mestadels genom att stå ute på den diminutiva balkongen inåt gården och röka.

När de lämnade lägenheten och låste dörren – med hjälp av den måttligt roade fastighetsskötaren – medförde Gunnar Barbarotti två saker i sin portfölj. Dels en adressbok, som han hittat mellan ett spaghettipaket och en tekanna på en hylla i köket, dels en sorts anteckningsblock, som hade legat bredvid telefonen på nattygsbordet i sovrummet. Bägge de tillvaratagna föremålen innehöll en villervalla av nedklottrade namn och telefonnummer, och han såg inte fram emot att sätta sig ner och börja gå igenom det. Det omtalade romanmanuset – *Människa utan hund*, verkade vara arbetsnamnet – hade återfunnits i två högar på ett rörigt skrivbord, Barbarotti hade kastat en blick på det och bestämt att lämna det i fred tills vidare. Sexhundrafemtio sidor var ändå sexhundrafemtio sidor …

Klockan var kvart i sju när han var tillbaka på sitt rum på Hotell Terminus, och efter att han ringt hem och kontrollerat att det inte gick någon nöd på Sara, bestämde han sig för att arbeta i precis två timmar, inte en minut därutöver. Därefter skulle han gå tvärs över Vasagatan, dricka två mörka öl på Centralens pub och smälta intrycken av dagen.

Just så blev det också.

21

Medan han åt frukost hörde Sorgsen av sig.

"Han ringde ett samtal på natten."

"Vem?"

"Vi har fått mobiltelefonilistan. Robert Hermansson ringde ett samtal klockan 01.48 på måndagsnatten."

"Till vem?"

"Det vet vi inte."

"Det är klart vi vet. Numret måste ju finnas…"

"Han ringde till en annan mobil med kontantkort. Vi har numret men vet inte vart det går. Du vet ju hur det är."

"Satan också."

"Kan man säga."

"Och Henrik? Hade inte Henrik en mobil, han också."

"Vi har inte fått dom uppgifterna än. Det är en annan operatör. Kommer nog under dagen."

"Då så", sa Gunnar Barbarotti. "Robert Hermansson ringde ett samtal mitt i natten innan han försvann. Då vet vi det. Var det något annat?"

"Inte för tillfället", sa Gerald Borgsen.

Jaha? tänkte han när han stoppat tillbaka sin egen mobil i kavajfickan. Och vad går det att dra för slutsatser av det här, då?

Inga alls, så enkelt var det. Hypoteser, då? Jo, möjligen. Det fanns i varje fall en högst rimlig gissning: Robert Hermansson hade bestämt sig för att besöka någon i Kymlinge. Han hade ringt upp vederbörande – mitt i natten – och frågat om det gick bra att han kom. Och sedan...?

Ja, sedan hade han antingen gått dit eller också hade han gått någon annanstans. Det var bara att välja.

Fast å andra sidan, fortsatte Gunnar Barbarotti sitt knivskarpa deduktionsarbete och dekapiterade sitt fyra-minutersägg med ett välriktat hugg, å andra sidan kunde han ju lika gärna ha ringt upp en gammal fästmö i Hallon-bergen. Förstås. Bara för att snacka en stund och önska god jul när man ändå var lite på fyllan. Hur var det nu, kunde man inte lokalisera mottagaren av samtalet också numera? På ett ungefär i varje fall? Eller gällde det bara under på-gående samtal?

Jag ringer tillbaka till Sorgsen i eftermiddag, bestämde han. Han får reda ut det här.

Klockan var inte mer än kvart i nio på morgonen, men redan kände han hur tröttheten kom krypande över ho-nom. Inte den fysiska tröttheten, han skulle gladeligen ha kunnat springa åtta eller tio kilometer – tolv om det varit utefter en havsstrand – nej, det var den psykiska tröttheten, en sorts seg och tröstlös stress, eller hur man nu skulle be-nämna tillståndet. Känslan av... ja, av otillräcklighet inför det övermäktiga. Boven i dramat hette informationsflödet, det var han helt klar över – det vill säga detta den moderna tidens villkor, att man plötsligt stod med hur mycket upp-lysningar som helst, tonvis av potentiell och reell informa-tion. Så var det med modernt polisarbete, det gällde inte att jaga information, detta lättfångade villebråd – det gällde att sovra den.

Man skulle till exempel kunna prata med alla de sjuttio-sju eller hundraelva personer som Henrik Grundt ringt upp eller tagit emot samtal från de senaste två månaderna, när man väl hade hans telefonilista i händerna. Man skulle kunna förhöra alla hans studiekamrater och alla hans lärare vid juridiska fakulteten, man skulle kunna fortsätta med nationskören och hans gamla gymnasieumgänge uppe i Sundsvall och sedan skicka in alltihop till Guinness Rekordbok, tänkte inspektör Barbarotti dystert. Världens största och mest misslyckade polisutredning, nåja, det fanns säkert gott om konkurrenter till en sådan titel. Vad gällde Henriks morbror Robert, hade han suttit i tre timmar under gårdagskvällen (det blev en efter pubbesöket också) med dennes klottriga adressbok och det ännu klottrigare anteckningsblocket och försökt gallra bort sådant som förmodligen var oväsentligt; problemet var att det inte fanns någon sådan gallringsmetod, ingen som fungerade särskilt väl i varje fall, av det enkla skälet att han inte visste vad han letade efter.

Och om han lämnade över arbetet i händerna på andra, så skulle inte de heller veta vad de letade efter... han mindes att han läst någonstans om den här typen av informationsproblem i gamla Östtyskland. Eftersom var fjärde medborgare var angivare till Stasi, och en angivares främsta uppgift var att angiva, fick de helt enkelt in sådana mängder av rapporter att de knappast hade tid att läsa dem, än mindre sätta sig in i och värdera dem.

Än mindre agera.

Och hur skulle han veta vilket telefonnummer eller vilket hastigt nerklottrat namn som var väsentligt i det här fallet? Eller vilken av de etthundrasjuttiotvå bläckskitande ungjuristerna uppe i Uppsala som faktiskt hade kläm på ett och annat? Det var som det var med den nya tekniken, höstacken bara växte och växte, men nålen blev inte en millimeter större. Varför inte ta och kontrollera deltagarna i

Roberts dokusåpa, förresten, alltihop det här kanske i själva verket rörde sig om en hämndhistoria med upprinnelse på Koh Fuk? Skulle kunna skapa en och annan rubrik på sikt i så fall.

En annan variant var att Robert Hermansson helt enkelt blivit trött på all uppmärksamhet och all skit, och gått under jorden tillsammans med någon gammal flamma. Låg och tryckte någonstans. Med tanke på det allmänna läget – och med tanke på att hans systerson också var försvunnen, och inte föreföll ha någon större anledning att lägga sig och trycka – så föreföll väl denna lösning inte särskilt trolig. Men ändå, tyngden av höstacken kändes rätt ordentligt. Eller höstack*arna*, om det nu var två nålar han letade efter.

Fast Backman hade en bra modell, erinrade han sig. Först bestämmer man sig för vad man skall göra. Sedan gör man det. Om man inte löst fallet i och med det, får man bestämma sig för att ta ett steg till.

Backman är klok som en späckhuggare, tänkte Gunnar Barbarotti. Nu går jag och hämtar en kopp kaffe till, så att jag håller mig vaken åtminstone.

En sak gick han i varje fall iland med under förmiddagen. Han hittade den psykolog som Robert Hermansson av allt att döma konsulterat efter sitt sammanbrott på Fucking Island. Denne hette Eugen Sventander, hade mottagning på Skånegatan på Söder, och lät via sin telefonsvarare meddela att han var bortrest över jul och nyår och väntades tillbaka igen den 9 januari. Sventander ingick i en grupp om åtta psykologer och terapeuter med olika adresser i Stockholm som hade just detta som specialitet: att ta emot utbrända dokusåpadeltagare och bygga upp dem till livsdugliga medborgare igen. Vanligtvis brukade man klara av det på sex till åtta månader, två besök i veckan, mot slutet bara ett; alltsomoftast var det den aktuella tevekanalen som betalade för behandlingen.

Nöjd med detta klara och entydiga besked från en av Sventanders kolleger i gruppen satte sig Gunnar Barbarotti på tåget och fortsatte norrut mot Uppsala.

Korridoren låg i studentområdet Triangeln vid Rackarberget. Den innehöll fem rum, vart och ett med egen toalett och dusch. Köket var gemensamt och pryddes av en Che Guevara-affisch, en halvnaken negress och en darttavla. Gunnar Barbarotti frågade sig om det överhuvudtaget skett någon utveckling sedan han själv satt och drack ljummen burköl i en studentkorridor i Lund för tjugofem år sedan.

Flickan som tog emot honom hette Linda Markovic och bodde i ett av rummen. Hon var liten och späd. Läste matematik, hade föräldrarna boende i Uppsala, men föredrog att hålla sig i sitt krypin i Triangeln under mellandagarna. Behövde plugga och då krävdes lugn och ro. I de övriga fyra rummen var hyresgästerna utflugna, omtalade hon, och väntades inte tillbaka förrän en bit in i januari.

Hon frågade om han ville ha kaffe. Han tackade ja och de slog sig ner vid köksbordet, som var belagt med en grå, outslitlig perstorpsskiva, förmodligen härrörande ur samma epok som herr Guevara.

”Henrik”, började han. ”Som jag sa, så gäller det alltså Henrik Grundt. Orsaken till att jag sitter här är att han tycks ha försvunnit.”

”Försvunnit? Det finns bara pulverkaffe. Är det okej?”

”Det är okej. Ni bor vägg i vägg, så att säga?”

”Ja. Jag har bott här i tre terminer. Henrik hyr i andra hand, det är nästan omöjligt att få ett förstahandskontrakt

när man är recentior. Ja, han flyttade in i september, allt-
så."

"Känner du honom väl?"

Hon skakade på huvudet. Hon hade en egendomlig,
otidsenlig frisyr, tyckte han. Korta, mörkbruna korkskruvs-
lockar, uppklippt i nacken. Eller också var det han själv som
var otidsenlig, det var förstås också en möjlighet. Hon hällde
upp hett vatten i två blåröda muggar, sköt över kaffepulvret
till honom och öppnade ett paket Singoalla.

"Har inte så mycket att bjuda på, tyvärr", förklarade hon.
"Men du har väl knappast kommit hit för att äta dig mätt?"

"Stämmer", sa han. "Men du känner inte Henrik så bra,
alltså?"

"Nej", sa hon och tog ett kex. "Det vill jag inte påstå. Vi
umgås rätt så lite överhuvudtaget i den här korridoren, det
kan ju vara lite olika. Vi ses när vi käkar frukost och dricker
kvällste i stort sett. Mer är det inte."

"Men du har ändå pratat en del med honom?"

Hon ryckte på axlarna. "Ja, det har jag förstås."

"Vad har du för uppfattning om honom?"

"Schysst, tror jag. Inte sådär kaxig som vissa killar är...
nej, han verkar pålitlig, tror jag. Lugn. Vad är det han har
råkat ut för?"

"Vi vet inte än. Ingenting mer än att han är försvun-
nen."

"Hur kan... jag menar, har han bara försvunnit?"

"Ja."

"Låter otäckt."

"Ja. Fast en del väljer ju att försvinna också. Eller hålla sig
undan av en eller annan anledning. Det är just det här jag
måste försöka ta reda på."

"Om Henrik...?"

Hon hejdade sig och såg lite förvirrat på honom. Han mötte hennes blick och hade inga svårigheter att tolka den.

"Jag ser vad du tänker. Ja, det finns dom som tar livet av sig också. Ingenting talar för att Henrik skulle ha gjort det, men man vet aldrig."

"Jag kan inte tänka mig att han..."

Hon avslutade inte meningen. Gunnar Barbarotti smuttade på kaffet och brände sig på överläppen.

"Är det någon annan i korridoren som Henrik umgicks lite mera med?"

Ny huvudskakning. Korkskruvarna dansade. "Nej, han och Per gick visst ut på samma nation en gång i början av terminen, men det var nog bara den gången. Per är... Per är en jävla bråkstake. När han är full, vill säga, och det är han då och då."

"Har Henrik någon flickvän?

"Här i stan?"

"Ja. Eller någon annanstans?"

"Skulle inte tro det."

"Vad betyder det?"

"Att jag inte tror han har någon flickvän, förstås."

Gunnar Barbarotti funderade hastigt. Beslöt att lita på intuitionen.

"Jag fick för mig att det betydde någonting mer."

"Nu är jag inte med. Vad menar du?"

Men han såg att hon rodnade. Hon försökte släta över det genom att bita i ett nytt kex, plötsligt var hon nervös. Hon hade antytt någonting, och nu ville hon inte stå för det. Vad i helvete? tänkte Gunnar Barbarotti.

"Linda, jag är ganska van att läsa av vad människor säger och inte säger", sa han långsamt medan han försökte nagla fast henne med blicken. "Och vad dom säger fast dom inte

261

riktigt vet om det. När du sa 'jag skulle inte tro det', så sa du egentligen någonting annat också, eller hur?"

Lite för uppblåst, tyckte han själv, men hon föll för det. Tvekade i två sekunder, bet sig i läppen och drog i en korkskruv.

"Jag menade bara att jag inte skulle bli förvånad om Henrik är bög."

"Aha?"

"Men det är bara min högst privata gissning, kom ihåg det. Jag har aldrig frågat någon av de andra och jag bryr mig inte ett skit om det. Ibland får man det där intrycket, bara... ja, det vet du väl?"

Han nickade.

"Ingen sån där fjollbög, naturligtvis, och kanske har jag alldeles fel. Det är heller ingenting jag gått och tänkt på."

"Jag förstår", sa Gunnar Barbarotti. "Brukar han ofta ha kompisar här på besök... eller studiekamrater... manliga och kvinnliga?"

Hon funderade. "Jag tror dom har varit här och pluggat ett par gånger. Fyra-fem stycken, dom läser juridik, ja, två killar och två tjejer, har jag för mig."

"Går han ut och festar mycket?"

"Nej. Han är väl på nationen då och då... Norrlands, alltså. Jag tror han sjunger i kören också. Och Jontes förstås, där håller alla jurister till. Men jag har aldrig sett honom riktigt berusad, han är rätt skötsam, faktiskt."

"Vilket man inte kan säga om alla?"

"Nej, vilket man inte kan säga om alla."

Barbarotti lutade sig tillbaka. Homosexuell? tänkte han. Det hade han inte hört tidigare.

"Jenny?" frågade han. "Har du träffat någon bekant till Henrik som heter Jenny?"

"Aldrig."

"Säkert?"

"Har aldrig blivit presenterad i varje fall. Fast var tredje tjej ungefär heter väl Jenny."

"Allright", sa Gunnar Barbarotti. "Det kanske kan räcka för tillfället. Ni har en reservnyckel till varandras rum, sa du. Du kanske kan hjälpa mig att öppna?"

Hon tvekade. "Har du tillåtelse till sånt här?" sa hon. "Borde du inte visa mig ett dokument eller någonting först?"

Han nickade och tog fram papperet. Hon kastade en blick på det, reste sig och drog ut en av lådorna invid spisen. Och plötsligt, medan hon för en sekund böjde sig framåt, såg han hennes ena bröst och bröstvårta. Hennes vinröda linne hade en vid ringning vid armhålan och där innanför dinglade det alldeles fritt, hennes högra bröst.

"Vi har lagt dom här frivilligt", sa hon. "Alla utom Ersan, han litar inte på någon, men det skulle inte jag heller göra om jag hade hans bakgrund."

Gunnar Barbarotti svalde och tog emot en nyckel. Beslöt att inte utröna varifrån sagde Ersan kom. "Tack för kaffet", sa han istället. "Nu ska jag inte störa dig längre. Jag säger till när jag är klar."

"Det är helt okej", sa Linda Markovic. "Det är tretton dagar kvar till tentan, jag har all tid i världen."

"Jag minns hur det var", sa Gunnar Barbarotti och kände att han inte avundades henne ett enda dugg.

Men det där bröstet ville inte lämna hans näthinna alldeles frivilligt.

Under eftermiddagen och kvällen träffade han i tur och ordning en körledare, en kusin till Leif Grundt samt en studievägledare vid juridiska fakulteten.

263

Körledaren hette Kenneth och kunde bidra med ett omdöme om Henriks baryton. Den var mycket vacker, påstod han, i kören var han förstås bara en i mängden, men hade han den rätta ambitionen, skulle han gott kunna utvecklas åt solisthållet.

Någon Jenny? Nej, det hade han inte hört talas om.

Kusinen hette Berit och hade haft Henrik inneboende hos sig ute i Bergsbrunna de första två veckorna av terminen, innan han fått fatt i rummet på Karlsrogatan. De hade bara träffats en gång efter att Henrik hade flyttat ut, men hon hade intrycket att han var en utomordentligt skötsam och trevlig ung man.

Jenny? Nej, flickor visste hon inget om.

Studievägledaren hette Gertzén, och kände till att Henrik Grundt var inskriven och bedrev studier vid institutionen. Mer visste han inte, men det var många studenter att hålla reda på och i synnerhet i början kunde det vara svårt att ha någon uppfattning om var och en.

Jenny? Inspektör Barbarotti ställde inte frågan ens.

Klockan var halv nio när han drog sig tillbaka till Hotell Hörnan, vackert beläget invid Fyrisån, som ännu så länge hade ett litet öppet vattenhål, där änderna flockades. Han kunde se dem från sitt fönster, lite längre norrut skymtade också Filmstaden och Norrlands nation, där Henrik alltså tagit sina första stapplande steg i studentlivet. Där han sjungit i kören, och där han eventuellt också... nej, Barbarotti var trött på att spekulera. Han vände blicken tillbaka till änderna nere vid det svarta vattnet och funderade på om han kände sig mer eller mindre uppgiven än han gjort imorse när han satt på tåget upp till denna Lärdomens högborg.

Svårt att avgöra. Henriks rum hade inte givit mycket, hursomhelst. Inga brev. Inga anteckningar. Inte ens en adressbok; han tillhörde väl den unga, rationella generationen, som hade alla viktiga data inknappade i mobiltelefonen eller på datorn. Datorn, en PC som såg oerhört ny och flashig ut, tyckte Barbarotti, hade han inte kommit in i, och mobiltelefonen befann sig antagligen på samma ställe som sin ägare.

Det vill säga *okänd ort*. Där hade inte funnits någonting komprometterande överhuvudtaget i rummet. Ingen erotisk litteratur på hyllorna (inte ens en herrtidning), som skulle ha kunnat avslöja någonting om hyresgästens sexuella preferenser. Det hade varit välstädat och prydligt, precis som han förväntat sig. Han tyckte att han började känna Henrik Grundt en smula vid det här laget. Alltid samma välartade, ordentliga, stillsamma intryck. Hans eventuella homosexualitet hade hittills bara hittat näring i en ung studentskas högst privata och högst vaga observationer; att Gunnar Barbarotti inte riktigt kunde släppa tanken på denna omständighet, berodde förmodligen främst på att det inte fanns mycket annat att fästa sagda tanke vid.

Han drog för de tunga gardinerna och knäppte på mobilen, som han haft avstängd under dagens sista samtal med studievägledare Gertzén. Medan han ännu höll den i handen, kom där ett pip som förkunnade att det fanns meddelanden att hämta.

Eller ett, åtminstone. Det kom från Sorgsen. Han omtalade att de fått även Henrik Grundts telefonilista under eftermiddagen, och att där fanns ett par intressanta saker. Om Barbarotti lyssnade av före nio, kunde han ringa hem till honom.

Han såg på klockan. Den var fem i.

"Säg ingenting, jag vet. Henrik ringde till samma nummer som Robert exakt tjugofyra timmar senare?"

"Inte riktigt", sa Sorgsen. "Nej, Henrik ringde överhuvudtaget ingenstans varken under måndagen eller tisdagen. Och han tog bara emot ett enda samtal – från morföräldrarna när familjen Grundt var på väg ner från Sundsvall. Men det var en del SMS-trafik som kan vara lite intressant."

"Jag är idel öra", sa Gunnar Barbarotti.

"Ingenting i direkt anslutning till att han avvek, dock. Det sista han tog emot kom 22.35 på tisdagskvällen, det sista han skickade gick iväg tio minuter senare. Samma nummer. Sedan har han fått sammanlagt sju SMS under fyra dagar, till och med julafton, alltså, men inte besvarat ett enda. Texterna är tyvärr utraderade, det lagras bara maximalt i sjuttiotvå timmar, men ändå..."

"Jag förstår", sa Gunnar Barbarotti och kände plötsligt hur någonting kallt och oroväckande vände blad inuti honom. Det var inte svårt att måla upp bilden bakom den information Sorgsen just levererat. En tämligen mörk bild.

"Från samma nummer?"

"Fem av dem."

"Och det här är samma som..."

"Ja. Om vi bara tittar på den sista veckan, alltså från och med den 17:e december till och med den 24:e, så har samma nummer skickat tjugotvå SMS och Henrik har svarat fjorton gånger."

"Och?"

"Vad tror du själv?"

Det var så ovanligt att Sorgsen ägnade sig åt dramatisk fördröjning på det här viset, att han inte visste vad han skulle tro.

"Kontantkort som inte går att spåra?" sa han automatiskt.

"Fel", sa Sorgsen. "Vi har abonnentens namn."

"Utmärkt", sa Gunnar Barbarotti. "Kläm fram med det, då, eller vill du ha en puss först. I så fall får du vänta tills i övermorgon."

Det var dumt sagt, men Sorgsen tog emot det som om det varit en dålig andraserve.

"Namnet är Jens Lindewall. Adressen är Prästgårdsgatan 5 i Uppsala, om du har vägarna förbi."

"Det var som... vänta, kan du säga om det, så får jag anteckna."

"Jag SMS:ar det till dig", sa Sorgsen. "Så får du numret också. Adjö med dig."

Det var som självaste satan, fullbordade Gunnar Barbarotti sin outtalade replik inne i sitt eget huvud. Ibland faller saker och ting på plats också, man ska inte glömma bort det.

SMS:et med Jens Lindewalls data kom en minut senare, och det tog honom ytterligare fem att bestämma sig för hur han skulle handla. Under denna korta tidsperiod funderade han mest på om han skulle ringa upp Eva Backman för att dryfta saken med henne en smula först, men han kom snart underfund med att han mycket väl visste vilket råd kollegan skulle bestå honom med.

Och nästan lika snart kom han fram till att han borde följa detta råd.

Han drog ifrån gardinerna igen innan han slog numret. Himlen var snöviolett och änderna nere på ån såg fastfrusna ut.

Väntade sex signaler. Sedan en signal till, med den omisskännliga lilla tonsänkningen. Därefter svararen.

"Hej, du har kommit till Jens. Jag har åkt till Borneo och läm-nat mobilterroristen i en skrivbordslåda. Kommer tillbaka den 12 januari. Jag önskar er alla ett riktigt gott nytt år. Om du vill önska mig detsamma, kan du göra det efter pipet. Hej då."
Nej tack, min gode vän! tänkte Gunnar Barbarotti ilsket och stängde av. Men se för tusan till att pallra dig hemåt snarast, annars skickar vi den borneanska snuten efter dig, och dom är inte att leka med!

Och vem var det som försökte inbilla sig att saker och ting kunde falla på plats för en kort stund sedan?

Han drog för gardinerna för andra gången och ångrade att han lovat att hålla sig bönlös i tre dagar till.

Och när han släckte ljuset dök bilden av Linda Markovics bröst upp igen. Det är bedrövligt, tänkte Gunnar Barbarotti. Så torftigt är mitt kärleksliv att jag måste drömma om halv-sekunders bröstvårtor på främmande studentskor.

Och Gud påstår att han existerar?

II. Januari

22

Gunnar Barbarotti tyckte inte om att flyga.

Allra sämst tyckte han om att flyga charter och näst sämst om inrikes. Fast när inrikesplanen inte klarade av rutterna var det nästan värre än charter. Om man köpte en resa till Fuerteventura, var det nästan säkert att man också landade på Fuerteventura förr eller senare. Åkte man inrikes kunde man dimpa ner lite varsomhelst. Beroende på omständigheter. Tydligen.

Som nu. Han hade startat hemifrån en timme före svinottan, bordat ett plan från Landvetter och landat på Arlanda femtio minuter försenad vid niotiden. Blivit ombokad till ett senare plan till Sundsvall, eftersom hans ordinarie hunnit flaxa iväg – och slutligen tagit mark på Östersunds flygplats på Frösön vid kvart över ett, på grund av dimma över Midlanda flygplats mellan Sundsvall och Härnösand. Han hade själv sett det genom kabinfönstret; det var en strålande vinterdag över hela Sverige, utom över denna malplacerade landningsbana, där vädergudarna hade placerat ett dimsjok tjockt som mannagrynsgröt.

Han hade dock inte bett Vår Herre om någon lyckad landning, så några existenspoäng i den ena eller den andra riktningen var det aldrig tal om.

Från Östersund vidtog en två och en halv timmes bussresa till Sundsvall, och när han steg av på busstorget i Medelpadsmetropolen – mitt i Sverige enligt den lokala folktron – var

271

klockan exakt fyra på eftermiddagen. Den sammanlagda förseningen uppgick till fem timmar och femtiofem minuter.

Men föralldel, om ingenting mer oförutsett inträffade, hade han fortfarande en timmes tid till samtalet med Kristoffer Grundt, innan han skulle vara tvungen att ta en taxi för att hinna med sista planet tillbaka ner till Arlanda.

Ännu var det inte riktigt dags att kasta yxor i vattendrag och författa insändare, således, och på andra sidan gatan, utanför Seven-Elevenbutiken – precis som de till slut, när alla förseningar var inräknade och avräknade, hade avtalat – stod unge herr Grundt och trampade nervöst i snömodden. För första gången på länge fick Gunnar Barbarotti en känsla av att någonting skulle börja hända i den här Sisyfoshistorien, som Eva Backman börjat kalla eländet. Inte något genombrott. Inget hopp om någon snar och definitiv lösning, det vore för mycket begärt – men kanske ett litet steg i någonting som möjligen, så småningom och utan alltför stora pretentioner, skulle kunna uppfattas som rätt riktning.

Den där lilla öppningen.

Han visste inte hur många arbetstimmar man lagt ner, men han visste att de hitintills varit resultatlösa intill sista svettdroppen. Ingenting hade framkommit som kunde kasta ljus över vad som hänt med Robert Hermansson och Henrik Grundt, vilka haft den dåliga smaken och det dåliga omdömet att försvinna från Allvädersgatan 4 i Kymlinge mitt i julstöket. Det hade gått tre veckor vid det här laget, och både Gunnar Barbarotti och hans kolleger kände blott alltför väl den pålitliga gamla polissanningen som sade att de brott man löser, löser man under dagarna närmast efter att de inträffat.

Eller också inte alls.

Och att det låg någon sorts brott bakom händelserna på

Allvädersgatan, ja, det var det ingen som hyste några tvivel om längre. Varken Barbarotti eller Backman eller Sorgsen. Det var denna trojka som hade hand om utredningen, som fattade beslut i samråd, som tillsammans gav order och sedan vittjade alla de utkastade, tomma krokarna – och som med jämna mellanrum, fast oftast en och en, kallades in till kommissarie Asunander på tredje våningen för att stå till svars.

Asunanders rinniga ögon hade börjat gulna och blänga mer och mer, alltsedan de passerat årsgränsen och gått in i januari. Enkelt uttryckt – om man ville hemfalla åt grovtolkning – så betydde det att han i ett mindre civiliserat och mindre reglerat samhälle skulle ha föredragit att kasta dem alla tre till vargarna och ersätta dem med polisfolk med lite mera stake och hjärna i. Kom med nåt förslag själv då, glappkäft, brukade Backman föreslå. Kom för en enda gångs skull med nånting konstruktivt, din förbannade impotenta skrivbordspajas!

Hon levererade inte dessa tips inför sittande rätt, sparade dem istället visligen som tilltugg till ölen, vilken två tredjedelar av trojkan av födsel och ohejdad vana då och då, men inte mer än någon gång i veckan, plägade inmundiga i all måttlighet på restaurang Älgen vid Norra torg efter en lång och hård arbetsdags slut. Man kan inte begära att en hyena ska skita konjak, brukade Barbarotti få till det som svar på tal. Eller värpa guldägg. Karln har en tajga mellan öronen, hans inre landskap är sterilt som... ja, som en tajga.

Det brukade Backman le åt.

Och alldeles resultatlöst hade det ändå inte varit. Inte riktigt så fruktlöst som skrivbordskommissariens inre domäner. Det fanns vissa återvändsgränder som sträckte sig lite längre än de flesta andra.

Mobildjungeln, till exempel. Här hade man ju redan hittat vägen fram till Jens Lindewall, som man visserligen inte lyckats etablera kontakt med ännu så länge, eftersom han valt att fira jul och nyår i en annan djungel – i Sabahprovinsen på Borneo – men imorgon bitti skulle han dimpa ner med ett plan på Arlanda, och om ingen annan stod och väntade på honom med blommor och blader, så tänkte i varje fall Gunnar Barbarotti göra det. Fast inga grönsaker, bara en och annan väl avvägd fråga.

Om nu inte planet från Midlanda ikväll flög iväg åt fel håll, vill säga. Man hade lärt sig att inte ropa hej.

Även vad gällde det andra försvinnandet hade man tagit sig ett stycke längre in i snårigheten, innan det tog stopp. Att Robert Hermansson använt sin mobil för att ringa upp någon klockan 01.48 den natten då han försvann, hade man ju fått fram nästan per omgående via operatörslistorna, och det var förstås alldeles förbannat att han hade ringt till en mottagare med kontantkort. Allt var dock inte förlorat i och med detta. Mottagaren till samtalet hade spårats till Kymlinge, det var alltså inte fråga om någon gammal flamma här eller där i landet, som Barbarotti hade fruktat. Robert hade faktiskt ringt upp en person som, åtminstone under den aktuella natten, befunnit sig i Kymlinge, och naturligtvis hade man också lagt rabarber på detta kontantnummer och undersökt det lite närmare. Tyvärr var det tunt. Förutom Robertsamtalet hade vederbörande telefonnummer bara använts fyra gånger i december, samtliga gånger mellan den 5 och den 15 december, samtliga gånger ut.

En gång till Robert Hermansson i Stockholm, två gånger till en pizzeria i Kymlinge, en gång till en damfrisering i Kymlinge. Trojkan hade talat både med pizzerian och med hårstället; på det förra gissade man att det var någon som beställt pizza, på det senare gissade man att det var någon som velat beställa tid för att klippa håret. De bägge bekvämlighetsinrättningarnas sammanlagda kundkrets låg uppskattningsvis på mellan 1200 och 1800 personer. Hur stor den gemensamma kundkretsen, rent matematiskt och rent sannolikhetsmässigt, borde vara, hade Eva Backman lagt ner en del tid på att beräkna, och över en torsdagsöl hade hon något överraskande (åtminstone för Gunnar Barbarotti, som bara hade haft en habil trea på sin tid) presenterat den tämligen exakta siffran 433.

"Hur fan har du kommit fram till det?" hade den överkritiske Barbarotti okänsligt frågat.

"Skit i det, du", hade Eva Einstein replikerat. "Robert Hermansson ringde till en av 433 kvinnor i Kymlinge. Eventuellt finns hon hos den där förbannade damfriseringen."

Einstein-Backman hade sedan under två dagar listat alla som klippt håret hos Stora Klippet mellan den 5 december och dagen före julafton (inte så att man hade namnet på alla, men rätt många ändå) – en summa som stannade vid behagligt låga 362 – och just när hon var färdig med detta intressanta arbete, hade ägarinnan av den fashionabla inrättningen ringt och förklarat att man varit tvungen att säga nej till åtminstone lika många. Backman-Fårskalle hade svurit invärtes, drämt till med en överdådigt finkänslig avrundning, och hamnat ganska precis på siffran 433 en gång till.

"Du ser?"

"Jag ser, o, mästare", hade Gunnar Barbarotti erkänt, men samtidigt känt hur den där mentala utmattningen kommit smygande över honom som en lungsjuk dimma igen.

Ändå, det måste han erkänna, hade det varit en ovanligt lång och hoppfull återvändsgränd.

Men att Kristoffer Grundt ringt upp honom föregående

kväll och velat prata om någonting viktigt – som han enligt uppgift förtigit ända fram till nu – måste ändå betecknas som utredningens hittills intressantaste inslag.

Eller vad tyckte Backman?

Jodå, det tyckte Backman också. Tror fan det.

"Jag har bara en timme, kan vi gå in på det där fiket, så bandar jag vad du har att säga?"

Kristoffer Grundt nickade.

Pojken tog en cola, själv valde han en dubbel espresso. Lika bra att vara ordentligt vaken, om det nu var nåt skit som inte fastnade på bandet. Det verkade vara en sådan dag. De hittade ett hörn bakom en stendöd jukebox och en tygfikus och slog sig ner.

"Nå?" inledde Gunnar Barbarotti och tryckte igång bandet. "Vad var det du hade att säga?"

"Jag vill helst inte att du berättar det här för mamma och pappa", sa Kristoffer.

"Jag kan inte garantera någonting", sa Barbarotti. "Men jag lovar att hålla tyst om det, om det är möjligt."

"Ni vet... det har inte hänt nånting?"

"Vad menar du?"

"Ni vet inget mera om vart Henrik tagit vägen?"

Kristoffer Grundt var plågad, inget tvivel om saken. Hade antagligen varit det en tid också, bedömde Barbarotti. Han hade svårt att fästa blicken, händerna rörde sig oroligt mellan colaglaset, flaskan och bordskanten – ja, han bar på någonting och han hade burit det alldeles för länge. Hade mörka halvmånar under ögonen också, trots att han bara var fjorton år, och hudfärg som ett solkigt lakan.

Fast så såg väl de flesta ut i det här landet denna gudsförgätna årstid? tänkte Barbarotti. I och för sig.

"Nej", sa han. "Vi vet fortfarande ingenting om vad som hänt med din bror. Berätta nu vad det är du har hållit inne med."

Pojken gav honom ett hastigt, skyggt ögonkast.

"Jo, det var en sak..." trevade han. "Jag ber om ursäkt för att jag inte berättat om det här tidigare, men jag lovade honom..."

"Henrik?"

"Ja."

"Du lovade honom någonting? Okej, fortsätt. Vad lovade du honom?"

"Jag lovade Henrik att inte berätta. Men nu... ja, nu förstår jag att jag kanske..."

Han tystnade. Gunnar Barbarotti bestämde sig för att hjälpa honom på traven en smula. "Du är inte bunden av det löftet längre, Kristoffer", sa han så vänligt han förmådde. "Om Henrik kunde, skulle han lösa dig från det. Vi måste göra allt vi kan för att få honom tillbaka, det tycker väl du också?"

"Tror du... tror du att han lever?"

Det fanns en svag strimma av hopp i rösten, men inte mycket. Han gör samma bedömning som jag, tänkte Gunnar Barbarotti. Han är inte dum.

"Jag vet inte", sa han. "Varken du eller jag kan veta det. Men vi kan hoppas och vi kan göra vårt bästa för att ta reda på vad det är som har hänt. Eller hur?"

Kristoffer Grundt nickade. "Jo, det var alltså så att han... att han stack iväg den där natten. Jag menar att han hade planerat att sticka iväg."

"På det viset", sa Barbarotti. "Fortsätt."

"Det är egentligen bara det. Han berättade för mig att han

skulle ge sig iväg under natten för att träffa någon, och han bad mig hålla tyst om saken."

"Och så stack han iväg?"

"Ja, han måste ha gjort det. Fast jag vet inte när, för jag somnade."

"Du somnade innan han lämnade huset?"

"Ja."

"Vem skulle han träffa?"

"Jag vet inte."

"Vet inte?"

"Nej. Han sa att han skulle träffa en gammal kompis och då frågade jag om det var en tjej."

"Ja?"

"Och då sa han att det var det."

"En tjej?"

"Ja."

"Hm", sa Gunnar Barbarotti och förvandlade sin dubbla espresso till en enkel. Kristoffer Grundt drack lite cola. Det gick några sekunder, pojken satt och tittade ner i bordsskivan, och Barbarotti fick en hastig vision av hur det måste kännas att vara katolsk präst och ta emot bikt.

"Det är någonting mer, eller hur?" sa han. "Du har inte berättat allt du vet?"

Kristoffer Grundt nickade.

"Det finns lite mer", mumlade han.

"Du tror att din bror ljög för dig?"

Kristoffer Grundt ryckte till. "Hur... hur kan du veta det?"

Gunnar Barbarotti lutade sig tillbaka. "Jag har varit med några år. Man lär sig se ett och annat. Vad är det mera du har att säga, alltså?"

"Jag tror inte han skulle träffa en tjej."

"Jaså. Varför då?"

"Därför att jag… därför att Henrik är bög."

"Bög? Varför tror du det?"

"Därför att jag lånade hans mobil och då råkade jag se det."

"Kan man se på mobilen om någon är homosexuell? Nu skämtar du?"

"Nej, det kan man förstås inte." Kristoffer Grundt skrattade till mot sin vilja. "Jag lånade Henriks mobil för att skicka ett SMS. Och då råkade jag läsa ett meddelande han fått. Och det som stod i det meddelandet var ganska…"

"Entydigt?"

"Entydigt, ja. Det var från en kille som… ja, det här tog jag reda på i adressboken… från en kille som hette Jens. Så jag tror alltså inte att Henrik skulle ut för att träffa en tjej."

"Och vem tror du att han skulle träffa i verkligheten?"

"Jag vet inte."

Gunnar Barbarotti hade inte förväntat sig något annat svar, men kände ändå ett stygn av besvikelse över att inte Kristoffer kunde klämma ur sig en liten överraskning på den punkten.

"Om du skulle gissa, då?"

Pojken funderade ett ögonblick. "Ingen aning faktiskt. Kanske var det den här Jens som råkade befinna sig i Kymlinge… fast det verkade ju… nej, jag visste inte vad jag skulle tro. Det var…"

"Ja?"

"Det var liksom så mycket på en gång. Jag hade just kommit på att Henrik var bög och nu skulle han ut mitt i natten. Han som alltid har varit så skötsam. Det var svårt att fatta det riktigt."

"Jag kan föreställa mig det", sa Gunnar Barbarotti. "Och

det här med Henriks homosexualitet, det var det ingen som visste om?"

"Nej."

"Och du berättade inte för honom att du kände till det?"

"Jag hann aldrig göra det. Dessutom hade jag lånat hans mobil utan lov, så jag ville inte säga nånting."

"Jag förstår. Men han hade en plan, alltså, Henrik. När var det han berättade om den för dig?"

"På kvällen. Nån timme innan vi gick till sängs, bara."

"Kan du återge för mig exakt hur han sa?"

"Jag kommer inte riktigt ihåg. Men det var nog inte mer än det där att han skulle vara borta ett par timmar under natten, och att jag inte skulle låtsas om det. Jag frågade varför och han sa bara att han skulle träffa någon. Och sedan... ja, sedan frågade jag det där om tjejen. Det var inte mer."

"Varför frågade du om det var en tjej, om du kände till att han inte var intresserad av tjejer?"

"Ingen aning. Det bara flög ur mig. Han hade ju uppfunnit den där Jenny i Uppsala, så han ville väl inte att vi skulle veta om det... ja, jag antar att hon inte finns på riktigt i alla fall."

"Allright. Har du berättat om det här för någon annan. Din mamma och pappa, till exempel?"

"Det är klart att jag inte har. Jag vill ju inte att dom ska få reda på att..."

"Att din bror är homosexuell?"

"Ja. Det är väl inte så farligt, jag menar, inte gör det mig nåt, men dom skulle nog bli rätt så upprörda... eller ledsna... när han nu är försvunnen dessutom. Nej, jag vill inte att dom ska känna till det här. Det är ju därför jag har tigit om det, det är inte bara det där med löftet."

"Jag förstår. Och du har inte tagit reda på någonting mer om den här Jens?"

"Nej, hur skulle jag kunna…?"

"Det är bra. Då kan jag berätta för dig att du har rätt i att det inte var honom Henrik gick ut för att träffa den där natten."

"Men hur… hur kan du veta det?"

"Därför att vi har kollat upp Jens. Han har alibi. Befann sig nästan hundra mil från Kymlinge natten mellan den tjugonde och tjugoförsta december."

Kristoffer Grundt tappade hakan. Rent bokstavligt; blev sittande med öppen mun och stirrade på kriminalinspektör Barbarotti.

"Så ni visste…? Du har vetat om…?"

Gunnar Barbarotti plockade fram sin mobiltelefon ur bröstfickan på kavajen. "Får jag ge dig ett råd, unge man", sa han. "Om du någonsin i ditt liv tänker begå en brottslig handling, och du vill vara säker på att åka fast för det du har gjort, se då till att använda en sån här."

"Va?" sa Kristoffer Grundt.

"Vi bedriver visserligen inte avlyssning av vanliga hederliga medborgare", fortsatte Barbarotti. "Men vi vet vem som ringer till vem. När de gör det, hur ofta de gör det, och var de befinner sig vid varje enskilt samtal. Om det till exempel finns två unga män i Uppsala som under en period av två veckor ringer och SMS:ar till varandra mer än nittio gånger… ja, då drar vi våra slutsatser."

"Jag förstår", sa Kristoffer Grundt.

"Bra", sa inspektör Barbarotti.

Och lik förbannat kommer vi inte vidare, tänkte han, när han en timme senare sjönk ner på en fönsterplats i det behagligt halvtomma planet till Arlanda, som dessutom, av alla tecken att döma, hade för avsikt att lyfta enligt tidtabellen. Vi står och stampar på samma fläck. Vi är... vi är sämre än inrikesflyget.

Det som kändes nästan mest ironiskt, mot bakgrund av vad han förklarat för unge herr Grundt mot slutet av samtalet på Café Charm, var förstås att Henrik *inte* hade använt sin mobil. Han hade *inte* ringt upp den person han hade för avsikt att besöka, han hade *inte* skickat ett SMS och talat om att "jag kommer om en halvtimme"; och när kriminalinspektör Barbarotti nu satt och glodde ut genom det minimala kabinfönstret och lyssnade till avisningssprutorna, tycktes det honom som om just denna omständighet – denna frånvarande omständighet – var det mest märkliga i hela detta märkliga fall.

För vad betydde det? Om Henrik verkligen hade avtalat att träffa någon under natten, måste han väl ha haft en metod för att ingå detta avtal? *Hur*? kort sagt. Polisen hade tagit sig in i hans dator på Karlsrogatan i Uppsala och lusläst hans personliga mejl – där det med viss tydlighet framkommit att han haft homoerotiska erfarenheter under slutet av november och början av december – men inte hittat någonting om ett avtalat, nattligt möte nere i Kymlinge. Henrik Grundt hade inte telefonerat, i varje fall inte från sin egen eller morföräldrarnas telefon; det enda som kvarstod, såvitt Gunnar Barbarotti kunde tolka läget, var att han träffat vederbörande och att de gjort upp saken öga mot öga så att säga.

Men *när*? När hade i så fall detta avtal slutits?

Och, förstås, till syvende och sist – *vem*? Vem fan skulle Henrik Grundt ha träffat i Kymlinge? Det var som hans lillebror hade påpekat: han kände ju inte en käft. Kunde det vara så att det var en bekant från Uppsala han stämt möte med? En bekant som också var nere i detta hörn av landet för att fira jul?

En annan homosexuell partner än Jens Lindewall?

Fan tro't, som sagt. Och hängde det verkligen inte ihop med Roberts försvinnande natten innan? Om två personer försvann från samma adress i en stad med knappt 70 000 invånare, med tjugofyra timmars mellanrum, kunde då inte en svagpresterande klumpfisk räkna ut att där måste finnas ett samband?

Jag blir så trött på det här, konstaterade Gunnar Barbarotti när han tog emot juiceförpackningen och den inplastade smörgåsen av flygvärdinnan. Det går att hitta på hur många varianter som helst i den här historien. Men ingen som verkar det minsta trovärdig och ingen som har med fakta att göra. Som... ja, som fantasikartor över en okänd kontinent, kändes det.

Va? tänkte han förvirrat. *Fantasikartor över en okänd kontinent?* Det var en rätt bra bild över allt möjligt, faktiskt. Han skulle komma ihåg att använda det för att skjuta Eva Backman i sank vid något lämpligt tillfälle: Nu ritar du allt fantasikartor över okända kontinenter, lilla gumman!

Inte så dumt.

Men någonting, åtminstone någonting, borde väl "that damned elusive Lindewall" kunna bidra med också, när han nu damp ner från Borneos djungler imorgon bitti?

Man hade faktiskt rätt att begära det.

Nöjd med dessa intelligenta summeringar öppnade inspektör Barbarotti pappersförpackningen och spillde juice på byxorna.

23

Det är typiskt, tänkte Gunnar Barbarotti när han checkade in på Radisson på Arlanda Sky City. När man för en gångs skull får bo på ett skapligt hotell, anländer man klockan tio på kvällen och måste upp före sex. Jag kunde lika gärna ha slaggat i en soffa.

När han krupit ner mellan de svala, nymanglade lakanen och släckt ljuset, bad han en existensbön.

O store Gud, om du verkligen finns till, vilket du i skrivande stund faktiskt gör, men inte med särskilt stor marginal, jag vill att du kommer ihåg det – se då till att planet från Bangkok imorgon bitti blir sådär fyra-fem timmar försenat, så att en stackars hårt arbetande kriminalsnut hinner få i sig en ordentlig hotellfrukost denna enda gång i hans andefattiga liv! Mer än en poäng kan jag förstås inte erbjuda för denna skitsak, men jag vore ändå tacksammare än du, till och med du, o store Gud, kan ana. God natt, god natt, jag har beställt väckning till klockan kvart i sex, och ämnar ringa och kontrollera med trafikupplysningen så fort jag slår upp ögonen.

Planet från Bangkok landade fem minuter före utsatt tid.

Kriminalinspektör Barbarotti hade hunnit med en dusch och en kopp kaffe, det var allt. Han satt med kopp nummer två framför sig på bordet inne i ett av Arlandapolisens förhörsrum och väntade. Han kände på sig att om Jens Linde-

284

wall inte hade förstånd att uppföra sig, skulle han komma att skära av honom öronen och sätta honom i häkte på obestämd tid.

Bredvid Barbarotti satt en blond, kvinnlig polisassistent och filade naglarna. Om inte Lindewall dök upp inom två minuter kände Barbarotti på sig att han skulle komma att slita nagelfilen ur händerna på assistenten, slänga den åt helvete, och förklara att det var förbjudet att idka manikyr i polisens förhörsrum, jämlikt Svea Rikes Lag, brottsbalken, fjärde kapitlet, sjunde paragrafen, tredje stycket, fjärde tillägget.

Han kände också på sig att han förmodligen var en smula överretlig.

Jens Lindewall såg brunbränd och välmående ut. Om än en smula oroad. Han var lång, blond och vältränad, bar kakiklädsel, grova kängor och ryggsäck. Ungefär som en lillebror till Bruce Chatwin kunde förväntas se ut efter en månad vid ekvatorn. Två dagars skäggstubb. Blå, ihoptvinnad scarf knuten runt halsen. Gunnar Barbarotti förstod, med ett visst mått av äckel och mot sin vilja, att den här unge mannen förmodligen kunde skaffa sig sängsällskap av vilket kön som helst utan att behöva lägga särskilt många strån i kors.

"Sätt dig", sa han. "Mitt namn är kriminalinspektör Gunnar Barbarotti. Välkommen hem."

Den unge mannen stirrade på honom och det ryckte ett par gånger i hans ena kindmuskel. Men inga ord kom ut ur munnen på honom. Han ställde ifrån sig ryggsäcken, drog ut en stol och satte sig. Barbarotti betraktade honom lugnt. Den kvinnliga assistenten stoppade undan nagelfilen.

"Vad är meningen?" sa Jens Lindewall till slut.

"Är det riktigt att du haft ett sexuellt förhållande med en ung man vid namn Henrik Grundt?" sa Gunnar Barbarotti.

"Henrik...?" sa Jens Lindewall.

"Henrik Grundt, ja. Ni hade ett förhållande i december, vi har försökt få tag på dig sedan i julas. Henrik Grundt är försvunnen."

"Försvunnen?"

"Exakt. Varför har du hållit dig undan?"

"Jag har inte..." Han lättade på scarfknuten och lade armarna i kors över bröstet. Såg ut att karska upp sig en smula. "Jag har inte hållit mig undan. Eller... eller det har jag kanske. Men jag brukar åka bort några veckor varje vinter och göra mig oanträffbar, jag visste inte att det var förbjudet. Det ingår i min livscykel, man upplever allting där man befinner sig så mycket starkare på det viset, om inspek... om du förstår?"

"Det kan jag tänka mig", sa Gunnar Barbarotti. "Och om dina föräldrar råkar bli ihjälkörda av en timmerbil medan du är borta får de begrava varandra bäst de vill? Det är rätt min gosse, skrupler är till för medelsvenssons och andra bärfisar."

I och med att han rott denna fyndiga replik i land kände han också tydligt att hans sadistiska ådra fått vad den behövde denna dödfödda morgon. "Får jag nu be att du svarar på mina frågor och slutar konstra", lade han ändå till.

"Ja... javisst. Men vad är det som...?"

"Du hade ett förhållande med Henrik Grundt i november-december. Tillstår du det?"

"Ja."

"I Uppsala?"

"Ja, jag bor i Uppsala."

"Vi känner till det. Och du flög till Sydostasien på kvällen den 22 december?"

"Eh… ja, det stämmer. Men Henrik är försvunnen, alltså? Är det det som föranleder…?"

"Sedan mer än tre veckor tillbaka, ja. Dagarna innan du reste tillbringade du i ditt föräldrahem i Hammerdal?"

"Det stämmer, men hur…?"

"Din resrutt gick via Bangkok till Kuala Lumpur till Kota Kinabalu till Sandakan på Borneos nordostsida. Och samma väg tillbaka. Är det riktigt?"

"Hur kan du veta allt det…?"

"Jag vet det. Bry dig inte om hur jag tagit reda på det. Nå?"

Jens Lindewall suckade. "Javisst, det är som du säger. Jag startade från Sandakan för… jag skulle tro att det blir 48 timmar sedan. Jag är faktiskt lite trött, om du ursäktar."

"Jag har själv varit i luften en hel del de senaste dagarna", kontrade Gunnar Barbarotti. "Kan du berätta lite om ert förhållande?"

"Mitt och Henriks?"

"Precis. Låt oss lämna dina övriga därhän så länge."

"Vad är det du vill veta?"

"Jag vill veta allt", sa Gunnar Barbarotti.

Det ville han förstås inte – och fick det tack och lov inte heller – men när han släppte ut den unge mannen ur förhörsrummet fyrtiofem minuter senare, tyckte han ändå att han fått reda på tillräckligt.

Jens Lindewall var 26 år gammal. Han arbetade på ett reklamföretag i Uppsala, och hade varit homosexuell lika länge som han varit sexuell överhuvudtaget. Hade haft ett långvarigt (11 månader) förhållande som tagit slut i september föregående höst, och det var i kölvattnet av detta haveri som Henrik Grundt flutit upp. De hade träffats på musikpuben Katalin bakom centralstationen en fredag i november, hade hamnat vid samma bord och börjat prata. Henrik Grundt hade inte varit riktigt medveten om sin sexuella läggning, men han blev det den kvällen – för att göra en ganska kort historia ännu kortare. Sedan hade de varit tillsammans en månad ungefär, varje gång hade de träffats i Jens tvårumslägenhet på Prästgårdsgatan, aldrig i Henriks korridorrum i Triangeln. Jens erkände oblygt att han omedelbart blivit häftigt förälskad i den unge juridikstuderanden, och han hade uppfattningen att hans kärlek var besvarad. Han tillstod dock att Henrik Grundt haft vissa svårigheter när det gällde att acceptera sin homosexualitet; hade ett par tidigare, ganska trista erfarenheter av det motsatta könet, enligt vad han berättat, och om Jens skulle våga sig på en skattning, ville han nog påstå att Henrik låg på cirka 65–35 i homo-heterotal – något som, om Barbarotti förstod saken rätt, betydde att han i den bästa av världar borde idka vart tredje samlag med en kvinna, de däremellan med män. Barbarotti hade aldrig tidigare stött på en sådan skattningsskala, men noterade ändå noggrant i sitt anteckningsblock. Ingen dag utan att man lär sig något nytt, tänkte han.

Sista gången Jens och Henrik träffades var den 17 december, dagen innan de bägge två åkte hem till sina föräldrahem i respektive Hammerdal och Sundsvall. De hade talats vid i telefon några gånger efter det datumet, och skickat ett antal SMS. De fyra sista meddelandena från Jens Lindewall, avsända den 21 och den 22 december, hade han inte fått svar på. Gunnar Barbarotti kunde inte låta bli att fråga hur han haft det med kärleken på resan, och Jens Lindewall förklarade öppenhjärtigt att han haft det bra.

"Så ni var inget par, då, så att säga, du och Henrik?"

"Vi gav varandra friheten", replikerade Jens Lindewall. "Det är den största av gåvor."

När Barbarotti frågade om det inte oroade honom att Henrik var försvunnen, fick han svaret att det gjorde det naturligtvis, men att han säkert skulle dyka upp. Människor hade behov att vara ensamma då och då, särskilt unga människor, det hade Jens Lindewall lärt sig genom erfarenheten.

Efter samtalet med denne stilige globetrotter skyndade sig kriminalinspektör Barbarotti tillbaka till frukostbuffén på Radisson, det var ännu en och en halv timme kvar till hans avgång till Landvetter och han var hungrig som en varg.

Planet var bara en halvtimme försenat, men han hade ändå gott om tid att summera fallet i huvudet. Eller *fallen*. Han kunde fortfarande inte bestämma sig för om det rörde sig om ett eller två, men eftersom utredningen inte, hur man än räknade, kommit särskilt många centimeter framåt i något av spåren, kunde det kanske kvitta.

I alla händelser kändes det inte som om samtalen med Kristoffer Grundt och Jens Lindewall lyckats kasta särskilt mycket ljus över saker och ting. Vad som hänt de där dygnen på Allvädersgatan i Kymlinge var fortfarande en gåta. När Henrik gav sig ut i natten den 20 december, verkade det ha varit fråga om en högst medveten och planlagd handling; han hade bett sin bror hålla tyst om saken, men varför han lämnade morföräldrarnas hus – och till vem han skulle – ja, därom visste man ännu inte ett jota.

Och Jens Lindewall hade bara bekräftat vad man redan kommit fram till. Varken mer eller mindre. Henrik Grundt och han hade haft ett förhållande under några veckor i november och december. Henrik hade försvunnit, Jens hade åkt till Sydostasien, dessa två saker hade ingenting med varandra att göra.

Angående Robert var läget lika låst. Gunnar Barbarotti visste inte hur många personer i Kymlinge man pratat med under de veckor som gått, säkert uppemot tvåhundra – men han visste hur resultatet såg ut.

Noll och intet. När Robert Hermansson lämnade sin barndomsstad för femton-sexton år sedan, tycktes han också ha klippt alla band. Ingen enda av alla dem man frågat ut så här långt hade varit i kontakt med den saknade dokusåpakändisen en endaste gång under det senaste decenniet. Påstod man i varje fall.

Vi sitter fast, tänkte inspektör Barbarotti. Vi sitter så inihelvete fast.

Och som en sorts inverterad bekräftelse på detta konstaterande kom just då en flygvärdinna och påpekade att han glömt spänna fast säkerhetsbältet.

Rosemarie Wunderlich Hermansson stretade uppför Hagendalsvägen. Vinden låg rakt emot henne, kom från nordväst, det var tolv grader kallt och hon kände att om hon inte kom inomhus snart skulle hon dö.

Kanske inget dumt slut när allt kom omkring? Att segna ner på den isiga trottoaren mellan HSB:s lokalkontor och Bellis blomsterhandel, och dra sin sista suck en mörk, svinkall januarieftermiddag. Det var svårt att säga vad det egentligen varit som hållit henne vid liv den senaste månaden, verkligen svårt. Alltsedan den förfärliga julveckan hade det känts som om hon inte riktigt existerade, som om själen hade sugits ur kroppen på henne och bara lämnat skalet kvar, just det här bräckliga, skinntorra, utlevade spöket av skinn och ben, som för närvarande strävade de sista metrarna fram till Maggies Damfrisering uppe vid Kungsgatshörnet – utan att förstå varför hon i hela friden inte ringt och avbokat tiden, som hon i vanlig ordning antecknat sig för vid det förra besöket.

Men föralldel, hon förstod inte mycket av någonting annat som pågick heller; inte varför hon steg upp om morgnarna, inte varför hon gick och handlade lunch- och middagsmat, inte varför hon satt och läste en spanskkurs med Karl-Erik en timme mellan nio och tio varje kväll – glosorna fladdrade som vilsna, främmande fåglar genom huvudet på henne, in genom ena örat, ut genom det andra, verbformerna skulle man inte tala om. Innan sänggåendet tog hon en sömntablett som fick henne att sova i exakt fem timmar; hon vaknade mellan fyra och halv fem, försökte förlänga de där absolut blanka sekunderna efter uppvaknandet då hennes minne var rent. Då hon inte kom ihåg vad som hänt, knappast visste vem hon var ens, men sekunderna blev aldrig mer än sekunder, ibland till och med mindre än så.

Och sedan låg hon där på sidan med händerna instuckna mellan knäna, bortvänd från sin make och från hela sitt liv – medan hon stirrade bort mot fönstret och det susande elementet och de trista gardinerna, och väntade på en gryning som kändes lika avlägsen som svaret på frågan om vad som hänt med hennes son och hennes dotterson de där fruktansvärda dagarna i december, då när själen sögs ur kroppen på henne och bara lämnade kvar det här utlevade spöket av... och på det viset fladdrade tankarna omkring i huvudet på henne som en annan sorts, mycket uttröttade fåglar, de återkom och försvann, försvann och återkom, och hur det egentligen var möjligt att skilja den ena morgonen från den andra, det ena uppvaknandet från det fjärde eller det åttonde, var också detta ett spörsmål som inte brydde sig det minsta om att leta efter sitt svar.

Hon sköt upp dörren och steg in. Såg att alla fyra stolarna var upptagna, men Maggie Fahlén nickade åt henne att sätta sig och vänta, det var bara frågan om ett par minuter. Hon hängde av sig hatt och kappa, slog sig ner i den lilla stålrörsfåtöljen och tog fatt i ett halvårsgammalt nummer av Svensk Damtidning med en sommarbild av prinsessan Victoria på framsidan. Hon log brett med en uppsjö av blanka tänder och såg inte särskilt begåvad ut, konstaterade Rosemarie Wunderlich Hermansson, men det var hon kanske inte heller, stackars flicka?

"Hur står det till med dig egentligen, kära Rosemarie?" inledde Maggie, när hon tagit plats i stolen och satt och glodde på sitt stora, släta ansikte i den obarmhärtiga spegeln. "Det var ju förfärligt, det där. Ni har inte hört någonting?"

Det var två frågor och en kommentar i samma andetag, och Rosemarie kvävde en hastig impuls att be om förlåtelse och ge sig iväg ut i kylan igen. Ursäkta sig för att familjen Hermansson på Allvädersgatan ställde till med ett sådant rabalder jämt och samt – först det ena, sedan det andra, teve och tidningar och allt möjligt – men Maggie hann förekomma henne; hon hade varit igång och pratat ända sedan morgonen, ett outtömligt och outtröttligt kommenterande om stort och smått, i Kymlinge och i världen. I nutid och dåtid och framtid. Hinsides också för den delen, om kunden hade de preferenserna.

"Vem i hela friden var det som klippte dig förra gången?" sa hon nu och himlade med ögonen mot Rosemarie i spegeln.

"Det var nog… ja, det var en ny flicka, tror jag", försökte Rosemarie Hermansson komma ihåg. "Kanske var hon bara vikarie för någon som var sjuk, jag minns inte rik…"

"Almgren", klippte Maggie av. "Jane Almgren, ja, herregud, som hon hann med att ställa till folk, tur att hon inte blev långvarigare. Fast jag hade förstås gjort mig av med henne även om inte Kathrine kommit tillbaka så snart."

"Jaså minsann", sa Rosemarie Hermansson. "Ja, jag vet inte riktigt… lite mörkblond tror jag hon var."

"Då var det hon", fastslog Maggie och klippte ilsket med saxen ett par gånger i luften. "Påstod att hon hade gått frisörutbildning och allting… ja, det kanske hon hade också, förresten, de släpper sannerligen igenom vad som helst i våra dagar. Och Kathrine hade ringt samma morgon och hade fått blindtarmen, så vad ska en stackars flicka från Hudiksvall göra när det bara är två veckor kvar till julafton?"

Hudiksvall? tänkte Rosemarie förvirrat. Var inte Maggie lika infödd som… var hon inte dotter till gamle vaktmästare Underström borta på…?

"Det är ett talesätt", kom förklaringen innan hon hann fråga. "Jag vet inte var det kommer ifrån… ja, det kommer väl från själva Hudik, när man tänker närmare på saken. Nåja, hon blev bara tre dagar gammal, den där Jane, sedan kom Kathrine tillbaka, tänk att man inte får stanna kvar ett par dagar åtminstone med en blindtarm nuförtiden, men jag var förstås tacksam. Hursomhelst ska tala om för dig, Rosemarie, att jag prutar ner en hundring den här gången, ingen ska komma och säga att Maggie inte månar om sina kunder. Hur vill du ha det?"

"Gör som du vill", sa Rosemarie och slöt ögonen. "Lite lagom sådär, tror jag."

"Fast hon bor här i stan, tydligen", fortsatte Maggie och satte kammen i Rosemaries grånade lockar. "Hade aldrig sett henne förr, men häromdan var hon inne hos Gunder och handlade strömming, hon kanske har katt. Men herregud vad rör det mig om människan har katt eller inte, bara hon inte sätter sin fot här och stoppar saxen i håret på mina kunder."

"Jag minns att jag pratade med henne..." sa Rosemarie, för att inte verka oartig. "Hon var inte direkt otrevlig i alla fall. Herregud, vad trött jag är, gör det nånting om jag slumrar lite medan du tar hand om mig?"

"Sov du bara, min skatt", svarade Maggie. "Och stäng öronen om dig om du tycker jag pladdrar för mycket. Min Arne säger att jag kommer att pladdra ihjäl mig en vacker dag. Vill du att jag tvättar det först, förresten?"

"Ja tack", suckade Rosemarie sömnigt. "Jag tror det vore skönt, faktiskt."

24

Att två människokroppar kunde rymmas i frysen. Det hade hon aldrig trott. Och ändå hade hon plats kvar för ett par glasspaket och några påsar bär på den översta hyllan.

En kropp, javisst, men två? Det var som lite märkligt. Av alla yrken hon provat på mindes hon plötsligt att hon också vikarierat några veckor som matematiklärare på en högstadieskola. Hon hade ljugit och sagt att hon hade en massa universitetspoäng och ingen hade kontrollerat, det var som vanligt. Åtta-tio år sedan, en västerförort i Stockholm, hon mindes inte vilken och det hade inte varit särskilt lyckat. En eftermiddag hade lärarlaget samlats för att sätta ihop en gemensam provräkning, hon hade suttit och känt sig generad och dum för att hon inte kunde bidra med någonting; nu visste hon precis vilken uppgift hon skulle ha bett eleverna lösa.

Du har två döda kroppar. De väger x och y kilo. Du har en tvåhundrafemtio liters frysbox. Hur många delar måste du stycka kropparna i för att de skall få plats?

Hon satt vid köksbordet och blickade ut över gatan. Det var kväll, en gråkall, blåsig januarikväll, folk gick omkring och kurade därute med sina ICA-kassar och sina hundar. Men bara en och annan, de flesta hade vett att hålla sig inne. Hon hade städat hela lägenheten. Det fanns inte ett dammkorn kvar, till och med golvlisterna hade hon torkat med en våt trasa indränkt med Ajax. Hon hade duschat och

295

tvättat håret. Hon hade talat med sin mor i telefon, berättat om alla de positiva sakerna i tillvaron som hon tyckte om att höra.

Allt var i skinande balans.

Modern var intagen igen, själv gick hon lös. Sjukskriven en månad i taget, så hade det varit ända sedan i somras. De bytte läkare hela tiden uppe på sjukhuset, och varje ny doktor gav henne en månad, de gamla vanliga medicinerna och samtal med den eller den terapeuten knuten till öppenvården. Terapeuterna kom och gick, de också.

Det var en bra ordning. Ingen hade riktig kontroll, hon levde i marginalerna och klarade sig på det hon fick från försäkringskassan. Sysslolösheten gav henne tid att fundera och planera.

Överväga om det behövdes en till. Om hon måste ta sig an Germund också.

Eller om Mahmot ansåg att hon uppnått försoning redan? Det var inte lätt att veta, han var inte alltid så tydlig som man skulle ha önskat, Mahmot.

Den förste hade varit självklar. Han var ett svin. Det var ingenting hon tvekat en sekund över. Ingen balans i världen var tänkbar med honom kvar i livet.

Den andre hade kommit till henne hastigt och lustigt. Hon hade inte haft en aning om vilken ond kraft han representerade, inte förrän han plötsligt fanns där som en påle i hennes kött. Mahmot hade bara behövt viska ordet i hennes öra: *döda*, och hon hade förstått att så, just så, skulle knuten lösas upp.

Jag vill ha tillbaka mina barn, hade hon dristat sig att begära. *I sinom tid*, hade Mahmot viskat. *I sinom tid kommer du att få allt tillbaka. Jag har stora planer för dig, Jane, har jag någonsin gjort dig besviken?*

Nej, store Mahmot, mumlade hon samtidigt som hon fick syn på en liten fläck och började gnugga den ekfanerade bordsskivan extra blank med bara handflatorna, runda mjuka rörelser, men jag har inte plats för en till i frysen. Jag måste vara lite praktisk också, inte bara ägna mig åt det lidelsefulla och det sköna hela tiden. Jag måste hitta Germund och mina barn, de har tagit mina barn ifrån mig, Mahmot. De gömmer sig för mig, jag vet inte var de är.

Det är bra, min flicka, viskade Mahmot. *Tänk inte på det nu. Slut ögonen, så skall jag träda fram och kyssa din panna och sedan bosätter jag mig i dina fingrar. Du vet vad jag kan göra när jag bor där?*

Tack, store Mahmot, viskade hon upphetsat. Tack, o, tack! Jag önskar att alla män vore döda och det bara fanns Du. Vill du att jag ska...?

Han svarade inte, men hon visste ändå hur hon skulle fortskrida.

III. Augusti

25

Ebba Hermansson Grundt drömmer.

Hon drömmer att hon bär på sin son Henrik. Hon har haft samma dröm under flera olika nätter av sommaren, och den gör så ont i henne.

Han är tung, hennes son. Han hänger i hennes nyckelben, dinglar fritt inuti hennes kropp; mellan hjärtat och magsäcken i ett stort tomrum som hon inte visste att hon hade inom sig.

I två grönvita Konsumkassar av plast hänger han och han är styckad i småbitar, hennes son Henrik.

Det är inte lätt att bära sitt vuxna, styckade barn i rötmånadens tid, och när Ebba vaknar i kallsvett i gryningen knäpper hon sina händer och ber till Gud. Hon har aldrig i sitt liv trott på någon Gud, ändå ber hon honom om hjälp efter dessa drömmar. Det finns liksom inget annat att ta till.

Hon arbetar inte längre. De första månaderna utan Henrik höll hon sitt vanliga schema. Hela januari och februari och en bit in i mars. Kollegerna på sjukhuset förundrades. Hur kan en kvinna som mist sin son – eller vars son har försvunnit, åtminstone – bara fortsätta som vanligt? Operation efter operation, rond efter rond, genomgång efter genomgång och tio-femton timmars övertid varenda vecka. Som om ingenting hänt. Hur är det möjligt? Hur är en sådan människa funtad?

Men så träffar hon sin gamla studiekamrat Benita Ormson, hon som hade samma kapacitet och samma lysande möjligheter som Ebba när de läste i Uppsala; hennes enda riktiga medtävlare egentligen, de turades om att vara bäst och näst bäst på varenda tentamen: anatomi, cellbiologi, internmedicin, kirurgi, infektion, gynekologi – men till allas överraskning väljer Benita psykiatri som specialisering efter AT:n, en svårbegriplig lågstatussatsning, men kanske har det funnits djup och dimensioner i denna mörka tystlåtna unga kvinna från Tornedalen som ingen riktigt fått fatt i. Inte ens Ebba; när de träffas på en veckoslutkonferens i Dalarna i mitten av mars är det första gången de ser varandra på sex... nej, sju år.

Och i Benitas armar brister Ebba Hermansson Grundt äntligen. På den åttiotredje dagen efter att hennes son försvunnit kommer sammanbrottet, och det känns som ett fallskärmshopp utan fallskärm.

Nu har fem månader gått. Sedan den 12 mars har hon inte arbetat en dag. Inte en timme. Varje morgon går Leif till Konsum och Kristoffer till skolan, precis som vanligt, men Ebba befinner sig i inre exil. Två gånger i veckan träffar hon en terapeut, två gånger i månaden en psykiatriker. Den senare är inte Benita Ormson, vilket är en nackdel; i Benita Ormsons vård skulle hon kunna bli frisk och komma vidare med vad det nu är man måste komma vidare med – under Erik Segerbjörks sömniga ledning kommer hon på sin höjd ingenstans. Du är en lemur, Erik, har hon anförtrott honom vid ett par av deras sammankomster, men han har bara tagit emot det som vatten på den gås han är, smilat vänligt under skägget och klippt lite lojt med ögonlocken.

Fast ärligt talat vill hon inte komma vidare. I varje fall inte i den riktning den psykiatriska vetenskapen har tänkt sig.

Med terapeuten, en skarpskuren kvinna i sextioårsåldern trivs hon bättre. Hon är intelligent, lyssnar med måtta och har humor. Dessutom har hon inga egna barn, vilket, upptäcker Ebba nästan omgående, är en avgjord fördel. Det känslomässiga får fastare mark under fötterna på det viset; hon är oklar över varför det är så – men hon vill inte, under inga förhållanden, sitta och prata med en annan kvinna med en son eller en dotter som i princip när som helst skulle kunna försvinna. Det vore otillständigt.

Benita Ormson har heller inga barn. De talas vid i telefon i genomsnitt en gång i veckan. Ebba Hermansson Grundt kan inte klaga på uppbackningen. Hon får det stöd från omgivningen och sjukhusapparaten man rimligen kan begära. Hon har ett nätverk, ett ord hon i hemlighet avskyr.

Men ingenting för henne en millimeter närmare tillfrisknande, för det är inte det saken gäller. Ebba vill inte tillfriskna.

Hon vill ha tillbaka sin son. Om han är död, vill hon ha tillbaka hans kropp och begrava honom på kyrkogården.

Om någon har dödat honom, vill hon också få fatt i denna någon.

Så enkelt är det. Vad övrigt är rör henne inte i ryggen.

Inte Leif och inte Kristoffer.

Gör inte anspråk på mig, tänker hon. Hon säger det inte, men hon tänker. Håll er på er kant, jag och Henrik håller oss på vår, var vänliga respektera spelreglerna. Det är inte Ebba själv som skrivit dessa regler, de är ett fundament hon inte vill och inte kan avlägsna sig från med hjälp av egen kraft och vilja. Hon och Henrik hör samman, har alltid hört samman; det är inte fråga om någon prioritering, inte fråga om det ena barnet före det andra, alls inte. Leif och Kristoffer hör ihop på samma självklara vis. Så har det alltid varit. När de spelat fyrmanswhist eller Monopol i par, när de lagat mat eller tagit hand om stordiskar. När de gått på tur på skidor. Ebba och Henrik, Leif och Kristoffer, och därför... därför har den försvunne sonen lämnat ett större, ett oändligt mycket större hål i själen på sin mor än på sin bror och sin far. Det är en självklarhet, Leif och Kristoffer vet det lika väl som hon själv vet det. De pratar inte om det, det behövs inte.

Men det gör så ont att drömma om de där Konsumkassorna som dinglar från hennes nyckelben, som svingar från sida till sida i detta frånvarons tomrum inuti henne, som bara tycks bli större och ödsligare för varje timme som går. Varje dag och vecka och månad, den här måndagen i rötmånaden är det 244 dagar sedan hon fyllde fyrtio, och varje dag, vart och ett av dessa outhärdliga dygn som gått är så oföränderligt likt alla de övriga.

Jag vet att jag är galen, brukar hon tänka ibland, men det är en fullständigt ointressant etikett. Leif och Kristoffer betraktar henne numera med en annan sorts uppmärksamhet än de brukat göra, hon ser det, registrerar det, men det spelar ingen roll. Bara en sak spelar roll, en enda. Hon måste få tillbaka sin son. Hon måste... om inte annat måste hon få reda på vad som hänt honom. Ovissheten är värre än allt.

Ovissheten och oföretagsamheten.

Saken i egna händer, då? tänker Ebba Hermansson Grundt, och detta är i varje fall en någotsånär ny tanke; ingenting som funnits hos henne under alla dessa dagar, allt detta mörker.

Att hon själv måste göra en insats. Att den lösningen är det enda som kan få tomrummet att sluta växa.

Ty Gud hjälper bara den som hjälper sig själv. Denna sanning har nog pulserat i henne några dagar, och den här morgonen, när hon stiger upp till en blek och tunnmolnig augustidag, vet hon att det är tid att sätta igång. En mor söker sin förlorade son, det är detta saken handlar om. En mor och en son. Ingenting annat.

Under förmiddagen talar hon i telefon med den där polismannen. Hon minns honom rätt så tydligt från Kymlinge. En karl i yngre medelåldern med ett lite svårmodigt uttryck i ansiktet. Lång och mager, han gjorde ett gott intryck på henne; kanske var han rentav intelligent, men sådant är svårt att avgöra med tystlåtna människor.

I alla händelser har han inte mycket att berätta. Utredningen fortgår, men han gör ingen hemlighet av att det inte läggs särskilt mycket energi på den. Det är någonting i hans röst som ändå inger förtroende. Man har undersökt allt man rimligen kan begära, säger han, men man har inte kommit någonstans. Han har personligen talat med över hundra människor med en eller annan anknytning till Henrik eller Robert – men gåtan om vad som hände de där decemberdagarna står fortfarande lika olöst som den gjorde från första början. Det är beklagligt förstås, det är *mycket* beklagligt, men det är så det ser ut. Ibland hamnar man i sådana situationer, men det betyder inte att man måste ge upp hoppet. Kvarnarna mal, han har varit med om fall då avgörande saker dykt upp två eller fem eller tio år efter att man egentligen slutat arbeta med det hela.

Betyder det att ni har slutat arbeta med Henrik? vill Ebba veta. Att ni bara sitter och väntar? På intet vis, försäkrar inspektör Barbarotti. På intet vis.

Ebba tackar och lägger på luren. Sitter alldeles stilla en stund och ser ut genom fönstret. Gräsmattan behöver klippas, Kristoffer lovade att göra det i helgen men någonting kom emellan. Alltid är det någonting som kommer emellan när Kristoffer är inblandad. Men hon struntar i det också. Tomten vetter in mot en smal strimma skog, hon minns att Henrik brukade vara rädd för träden när han var riktigt liten. Två eller tre år, träden och mörkret; det är ett hastigt uppdykande minne och inte särskilt representativt. Henrik var en kavat pojke, räddes varken fan eller trollen egentligen, då var Kristoffer mycket harigare. Konsumpåsarna gungar i henne, det gör så förtvivlat ont, men hon får inte bli sittande här längre, en god mor sitter inte och väntar på sin förlorade son, en god mor ger sig ut med ljus och lykta och söker rätt på honom. Så är det.

Men vart? Vart ska Ebba Hermansson Grundt ta vägen och var ska hon börja sitt letande?

Kymlinge? Ja, det vore förstås det naturligaste, om bara föräldrahemmet funnits kvar. Men det gör det alltså inte. Karl-Erik och Rosemarie lämnade Allvädersgatan den första mars och började sitt nya liv i Spanien, så blev det faktiskt. De vände blad på sin ålders höst, Ebba får vykort och telefonsamtal en gång i veckan, vykort från sin mor, telefonsamtal från sin far. Solen skiner alltid, de sitter alltid på terrassen och blickar ut över bergen och en strimma hav, de dricker sött vin från Málaga med isbitar i, ja, det är verkligen en helt annan tillvaro de kastat sig in i. Vore det inte för detta med Robert och Henrik skulle de sannerligen vara i paradiset, menar Karl-Erik. Om Rosemarie verkligen är av samma mening, kan Ebba inte riktigt utröna, men så bryr hon sig heller inte särskilt mycket om det. Hennes mor och hennes far sitter därnere i solen, de lapar vin och försöker glömma sina barn och sitt Kymlinge och sina gamla liv, det är som det är, och nog är det en märklig utveckling saker och ting tagit.

Vem hade kunnat ana att familjen Hermansson skulle se ut på det här viset för ett år sedan? I augusti förra året var allt fortfarande normalt, och nu... nu? tänker Ebba. Så bräckligt är livet, så lite vet vi om vad som skall komma från den ena dagen till den andra. Det ena året till det andra.

Som ett ägg som faller ur kylskåpet och går i kras mot köksgolvet, så sköra är våra barn.

Nej, hon kan inte åka tillbaka och börja rota i Kymlinge, det säger sig självt. Det vore meningslöst. Ändå är det detta hon skulle vilja återskapa, den där samvaron som rådde alldeles före födelsedagen, då, när alla ännu fanns kvar – för om det är så, tänker Ebba, om det verkligen är så att saker och ting hänger ihop, om det finns en fungerande orsakverkan-kedja i livet, så måste ju fröet till det som sedan hände – vad det nu var – ha funnits där redan den första kvällen. Den andra också, kanske, då Robert visserligen redan var borta, men då Henrik fortfarande fanns kvar. Det måste ha legat någonting i luften, det måste ha gått att få korn på det, om man bara haft en aning om vilka rörelser och vilka tankar och vilka bevekelsegrunder som fanns i de där rummen de där dagarna i december. För en uppmärksam iakttagare hade det varit möjligt att förstå.

Eller? Hur var det i själva verket? Visste Henrik, redan när de satt i bilen på väg ner till Kymlinge, att han skulle ge sig ut den där natten? Visste Robert? Fanns det en plan? Finns det ett samband? Vem var den där egendomliga flickvännen Jenny, som polisen tydligen aldrig lyckades få fatt i? Var hon bara ett påhitt? Varför i så fall? Vad var det som Henrik dolde för sin mor, det måste ha funnits omständigheter i hans liv hon inte kände till. Vad var det som hände under hans första termin nere i Uppsala? Det måste ha funnits...

Samma frågor, samma sterila famlande, det är märkligt

hur snabbt och lättvindigt synapserna i hennes hjärna dro-
gats sönder av detta virus; det är så här det måste kännas när
slutet närmar sig, tänker Ebba Hermansson Grundt, precis
så här. Fåfänga förvirrade frågor och inga svar. Så här ömtå-
liga är vi när vårt medvetande slutgiltigt kokar sönder, när
vårt eget äggskal också går i kras – men det är ju inte henne
eller hennes medvetande det gäller. Så bort det, bort med
dessa klemiga betraktelser, saken gäller Henrik, han som
skriker i hennes inre, styckad eller ostyckad, hängande i...
nej, nu går tankarna över styr igen. Var var det hon började?
Vad var det hon föresatte sig nyss? Hon blickar ut över den
långhåriga gräsmattan igen; över trädgården, det sönderfal-
lande soluret, som den förre ägaren till huset, gamle herr
Stefansson, var så mäkta stolt över, de mörka träden, den
annalkande hösten... och försöker få fatt i den där optimis-
tiska tanketråden hon var i besittning av för bara en stund
sedan. Vad var det?

Saken i egna händer, så var det. Återskapa den där kväl-
len innan det hände. Handla, agera, handla. Just så. Hon
reser sig och går ut i köket. Telefonen ringer men hon låter
den ringa. Kristina, tänker hon. Det är min syster jag måste
tala med. Kristina och Robert och Henrik satt uppe och
pratade den där kvällen. Kristina kanske kan ha uppfattat
någonting... nej, det skulle hon förstås redan ha berättat
för polisen i så fall. Och för oss andra. Men det kan ha fun-
nits saker som... nej, inte saker, *tecken*... tecken som hon
inte lade märke till, tecken som den där begåvade eller bara
tystlåtne polismannen inte lyckades fiska upp... tecken som
endast en mor kan förstå sig på och tyda, ett ord, någon-
ting han sa, någonting med hans sätt... någonting mellan
Robert och Henrik, rentav, som kanske såhär i efterhand
kunde flyta upp till ytan på nytt – i ett samtal mellan två

308

systrar, två drabbade systrar, varför inte?

Hon måste tala med sin syster, svårare än så behöver det inte vara. Någonstans måste man börja och man skall börja i det enkla och naturliga. Så är det.

Enkelt och naturligt har det nu aldrig varit mellan Ebba och Kristina, men det får överses med den här gången.

Inom tjugo minuter har hon beställt tågbiljett och hotellrum för tre nätter i Stockholm. Tåget går redan samma eftermiddag, det är klart att hon skulle få sova över hos Kristina och Jakob om hon bad om det, men hon vill inte ha det på det viset. Hon vill närma sig Kristina försiktigt, de har haft ett alltför långt avstånd, så har det varit sedan de var små, kanske är det här ett tillfälle till försoning – men lagom är bäst. Försiktighet är en dygd. Hon bryr sig inte om att ringa och förvarna heller, det räcker om hon hör av sig från hotellet imorgon bitti. Vill inte att Kristina skall behöva gå omkring och tänka och planera och formulera sig i förväg. Om minnet utsätts för alltför stort tryck, kan de där hastiga erinringarna låsa sig.

Äntligen, tänker Ebba Hermansson Grundt och går och ställer sig i duschen. Äntligen något.

Inuti henne ropar en röst att ingenting gott kommer att komma ut av denna resa. Hon och Kristina har aldrig kunnat tala med varandra, de har alltid varit som olja och vatten, men Ebba slår dövörat till. Lyssnar inte till vilka röster som helst, det är resan och handlandet som gör mödan värd. Naturligtvis måste ett par systrar kunna komma till varandra i nödens stund. Konsumkassarna hänger stilla i hennes inre mörker, hon packar en väska, skriver ett meddelande till Leif och Kristoffer.

Ingenting om syften och sådant, de skulle ändå inte förstå,

bara att hon rest till Stockholm för att träffa sin syster.

Ett välsignat höstregn kommer drivande just när hon skall bege sig till stationen. Hon beställer en taxi. Det känns som om hon aldrig kommer att återvända.

26

En dryg timme efter samtalet med Ebba Hermansson Grundt åker kriminalinspektör Gunnar Barbarotti ner till polishusets cafeteria för att dricka två koppar svart kaffe och tänka över livet.

Det är den tredje arbetsdagen efter fyra veckors semester, och han kan inte minnas att han någonsin tidigare haft så svårt att komma igång efter en ledighet. Han är redan inkopplad på flera olika ärenden, bland annat en ledsam historia där en turkisk pizzeriaägare tröttnat på att trakasseras av ett gäng främlingsfientliga ungdomar och slagit ihjäl en 19-årig yngling med en golfklubba. Två välriktade slag, ett i vardera tinningen; en järnfyra; såvitt Gunnar Barbarotti förstått ämnar han åberopa självförsvar.

Dumt med två slag när det hade räckt med bara ett, menar Eva Backman. Det kommer att ge honom sex år extra. Men det är bra att invandrarna börjat spela golf. Där har de den genaste vägen in i det svenska tjyvsamhället.

Gunnar Barbarotti har för sin del aldrig hållit i en golfklubba, men han har sett femton fotografier av ynglingens krossade skalle och vet inte vad han ska tycka.

Dessutom är det varmt. Högsommaren gassar som ett kvarglömt strykjärn fast man snart passerat mitten av augusti, det känns... det känns helt enkelt inte naturligt att arbeta. Barbarotti har tillbringat de första veckorna av semestern med sina tre barn i en lånad stuga i Fiskebäckskil, de två sista i Grekland. I Kavalla och på ön Thasos, närmare bestämt, där det förvisso varit ännu varmare, men där det också funnits ett illande blått hav och en kvinna vid namn Marianne. Den sistnämnda träffade han på en taverna redan den andra kvällen; hon var på rymmen från ett havererat förhållande med en manodepressiv fysiklärare, det var i varje fall vad hon påstod, och för en gångs skull har Gunnar Barbarotti tänkt att ja, varför inte? De skildes åt på flygplatsen i Thessaloniki för så kort tid som sex dagar sedan med en överenskommelse om att inte höras av på en månad. Sedan får man väl se.

I Kymlinge finns inget hav och ingen Marianne.

Däremot finns det en kommissarie Asunander, som är på ett sällsynt dåligt humör, möjligen beroende på att hans tänder har svårt att sitta fast i värmen. Han är korthuggnare och ilsknare än någonsin under dessa infamt heta rötmånadsdagar, det finns de som påstår att hans hund fått fyra dödfödda valpar under semestern dessutom, men det är ingen som vågat fråga.

"Hermanssons!" väser han till exempel och rullar med ögonen, när Gunnar Barbarotti med största försiktighet för ämnet på tal. "Inte minut till förrän hittar kropp! Eller två! Prioritera eller byt jobb. Hittegods behöver folk."

"Jag ville bara veta om någonting hade skett under min semester", säger Gunnar Barbarotti.

"Skett tillräckligt för att inte sticka näsan i fall som är halvt preskri…!" gormar polismästaren. "… berade! Brunnit två skolor, fyra outredda våldtäkter, åtta miss… handlingar och rån mot en handels… jävlar!…trädgård. Och turk slår ihjäl folk med golfklubbor!"

"Tack", säger Gunnar Barbarotti. "Jag förstår."

Varför rånar man en handelsträdgård? tänker han när

han står i hissen på väg ner. Har bankerna fått slut på pengar? Och nog är åtta månader lite väl kort preskriptionstid för ett dubbelförsvinnande?

Men fallet Hermansson-Grundt står som det står, alltså. I valet mellan kanelbulle och mazarin tar han bullen och ångrar sig i samma stund. När han tänker på det – fallet alltså, inte bullen – satan också, flikas det in i medvetandeströmmen, uppenbarligen är det något fel på luftkonditioneringen nere i cafeterian, det är varmt och klibbigt som i en bastu – och han har tänkt på det en hel del under både våren och sommaren – tycker han att alltihop påminner om någon sorts infam tankenöt som ingen kan lösa. Gunnar Barbarotti hade en lärare på högstadiet som älskade att servera sina elever sådana här gåtor, helst på fredagseftermiddagarna, så att man hade hela helgen på sig att grubbla. Barbarotti kan inte komma ihåg att någon någonsin lyckades lösa ett enda av dessa finurliga problem, det blev alltid läraren själv – hette han inte Klevefjell? – som presenterade den synnerligen eleganta lösningen på måndagen. Det var inte alltid man fattade den heller.

Tankenöt, således: Vi har två personer, en morbror och en systerson. Tillsammans med en del övriga släktingar samlas de några dagar före jul för att fira en bemärkelsedag. Den första natten går morbrodern spårlöst upp i rök. Den andra natten går systersonen spårlöst upp i rök. Förklara!

Helvete också, tänker Gunnar Barbarotti, torkar svetten ur pannan och biter i kanelbullen. Asunander har rätt, det tjänar ingenting till att lägga mer tid på det här. Jag har aldrig varit med om ett fall där så många arbetstimmar spillts med så dåligt resultat. Men är det inte... ja, jo, det skulle inte förvåna om det är faktiskt är frigolit i bullen? Degen gnisslar mot tänderna.

Av någon anledning bygger denna misstanke en bro över till hans ex-hustru Helena. Där har det däremot hänt en del. I samband med att han tog över barnen inför västkustresan har hon låtit förstå två saker. För det första har hon hittat en ny man. För det andra står hon i begrepp att flytta till Köpenhamn med honom. Han arbetar som yogainstruktör där. Det har ännu inte varit läge att informera pojkarna, Lars och Martin, om den nya livsinriktningen – av olika skäl – och hon har tagit löfte av Gunnar att inte ta upp saken under deras samvaro i Fiskebäckskil.

Det har han heller inte gjort, och han har inte hört ett ord mer om saken sedan dess. Kanske är flyttlasset redan på väg. Lars och Martin? tänker Gunnar Barbarotti. Hur ska det gå för er? Kommer ni att tala danska med mig om fem år?

Han tar ett nytt bett i frigoliten. När söner inte längre talar samma språk som sina fäder, vart är vi då på väg?

Det är en tanke han har svårt att värdera. Kanske är den bara en fördom, och kanske är det vardagsmat för många. Ingenting att fundera över en sådan här dag i alla händelser. Det måste vara över trettio grader i kantinen. Han är just på väg för att hämta kopp nummer två och ett glas vatten, när inspektör Backman kommer stormande.

"Jaså, det är här du håller hus!" konstaterar hon och sätter händerna i sidorna. "Vi har just fått rapport om två kroppar i en frysbox. Vill du vara med?"

Gunnar Barbarotti funderar en halv sekund. Sedan tackar han ja till erbjudandet. Det där med att tänka över livet får anstå till en annan gång, och noga räknat är väl en frysbox ungefär vad som behövs en sådan här dag.

Ebba motstod impulsen att stiga av tåget i Uppsala, och fortsatte mot Stockholm. En ung man och en ung kvinna hade klivit på och satt sig på platserna mittemot henne; båda var kortklippta och mörkhåriga, båda bar glasögon; uppenbarligen var de studenter, de satte genast igång att studera var sitt kompendium, muttrade och strök under. Hon betraktade dem förstulet och kunde inte låta bli att leka med tanken på att de i själva verket var studiekamrater till Henrik. Visserligen började väl inte terminen på någon vecka än, men ändå. Hon blundade och försökte frammana Henrik för sin inre syn. Exponera honom för sitt modersöga, men det gick inte riktigt som hon ville, han framträdde visserligen för ett kort ögonblick, men sedan försvann han; när hon ansträngde sig på nytt återkom han, men bara för denna hastigt falnande sekund. Det var irriterande, men det var så det hade varit den senaste tiden. Henrik hade blivit undanglidande. Alltmer svårfångad. Håller jag på att glömma bort min son? tänkte hon förfärat. Varför kan du inte stanna kvar hos mig längre, Henrik? Varför är det bara i det här styckade tillståndet i Konsumkassarna du förefaller riktigt verklig? En rysning drog igenom hennes kropp och hon insåg att det var i sista minuten hon kommit iväg på den här resan. Utan tvivel.

Hon hade ringt Leif från mobilen, men bara hunnit tala med honom en halv minut eftersom samtalet hade brutits. Han hade inte låtit särskilt förvånad, men det brukade han i och för sig aldrig göra. Nöjt sig med att säga att det inte gick någon nöd på honom och Kristoffer, och frågat hur länge hon tänkte stanna borta.

Några dagar, hade hon svarat men det var osäkert om han hunnit uppfatta det. Nåja, tänkte hon. Han får väl ringa om han är intresserad.

Tåget gjorde uppehåll i Knivsta. Plötsligt erinrade hon sig att hon vikarierat några veckor i en skola här. Det var i januari under hennes andra – eller möjligen fjärde? – termin på läkarutbildningen, hon hade klarat av en kurs i förtid och passade på att tjäna lite pengar; matematik och biologi, det hon mindes starkast var den hotfulla mängden av fientligt inställda ungdomar och känslan av att vara utlämnad åt krafter hon inte kunde kontrollera. Det hade krävts en enorm anspänning för att hon skulle klara av lektionerna, och när det hela var över – det kunde inte ha varit fråga om mer än sammanlagt åtta eller tio dagar, således – och hon kunde återuppta medicinstudierna, hade hon känt en våg av tacksamhet över att hon inte följt i sin fars fotspår och valt läraryrket.

Men hon hade bara varit tjugo eller tjugoett den gången, herregud, det hade funnits elever som bara var fem år yngre än hon själv.

Fast det som nu slog henne som egendomligt var att den där skolan måste finnas kvar därutanför tågfönstret någonstans. De där klassrummen hon stått och undervisat i, det där furufärgade lärarrummet med stumma skinnsoffor och halvdöda, dammiga krukväxter – och de där lärarna, i varje fall de yngre av dem... och allt detta existerade fortfarande och hade existerat hela tiden alltsedan dess, alla dessa dagar och alla dessa timmar under dessa snart tjugo år, då hon själv varit så fullt upptagen med sitt liv, sin familj och sitt yrke... och av någon anledning fann hon denna tanke, denna insikt ytterst förfärande, närmast obscen, och hon sade sig att om hon nu skyndade av tåget och letade rätt på den där skolan, och tog sig in i den – om hon lyckades hitta fram till det där klassrummet med den stora vattenskadan i taket, till exempel, och de obegripligt fula, gröna mörkläggningsgardinerna, så skulle i själva verket hennes liv byta spår och hon skulle få en möjlighet att börja om från den

316

tiden. Mitten av åttiotalet, tjugo år sedan, ja, 1985 måste det ha varit, samma år som Leif Grundt sedan dök upp i hennes liv, det var innan hon fött sina barn, innan allt hade slagit in på den obevekliga bana som ledde fram till de fruktansvärda händelserna på hennes fyrtioårsdag... men om hon nu bara kastade sig av tåget i denna stund och rusade ut i samhället Knivsta, så skulle tiden vrida sig runt sin egen axel som en möbiusslinga, och hon skulle få möjlighet att starta om sitt liv och styra det i en helt annan riktning, där hon aldrig skulle behöva förlora sin älskade son och ha honom hängande i det svarta tomrummet i två grönvita...

Det är något med mina tankar, avbröt hon sig i samma stund som tåget ryckte till och satte sig i rörelse igen. Det är något allvarligt fel. Vad som helst tycks kunna begära tillträde till mitt huvud. Och få det. Jag måste hitta mina spärrar. Jag måste få ett stopp på det här. Jag måste... jag känner inte igen mitt eget medvetande, och vad... vad är det då för ett jag som blir kvar? *Vem* är det som inte känner igen *vad*?

Hon plockade upp en kvarlämnad Metro som motgift; börja bläddra i den men läste inte en rad. Stannade kvar i sitt skräckslagna inre istället och vände sig till den där guden hon inte trodde på.

Hjälp mig, snälla, bad hon. Låt mig inte bli vansinnig. Låt åtminstone samtalet med min syster bli ett litet steg i rätt riktning. Straffa mig inte för mitt högmod.

Det sista var en tanke som smugit sig på henne de senaste dagarna. Högmodet. Att förlusten av Henrik – eller hans frånvaro – var ett slags kvitto på att hon värdesatt fel saker i sitt liv. Att hon varit egoistisk, att hon låtit karriären gå ut över familjen, att hon borde ha gjort andra prioriteringar överlag. Rent kliniskt och rent intellektuellt kunde hon naturligtvis avfärda det som en automatisk tvångstanke, det var

317

så här man tänkte i situationer som den här – men i hjärtats mörker kändes det som en ekvation som vann allt större giltighet ju längre tiden gick. Så här såg balansräkningen ut. Det här var straffet för hennes försummelser.

Klockan var några minuter över halv åtta när hon checkade in på Hotell Terminus mittemot Centralen. Rummet låg på femte våningen, hon hade utsikt över hela spårområdet, över Stadshuset och Kungsholmen – över vatten och broar och byggnader som hon inte visste namnet på. Jag skulle kunna flytta till Stockholm, slog det henne. Om jag inte hittar min son, kan jag lika gärna lämna allt annat också; söka tjänst på Danderyd eller Karolinska och gå in i den absoluta anonymiteten.

Hon drog för gardinerna, vände inåt rummet och bet ihop tänderna för att inte börja gråta. Vad i helvete tjänade det till att göra sig sådana illusoriska vanföreställningar? tänkte hon. Varför inbilla sig att det skulle gå att fortsätta att leva? Varför inbilla sig att Kristina på minsta vis skulle förmå kasta ljus över saker och ting?

Varför överhuvudtaget hoppas på någonting?

I minibaren hittade hon två småflaskor whisky. Bättre än ingenting, tänkte hon och skruvade kapsylen av den ena.

Stärkt av den lilla mängden alkohol ringde hon tjugo minuter senare upp sin syster. Berättade kort och gott att hon var sjukskriven sedan en tid och inte mådde något vidare; detta var förvisso en nyhet för Kristina, men hon kommenterade den i mycket knappa ordalag. Sa att det förstås var naturligt med tanke på omständigheterna. Eller någonting liknande trivialt. Ebba förklarade att hon var i Stockholm i ett annat ärende under några dagar, och frågade om Kristina hade något emot att träffa henne för ett samtal.

"Om vad?" undrade Kristina.

"Om Robert och Henrik", sa Ebba.

"Vad ska det tjäna till?" undrade Kristina.

Ebba kände en plötslig andnöd. Som om syret i det trånga rummet tagit slut på bara ett ögonblick. "Därför... därför att du hade så god kontakt med Henrik de där dagarna", fick hon fram. "Du har alltid haft god kontakt med honom. Jag fick för mig att han kanske... att han kanske sa någonting till dig den där kvällen han försvann."

Det var tyst några sekunder i luren innan Kristina svarade. Nej, förklarade hon sedan, det hade Henrik inte gjort. Naturligtvis inte, hon skulle ha berättat det i så fall. För Ebba och för polisen och för alla som undrade, vad var det Ebba inbillade sig? Men om hon tittade in på eftermiddagen följande dag, så visst kunde de ändå dricka en kopp te och prata en stund. Mellan ett och tre passade bäst, då skulle det vara garanterat fritt från både man och barn.

Fast någon hjälp skulle hon inte förvänta sig.

Ebba tackade – som om en sorts nåd förunnats henne – och lade på luren. Blev sittande i obeslutsamhet några minuter. Satte på teven och tittade på nyheter en stund. Kände hur hon krympte. Stängde av, duschade och gick till sängs. Klockan var inte mer än halv tio. Hon släckte ljuset och drog fem djupa andetag, som hon brukade göra för att bli kvitt dagens oro och vedermödor.

Men sömnen mötte henne inte som det var tänkt. Istället kom där ett minne. Det utkristalliserades ur hennes eget och hotellrummets kompakta mörker och det verkade inte skickat till läkedom.

En sommar för flera år sedan. Pojkarna var väl tolv och sju. De hade hyrt ett hus på Jylland hela sommaren. Det

319

var hon som ordnat saken, en kollega på sjukhuset var i USA på forskningsuppdrag och ville inte att sommarnöjet skulle stå tomt. Leif och pojkarna gav sig iväg direkt efter skolavslutningen, själv jobbade hon en vecka in i juli. Men det var bestämt att hon skulle åka ner fyra-fem dagar över midsommar också.

Leif hade Kristina till hjälp. Inte för att det behövdes, snarare var det Kristina som behövde lite stadga några veckor; hon stod utan bostad efter en ny havererad kärlekshistoria, det var långt innan någon Jakob Willnius dök upp i bilden.

Till det här midsommarbesöket körde Ebba bil hela vägen från Sundsvall. Åkte nattfärja över Skagerack mellan Varberg och Grenå. Anlände till huset, alldeles nere på Västerhavsstranden strax norr om Sönderborg, tidigt på morgonen. Alla sov, klockan var inte mer än sex. Det var ett stort hus som låg vackert inbakat mellan dynerna, hon hade bara fått det beskrivet för sig av läkaren som ägde det, och av Leif på telefon, och det tog en stund för henne att orientera sig. Hon tassade runt från rum till rum, uppför och nerför trappor, och till slut hittade hon hela sin familj sovande i en gigantisk dubbelsäng under ett brett takfönster på vindsvåningen. Alla fyra: hennes make Leif, hennes syster Kristina, hennes söner Henrik och Kristoffer. Pojkarna låg i mitten, Kristina och Leif på var sin ytterkant, och det var någonting med denna bild, denna gruppering som fick hennes hjärta att slå i otakt. Alla fyra låg vända åt samma håll, som teskedar i en kökslåda, Leif längst bak; täcket låg ihopkorvat nere vid fötterna, hon kunde iaktta deras sovande kroppar, pojkarna i kortbyxor, hennes konsumföreståndare i pyjamas, Kristina i trosor och T-shirt, och hur de alla berörde den framförvarande lätt, men bara lätt, i sömnen – och det hela utandades en sådan djup harmoni och en sådan trygghet att någonting började växa nere i halsen på henne. Som en tavla var det, just precis som en idyllisk målning av den lyckliga familjen.

Hon blev stående och svalde och svalde, men frågorna som hon på detta sätt försökte trycka tillbaka bubblade ändå upp. *Varför ligger inte jag där också? Hur kommer det sig att jag och Leif aldrig – aldrig någonsin – sovit på det där viset med pojkarna? Varför står jag här?*

Eller: *Varför är det jag som står här?*

Hon väckte dem inte. Smög nerför trappan, hittade en säng i ett annat rum och kröp ner under en filt. Hon väcktes fyra timmar senare av Leif som kom in med en kopp kaffe och ett danskt wienerbröd. Han tittade lite förvånat på henne och frågade om hon blivit allergisk; hon tillstod att det måste ha varit något slags pollen i luften, hon hade gjort av med ett helt paket pappersnäsdukar under resan.

Nej, till läkedom var detta minne sannerligen inte ägnat.

27

Kvinnan var liten och rödlätt.

Gunnar Barbarotti fick en hastig association till en maratonlöperska. Tunn som en vidja, inte ett gram för mycket på kroppen; hon satt rak i ryggen på stolen med händerna knäppta framför sig på bordet. Blicken i de gröna ögonen öppen och vaksam.

Trettiofem, bedömde han. Viljestark, hade nog varit med om en del.

Han nickade mot henne. Hon reste sig och de tog i hand. Först han, sedan Eva Backman. Aspirant Tillgren stängde dörren bakom deras ryggar.

"Om vi skulle börja med att du presenterar dig en smula", föreslog han. "Jag heter alltså Gunnar Barbarotti, det här är min kollega Eva Backman."

De satte sig. Eva Backman tryckte igång bandspelaren och drog det formella. Tecknade åt kvinnan att hon kunde börja.

"Jag heter Linda Eriksson. Jag bor i Göteborg."

Eva Backman sträckte upp en tumme till tecken på att ljudet gick in på bandet.

"Jag arbetar som sjukgymnast på Sahlgrenska sjukhuset. Jag är trettiofyra år, gift och två barn... räcker det?"

"Det räcker", bekräftade Gunnar Barbarotti. "Kan du berätta varför du sitter här?"

Hon harklade sig och tog sats.

"Jag sitter här eftersom jag har en syster", började hon. "Eller jag hade en syster, snarare. Jane, hon hette Jane… vi hette Andersson som barn, men hon bytte till Almgren när hon gifte sig. Jag vet inte riktigt hur jag ska… hrrm. Ursäkta mig."

"Drick lite vatten", sa Eva Backman.

"Tack."

Hon hällde upp Ramlösa i glaset och tog en klunk. Suckade och knäppte händerna igen. "Ja, min syster Jane omkom alltså för några veckor sedan. Blev överkörd av en buss i Oslo, jag vet… jag vet inte vad hon gjorde där. Hon bodde här i Kymlinge sedan ett par år. Min syster var… inte riktigt frisk."

"Inte riktigt frisk?" sa Barbarotti.

"Nej. Hon hade en personlighetsstörning, som det heter, det har varit så ganska länge."

"Hur gammal var din syster?" frågade Eva Backman.

"Trettiosex. Två år äldre än jag. Jag vet inte riktigt var jag ska börja, det är en så lång historia."

"Vi har gott om tid", försäkrade Gunnar Barbarotti. "Varför inte ta det från början?"

Linda Eriksson nickade och drack lite mer vatten.

"Allright", sa hon. "Man kan väl säga att jag tillhör en problemfamilj."

Hon försökte sig på ett urskuldande leende, som om hon ville be om ursäkt för att de överhuvudtaget fanns till. Barbarotti kände hur en våg av sympati för denna späda men starka kvinna drog igenom honom. Han bestämde sig, utan att egentligen vara medveten om det, för att inte ifrågasätta någonting av det hon sa.

"Fast det här tar förstås priset", fortsatte hon. "Vi är tre syskon, jag är yngst. Min mor sitter intagen på psyket sedan

323

flera år, min bror Henry, han är äldst, har åtminstone två år kvar på sitt senaste fängelsestraff... och så Jane, då. Min far har jag aldrig sett till, Henry och Jane har en annan, men han är död. Vi är halvsyskon, alltså. Min pappa lär vara engelsman... jag vet inte om det är sant, men min mor brukade påstå det."

"Men ni växte upp tillsammans?" sköt Eva Backman in. "Du och dina halvsyskon."

"Till och ifrån."

"Var?" frågade Gunnar Barbarotti.

"Överallt. Jag tror att jag bodde på tio olika ställen under mina första femton år", sa Linda Eriksson med ett hastigt leende. "Två år här i Kymlinge, bland annat. Henry är åtta år äldre än jag, han försvann hemifrån ganska tidigt. Men Jane och jag... javisst växte vi upp som syskon. Vi hade liksom bara varandra att ty oss till."

"Om vi koncentrerar oss på Jane", föreslog Barbarotti. "Fortsatte ni att ha god kontakt med varandra som vuxna också?"

Linda Eriksson skakade på huvudet. "Nej, tyvärr. Det fungerade inte. Att upprätthålla kontakten med Jane skulle ha varit som... ja, som att dras ner av någon som håller på att drunkna."

"Varför?" sa Eva Backman.

"Därför att hon var som hon var. Det startade redan på högstadiet, hon var tidigt igång med droger... alla möjliga sorter. Ständigt upptagen av sig själv och sina problem, det lär ingå i sjukdomsbilden. Hon åkte runt på olika behandlingshem från det att hon var arton, det var då vi började tappa kontakten. Fast till slut var det en behandling som verkade fungera, hon kom ur drogsvängen i alla fall och hittade en man... det hör till historien att vår mor också

324

var rätt illa däran. Jag flyttade hemifrån när jag gick i ettan i gymnasiet, det var soss och en skolpsykolog som såg till att jag fick eget boende."

"Och Jane?" sa Gunnar Barbarotti.

"Jo, hon blev tillsammans med den här Germund. De gifte sig och fick två barn. Flyttade till Kalmar. Jag trodde de hade det bra, men när jag hälsade på dem efter ett par år, förstod jag att jag tagit miste. Ingen av dem hade ordentligt arbete, han var förstås också en tillnyktrad missbrukare, de var med i någon sorts sekt och hade en massa konstiga saker för sig. Jag besökte dem bara den där enda gången, och ett halvår senare fick jag veta att allt hade brakat samman. Jane hade försökt döda både mannen och barnen, det låg någon sorts svartsjukehistoria i botten, och alltihop slutade med att hon dömdes till sluten psykiatrisk vård och förlorade umgänges-rätten med barnen."

"Och mannen fick vårdnaden?"

"Ja. Det ansågs att han skulle vara kapabel till det, tyd-ligen. Men jag vet inte, det blev ganska mycket strul efteråt också... fast det berodde kanske mest på Jane."

"Hade du kontakt med henne... eller med dem... under den här tiden?" frågade Eva Backman.

"Nästan ingenting. Det var min mor som stod för infor-mationen. Och den var förstås inte alltid särskilt tillförlit-lig. Hursomhelst flyttade Germund utomlands med barnen för... ja, det är väl två år sedan vid det här laget... och jag tror aldrig Jane lyckades ta reda på var de bor. Hon åkte in och ut på institutioner, men för drygt ett år sedan kom hon ut och har lyckats klara sig på något vis. Sjukskriven förstås, men såvitt jag vet... eller såvitt jag visste, kanske jag skulle säga, så har hon klarat sig själv. Jag hade naturligtvis ingen aning om... om det här."

Hon slog ut med armarna och såg på nytt beklagande ut. Som om det var hon som brustit i ansvar, och det var denna uraktlåtenhet som lett fram till katastrofen.

"Hur länge sedan är det du hade kontakt med din syster?" frågade Barbarotti.

"Jag har inte sett henne på över ett år. Men jag har pratat med henne på telefon... sista gången var i mars."

"Vad pratade ni om?"

"Hon ville låna pengar. Jag sa nej och hon slängde på luren."

"När fick du reda på att hon var död?"

"Samma dag som hon dog. De ringde från sjukhuset i Oslo. Hon hade mitt nummer på en lapp i sin portmonnä, tydligen."

"Den 25 juli?"

"Ja. Vi hade just kommit tillbaka från två veckors semester i Tyskland. Min man kommer därifrån."

"Berätta vad som hände sedan", bad Eva Backman.

"Ja, det blev jag som fick ta hand om det praktiska. Jag åkte till Oslo och identifierade kroppen. Jag tog kontakt med Fonus och ordnade med jordfästning och bouppteckning och sådant. Jag brydde mig inte om att försöka få någon hjälp från min bror och min mor... men de kom till begravningen i alla fall. Tre sörjande plus två fångvaktare och en vårdare, det var ingen särskilt munter tillställning."

"När ägde begravningen rum?"

"Den 4 augusti."

"Här i Kymlinge?"

"Ja. Hon bodde ju här de sista åren."

"Och sedan?"

"Ja, sedan var det ju lägenheten att ta hand om. Jag lyckades få hyresvärden att gå med på halv månadshyra om jag fick ut allting till den 15:e, och det var alltså nu i måndags som jag åkte hit upp och började röja..."

Eva Backman tittade i sitt anteckningsblock. "Fabriksgatan 26, stämmer det?"

"Det stämmer. Jag hade avsatt tre dagar, hon hade inte många ägodelar, förstås, men det tar ändå tid. Jag bestämde mig för att göra mig av med allting. Ordnade med ett åkeri som kom och hämtade och körde ut till olika insamlingar, eller direkt till tippen... hon var visserligen min syster, men jag orkade helt enkelt inte sätta mig ner och rota i hennes dystra liv. Hon hade inte bevarat någonting minnesvärt heller. Inga fotoalbum eller så."

"Hennes barn och förre man?"

"Jag pratade med polisen och ett par socialarbetare och vi var rätt överens att vi skulle lämna dem i fred. Det var liksom inget vunnet med att dra in Jane i deras liv en gång till. Det låter kanske en smula cyniskt men vi bestämde så."

"Hur gamla är barnen, sa du?" frågade Eva Backman.

"Tio och åtta."

"Låter som ett vettigt beslut", konstaterade Gunnar Barbarotti. "Men du städade alltså ur hennes lägenhet, och det var då som...?"

Linda Eriksson blundade ett ögonblick. Drog ett djupt andetag som för att stålsätta sig. De tunna axlarna i den gröna bomullsklänningen höjdes och sänktes. Gunnar Barbarotti tänkte på nytt att det här var en kvinna han kände beundran inför. Hennes liv hade startat från sämsta möjliga utgångspunkter, men hon hade klarat sig. Han bytte ett ögonkast med Eva Backman och tyckte sig kunna utläsa att hon tyckte likadant.

"Ja. Jag tog rummen först, väntade med köket till sist. Det var nu imorse, alltså, och så... ja, när jag började tömma

327

frysen, så fick jag alltså syn på de här... fingrarna. Förlåt mig..."

Hennes tunna kropp genomfors av en rysning, och för en sekund trodde Barbarotti att hon skulle kräkas rakt ut över bordet. Men hon kom sig. Ruskade på huvudet och drack lite vatten. Eva Backman placerade en hand på hennes arm.

"Tack. Förlåt, jag är nog fortfarande lite chockad. Det var så förfärligt när jag insåg vad det var som låg i den där plastkassen... "

Gunnar Barbarotti väntade och tecknade åt sin kollega att också hålla tyst.

"Det var en arm. Kapad vid armbågen. Kasse från ICA, en sån där röd och vit, jag satt nog och stirrade på den i tio minuter innan jag kom mig för att göra någonting. Jag hade ju börjat dumpa allt ur frysen i en plastsäck för att kasta det i soprummet, och om inte de där fingrarna hade stuckit ut, hade jag kanske aldrig märkt någonting... men sedan öppnade jag alltså en kasse till. Först förstod jag inte vad det var, men så begrep jag att det var en bit av ett bäcken."

Hon tystnade. Det gick några sekunder.

"En man?" sa Eva Backman.

"Ja, en man."

En rörelse utanför fönstret fångade för ett ögonblick Gunnar Barbarottis uppmärksamhet. Han vred på huvudet och fick syn på en skata, som just kom flygande och slog sig ner på fönsterblecket. Varför landar du där? tänkte han förvirrat. Är du en kunskapare från Djävulen eller vad är det frågan om?

Något tvivel om att Djävulen existerade hade Gunnar Barbarotti aldrig hyst. Det var Guds eventuella närvaro som var problemet.

"Hrrm ja", harklade sig Eva Backman. "Vad gjorde du, alltså? Jag förstår att det måste ha varit chockartat."

"Det var mycket chockartat", tillstod Linda Eriksson. "Först sprang jag ut på toaletten och kräktes, sedan samlade jag ihop mig och ringde till polisen. Ja, och sedan, medan jag väntade på dem, öppnade jag en kasse till... jag vet inte varför jag gjorde det, kanske för att jag misstänkte vad det var och jag ville få det bekräftat... hursomhelst var det ett huvud. Jag rusade ut på toaletten och kräktes en gång till, och sedan stannade jag där tills polisen kom."

Gunnar Barbarotti rätade upp sig på stolen. "Och du var kvar i lägenheten medan de packade upp resten?"

"Jag väntade i ett av rummen medan de gjorde det. Tillsammans med en poliskvinna."

"Och du fick reda på att det rörde sig om två kroppar?"

"Ja."

"Som din syster av någon anledning förvarat i sin frys?"

"Ja."

"Har du någon aning om varför hon gjorde det?"

"Nej."

"Har du någon aning om vilka kropparna tillhört?"

"Nej."

"Fick du titta på dem?"

"Ja. Polisen frågade om jag var beredd att göra det och jag sa att jag ville försöka... ja, jag tittade på huvudena, alltså."

"Och?"

"Nej, jag kände inte igen någon av dem. De var rätt illa tilltygade, men man såg att det var två män."

"Jag förstår." Gunnar Barbarotti kastade en ny blick på skatan, som tydligen hade hört och sett nog, för den flaxade till med vingarna och gav sig iväg. Han kände att det i stort sett var likadant för hans egen del. Han hade hört nog. Önskade för ett ögonblick att han också haft vingar. Eva Backman hade lutat sig framåt och återigen placerat en hand på Linda Erikssons arm.

"Hade din syster visat några våldstendenser under sitt liv?"

Linda Eriksson tvekade. De lät henne tveka.

"Jag vet inte riktigt vad jag ska svara", sa hon till slut. "Som jag berättade, så försökte hon ju faktiskt döda sin familj, jag tror... jag tror att man..."

"Ja?"

"... att man måste ha klart för sig att Jane var ordentligt sjuk. Hon borde inte ha gått lös... för sin egen skull och för alla andras. Men ni känner väl till hur det är ställt med psykvården i det här landet, antar jag? Ut med galningarna på gatorna, bara. De ställer till lite skada och lite lidande, men de blir rätt kortlivade. Billigare för samhället i längden."

Gunnar Barbarotti höll med om denna kritik till ganska många procent, och han visste att Eva Backman också gjorde det, men han valde att inte kommentera Linda Erikssons analys.

"Det är som det är", sa han istället. "Och mycket borde förstås vara inrättat på annat sätt än vad som är fallet... jag menar med sjukvården i det här landet. Fast för vårt vidkommande måste vi inrikta oss på att få klarhet i vad som faktiskt har hänt. Vi kommer nog att behöva tala med dig flera gånger. Var kan vi nå dig?"

Linda Eriksson började gråta för första gången. Eva Backman räckte över en trave pappersnäsdukar, hon snöt sig och torkade ögonen torra.

"Jag skulle gärna vilja åka hem till min familj i Göteborg", sa hon med svag röst. "Om det går för sig."

Barbarotti bytte en ny blick med Backman och fick en

330

bekräftande tumme till svar. "Det går bra", sa han. "Vi har ju din adress och ditt telefonnummer. Vi tar säkert kontakt med dig imorgon igen. Hur kommer du till Göteborg?"

"Min man kommer och hämtar mig om jag ringer till honom. Det tar ju bara en timme... ja, två om han ska köra fram och tillbaka."

Gunnar Barbarotti nickade. Eva Backman nickade.

"Det finns ett vilrum här intill. Är det okej om du får ligga och vänta där så länge?"

"Tack", sa Linda Eriksson och följde med Eva Backman ut genom dörren.

Stackars sate, tänkte Gunnar Barbarotti. Och... och hade hon bara börjat med köket istället, skulle hon alla gånger sluppit städa resten av lägenheten.

"Vad säger du om det här?" frågade Eva Backman en halvtimme senare när hon sjunkit ner i besöksfåtöljen i hans rum.

"Vad säger du själv?" sa Gunnar Barbarotti.

"Groteskt", sa Eva Backman. "Fullkomligt groteskt."

"Tror du hon styckade dem i köket?"

"I badrummet, säger Wilhelmsson. Det fanns tydliga spår."

"I badkaret?"

"Kaklet snarare, systern hade skurat rätt ordentligt, kanske Jane också, förresten. Men blod är blod."

"Hur länge sedan?"

"Kunde han inte säga. Men det har gått ett tag, tydligen."

"Och vi är rätt säkra på en av dem?"

"Du såg väl själv?"

Gunnar Barbarotti nickade. Även om ansiktet varit en

331

smula tilltygat fanns inte mycket tvivel. Ett av huvudena tillhörde Robert Hermansson, som varit försvunnen sedan den 20 december föregående år. Åtta månader så när som på några dagar.

"Och du tycker inte vi borde ha frågat henne om hon kände till någon koppling?"

"Mellan hennes syster och familjen Hermansson?"

"Ja."

"Nej, jag tycker inte det. Inte förrän vi vet till hundra procent. Men om vi får definitivt besked innan hon åker härifrån, går jag in och ställer ett par frågor till. Vad tror du om den andre?"

Eva Backman ryckte på axlarna. "Vi får besked där också om ett par timmar. Jag har ingen uppfattning. Kan vara Henrik Grundt, kan vara någon annan. Wilhelmsson påstår att kroppen är mer anfrätt. Särskilt huvudet. Verkar ha legat och ruttnat några dagar innan hon paketerade honom och stoppade honom i frysen."

Inspektör Barbarotti lutade sig tillbaka och knäppte händerna bakom nacken. Kände med ens hur en ofantlig trötthet föll över honom. Och en maktlöshet. Han drog ett djupt andetag för att bättra på syretillförseln.

"Och om det nu inte är Henrik Grundt vi har att göra med", sa han med en sorts lågmäld, pervers grundlighet, "då är det alltså någon annan stackare som fått nöjet att dödas och styckas av vår lilla vän Jane Almgren. Är det det du säger?"

"Nej, det är du som säger det", konstaterade Eva Backman i ungefärligen samma tonläge. "Men i sak håller jag med. Antingen är det Henrik Grundt eller också är det inte Henrik Grundt. I det senare fallet har vi ännu ett frågetecken att räta ut."

Gunnar Barbarotti tittade på klockan och funderade.

"Bergman har börjat göra i ordning en lista", sa han. "På folk vi skall prata med. Grannar och socialarbetare och terapeuter och allt möjligt…"

"Maken?"

"Han också. Om vi bara hittar honom. Och modern och brodern. Bergman var uppe i femtiotvå namn för en timme sedan. En kortlek precis. Jag undrar…"

"Ja?"

"Jag undrar om du inte har lust att slinka med till Älgen på en öl och en macka innan det drar igång? Det blir nog kvällsjobb idag."

Eva Backman suckade. "En kall öl före kriget", sa hon. "Jo, det är väl ingen dum idé. Måste ringa hem och informera familjen först, bara."

"Bra", sa Gunnar Barbarotti. "Jag behöver byta några ord med Sara också."

Eva Backman reste sig, men istället för att lämna rummet blev hon stående några ögonblick mitt på golvet och såg ut genom fönstret med lätt frånvarande min. Sedan riktade hon sina kornblå mot sin kollega.

"Vet du vad jag tycker, Gunnar?"

Gunnar Barbarotti slog ut med händerna.

"Jag tycker det här känns alldeles sjukt. Herregud, vad tidningarna kommer att må när de får tag i en sån här historia. TV-kändis hittad död i frysbox! Styckad och paketerad! Fy fan, Gunnar, jag skulle ha gjort precis som dom sa åt mig. Tagit över farsans skoaffär och gift mig med Rojne Walltin."

"Vem fan är Rojne Walltin?"

"Har jag inte berättat om Rojne?"

"Aldrig."

"Han har en skobutikskedja i Borås och Vänersborg. Om

vi hade parat oss skulle vi nästan ha fått monopol. Och han friade faktiskt."

"Har du och Ville problem, eller?"

"Inte ett dugg. Ja, inte mer än vanligt i alla fall."

"Då så. Gå och ring honom och säg att du jobbar sena skiftet ikväll. Du slipper spela innebandy i alla fall."

Eva Backman nickade och lämnade rummet. Gunnar Barbarotti satt kvar en stund med fötterna på skrivbordet och funderade på om han borde formulera en existensbön till Vår Herre. Men varken de rätta orden eller de rätta oddsen ville infinna sig, och han lät det vara. För tillfället låg Gud klart över strecket, mycket beroende på Marianne och Grekland, där han flyttat fram sina positioner rejält – och djupt inom sig hade Gunnar Barbarotti också börjat höra en röst, som med jämna mellanrum uttalade den bestickande sanningen att det var lättare att trivas i världen om där faktiskt fanns en välvilligt inställd högre makt.

Och att sagda makt kanske inte – i det långa loppet – var så vidare förtjust i att få sin existens ifrågasatt hela tiden.

Nöjd med denna femtioöresanalys slog han numret hem för att byta några ord med sin dotter. Hon svarade inte, men han talade in ett meddelande om att han måste arbeta över och skulle bli sen.

Att arbetet gällde ett pussel med djupfrysta kroppsdelar från två människor underlät han att nämna, som den gode och omtänksamme fader han trots allt var.

28

Ebba Hermansson Grundt steg av tunnelbanetåget vid Skogskyrkogårdens station. Tog sig under Nynäsvägen enligt de anvisningar hon fått och kom in i Gamla Enskede. Hon hade aldrig tidigare varit på besök hos sin yngre syster och förvånades omedelbart över områdets klass. Leif och pojkarna hade varit här en gång för ett par år sedan, men hon själv hade fått förhinder. Förmodligen en kollega som blivit sjuk, men hon mindes inte.

De gamla trävillorna var större och charmigare än hon föreställt sig; med generöst skurna tomter och dignande fruktträd. När hon ofrivilligt jämförde med sin egen standard hemma i Sundsvall, insåg hon att Kristina tycktes befinna sig ett par pinnhål högre upp på den samhälleliga framgångsstegen.

Men det var bara en högst automatisk observation, ingenting som bekymrade henne eller satte någon tagg i henne. Det fanns inte plats för ytterligare taggar efter Henriks försvinnande. För egen del skulle hon vara beredd att bo alla sina resterande dagar i en tvårumslägenhet i en förort, om bara hennes son kom tillbaka. Eller förkorta sitt eget liv – varför inte? – på det att Henrik måtte få leva istället.

Men det var förstås som det var med den typen av ekvationer också. De fanns inte på riktigt.

Hon svängde in på Musseronvägen och tänkte att hon borde ha köpt en blomma. Det kunde inte skada och hade hon inte passerat en blomsterbutik för bara fem minuter sedan? Vid det där lilla torget. Hon stannade upp och såg på klockan, insåg att hon var tidig och gjorde helt om.

Insåg att hon för ett mycket kort och skrämmande ögonblick glömt bort sitt ärende.

"Tack", sa Kristina och lyckades på något vis låta uppriktigt förvånad. "Det hade du inte behövt. Jag är så usel på krukväxter också."

"Det är en orkidé. Den ska bara ha vatten en gång i månaden."

"Utmärkt", sa Kristina. "Då kommer den att klara sig en månad åtminstone."

"Det lär finnas mer än tretusen olika arter", sa Ebba.

"Så många?" sa Kristina

Bra att jag köpte den, tänkte Ebba. Så fick vi någonting att prata om så här inledningsvis.

Kristina gick före ut till en inglasad veranda som vette inåt trädgården. Kaffe och någon sorts mjuk kaka stod redan framdukat; hon tecknade åt Ebba att sätta sig i den ena av två korgstolar. Ingen husvisning, inga ceremonier. Det hade hon heller inte förväntat sig. Inte förrän kaffet var upphällt och avsmakat, insåg Ebba att hennes syster var gravid. Det syntes ingen mage ännu, men det var någonting med hennes sätt att sitta; med lite skrevande ben och rak i ryggen.

"Du väntar barn?"

Kristina nickade.

"Gratulerar. Hur långt är det gånget?"

"Tolv veckor."

Det är någonting annat också, tänkte Ebba plötsligt. Hennes ögon ser inte ut som de brukar göra. Hon oroar sig för någonting. Och hennes käkar är spända, det ser ut som om hon tycker det här är obehagligt.

Det förvånade henne att hon var i stånd att göra dessa iakttagelser, med tanke på hur uppfylld hon var av sitt eget. Men det kanske är så med syskon, tänkte hon. Vi läser av varandra med bara en blick. Vare sig vi vill eller inte, det ligger i sakens natur.

Fast å andra sidan var det kanske inte så konstigt om Kristina inte gladdes åt besöket. Ebba förstod det. I hela sitt liv hade hon varit underlägsen sin storasyster, det måste ha varit så det känts, särskilt i tonåren – men hon hade åtminstone haft ett gott förhållande till barnen. Till Ebbas barn, vill säga. Henriks försvinnande hade förstås drabbat henne också. Och Roberts. Kristina och Robert hade alltid stått varandra nära, erinrade sig Ebba plötsligt, det var hon själv som fjärmat sig från dem. Det var hon som skapat en rågång och sett till att hålla den. Medan hon satt här och väntade på att de skulle hitta en väg in i någon sorts samtal, for dessa ovedersägliga sanningar genom huvudet på henne, och hon kände hur någonting växte i svalget. Skärp dig, tänkte hon med en blandning av irritation och rädsla, vad som helst men sätt inte igång att böla nu också!

Kanske uppfattade Kristina sin systers bräcklighet – läste av henne med just den där syskonliga automatiken – för plötsligt gjorde hon någonting ovanligt. Ebba kunde inte påminna sig att något liknande hänt förr. Kristina lutade sig framåt i stolen och strök henne över armen.

Helt enkelt.

Det var en gest som inte tog mer än en sekund att utföra men den vittnade om… någonting som det för tillfället inte gick att sätta ord på, tänkte Ebba. Hon kände en hastig svindel. Blinkade bort den och tittade in i Kristinas ögon. Såg på nytt den där oron, det där spända uttrycket, som inte alls rimmade med strykningen över armen. Måste börja nu, tänkte hon. Måste börja prata, tystnaden har sina begränsningar.

"Jag vet inte varför jag sitter här", sa hon. "Egentligen."

"Det gör inte jag heller", sa Kristina.

"Kanske är det bara för att jag inte står ut med overksamheten."

"Du har aldrig varit bra på overksamhet", sa Kristina.

Ebba harklade sig. Det där i svalget ville inte riktigt ge med sig.

"Jag har så svårt att stå ut, Kristina. Jag trodde att man kanske skulle vänja sig med tiden, men det gör jag inte. Det blir bara värre och värre."

Kristina svarade inte. Satt och bet i underläppen med blicken fästad på någon punkt ovanför och bakom Ebbas huvud.

"För varje dag blir det värre. Jag måste försöka ta reda på vad det var Henrik råkade ut för."

Kristina höjde ögonbrynen en millimeter. "Jag förstår inte riktigt."

"Vad är det du inte förstår?"

"Vad det ska tjäna till."

"Jag vet inte heller vad det ska tjäna till, men att bara gå och vänta gör mig galen."

"Galen?"

"Ja, faktiskt. Overksamheten gör mig galen. Det måste…"

"Ja?"

"Det måste ju ha funnits någonting de där dagarna hos Henrik. Någonting som… ja, som jag inte lade märke till."

"Vad menar du?"

"Jag menar att han ju faktiskt bestämde sig för att gå ut den där natten."

"Ja, det verkar ju så."

"Kanske hade han bestämt det långt innan. Och… och eftersom du pratade rätt så mycket med honom, så kanske du lade märke till något? Det är bara så jag tänker."

"Jag lade inte märke till någonting särskilt, Ebba", sa Kristina med blicken fortfarande fästad på den där punkten. "Och jag har förklarat det hundra gånger förr."

"Jag vet att du har sagt det. Men om du ser på det så här i efterhand, är det verkligen ingenting som dyker upp då?"

"Nej."

"Men det borde ju…"

"Snälla Ebba, tror du inte jag har tänkt på det här? Jag har nästan inte gjort annat sedan det hände. Jag har frågat mig dag och natt om det."

"Jag förstår det. Men vad pratade ni om?"

"Va?"

"Vad pratade du och Henrik om?"

"Vi pratade om allt möjligt."

"Allt möjligt?"

"Ja."

"Till exempel?"

"Till exempel Uppsala. Jag tycker inte om att du förhör mig, Ebba."

Klumpen i halsen hotade plötsligt att brista. "Ja, men vad ska jag göra då, Kristina? Tala om det för mig. Du hjälper ju inte till."

Kristina tvekade en sekund. Sänkte blicken och såg sin syster i ögonen. "Jag hjälper inte till, därför att jag inte kan hjälpa till", sa hon långsamt, nästan som om hon talade till ett barn. "Det finns verkligen ingenting som Henrik sa eller gjorde som kan förklara vad som har hänt. Varför skulle jag undanhålla dig någonting, Ebba, vill du vara så snäll och tala om det för mig?"

"Jag vet inte", sa Ebba. "Nej, det är klart du inte undanhåller något. Pratade ni om... om mig?"

"Om dig?"

"Ja. Eller om familjerelationer överhuvudtaget? Ni kanske berörde saker som skulle vara känsliga för mig att höra? I så fall ber jag dig, Kristina, att strunta i alla sådana hänsyn. Det är fullkomligt oväsentligt om..."

"Vi pratade inte om dig, Ebba. Inte om familjen heller."

Ebba gjorde en paus och fumlade med kaffekoppen. Ställde tillbaka den på fatet utan att dricka något.

"Uppsala? Vad sa ni om Uppsala, då?"

"Henrik berättade lite om studierna. Hur han bodde och så vidare."

"Och Jenny?"

"Ja, han nämnde henne."

"Och?"

"Jag uppfattade det inte som något särskilt allvarligt."

"Vet du om att polisen inte fått fatt i henne?"

"Ja... nej... Vad menar du?"

"De har inte hittat den där Jenny."

"Jaså?"

"Visst är det lite konstigt?"

"Varför skulle det vara konstigt?"

"Han hade inte ens hennes telefonnummer uppskrivet."

"Vad menar du, Ebba?"

"Jag menar ingenting. Jag säger bara att jag tycker det är konstigt."

"Tror du Jenny har någonting med Henriks försvinnande att göra?"

Ebba ryckte uppgivet på axlarna. "Jag vet inte. Det är ju så fruktansvärt konstigt, alltihop. Och var kommer Robert in i bilden?"

Kristina suckade. "Snälla Ebba, det här leder ingenstans. Det är som du säger, det som har hänt är obegripligt. Det var obegripligt då och det är lika obegripligt nu. Det tjänar ingenting till att rota i det, kan du inte förstå det? Vi måste gå vidare med det som finns kvar, koncentrera oss på annat... om vi någonsin får reda på vad som hände med Robert och Henrik, så beror det inte på vad vi själva uträttar eller har uträttat. Du måste använda din energi för att gå framåt, Ebba, inte bakåt."

"Det du säger är att du inte vill hjälpa till?"

"Jag *kan* inte hjälpa till, det är det jag säger."

"Men vad tror du då, Kristina? Så mycket kan du väl ändå anförtro mig. Vad tror du faktiskt hände med Robert och Henrik?"

Kristina lutade sig tillbaka i korgstolen och betraktade sin syster med en min av... ja, vad då? tänkte Ebba. Medlidande? Avståndstagande? Leda?

"Jag tror ingenting, kära Ebba. Jag tror absolut ingenting."

"Lever dom... du kan väl åtminstone säga om du tror att någon av dom lever?"

Rösten bar inte riktigt, det blev mera till en viskning. Kristina hade fått tillbaka det där uttrycket i ögonen som inte riktigt gick att tolka, nu satt hon också och kramade med händerna om armstöden; under några sekunder såg det ut som om hon inte kunde bestämma sig.

För om hon skulle resa sig eller inte. Om hon skulle svara eller inte. Till slut drog hon ett djupt andetag, slappnade av och sänkte axlarna.

"Jag tror de är döda, Ebba. Det vore helt enkelt dumt att gå omkring och inbilla sig någonting annat."

Det blev tyst i tio sekunder.

"Tack", sa Ebba sedan. "Tack för att jag fick prata med dig i alla fall."

Hon stod kvar i fönstret och såg sin syster gå ut genom grinden. När hon väl försvunnit bort utefter Musseronvägen, kände hon att hon inte kunde röra sig. En iskall förlamning fortplantade sig från fotsulorna upp till hjässan och snart började också synfältet krympa; hon färdades baklänges genom en hastigt krympande tunnel, och sekunden innan hon svimmade lyckades hon mildra fallet en aning genom att böja på knäna och luta sig framåt.

Hon vaknade på hallgolvet en tidsrymd senare, kravlade på alla fyra ut till toaletten och kräktes. Kräktes och kräktes, som om det inte bara var magens innehåll som måste ut, utan allt annat också. Tarmar, inälvor och själva livet.

Hennes ofödda barn.

Men hon rämnade inte. Fick okända krafter någonstans ifrån, barnet hängde kvar; hon blaskade kallvatten i ansiktet, drog en borste genom håret, rätade på ryggen, såg sig i spegeln. Jag klarade det, tänkte hon förvånat. Det gick.

Sedan återvände hon ut till terrassen. Dukade undan kannan, kopparna och kakan.

Kastade den spensliga orkidén i soppåsen och tog med den ut till tunnan. Alla spår utplånade.

342

29

Kvällstidningarna firade orgier.

KÄND TEVESTJÄRNA STYCKMÖRDAD

stod det på förstasidan till den ena.

RUNK-ROBERT STYCKAD I FRYSBOX

hävdade den andra. Sammanlagt ägnades sexton sidor åt historien, och i den mån dokusåpan Fucking Island hunnit sjunka i glömska i folkdjupet, så fiskades den nu upp till förnyad betraktelse. Somliga till glädje, androm till varnagel, fick man väl anta. Bland annat omtalades – i bägge tidningarna – den sorgliga nyheten att Miss Hälsingland –96, som tillsammans med ishockeyhingsten Gurkan Johansson för ganska precis nio månader sedan kammat hem jättepotten på 3,1 miljoner kronor, och som just i dagarna således borde ha nedkommit med frukten av parets lyckade kärlekshistoria, hade fått missfall i februari – och dessutom i samma veva lämnat Gurkan till förmån för en blott tjugoårig, men hårt tatuerad, sångare i ett gotiskt hårdrocksband från Skene.

Medan han intog en femtonminuters, försenad lunch – bestående av en ost- och skinkfralla, en banan, samt två deciliter äppeljuice – ögnade Gunnar Barbarotti hastigt igenom båda tidningarna och slängde dem sedan med en irriterad gest i papperskorgen.

"Ja, vi är på tapeten, kan man nog säga", konstaterade Eva Backman som i samma stund kom in genom dörren. "Hur dags är presskonferensen?"

"Om en kvart. Har du hunnit titta på förhören?"

Eva Backman ryckte på axlarna. "Som hastigast. Det verkar inte finnas någonting."

"Ingenting?"

"Inte vid första påseende i alla fall."

"Vad säger läkarna?"

Eva Backman satte sig. "Vi har pratat med tre stycken, men det finns två till som möjligen har synpunkter. Det är en viss omsättning, tydligen. Dom här tre menar i alla händelser att det hade varit önskvärt att Jane Almgren fått en högre grad av sluten vård."

"Verkligen?" sa Gunnar Barbarotti. "Ja, det skulle nog jag också ha kommit fram till."

"Men eftersom politikerna reformerat bort all psykvård, så blev det som det blev, hävdar dom. Å andra sidan fanns det ingenting i Jane Almgrens sjukdomsbild som pekade mot att... ja, att hon var så här galen."

"Inga särskilt oväntade ståndpunkter, eller hur?"

"Nej, knappast. Historien med att hon försökte döda sin förra familj äger heller ingen större relevans, menade åtminstone en av dem. Det har en utmärkt genomförd medicinering sett till."

"Aha? Och om hon inte tar sin medicin...?"

"Det är i så fall ingenting som kan läggas någon annan till last. Ja, jag tror hursomhelst att vi kammar noll om vi börjar leta syndabockar och angripa vårdapparaten. Egentligen..."

"Ja?"

"Egentligen vet jag inte riktigt vad vi ska inrikta oss på. Vi har ju trots allt hittat mördaren. Eller vad tycker herr inspektörn? Fallet är ju löst."

Gunnar Barbarotti skyfflade ner en driva papper från skrivbordet, så att det blev plats för armbågarna. Lutade huvudet i händerna. "Inte riktigt löst kanske", påpekade han. "Du glömmer att vi har ett oidentifierat offer."

"Tack för att du påminde mig", sa Eva Backman, stoppade in två tuggummibitar i munnen och började tugga eftersinnande. "Vem tror du han är? Eller var?"

"Bra fråga", sa Gunnar Barbarotti och tog upp ett av de papper som fortfarande befann sig ovanpå skrivbordet. Ögnade igenom det som hastigast. "Enligt Wilhelmsson rör det sig om en mansperson i trettiofem- till fyrtioårsåldern. Förmodligen en lite vinddriven existens. Taskiga tänder, spår efter injektionssprutor…"

"Jo, jag hörde det. En knarkare kort och gott. Hur länge låg han i frysen?"

"Länge. Kanske till och med längre än vår vän Robert. Det dröjer några dagar men vi kommer att få svar på den lilla detaljen också."

"Tror du det finns en koppling?"

"Vad då för koppling?"

"Mellan honom och Robert."

Gunnar Barbarotti kliade sig i huvudet. "Hur fan ska jag veta det? De kände väl Jane Almgren bägge två, får man förmoda. Där har du en koppling, åtminstone."

Eva Backman drog hastigt på munnen. "Seså, konstapeln, inte vara kitslig nu. Låt oss glädjas åt att vi i alla fall har en mördare. Även om hon är död. Det känns lite omvänt på något vis, håller du inte med om det? Pusslet

345

är liksom färdigt fast det fattas en bit."

"Färdigt?" fnös Gunnar Barbarotti. "Vad i helvete dillar du om? Vi kan… hör på nu, vi kan på goda grunder anta att Jane Almgren dödat Robert Hermansson. På lika goda grunder kan vi anta att hon styckat honom och stoppat honom i frysen. Tillsammans med en annan lirare, som antagligen redan låg där. Såvitt jag begriper är det allt vi vet med någorlunda stor säkerhet. Vi har tusen frågor och bara ett svar, nämligen att mördaren heter Jane Almgren. Inte ens det är vi förresten säkra på, så om du tycker…"

"Lugna ner dig", avbröt Backman. "Jag menar bara att det är ovanligt att vi känner till vad gärningsmannen heter innan vi vet vem offret är. Det brukar vara tvärtom. Men jag har alldeles klart för mig att Henrik Grundt fortfarande bara är att betrakta som försvunnen."

"Bra", sa Gunnar Barbarotti. "Där är vi överens."

"Och nog kommer vi att få reda på vem Robert hade som rumskamrat, det är jag övertygad om. Det finns några hundra försvinnanden som väntar på att kontrolleras… du måste väl ändå hålla med om att vi kommit lite längre tack vare Jane Almgren?"

"Jaja", suckade Gunnar Barbarotti. "Men längre på väg mot vad? The road to hell, eller vad då för någonting?"

Eva Backman kastade tuggummit i papperskorgen och reste sig.

"Försöker bara muntra upp dig lite", sa hon. "Men det är visst ingen idé. Lycka till med presskonferensen. Jag tror du bör pallra dig iväg nu. Kom ihåg att låta bli att gnissla med tänderna, det ger ett dåligt intryck."

Gunnar Barbarotti krängde på sig kavajen och gjorde henne sällskap ut genom dörren.

"Om den där flintskalliga idioten från GT är där, så stryper jag honom", förklarade han sammanbitet.

"Det är bra, supersnuten", sa Eva Backman. "Jag kan stycka och frysa in honom åt dig om du har det för jäktigt."

Sådär ska väl inte en kvinna tala, tänkte Gunnar Barbarotti, men han sa det inte.

När han kom hem på kvällen var klockan halv elva och Sara satt i köket med en fransman. Han hette Yann och hade stannat upp i Kymlinge på väg tillbaka från Nordkap till Paris. De reste i en gammal ombyggd Volkswagenbuss, förtalte Sara, fyra unga män från Paris – de hade träffats på Stadshotellets uteservering, där Sara hade suttit med några väninnor så här alldeles i refrängen av sommarlovet, och hon hade bjudit med Yann hem på en kopp te, eftersom hon tyckte han var trevlig.

Gunnar Barbarotti, som hade cirka tjugo franska glosor samt en tretton timmars arbetsdag i bagaget, muttrade ett begåvat "Bon soir" och försökte le mot den unge adonisen. Han såg att Sara uppfattade hans förlägenhet, men hon kom inte till någon vidare hjälp.

"Det ringde en kvinna", sa hon istället.

"En kvinna?"

"Ja. Hon hette Marianne och var en bekant, påstod hon. Från Helsingborg. Hon lät sympatisk, du måste bestämt ha glömt bort att berätta om henne, pappsen."

"Nej, ja…" sa Gunnar Barbarotti.

"Jag förklarade att du var kvar på jobbet, hon sa att hon kanske skulle ringa senare."

Fransmannen sa någonting som han inte uppfattade och Sara skrattade. Gunnar Barbarotti flikade in ett försiktigt "Salut!" och lämnade köket.

Om jag hör att han är kvar om en halvtimme, kastar jag ut

honom, bestämde han när han ställt sig i duschen. Komma här och slå sina franska lovar.

Hon ringde verkligen. Han hade just kravlat ner i sängen och hon bad om ursäkt för att det var så sent.

"Det gör ingenting", försäkrade Gunnar Barbarotti. "Jag hade ändå inte kommit i säng."

"Jag förstår det. Jag såg dig på teve. Du såg så stilig ut att jag började längta efter dig. Och du ger ett begåvat intryck, vet du om det? Hur har du det?"

Gunnar Barbarotti svalde. En varm medelhavsnatt under en bar, stjärnbeströdd himmel kom plötsligt vällande över honom. En terrass med madrasser på golvet – och ouzoglas och oliver och en naken kvinna med gungande bröst som satt och red på honom... herregud!

"Bra", fick han fram. "Hur har du det själv?"

"Bra. Men jag längtar lite efter dig... som sagt."

Vi hade en överenskommelse om att inte höras av på en månad, tänkte han. Det har inte gått två veckor än.

Men det verkade lite kitsligt att påpeka det. Eva Backman hade sagt att han var kitslig.

"Skulle inte ha något emot att träffa dig, jag heller", hörde han sig själv säga. "Fast det är lite mycket med jobbet just nu."

"Jag kan förstå det", sa hon. "Jag ville bara ringa och önska dig god natt. Och påminna dig om att jag finns."

"Jag minns att du finns", försäkrade han poetiskt.

"Så om jag ringer på lördag och föreslår en date, så säger du inte nej?"

"Skulle aldrig falla mig in", sa Gunnar Barbarotti. "Sov gott, Marianne."

En och en halv timme senare hade han fortfarande inte somnat. Av allt att döma hade fransmannen givit sig av, det som nu oroade Gunnar Barbarotti var möjligheten att Sara också gjort det. Men han ville inte gå och kontrollera; det hade inte hörts ett ljud, varken från köket eller från hennes rum de senaste tjugo minuterna – fast han hade heller inte noterat att ytterdörren öppnats och stängts. Satan också, tänkte han. Tänk om hans egen dotter just i detta nu låg i sin säng och blev förförd av en tvålfager fransos!

Det var mer än han kunde stå ut med. Han hade klart för sig att Sara faktiskt var arton år gammal, och att han för egen del begått sin sexuella debut när han var sexton. Men det var irrelevant, och det senare var ingen upplevelse han önskade sin älskade dotter.

Å andra sidan önskade han heller inte att hon skulle behöva uppleva att han stack in huvudet i hennes rum medan hon låg naken i armarna på en frans... Helvete också! tänkte han. Jag står inte ut med det här. Jag är primitiv som en gorillahanne och fördomsfull som jag vet inte vad. Vem är jag att komma och lägga mig i hennes liv? För en stund sedan såg jag i min minnesbiograf hur en naken kvinna grenslade mig. Det är väl bara högst normalt om...

Hästsvans! Han hade hästsvans, den där Yann. Om det fanns någonting Gunnar Barbarotti hade svårt att stå ut med, så var det just män som hade svans. Det var liksom...

Skitprat! protesterade hans överjag. Du är en svartsjuk hönspappa! Lägg dig inte i din myndiga dotters liv!

Och så vidare. Tankarna rumsterade halvfärdiga och milt hysteriska i huvudet på honom, men mitt i denna tröstlösa brottning kom plötsligt det där klicket från ytterdörren. Han satte sig upp i sängen och lyssnade skarpt... det var... det var Sara som kom hem. Bara en? Han lystrade ytterligare,

spände öronen och försökte värdera ljuden utifrån hallen.
Ja, bara en.

Gott. Han drog en lättnadens suck. Sara hade följt med fransmannen på en liten promenad. De hade skiljts åt utanför hans folkabuss och han hade fått tillåtelse att ge henne en puss på kinden. De hade lovat att hålla kontakten, hade givit varandra sina e-mailadresser, och imorgon skulle han redan befinna sig på motorvägen genom Danmark och Tyskland. Utmärkt.

Gunnar Barbarotti tittade på klockan. Tjugo minuter i ett. Nu lägger jag mig på rygg med knäppta händer och tänker över fallet Jane Almgren tills jag somnar, bestämde han.

Det tog ytterligare fyrtiofem minuter, och han hade lika många frågetecken kvar när han somnade in som när han började. Men han hade i alla fall listat dem i huvudet, alltid något.

Och räknat dem. Fyra stycken. Hundratals små förstås, men faktiskt bara fyra stora.

Det första gällde sambandet mellan Jane Almgren och Robert Hermansson. Trots att det nu gått ett och ett halvt dygn sedan Linda Eriksson gjorde sin makabra upptäckt i sin systers lägenhet på Fabriksgatan, hade de inte lyckats hitta någon länk.

Om där nu ens fanns någon. Kanske hade de bara stött ihop ute på stan den där natten och Jane hade raggat med sig Robert hem. Dödat honom och styckat honom. Det fanns en del som talade för den lösningen, tyckte Gunnar Barbarotti, och han trodde sig veta att Eva Backman var inne på samma linje. Visserligen hade Jane bott i Kymlinge en tidigare period i sitt liv. Det var för flera år sedan – medan Robert Hermansson fortfarande bodde kvar på Allvädersgatan hemma hos sina föräldrar. Men de hade aldrig gått i samma skola, Robert var två år äldre dessutom – och av de människor de hittills talat med var det ingen som såg något samband mellan dem.

Kanske, insåg Gunnar Barbarotti medan han låg och stirrade upp i mörkret och lyssnade till ett regn som just drog förbi och rappade över fönsterblecket, kanske var det så enkelt som att hon kände igen honom från teve? Kunde det vara så infamt? Att det var detta som legat honom i fatet?

Om hon nu överhuvudtaget valt ut honom. Om det inte bara var en ren slump att det blev just han, som sagt. Man fick ha i minnet att hon inte var riktigt normal.

Alltnog, frågetecken nummer två. *Den andre?* Vem var han? Fanns det någon koppling mellan honom och Robert Hermansson? Mellan honom och Jane? Och när hade han dött? Man fick väl på rimliga grunder anta att Robert hade slutat sina dagar någon gång runt den 20 december – men hur var det med hans olycksbroder i frysen? Hur länge hade han legat där? Det skulle ta några dagar att undersöka detta, som sagt, men på någon vecka när skulle man sedan kunna fastslå det.

En knarkare? Hade Robert Hermansson varit så pass illa däran att han platsade i den divisionen? Barbarotti trodde inte det, det fanns ingenting som tydde på att han använt narkotika i någon större utsträckning, och det skulle ha varit häpnadsväckande om de lyckats missa någonting sådant efter mer än ett halvt års rotande i hans liv.

Om det nu alls var meningsfullt att leta beröringspunkter mellan frysboxkumpanerna, vill säga?

Nummer tre... Gunnar Barbarotti hade alltid tyckt om att göra listor, i yngre år hade han haft skrivböcker fulla med förteckningar över allt möjligt: allsvenska fotbollsspelare, italienska städer, astronauter, afrikanska djur, världens högsta byggnader och statsöverhuvuden som blivit mördade... nummer tre, alltså: *Varför?*

Det var en utomordentligt viktig fråga – men han undrade om de någonsin skulle få ett begripligt svar på den. Svaret på varför man dödade två män, styckade dem och förvarade dem i sin frysbox... ja, ett sådant motiv fanns antagligen ganska väl fördolt i en sådan gärningsmans inre mörker. Som vanligt. Det var ingenting en enkel kriminalinspektör hade förutsättningar att förstå och ta till sig. När hon dessutom själv var död, som i det här fallet, innebar det ju att man inte kunde fråga ut henne – och förmodligen, tänkte Gunnar Barbarotti, förmodligen var det lika bra att inte veta.

Det fanns förstås också en liten möjlighet att det inte var Jane Almgren som var gärningsmannen. Precis som han påpekat för Backman. Att hon enbart så att säga ställt sin frys till förfogande – men för tillfället hade han inte lust att på allvar föreställa sig en sådan lösning. Det skulle bara komplicera bilden ytterligare, och det var tillräckligt illa som det var. Mer än tillräckligt.

För det fjärde, då? Ja, när det kom till kritan, så var det förstås denna fråga som var den viktigaste. Den som inte lämnade honom någon ro. Ingen tvekan om saken.

Henrik Grundt. När beskedet kommit under morgonen att den andra kroppen i frysboxen inte tillhört Robert Hermanssons systerson, hade Gunnar Barbarotti erfarit en dubiöst kluven känsla av frustration och lättnad.

Frustration över att man fortfarande hade den gåtan att lösa. Lättnad över att det fortfarande fanns en liten möjlighet att pojken var i livet.

Men inte var den stor, denna möjlighet, det var han den förste att medge. Han hade diskuterat sannolikheten för att

352

Henrik Grundt levde rätt så ingående med Eva Backman, och de hade enats om att den antagligen låg någonstans runt en procent. På sin höjd. Människor försvann för att börja nya liv, det förekom; de skaffade sig nya identiteter på nya platser av det ena eller andra skälet – men att Henrik Grundt, nitton år gammal, skulle ha haft ett sådant skäl, och gjort ett sådant val... nej, det föreföll faktiskt inte särskilt troligt. Han hade visserligen burit på en hemlighet beträffande sin sexuella läggning; de hade ännu inte avslöjat denna omständighet för hans mor och far – lite oklart varför de fattat ett sådant beslut, men kanske handlade det bara om att inte lägga sten på börda.

Att denna hemlighet skulle ha fått Henrik att ta ett så drastiskt steg som att rymma ifrån allting – lämna sina föräldrar och sin bror i det förtvivlans limbo där de utan tvivel befann sig – föreföll dock på goda grunder orimligt. De hade gjort den bedömningen för åtta månader sedan, och de gjorde samma bedömning idag, när de just fått klart för sig vilket fruktansvärt öde som drabbat Henriks morbror.

Och ändå. Till syvende och sist – eller frågetecken nummer 4 B snarare: Fanns det verkligen inget samband? Kunde det faktiskt vara en ren slump att två människor försvann från samma familj och samma adress med tjugofyra timmars mellanrum? Utan att det ena hade med det andra att göra? Vilka var oddsen för att någonting sådant skulle inträffa?

Också detta var ett sannolikhetsproblem han suttit och tröskat med Eva Backman under flera månader, inte hela tiden förstås, men då och då och med jämna mellanrum – och just innan han somnade in denna långdragna torsdag, bestämde sig Gunnar Barbarotti för att om det fanns något vetenskapligt påfund som *inte* hade med händelserna på Allvädersgatan i Kymlinge att göra, så var det just denna:

sannolikhetskalkylen. Imorgon skulle han förklara detta för inspektör Backman.

Nöjd med dessa konstateranden och detta beslut, vände han på kudden och började drömma om en nattvarm takterrass i den grekiska staden Helsingborg.

30

Karl-Erik hade ordnat med en hyrbil från flygplatsen, och när de kommit ut på motorvägen började Rosemarie Wunderlich Hermansson hoppas att de skulle krocka med en älg.

Hon hade inte varit hemma sedan de flyttade den första mars. Nästan sex månader, men det kändes som sex år. Eller kanske bara sex sekunder. Sverige verkade på samma gång främmande och påträngande välbekant; som... medan Karl-Erik macklade med ventilationssystemet och fördömde bilmärket, vilket det nu var, försökte hon hitta en gångbar jämförelse... som en varböld man hade opererat bort och sedan fått tillbaka, kom hon på. Eller en cancer.

Mitt gamla liv en cancer? tänkte hon. Var det så det förhöll sig i själva verket? Och varför dök dessa egendomligheter upp i huvudet på henne? Älgar och kräftsvulster? På väg till hennes sons begravning. Fast kanske var det inte så egendomligt. En kväljande rötmånad tycktes hovra över landskapet de for fram igenom, kanadagässens och de algblommiga lerslättsjöarnas förlovade tid, och kanske var det sådant här som folk ägnade tankarna åt när de inte orkade eller förmådde se sanningen i vitögat. Hitta russinen i kakan.

Kista eller urna? hade de blivit tillfrågade. Hur vill ni ha det?

Kunde man lägga en styckad kropp i en kista? Fogade man samman den i så fall, eller hur gjorde man? Hade man redan satt ihop Robert igen? Klätt på honom på något vis? Satt fast hans huvud vid hans hals och hans... varje gång hon närmade sig dessa tankar och dessa frågor kändes det som om hennes egna inälvor ville brista.

Distraktioner, hade den brunbrända terapeuten i Nerja sagt. Vad fru Hermansson behöver är distraktioner. Något att sysselsätta sig med, det är faktiskt en ganska vanlig åkomma härnere. Sysslolösheten. Det är lätt hänt att svarta tankar tränger sig på, när man inte har någonting meningsfullt att ägna sig åt.

Meningsfulla distraktioner? hade hon tänkt. Nej tack. Det var i maj hon gått dit. Hon hade slutat efter andra besöket. Sött Málagavin fungerade på alla sätt bättre, och för priset av en enda konsultation kunde hon köpa åtta flaskor. Och då var det långt ifrån den billigaste sorten.

Hon hade vant sig vid det och lärt sig en regelbundenhet. Alltid två isbitar. Ett glas om morgonen. Nummer två på uteplatsen om förmiddagen, medan Karl-Erik var ute på någon av sina förrättningar. På sovrumsväggen hade de en karta över hela *Andalucía*, och med hjälp av knappnålar med små blå eller gula huvuden markerade han varenda by han besökt. Frigiliana. Medosa Pinto. Servaga. Även de riktiga städerna förstås. Ronda. Granada. Córdoba. När han var hemma satt han oftast och skrev, hon visste inte vad. De talade allt mindre med varandra, sökte aldrig kroppskontakt, men hon hade inget att invända gentemot detta sakernas tillstånd. Ingenting alls.

Det tredje till lunchens efterrätt.

Därefter var det dags för dygnets bästa tid, den tre timmar långa siestan. Och så tre glas under kvällen, det sista just före sänggåendet. Om någon för ett år sedan – i den där förra, aborterade cancersvulsten – hade talat om för henne att hon skulle komma att dricka drygt en flaska vin om dagen, skulle hon inte ha tagit vederbörande på allvar.

Men dithän hade det alltså kommit. Någon gång, när grannfrun, en viss Deirdre Henderson från Hull, var tillstädes – på den enas eller den andras terrass – kunde det bli ändå mer. I synnerhet när Mister Henderson och Karl-Erik var ute på en tjugosjuhåls golfrunda. Det gick så mycket lättare att tala engelska med ett par glas i kroppen, det hade till och med hänt att Deirdre börjat tala tyska.

Jag är en full gammal syslöjdslärarinna, brukade hon tänka när hon tumlade i säng efter sådana kvällar.

Och det finns ingen som bryr sig. Har gått upp fem kilo på mindre än ett halvår också.

Men nu satt hon här i bilen utan så mycket som en droppe Málagavin i ådrorna. Bara ett par lugnande tabletter – som skulle ha gjort henne sömnig men inte gjorde det. Det var väl därför hon önskade sig den där älgen, antagligen. Klockan var bara kvart över elva på förmiddagen, och hur hon skulle ta sig igenom dagen vågade hon inte tänka på. Begravningen var utsatt till klockan tre. Därefter kaffe och sorgekakor i församlingshemmet. Därefter en liten middag i all enkelhet med familjen på hotellet – och någonstans, någonstans utefter denna oändliga sträcka av sekunder och minuter och människor och timmar och outhärdliga tankar, skulle sammanbrottet komma, det visste hon. Det föreföll lika oundvikligt som ett… som ett åskväder efter en het julidag vid sjön Tisaren i Närke, där hon tillbringat ett par av sin barndoms bästa somrar, var kom nu detta minne ifrån?

Tisaren? Så lustigt, tänkte hon, att mitt liv stod i zenit så tidigt. Elva-tolv år, resten hade varit ett sluttande plan, var det så för alla människor? Var det förlusten av barndomen som innebar den egentliga döden?

Dessa märkliga tankar igen. *Den egentliga döden?* Kanske var det detta tabletterna åstadkom istället? Öppnade alla möjliga dörrar och fönster i själen som rätteligen borde ha förblivit stängda.

Hon skulle ta ytterligare två mitt på dagen, det hade hon blivit ordinerad av den där gamle svenske läkaren hon konsulterat, han som bott i Torremolinos de senaste fyrtio åren av sitt liv, och som påminde henne om en åldrad Gregory Peck... eller möjligen Cary Grant, hon hade alltid haft svårt att skilja dessa bägge storheter åt... men de hade inte hjälpt hittills, tabletterna, alltså, och hon hade små förhoppningar om att de skulle göra det i fortsättningen.

Så medan Karl-Erik satt lätt framåthukad över ratten, muttrade och försökte få in P1 på bilradion, bestämde hon sig för att dubbla dosen. Komma vad som komma månde, han skulle inte bli glad på henne om hon bröt samman, Karl-Erik.

Men allra bäst vore en älg. Som sagt. Pang rakt in i vindrutan, bara, och sedan ner med rullgardinen för tid och evighet. Att få dö på väg till sin styckade sons begravning, det var just om sådana saker man kunde be till den gud man inte trodde på.

Den unge mannen i receptionen hade slips och hår i samma ton. Blek morot. Hon tyckte att hon kände igen honom, förmodligen rörde det sig om en gammal elev. De dök alltid upp, hon undrade om han köpt slipsen efter håret eller gjort tvärtom: färgat det senare. Sju unga män av tio hade någon gång färgat håret, det hade hon läst i magasinet hon hittat i stolsfickan på planet. Hon undrade om det var sant.

"Jag ber att få kondolera", sa han i alla händelser och det

lät som hämtat ur en gammal film. Hon tänkte att just detta skulle passa henne alldeles utmärkt; att allt det här bara var en gammal film, som man när som helst kunde bestämma sig för att sluta titta på. Resa sig från sin obekväma stol och lämna salongen.

Hon svarade någonting. Karl-Erik släpade en väska hit eller dit bakom hennes rygg. Tycktes försöka hålla sig osyn-lig för den unge mannens blickar; kanske var det en av *hans* gamla elever i själva verket, och kanske, insåg hon plötsligt, kände sig Karl-Erik faktiskt lika besvärad som hon. Det var inte likt honom att låta henne sköta... vad hette det nu?... incheckningen.

Inte för att de hade ägnat särskilt stor del av sina liv åt att checka in.

"Bara en natt?"

"Ja."

"Ni får faktiskt samma rum."

"Va?"

"Samma rum som Kristina och hennes familj hade i de-cember", förtydligade receptionisten och log osäkert.

"Jaså?" svarade Rosemarie och undrade om det kanske var så det hängde ihop. Att han var en gammal skolkamrat till Kristina. Men såg han inte lite väl ung ut, Kristina var faktiskt trettiotvå?

"Ja, jag jobbade den där veckan före jul, det är... det är ju en förfärlig historia. Att ni ska behöva..."

Han letade en stund efter ord men hittade uppenbarli-gen inga passande, för han harklade sig och gav henne en blankett att fylla i istället.

"Livet är ingen dans på rosor", sa hon. "Du känner Kris-tina och Jakob, alltså?"

"Inte hennes man", försäkrade han. "Såg honom bara

som hastigast, när han kom tillbaka på natten."

"Kom tillbaka på natten?"

"Ja, det var lite oväntat. Klockan tre. Och sedan gav de sig iväg före åtta."

Vad talar han om? tänkte hon förvirrat och försökte begripa vad det var hon skulle fylla i på blanketten. Han såg hennes villrådighet och pekade på två rutor. Namn och signatur, bara.

"Vi gick i samma klass", sa han. "De har inte kommit än."

Så det var på det viset det låg till i alla fall. Och Kristina och Jakob skulle förstås bo på hotellet, de också. Liksom Ebba och hennes familj, det som var kvar av den. Hon erinrade sig att Allvädersgatan inte fanns mer. Det hade hon gjort hundra gånger sedan imorse. Den tiden och den sorgen och den cancersvulsten var förbi; idag när man samlades för att begrava kvarlevorna av Robert var det Kymlinge Hotell som gällde. Det kändes just lika provisoriskt och godtyckligt som själva livet.

Som själva döden. Om jag måste stå kvar här vid disken i tio sekunder till kommer jag att börja gråta, insåg hon och sträckte vädjande fram handen efter rumsnyckeln. Eller skrika. Eller segna ner på golvet som om jag hade blivit skjuten.

"Sådärja. Nummer etthundratolv. Första våningen. Jag beklagar verkligen omständigheterna."

"Tack."

"Om det är någonting ni behöver, tveka inte att säga till."

Han sköt över ett litet dubbelvikt papper med två plastkort. Javisst ja, tänkte hon, det finns inga hotellnycklar längre. Inte ens det. Hon nickade åt honom, Karl Erik var redan framme vid hissen med väskorna. Fyra tabletter, kom hon ihåg, jag måste ta fyra tabletter det första jag gör när vi kommit in på rummet. Sedan säger jag åt Karl-Erik att jag behöver sova en timme.

Olle Rimborg, var det inte så han hette, den där morots-receptionisten?

Vid Hornborgasjön stannade hon på en tom parkeringsplats och kräktes. Det hade nästan blivit en vana. Att kräkas. Ett tunt dis svävade över det flacka, ödsliga landskapet, solen trängde nätt och jämnt igenom och värmen kändes klibbig. Rötmånad, tänkte hon, jag har ett barn i min mage, det är inte underligt om jag mår illa. Om det kommer någon, duger det gott som förklaring.

Det var tre timmar kvar till begravningen, men bara en och en halv timmes körning. Hon visste att hon måste anlända i rätt tid till kyrkan – tio-femton minuter innan, bara, kom hon för tidigt kunde allt mycket väl gå över styr. Hon hade ett begränsat antal färdiga saker att säga uttänkta i huvudet, någonting utöver dessa trodde hon sig inte förmögen att uttala.

Nej, jag är ledsen, Jakob fick plötsligt förhinder. Det var en historia med ett amerikanskt bolag. Miljontals kronor.

Nej, jag ville inte ta med Kelvin i bilen hela vägen.

Ja, jag måste åka tillbaka igen så fort det är över.

Älskade Robert, jag har knappt sovit en blund på flera nätter.

Älskade Robert, varför?

Nej, kära mamma, jag klarar helt enkelt inte att stanna kvar. Det är förfärligt.

Som nödtorftiga repliker ur en av de där såporna hon skrev förr i tiden. Och inte öga mot öga med Ebba. Hon måste komma ihåg det. Helst inte öga mot öga med någon annan heller. Utnyttja sorgen, hade Jakob instruerat henne. Om du nu nödvändigtvis måste åka. Men don't fuck it up, vad i helvete du än gör, don't fuck it up.

Hon visste vad det betydde när han började prata engelska.

Det är min bror, hade hon svarat. Robert var min bror.

Han fick det där falskt överseende i ögonen. Sa att han kände till det, på samma sätt som han kände till att Henrik varit hennes systerson. Jo, han var bekant med de där starka släktkänslorna inom familjen Hermansson. Han behövde väl inte påminna henne om läget?

Nej, det behövde han inte. Om det var någonting Kristina inte behövde bli påmind om, så var det läget.

Om jag dör, hade hon frågat honom när de första veckornas chockvågor börjat dra sig tillbaka, mitten av januari ungefär, kommer du att berätta för dem då också?

Han hade inte behövt mer än ett par sekunders betänketid.

Vi skall leva tills vi dör var sin naturlig död, du och jag, Kristina, hade han förklarat, nästan vänligt. Om det blir på annat sätt, kommer jag att se till att de får veta.

Hon kräktes på nytt. Bara galla den här gången. Det gjorde ont. Lutade sin kallsvettiga panna mot soptunnans rostflagiga lock och tänkte att hon trodde honom. Just sådan var han, Jakob Alexander Willnius, och ingenstans i denna världen fanns det någon nåd att få.

Hon såg på klockan. Den var tio minuter över ett. Hon satte sig i bilen igen, lutade ryggstödet bakåt och blundade.

Kristoffer Grundt hade varit på begravning en gång tidigare i sitt femtonåriga liv. För ganska precis ett år sedan hade en pojke i parallellklassen gått och hängt sig dagen innan höstterminsstarten, och halva skolan hade suttit i kyrkan och hulkat. Alla visste att Benny Bjurling varit ett mobbningsoffer ända sedan lågstadiet, men nu var han plötsligt en sorts perverterad hjälte.

De gudarna älska, dö unga, hade rektor Hovelius deklarerat, och Kristoffer hade tänkt att om det faktiskt fanns en gud, så var antagligen just detta hans viktigaste uppgift.

Att älska dem som ingen annan älskar. Medan han suttit där i den stenhårda kyrkbänken hade han känt att detta var en stor och riktig tanke, någonting som det faktiskt gick att krama en smula tröst ur – och nu, i Kymlinge kyrkas lika hårda bänk och inför den stängda kistan, som stod därframme på den lilla upphöjningen, och som av allt att döma innehöll morbror Roberts styckade kropp, försökte han hitta tillbaka till samma känsla.

Det ville sig dock inte. Visserligen var han rätt säker på att Robert varit tämligen oälskad under sina trettiofem år på jorden, men Kristoffer hade svårt att föreställa sig att någon särskild nåd väntade på honom på andra sidan. Benny Bjurling hade varit ett offer och det var förstås ett plus, men morbror Robert hade varit... ja, vad då? tänkte Kristoffer. En riktig jävla loser? Man skulle inte tala illa om de döda, och han hade personligen aldrig haft någonting ont av honom, men om man ställde sig aspackad och runkade på teve och sedan gick och blev styckmördad, ja, då hade det väl inte varit så mycket bevänt med livet och det. Han mindes att han tyckt att morbror Robert varit lite cool, då, i julas när han försvann, men det tyckte han inte längre.

Prästen, som var lång och mager, säkert uppemot två meter, fick till det i alla fall på något vis. *Det tillkommer inte oss att döma. Vad vet vi om vad som rör sig i en människas innersta och i Guds öga? Robert Hermansson brände måhända sitt ljus i bägge ändar, men många äro de som nu för första gången ser det tomrum han lämnar efter sig.*

Kristoffer kunde inte låta bli att tycka att det var ganska skickligt. Han hörde hur hans mamma snyftade till på hans högra sida, och från mormor på hans vänstra kom någonting som var ett mellanting mellan en hickning och en rap. Han undrade om mormor var riktigt klar i knoppen. Hon hade sett konstig ut när hon klev ur bilen utanför kyrkan. Munnen halvöppen och ögonen i kors. Morfar hade varit tvungen att staga upp henne ordentligt, hade det sett ut som, så hon inte trillade omkull – och samtidigt sätta fart på henne liksom, så hon inte blev stående. "Hur mår du, mamma lilla?" hade moster Kristina frågat, och mormor hade svarat någonting i stil med: "Han brukade alltid måla flest påskabrev av alla. Han hade så näpna knän." Om Kristoffer hört rätt.

Nej, antagligen hade mormor satt i sig lite för mycket lugnande, och det fick man väl förstå. Näpna knän?

Han försökte hålla fast tankarna vid mormor och prästen och Benny Bjurling så mycket han orkade – och vid morbror Robert, förstås – men till slut gick det inte längre. Henrik smög sig in i hans huvud genom höger öra, och när han väl tagit plats där, fyllde han snart upp vartenda skrymsle. Det var precis som vanligt.

Hej, sa Henrik. Nu sitter jag i din skalle igen.

Jo tack, jag märker det, svarade Kristoffer.

Du har väl ingenting emot det, hoppas jag?

Nej, nej, varför skulle jag ha det?

Jag är ju din bror.

Ja, du är ju min bror.

Bröder måste hålla ihop.

Precis, Henrik.

I livet och i döden.

Jag vet, men säg mig en sak, Henrik.

Javisst, min bror.

Är du död eller lever du?

Det är en bra fråga.

Men så svara på den, då?

En bra fråga, men också en svår fråga. Inte lätt att röna ut.

Du måste väl veta om du är levande eller död i alla fall?

Så kan det kanske tyckas. Hur har du det själv, Kristoffer?

Jag skiter i hur jag har det. Men om du tränger in i min skalle, och jag låter dig hållas där, vill jag också veta hur det står till.

Hur det står till?

Om du lever eller om du är död.

Jag har förstått att du undrar det. Men jag är tyvärr förhindrad att besvara din undran.

Varför då? Mamma håller på att bli galen, pappa orkar nog snart inte längre han heller. Om de åtminstone får veta hur det ligger till, så kanske...

Jag förstår vad du säger, Kristoffer, avbröt Henrik, och det smärtar mig att ni har det på det viset. Men som jag försökt förklara, så råder jag inte över de villkor som gäller under nuvarande omständigheter...

Nuvarande omständigheter? Kristoffers milda irritation övergick i ilska. Vad är det för snack, det har ju varit samma omständigheter i evigheter nu! Om du vill veta det, så befinner jag mig faktiskt på glid för tillfället. Riktigt på glid. Mina skolbetyg sjunker som en sten i en brunn, jag dricker alkohol varenda vecka, och jag blir faktiskt både ledsen och trött av att du ockuperar mig hela tiden. Jag klarar det snart inte läng...

Förlåt mig, min älskade bror, men jag har faktiskt ingen annanstans att vistas just nu.

Va?

Jag har ingen annanstans att ta vägen än just din skalle, förklarade Henrik tålmodigt och lite sorgset.

Varför då?

Henrik suckade.

Därför att mamma är upptagen med Robert. Mormor är alldeles konfys, där finns inte rum för ett frimärke ens. Pappa håller på och simmar i en malström, du borde verkligen titta till honom, Kristoffer, och hos Kristina är det stängt, som vanligt. Morfar, ja, om morfar ska vi inte tala, han sitter och rabblar någonting på spanska...

Varför är det stängt hos Kristina?

Hur ska jag kunna veta det?

Jag trodde du visste allt?

...

Vänta, försvinn inte... nej, det har du rätt i, pappa ser verkligen inte ut som han brukar göra, vad var det du sa att han höll på och gjorde?

Leif Grundt märkte aldrig när han började gråta, men han blev medveten om att han gjorde det när tårarna droppat ner på hans knäppta händer en stund. Ungefär samtidigt kände han också hur han sakta men säkert drogs ner i en bottenlös förtvivlan. Ja, precis så var det faktiskt – en sugande, bottenlös malström av förtvivlan var det – och för första gången på åtta månader gav han efter och insåg att hans son var död. Det var visserligen det svarta svågerfåret Robert som låg därframme i den ekfanerade kistan av näst billigaste sorten, men det kunde lika gärna ha varit Henrik. Hans son var död. Ebbas och hans förstfödde son, Kristoffers bror. Död, död, död – och det tillkom inte längre honom, konsumföreståndare Leif Grundt, att tro någonting annat. Att hävda motsatsen. Varken inför sin allt galnare hustru, inför Gud eller inför någon annan.

Det tillkom inte Leif Grundt att vara optimistisk och stark längre – inte fortsätta detta förbannade, tröstlösa liv dag för dag, timme för timme i något slags absurd normalitet -- som om där fortfarande fanns någon sorts tråd att knyta fast någon sorts hopp och mening i. Åka till arbetet varje dag, muntra upp de anställda, skämta med Kristoffer morgon och kväll, höra efter hur det gick i skolan, inte låtsas om att han visste att pojken både smygrökte och drack öl... se till att där fanns mat på bordet, att det tvättades kläder, att räkningar blev betalda; alla dessa små, praktiska detaljer och outhärdligt minutiösa göromål som krävdes för att hålla en familj som förlorat en son flytande – på ett allt mindre och allt tunnare isflak, innan allt till slut ändå gick till botten och i kvav. Han hade inte älskat med sin hustru på nio månader, tänkte inte längre tanken ens. Livet hade tagit slut, så enkelt var det. Det var över. De kunde lika gärna lägga sig därframme hos Robert allihop.

Döden. Varför skjuta upp den? Var fanns poängen?

Men sedan vände det. På något märkligt vis gjorde det faktiskt det. Obönhörligt som en kork flöt Leif Grundt upp ur malströmmen, drog fram bröstfickans näsduk och snöt sig med ett resolut trumpetande, som fick prästen därframme att göra en oplanerad tankepaus. Ty den som först inmutat galenskapen som sin domän, tänkte konsumföreståndare Grundt – och detta hade Ebba otvivelaktigt gjort – äger sedan rätt till den för all framtid. Ensamrätt.

När den ene blir svag måste den andre bli stark.

Det var en ovedersäglig sanning och det var jävligt orätt-

vist, tyckte Leif Grundt, men sedan kom han att tänka på det
där som han hört biskop Tutu säga på teve en gång.

Eller om det var självaste Mandela.

De som orkar är skyldiga att fortsätta orka.

Just så var det nämligen. *Fortsätta orka.*

Men han hade virvlat runt i malströmmen och det var
första gången.

Han snöt sig en gång till, lite diskretare, och den här
gången var prästen beredd.

"Den där Olle Rimborg", sa Rosemarie Wunderlich Her-
mansson.

"Ja?" sa Kristoffer Grundt. "Vem?"

"Olle Rimborg, jag hade honom i tyska, jag kommer ihåg
det nu."

"Sätt lite fart", sa Karl-Erik. "Vi måste ta oss över till för-
samlingshemmet nu."

"Vänta lite", sa Rosemarie. "Jag står här och pratar med
Henrik… jag menar Kristoffer… jo, han hette så, och han
var faktiskt rödhårig redan på den tiden, när jag tänker efter.
Rimborg. Pigg pojke på det hela taget."

"Jaha?" sa Kristoffer.

"Han jobbar på hotellet nu."

"Ja?"

"Det är så mycket med allt möjligt nuförtiden, men han
sa att han kom tillbaka på natten."

"Va?"

"Seså, nu rör vi på oss", sa Karl-Erik.

"Han kom tillbaka på natten. Jakob, alltså. Hör du det,
Kristoffer? Den där förfärliga natten när din bror försvann…
det är inte han som begravdes nu, det var Robert, men Hen-
rik är försvunnen. Han sa det när vi stod där och vad heter

det nu?… checkade in? Olle Rimborg, alltså. Kristinas man kom tillbaka klockan tre, sa han. De gick i samma klass, han och Kristina, men jag hade förstås inte Kristina i skolan, hon läste inte tyska och man ska inte vara lärare åt sina egna barn…"

"Nej, nu börjar det regna också", sa Karl-Erik otåligt. "Vad i hela världen är det du pratar om? Du får ursäkta mormor, Kristoffer, hon är lite förvirrad."

"Det gör ingenting", sa Kristoffer.

"Jag borde fråga Kristina om det, det borde jag", fortsatte Rosemarie. "Jag vet inte varför han sa det. Avbryt mig inte hela tiden, Karl-Erik. Du borde klippa näshåren också, kunde du inte ha tänkt på det när det är begravning och allt. Och jag tycker verkligen prästen var alldeles för lång. Han måste ju ha varit… ja, hur lång kan han ha varit? Vad tror du, Kristoffer?"

"Hundranittioåtta centimeter", sa Kristoffer.

"Nu kommer Ebba och föser på oss", sa Rosemarie Wunderlich Hermansson. "Bomber och granater, här gäller det att lägga benen på ryggen. Vart ska vi egentligen?"

"Vi ska till församlingshemmet och dricka kaffe, mamma lilla", sa Ebba Hermansson Grundt. "Vad det nu ska tjäna till."

"Det vet jag väl att vi ska till församlingshemmet, det står ju Karl-Erik och tjatar om hela dagen", förklarade hennes moder fermt. "De där pillren jag fick är verkligen inte dumma. Jag känner mig alldeles klar i knoppen. Jaså, hundranittioåtta, säger du, Henrik, ja, jag tror du slår huvudet på spiken där… jag menar Kristoffer. Olle Rimborg, så var det, det kommer jag också ihåg. Glöm inte det, Kristoffer! Men vart har Kristina tagit vägen?"

31

"Allright", sa Gunnar Barbarotti. "Vad har du fått fram? Ta det gärna lite långsamt, är du snäll, så slipper du göra det två gånger. Jag kommer från en begravning och är ännu trögare i huvudet än vanligt."

Gerald Borgsen stretchade höger mungipa en centimeter, till tecken på att han uppfattat självironin. Blinkade ett par gånger bakom de svagt sotade glasögonen och satte igång.

"En hel del, faktiskt", sa han. "Det viktigaste först, kanske?"

Gunnar Barbarotti nickade.

"Hrrm. Det var verkligen till Jane Almgrens telefon Robert Hermansson ringde natten när han försvann. Och han hade ringt henne en gång till, bara ett par dagar tidigare. Vi hade ju det numret redan i december, men..."

"Kontantkort", fyllde Gunnar Barbarotti i.

"Exakt. Och vi kom inte vidare med det. Eller vi lade inte ner tillräckligt stora resurser på det, kanske jag skulle säga..."

Det var ett välkänt faktum att Sorgsen ansåg sig underbemannad. Gunnar Barbarotti lade huvudet på sned, som den där finske skidlöparen han fortfarande inte mindes namnet på, och försökte se deltagande ut.

"Det rings ju över trettio miljoner samtal om dagen i det här landet", fortsatte Sorgsen. "Från Robert Hermanssons mobiltelefon, till exempel, hade vi då, om vi koncentrerar oss till december, sextiofyra olika nummer att undersöka.

Det här till Jane Almgren var bara ett. Varje nummer ger sedan upphov till hundra-hundrafemtio nya, men om vi verkligen såg till att..."

"Jag vet Gerald, för fan", avbröt Gunnar Barbarotti. "Det är alldeles uppåt väggarna förstås, att du ska behöva sköta allt det här själv, men hur är det nu med just den här telefonen? Jane Almgrens, alltså. Det var inte så många samtal på den då i december, om jag minns rätt?"

"Bara sex samtal", sa Sorgsen. "Två till en pizzeria, ett till en damfrisering, ett till och två från Robert Hermansson."

"Jag minns det där", sa Barbarotti. "Men hur var det tidigare? I november till exempel?"

"Runt tjugofem olika nummer", förklarade Sorgsen tålmodigt. "De flesta till andra kontantkort och hemliga nummer, men inte alla. Det tycks ju faktiskt också som om hon vikarierat ett par dagar i december hos den där frissan. Vår vän Jane, alltså. Men efter Roberts försvinnande inte ett enda samtal... det är ju det som gjort att vi inte har kommit vidare."

"Även om vi haft bemanning?"

"Det där hörde jag inte. Men det finns några samtal till vanliga telefoner också."

"I november?"

"Ja."

"Hur många?"

"Fyra. Jag har undersökt alla fyra. Tre går till privatpersoner, ett till en biluthyrningsfirma. Två av privatpersonerna bor i Stockholm, båda är män, jag har deras namn och adresser, förstås, och ingen av dem säger sig ha en aning om vem Jane Almgren är. Den tredje privatpersonen känner heller inte till någon person med det namnet, men det är ändå min uppfattning att hon är av intresse för utredningen."

"Jaha?"

"Hennes namn är Sylvia Karlsson. Hon är sjuttio år och bor i Kritinehamn. Den 22 november förra året fick hon ett samtal från sin son... från det här numret, alltså... och sedan dess har hon inte hört av honom."

Aha? tänkte Gunnar Barbarotti och kände hur koncentrationen höll på att släppa taget om honom. Vände bort blicken från Sorgsen och tittade ut genom fönstret istället. Konstaterade att det regnade. Lät det gå några sekunder medan han följde ett par vattendroppars ringlande färd utefter glasrutan.

"Glöm inte att jag är lite trög", påminde han. "Det du säger är alltså...?"

"Alldeles riktigt", konstaterade Sorgsen. "Jag ser att du hänger med. Det kan påpekas att vi var i kontakt med den här kvinnan redan då i december... eller möjligen ett par dagar in i januari... men då visste hon förstås inte om att hon hade en försvunnen son. De umgås inte så mycket, tydligen. Men hon fyllde sjuttio i juni och han brukade faktiskt höra av sig."

"Hm", sa Gunnar Barbarotti. "En rufflare?"

"Så kan man uttrycka det om man vill vara lite gammaldags."

"Det är inget fel med att vara gammaldags", förklarade Gunnar Barbarotti. "Vad heter han? Har vi honom i registren?"

"Sören Karlsson. Jag gjorde en sökning på honom och han har en liten portfölj."

"Such as?"

"Lite smått och gott. Narkotikabrott. Misshandel. Medhjälp till bankrån. Suttit inne sammanlagt tjugotvå månader. Senaste vändan för tre år sedan."

"Förbindelse med Jane Almgren?"

"Det har vi inte fått fram än. Men han var mantalsskriven i Kalmar under den tid då hon bodde där. Så det är möjligt att där finns ett samband. För att inte säga troligt."

Gunnar Barbarotti knäppte händerna och funderade.

"Bra", sa han. "Och eftersom vi har honom i registret, antar jag att vi håller på att jämföra för fullt."

"Det kan du lita på", sa Gerald Borgsen med ovanlig emfas. "Om det är han som var Robert Hermanssons rumskompis i frysboxen, får du reda på det inom fyra timmar. Jag skulle..."

"Vänta lite", avbröt Barbarotti. "Jag måste få det här klart för mig. Det skulle alltså kunna vara så att Jane Almgren dödade denne Sören Karlsson någon gång innan hon tog itu med Robert Hermansson? Sedan behöll hon hans mobil och använde den under någon vecka... och sedan slutade hon plötsligt använda den?"

Sorgsen nickade. "Ungefär så, ja. Kanske tog batteriet slut. Eller pengarna på kortet. Det sista samtalet är faktiskt det som Robert ringde samma natt han försvann."

"Och allthop det här..."

"... tack vare mobiltelefonispaning", fyllde Sorgsen i. "Rätt uppfattat igen."

Borde du inte ha kunnat räkna ut det här i december? tänkte Gunnar Barbarotti, men han ställde aldrig frågan. "Tack ska du ha, Gerald", sa han istället och reste sig. "Sitter du kvar ikväll tills du får besked?"

Sorgsen harklade sig och gjorde en gest över sitt fullbelamrade skrivbord. "Har en del att ta itu med som du ser. Ja, jag sitter kvar. Jag ringer dig när jag får veta."

"Gör det", sa Gunnar Barbarotti och lämnade kollegans rum. Tittade på klockan. Den var tio minuter över sex. Det

373

fanns de som påstod att Gerald Borgsen hade i genomsnitt tjugo timmars övertid i veckan, men Barbarotti hade aldrig brytt sig om att kontrollera hur det faktiskt förhöll sig. Kanske var det i underkant.

För egen del tänkte han inte jobba över. Inte mer än han redan gjort den här dagen. Han tänkte gå och simma tusen meter och basta i en timme. Det var fredag kväll och Sara hade lovat att laga en pasta till halv nio. Om han inte snubblade över ett lik på väg till sporthallen, borde han hinna gott och väl.

Kanske slå en signal till Helsingborg så småningom också.

Det dröjde till lördagens förmiddag innan identifikationen var klar. Varför det tagit så lång tid visste inte Gunnar Barbarotti och han brydde sig inte om att ta reda på det.

”Jag har lagt ett papper på ditt skrivbord”, förklarade Sorgsen med trött röst i telefon. ”Där kan du läsa om vår vän Sören Karlsson. Han blev ungefär trettionio år. Vi vet inte riktigt om han nådde fram till den där sista födelsedagen i november, eftersom vi inte kan säga exakt när han dog. Och jag har inte ringt och meddelat hans mamma, jag tänkte du skulle få göra det. Jag är lite trött på telefoner. Hej på dig.”

Trots den sista kommentaren ringde han upp på nytt två minuter senare.

”Tilläggas kan”, sa han med en tung suck, ”tilläggas kan, att skälet till att Jane Almgren började använda offrets mobil antagligen är att hennes fasta abonnemang stängdes av Telia den tjugofemte november. Det var bara det.”

”Tack, Gerald”, sa Gunnar Barbarotti och lade på luren.

En timme senare satt han på sitt tjänsterum med Sören Karlssons antecedentia i sin hand. Med Sorgsens minimala

374

piktur – han var en av de sista levande människorna som fortfarande tyckte om att skriva för hand – omfattade de lite drygt ett halvt ark papper och gav vid handen att SK var född i Karlstad 1965, att han lämnat hemmet och flyttat till Stockholm efter att ha gått ut en tvåårig gymnasielinje 1984. Att han bott på ett tiotal olika platser i landet, haft ett tjugotal olika födkrokar, samt att hans första dokumenterat kriminella handling rörde misshandel av en 76-årig kvinna i samband med en väskryckning på Västerlånggatan i Gamla Stan. Det var på sommaren 1988. Han hade aldrig varit gift och hade såvitt känt inga barn. Under en period om arton månader i slutet av nittiotalet hade han bott på en adress i Kalmar, medan han jobbade åt ett mindre städbolag, och det fanns en säker vittnesuppgift om att han under denna tid sällskapat en kortare tid med en viss Jane Almgren – som då fortfarande var gift, hade två barn och arbetade i samma städbolag.

Då så, tänkte Gunnar Barbarotti, och drog en djup suck. Det var det hela.

Längst ner på papperet hade Sorgsen skrivit upp ett telefonnummer och ett namn. Barbarotti blundade och drog ett par djupa andetag genom näsan. Dags att ringa upp fru Sylvia Karlsson i Kristinehamn, utan tvivel. Ringa upp och förklara att det alls inte berodde på försumlighet, detta att hennes ende son underlåtit att uppvakta henne på hennes sjuttioårsdag.

Hoppas hon inte är hemma, tänkte han och började slå numret.

Men han inlät sig inte på någon vadslagning med Gud, och Sylvia Karlsson svarade ampert redan efter andra signalen.

"Hur var begravningen?" frågade Eva Backman.

Det var måndag morgon. Det regnade. Gunnar Barbarotti hade tillbringat en stor del av söndagen i Helsingborg och Helsingör (och Louisiana), och inte kommit hem förrän vid tolvtiden på natten. Nästan tio timmar i bilen sammanlagt, men vad gjorde man inte?

"Väldigt trevlig", sa han. "Synd att du missade den. Och Sören Karlsson skall tydligen begravas i Karlstad, så du kanske inte kan gå på den heller?"

"Jag får överväga det", sa Eva Backman. "Du ser ut att må bra, hursomhelst... regnig måndag och elva månader till nästa semester, går du på valium eller helium eller nåt?"

Gunnar Barbarotti skakade på huvudet.

"Hm", sa Eva Backman. "Nåja, det är inte min business. Ska vi enas om att saken är klar nu, då?"

"Frånsett den lilla detaljen Henrik Grundt är saken glasklar", instämde Gunnar Barbarotti. "Men du får gärna berätta The Jane Almgren story färdigt om du har lust. Hur var det med det här nya vittnet? Vi fick lite kompletterande uppgifter, alltså?"

"En del", sa Eva Backman och tömde i sig sista slatten ur sin kaffemugg. "Det kom alltså en kvinna igår som berättade att Jane möjligen haft en liten affär med Robert Hermansson nere i tonåren... eller affär och affär? De hade varit ett gäng tydligen, och Robert hade bytt till... ja, till det här vittnet... mitt i natten."

"Aj då."

"Kan man säga. Och mitt i själva sovsäcken."

"Va?"

"Ja, hon uttryckte det så. De var ute och tältade någonstans utåt Kymmen, jag vet inte om det här betyder någonting, men vittnet, som alltså var väninna till Jane, påstod att

376

Jane blivit närmast galen och pratat om att mörda Robert. Försökt göra det också, tydligen."

"Redan då?"

"Redan då. Hon var sexton år, det ska böjas i tid... Hursomhelst finns det alltså en gammal koppling till Robert. Kanske är det som du sa, att hon kom ihåg sveket när hon såg honom på teve tjugo år senare. Sören Karlsson var ju den direkta orsaken till att hennes äktenskap sprack i Kalmar, så vi kan nog utgå ifrån att det finns ett hämndmotiv med i bilden. Vad gäller bägge offren."

"En gammal historia i ett tält?"

"Saker och ting ligger och pyr, vet du. Kan flamma upp efter tjugo eller trettio år, särskilt i trasiga själar."

"Jo tack, jag vet. Men hur är det med hennes man... exmaken, alltså?"

"Precis. Han måste ju också ha varit ett tänkbart offer. Men han och barnen hade en sorts skyddad identitet, faktiskt. Bor i Drammen i Norge, vad tror du Jane Almgren gjorde i Oslo? Hade hon inte blivit ihjälkörd hade hon kanske fått korn på honom också."

Gunnar Barbarotti tuggade på underläppen och begrundade detta en stund.

"Fy satan", sa han.

"Ja", sa Eva Backman. "Där sammanfattar du nog läget rätt bra. Men du och jag kan kanske lägga henne till handlingarna. Eller hur?"

Barbarotti nickade. "Jag antar det. Berggren och Toivonen kommer att fylla i det som fattas. Det gäller väl bara att måla den psykiska bilden och Toivonen är ju en hejare på sånt där."

Eva Backman log hastigt.

"Vad är du en hejare på?" frågade hon. "Egentligen?"

Gunnar Barbarotti rätade på ryggen och undvek hennes blick. Gjorde en grimas och tänkte efter. "Jag är glad att du tar upp saken", sa han. "Jag har funderat en del på det själv."

"Vad kommer du fram till, då?"

"Jag tror… jag tror jag är en jävel på att vara envis."

"Verkligen?"

"Ja. En gång när jag gick i skolan ägnade jag två veckor åt att lösa problemet med Broarna i Königsberg. Det var en lärare vi hade som alltid gav oss sådana där gåtor. Du känner väl till Broarna i Königsberg?"

"Jag trodde det var olösligt."

"Det är det också. Och han berättade det. Men det brydde jag mig inte om, jag försökte lösa det i alla fall."

Eva Backman nickade och bet i en pekfingernagel. "Jag förstår", sa hon. "Och Henrik Grundt, för det är väl dit du vill komma?"

"Långt ifrån olösligt", sa Gunnar Barbarotti. "Ge mig lite tid bara."

Eva Backman satt tyst en stund.

"Hur mycket tid?"

Han ryckte på axlarna. "Det spelar inte så stor roll. Ett par månader eller ett par år. Det känns lite tvingande, faktiskt. De såg rätt trasiga ut?"

"Trasiga? Vilka då?"

"Familjen. Allihop på begravningen. Jag vet inte vem av dem som är värst däran. Men en sak är säker; det var inte Robert de satt och sörjde där i kyrkan. Stackars fan, han lyckades inte vara huvudperson på sin egen begravning, ens. Medge att det är i kymigaste laget."

"Existentiell nitlott", sa Eva Backman. "Men det är väl inte så att du tror att Henrik Grundt är i livet?"

"Har svårt att föreställa mig det", sa Gunnar Barbarotti. "Mycket svårt."

"Lika svårt som att föreställa dig att han dog en naturlig död?"

"Nästan lika svårt", suckade Barbarotti. "Men om jag kan övertyga Asunander om det, skulle jag vilja sätta mig ner i tre dagar och gå igenom hela fallet en gång till. Allt vi har. Alla intervjuer, allting, vända ut och in på vartenda ord och ifrågasätta varenda jävel."

"Är det inte bättre att göra tvärtom?"

"Va?"

"Ifrågasätta vartenda ord och vända ut och in på varenda jävel?"

"Fru Backman är ett riktigt litet salt, vet hon om det?"

"Min man brukar säga det", sa Eva Backman. "Men ta ett samtal med chefen, du. Jag såg honom imorse."

"Asunander? Hur verkade han?"

"Dyster. Övermåttan dyster."

"Då väntar jag tills imorgon", avgjorde Gunnar Barbarotti. "Herren skapade ingen brådska."

"Är du bekant med Herren?" undrade Eva Backman. "Det hade jag inte trott."

"Bara en smula", erkände inspektör Barbarotti. "Bara en smula."

IV. November

32

Kristina steg av vid Gullmarsplan eftersom tåget fortsatte mot Farsta strand. Lutade sig mot vindbyarna, stretade över det ödsliga torget och genom den nerpissade gångtunneln upp mot Globenområdet. Regnet kom drivande i frostiga kaskader och hon frågade sig varför hon inte lytt Jakobs råd, handlat i Östermalmshallen och tagit en taxi hem till Enskede.

Men kanske var det så det fungerade – att hon just i dessa obetydliga olydnader hade sina motståndsfickor. Här och blott här. Varför inte? Någonstans måste man hitta syre för sin överlevnad.

De skulle ha gäster. Två danska filmproducenter med fruar, närmare bestämt, en svensk teveboss utan sällskap och en lesbisk finsk regissör. Det skulle lagas mat och drickas furstligt. Det gällde ett samnordiskt projekt. Blinier och löjrom och snaps. Rådjur och Barolo. Karamelliserade fikon och chèvre och kaffe och calvados och fan och hans mormor.

Hon var trött in i själen. Men nu var det så att hon bestämt sig för att handla i Globenarkaden; om hon ändå var tvungen att spela den unga, perfekta – och klädsamt gravida – hustrun, hade hon väl åtminstone rätt att bestämma var råvarorna skulle införskaffas? Dessa som under eftermiddagen skulle beredas och förädlas, för att framemot aftonen kunna stoppas i käftarna på de uthungrade mediemogulerna och deras hårdspacklade hustrur. Tevebossen och den finska flatan.

Simulerat motstånd, som sagt. Klockan var inte mer än elva på förmiddagen. Det var gott om tid, fem-sex timmar var vikta åt gourmetiska förberedelser. Jakob hade till och med lovat att hämta Kelvin hos dagmamman, ingen skulle komma och säga att han inte visade sin pregnanta hustru tillbörlig uppskattning och omtanke.

Hon tog sig in i shoppingarkaden via McDonaldsrestaurangen. Där var knökfullt; hon fick armbåga sig fram, men inte en sekund mer än nödvändigt ute i snålregnet. Hon kände att hon behövde sitta ner och vila en stund innan hon tog itu med provianteringen. Hittade ett espressocafé, fick av sig regnjackan och beställde en cappuccino. Slog sig ner på en hög stol vid ett diminutivt bord mitt i vimlet. Hon hade återfått sin smak för kaffe i förra veckan. Mitt i sjunde månaden, det var precis som förra gången.

Förra gången? tänkte hon, och medan hon förstrött vispade runt skummet med den trista träpinnen försökte hon erinra sig hur hon hade känt sig när hon väntade sitt första barn. Den tystlåtne och inåtvände Kelvin. Försökte återkalla den där känslan av opreciserad förväntan och naiv optimism; hitta dess tonart åtminstone, men det var lönlöst. Allt var så fruktansvärt förändrat. Livsvillkoren så in i grunden omstuvade att hon ibland frågade sig om det verkligen var meningsfullt att tro att hon var samma människa. Var det samma hjärna som tänkte dessa tankar, som just nu gav handen order om att lyfta muggen och munnen att smutta på den alltför heta skummade mjölken? En bra fråga som det hette. Hon hade levt i en ständigt pågående mardröm i snart ett år nu, och det fanns inga tecken som pekade på att den någonsin skulle upphöra. Inga tecken alls.

"Du ser inte glad ut", hade Marika på mödravårdscentralen sagt. Det var där hon hade tillbringat förmiddagen. En halvtimme av den åtminstone. Naturligtvis borde hon ha gått till en mödravårdscentral i Gamla Enskede, men hon hade fäst sig vid Marika när hon väntade Kelvin, och Marika arbetade inne på Artillerigatan. Jakob hade föreslagit Enskede, men hon hade valt Marika. Motstånd.

"Nej", hade hon svarat. "Jag är inte glad. Jag vill inte ha det här barnet."

Hon förstod inte vad som flugit i henne. Hon hade aldrig tillstått någonting sådant tidigare. Men det var väl just det som var Marikas styrka. En av hennes styrkor, att dra ur folk sanningen.

Hon hade lagt sin grova hand på Kristinas arm och sett henne djupt in i ögonen från tjugo centimeters håll.

"Det kommer råd", hade hon sagt med sin svagt klingande finländska brytning. "Tro mig, kommer tid, kommer råd. Du ska inte vara orolig, lilla vän."

Sedan hade hon frågat om det var något galet med själva faderskapet. På något vis. Kristina hade ruskat på huvudet och tänkt att det inte var faderskapet det var frågan om, utan själva fadern. Det var där galenskapen bodde. Hon råkade vara gift med en mördare och det var mördarens barn hon nu bar under sitt hjärta. Men hon var i denne vansinnige make-mördares våld, det fanns helt enkelt inget att göra åt den saken; det var gudarnas straff för att hon hade lekt en förbjuden lek, och under resten av sitt liv skulle hon aldrig undkomma dessa villkor.

Men inget av detta hade hon anförtrott åt Marika. Den var också ett villkor, tystnaden.

Hon smuttade på kaffet igen och ruskade på huvudet i nutid också. Svalde både den heta drycken och klumpen i halsen, som hon vant sig vid att göra. Betraktade under några ögonblick två unga kvinnor som satt i ivrigt och glatt samspråk vid bordet intill, och tänkte att om hon hade fötts tio år senare skulle en av dem ha kunnat vara hon själv. Den mörkhåriga, om hon hade fått välja, hon hade ett så tilltalande ansikte. Sorgfritt på något vis, massor med framtid och inget tungt bagage.

Sedan gick det en blank sekund och så dök planen upp i huvudet på henne igen.

Eller *Planen*, de sista dagarna hade den börjat presentera sig med versal och kursiver, vad det nu kunde betyda. Som en skylt som plötsligt blixtbelystes inne i huvudet på henne, med just dessa sex bokstäver i blodröd klarskrift.

Så hade det inte varit från början. Tvärtom, när den första gången visade sig, hade den bara varit en tjuv om natten, tassande och försynt, alls inte avsedd att läggas märke till eller tas någon notis om. Men så hade den fått råg i ryggen på något egendomligt vis, lät sig plötsligt inte avvisas lika enkelt, dröjde sig kvar och krävde företräde, det var sannerligen en märklighet, som en... ja, som en kavaljer som kom och bjöd upp och som hon inte kunde bestämma sig för om hon skulle avspisa eller inte.

Jag är ditt enda alternativ, brukade han säga. Din enda väg ut ur det här, Kristina. Du vet det, du kan välja att erkänna det nu eller om tio år. Men förr eller senare kommer du att omfamna mig. Din feghet bestämmer tidsmåttet, ingenting annat, du avgör själv hur många dagar ytterligare du vill leva under hans förtryck.

Mord, tänkte hon. Döda honom. Det är det han säger, kavaljeren.

Men inget av dessa preciserande ord kursiverades någonsin eller lystes upp för hennes inre öga. Motsatsen snarare, så fort hon tänkte dem, falnade de och försvann bort i sin egen orimlighet.

Eller hennes feghets dimma eller vad det nu var.

Och ändå var det ju just detta *Planen* innehöll. Detta och ingenting annat.

Drömmen falnade dock aldrig. Den repriserades tre eller fyra nätter i månaden och varje gång låg varenda detalj omutligt på plats. Ingenting förändrades, allt fanns kvar... Jakobs entré i rummet, Henriks förfärade inandning, de utdragna sekunderna av absolut tystnad och orörlighet... Jakobs händer som sliter upp pojken ur sängen, det brutala kastet ner på golvet, knäet mot hans bröstkorg, hennes eget kvävda skrik.

Jakobs tre-fyra hårda slag med knuten näve, hans händer runt Henriks hals, ögonen som tycks trilla ut ur sina hålor, hennes egen oförmåga att göra någonting alls, hennes vanmakts sammanbitna tänder och Jakobs slutgiltiga ord: såja, nu är han död.

Hans rungande örfil och hans spott i hennes ansikte.

Dokumentärt. Det var ingen dröm, noga taget. Det var en autentisk – fullständigt autentisk och detaljtrogen – minnessekvens av den där natten. Invirandet av Henriks döda kropp i lakanen. Utlämpandet av honom från den lilla brandbalkongen ner i buskaget. Släpandet in i bilen. Ingen hade sett dem. Ingen hade hört dem. Klockan var halv fem när de var klara. Då slog han henne i ansiktet en gång till och våldtog henne. Klockan sju satt de redan i restaurangmatsalen och åt frukost. Kelvin också, nedtryckt i den rödlackerade barnstolen, han hade sovit som en stock hela natten. Klockan kvart i åtta lämnade de Kymlinge.

Begravningen av kroppen tog han själv hand om. Fortfarande visste hon inte var Henriks grav låg. Han hade varit borta hela följande natt, hon förstod att han varit noggrann.

Kanske havet, kanske någon skog i trakten av Nynäshamn, han var bevandrad där. Hon frågade aldrig, han skulle inte ha berättat.

Och när han förklarade ramarna för fortsättningen av deras liv, hade hon redan varit införstådd med dem.

Om du avslöjar mig, avslöjar jag dig.

Några veckor senare hade han gjort det där tillägget.

Om du dödar mig finns där uppgifter i mitt testamente.

Om du dödar mig finns där uppgifter i mitt testamente.

Länge hade hon trott på det. Länge hade hon drömt om detta dokument också. Litat på dess autencitet.

Att han verkligen skrivit så. Gått till en advokat och överräckt ett igenklistrat kuvert: *Att öppnas efter min död.* Eller: *Att öppnas i händelse av min död genom oklara omständigheter.*

Nu tvivlade hon. Sedan en tid hade hon börjat ana att det inte alls fanns något sådant dokument. Vad skulle Jakob ha för intresse av att bli avslöjad som en mördare efter sin egen död? Fanns det verkligen någon anledning att skaffa sig själv det eftermälet?

Det var en fruktansvärt svår fråga. I dagar och veckor hade hon gått och vänt och vridit på den. Och där fanns följdfrågor.

Hatade han henne verkligen så mycket? till exempel. Så mycket att han ville straffa henne när han själv inte längre var i livet?

Varför valde han i så fall att binda fast henne vid sig överhuvudtaget? Att sätta henne i den här rävsaxen. Var det verkligen bara detta enkla? Att han ville ha en hustru som aldrig skulle kunna neka honom någonting? Som han givit sig moralisk rätt att våldta natt efter natt, så ofta han hade lust.

Kanske? Kanske var det så? Kanske var Jakob Willnius just

388

så funtad och så sjuk att han kunde – och ville – leva på det viset. Det fanns en del som tydde på det. Vissa män hade en sådan kärna.

Fast det fanns en intressantare följdfråga. Så småningom, när hon vänt på den några gånger, ältat den under några veckor, vågade hon sig nästan på att skriva om den till ett konstaterande.

Det viktiga, det verkligt viktiga – utifrån Jakob Willnius synpunkt – var förstås inte att verkligen skriva ett dokument av den omtalade arten, utan att *göra sin hustru förvissad om att ett sådant dokument existerade*. Det var genom det sistnämnda han bakband hennes händer och skaffade sig en livförsäkring, inte genom det förstnämnda. Så var det.

Eller hur? frågade sig Kristina. Eller hur? Eller hur? Eller hur?

Och det var genom det försiktigt uttalade, nätt och jämnt hörbara, ja-svaret på denna halvt retoriska, halvt desperata fråga, som planen öppnades. *Planen.*

Hon drack en klunk kaffe och såg på klockan. Den var tjugo minuter i tolv. De snattrande väninnorna vid bordet intill hade ersatts av en trött man med ett berg av shoppingkassar runt sina fötter. Arkaden vimlade av folk. Unga, gamla. Torra, regnvåta. Män, kvinnor. Jag skulle, tänkte Kristina Hermansson och strök frånvarande med handen över sin spända mage, jag skulle utan att tveka en sekund byta identitet med vem som helst av alla dessa människor.

Så reste hon sig, lämnade sin halvdruckna pappmugg kvar på bordet och begav sig bort mot ICA för att ta itu med sina hustruliga plikter.

Men hur? tänkte hon. *Hur?*

Leif Grundt körde in Volvon på garageuppfarten och stängde av motorn. Blev sittande med händerna på ratten utan att förmå sig att stiga ur. Klockan var halv tio på kvällen. Det var en torsdag i november. Det regnade.

Villan låg i mörker, frånsett Kristoffers rum, där ett blåaktigt ljus avslöjade att teven stod på. Leif Grundt var trött, in i märgen trött. Han hade åkt hemifrån före sju imorse, lämnat butiken elva timmar senare och sedan suttit ytterligare två på Vassrogga hos Ebba.

Hon tillbringade veckorna där, helgerna med familjen. Privat vårdhem; någon sorts intensivterapi, han var inte säker på vad de egentligen sysslade med. Tolv-femton kilometer inåt landet längs Indalsälven hursomhelst; det hade pågått i tre veckor nu, skulle pågå i tre till. Varje torsdagskväll var det familjesamtal, han åkte dit och försökte vara snäll och förstående. Det snälla rodde han väl i land, det var värre med förståelsen. Han tyckte inte hans hustru såg ut att ha gjort några särskilda framsteg.

När han försiktigt framförde detta till terapeuten, svarade denne, en mycket mild och mycket skäggig man i sextioårsåldern, att fru Grundt hade förlorat en son och att det skulle komma att ta tid.

Leif Grundt hade velat svara att i den mån sonen faktiskt var förlorad, så var det hans förlorade son också. Men han förstod att detta inte var sådant man sa.

Imorgon kväll skulle Ebba komma hem, och han märkte att han kände sig obehagligt kluven inför detta. Som om han och Kristoffer med ens fick krav på sig. Kravet att hålla Ebba på humör. Eller under armarna eller hur man nu ville se det. Sedan en tid hade han en replik ringande inuti huvudet: *Ibland blir jag så jävla trött på dig, Ebba, fattar du inte det?* – och han visste att om dessa ord någon gång råkade halka över hans läppar, skulle ingenting längre gå att reparera. Det skulle vara spiken i deras äktenskapliga kista. Spiken i familjen Grundt.

Fast kanske, tänkte han och kramade lite håglöst med fingrarna om den stumma ratten, kanske var det redan bortom all räddning.

Vissa familjer tål en katastrof, hade han läst någonstans, vissa inte.

Och av allt att döma hörde familjen Hermansson Grundt till de senare. Elva månader hade det tagit, för ett år sedan hade allt strålat av välmåga och harmoni, åtminstone enligt normala måttstockar och hans eget ringa förstånd. En överläkarhustru, en konsumföreståndare, en student i Uppsala och en hyfsat välartad högstadieelev. Idag var studenten försvunnen, med största sannolikhet död, överläkaren var på väg in i sitt eget mörker, och själv satt han här och orkade inte komma ur bilen.

Så var det. Så hade det blivit.

Kristoffer, då?

Han vågade inte riktigt tänka på Kristoffer. Klart var att pojken hade börjat röka, att han umgicks i rätt dåliga kretsar och att hans skolinsatser lämnade en hel del övrigt att önska. Säkert drack han både öl och annat då och då; pappa Leif visste om det och Kristoffer visste om att han visste, men båda föredrog att inte låtsas om läget. I varje fall inte kommentera det. Det var illa nog som det var, inga fler problem på tapeten, tack. Fortfarande orkade han med att ge pojken en kram och ett uppmuntrande ord emellanåt, han hoppades att det skulle räcka i längden. De hade en sorts gentlemen's agreement, som väl i stort sett gick ut på att inte tala om det som var obehagligt och att låtsas som om det regnade.

Och regnade gjorde det. Leif Grundt kunde se hur dropparna studsade mot motorhuven och kondenserades i en tunn dimma, som i sin tur omedelbart upplöstes i intet. Motorn hade ännu inte kallnat. Varför sitter jag här? tänkte han. I mitt fyrtiotredje år sitter jag i min egen bil på min egen garageuppfart och glor ut i regnet. Missmodig som en infångad hummer. Varför då? Varför sitter jag här? Och vad... vad hade humrar med saken att göra? Men såklart, insåg han, det var förstås de där djupfrysta argentinska, som de hade blivit tvungna att kasta efter klagomålen från tanterna på... nej, nu tappade han tråden igen. Vad var det han satt och tänkte på?

Javisst ja. Kristoffer. Han glodde på teve igen, pojken, det blåaktiga skenet från hans fönster var inte att ta miste på. Frånsett att han stoppade i sig lite mat då och då och gick ut och tjuvrökte, var det väl det enda han ägnade sig åt när han var hemma.

Vad han sysslade med när han inte var hemma, större delen av helgerna till exempel, föredrog Leif Grundt att inte fundera närmare över. Som sagt.

Och det var som om deras blickar inte riktigt ville mötas. Inte som förr i tiden. Fast det låg väl i sakens natur det också, antagligen. Att undvika att se varandra, allting hade sitt pris.

Jag orkar snart inte orka mer, tänkte Leif Grundt, öppnade bildörren och klev ut i regnet. Fy fan.

Han skyndade de få stegen bort till ytterdörren och tog sig in i den mörka hallen. Hängde av sig jackan utan att tända ljuset och fortsatte in i köket. Tände över diskbänken och konstaterade att Kristoffer lämnat smör, ost och kaviar framme, samt att diskmaskinen antagligen var full, eftersom det stod en kladdig pastakastrull och ett durkslag i diskhon.

Det tog en kvart att få saker och ting i ordning, sedan gick han in till sin son. Som väntat låg han och tittade på en film, men den var i varje fall svensk. En av skådespelarna sa: "Dra åt helvete, din jävla hora", just som Leif Grundt öppnade dörren. Alltid något, tänkte han, och undrade samtidigt vad det skulle vara för betryggande med att filmen var svensk.

"Hälsningar från mamma", sa han.

"Okej", sa Kristoffer.

"Hon kommer hem imorgon kväll."

"Vet inte om jag är hemma då", sa Kristoffer.

"Jag förstår", sa Leif Grundt. "Nej, jag tror jag går och knyter mig. Hur dags börjar du imorgon?"

"Har sovmorgon till tio."

"Ska jag väcka dig när jag går?"

"Behövs inte. Jag kommer upp själv."

"Allright. Då ses vi till kvällen, då?"

"Jag antar det", sa Kristoffer Grundt.

Jag önskar dig en god natts sömn, min älskade son, tänkte Leif Grundt. Må inget ont drabba dig också.

Men han sa det inte. Gäspade och gick ut genom dörren, bara.

Han måste ha somnat någon gång under den sista tredjedelen av filmen, för han vaknade av musiken som ackompanjerade slutbilden av ett brinnande hus och eftertexterna. Det verkade lite korkat att lägga texten mot just den bakgrunden, tänkte Kristoffer, eftersom en hel del av namnen nästan inte gick att läsa. Men föralldel, det hade varit en rätt korkad film överhuvudtaget. Typisk svensk B-rulle.

Fast kanske var det just därför – att man inte riktigt kunde tyda namnen på alla dessa skådisar och kameramän och inspicienter och regiassistenter och ljudtekniker – som han faktiskt låg kvar i sängen och försökte göra det. Det brukade han sannerligen inte ödsla koncentration på. Namn efter namn efter namn... att det kunde behövas så satans mycket folk för att göra en så här usel film, tänkte Kristoffer. Det hade han inte riktigt haft klart för sig. Att det gick åt så många. Klippare och castare och scriptor och kostymansvariga... och medan han låg och slöglodde på alla dessa okända människor, dessa anonyma filmunderhuggare, så dök där plötsligt upp ett namn han kände igen.

Rimborg. Olle Rimborg.

Vad fasen? tänkte Kristoffer. Var har jag sett det förut? Eller hört?

Innan han hunnit titta efter vad denne Olle Rimborg haft för uppgift i filmens förunderliga värld, hade namnet rullat bort ur rutan. *Rimborg?*

Han grävde fram fjärrkontrollen under kudden och stängde av teven. Önskade att han haft en fräsch film att titta på, men han hade ingen på lager. Bara gammalt skräp som han sett till leda. Klockan var inte mer än kvart i elva, det skulle ha varit lagom med en schysst rulle att somna till.

Rimborg?

Han klev upp ur sängen. Bestämde sig för att ta en sista rök ut genom fönstret och sedan försöka sova i alla fall. Imorgon var det fredag. Dubbeltimme i gympa till att börja med, men det tänkte han skippa. Han hade visserligen fått IG-varning vid mitterminskonferensen, men två timmar i en sunkig simhall var sannerligen ingen passande öppning på en fredag. I varje fall inte enligt Kristoffer Grundts sätt att se på världen och villkoren.

Hans nuvarande sätt att se på världen och villkoren, kanske man skulle tillägga. Han var väl medveten om att han inte riktigt levde som han ville leva för tillfället. Att

394

han *genomgick en fas*, som kuratorn hade försökt förklara för klassföreståndare Stahke just i samband med den där konferensen. Hur fan kunde man heta Stahke?

Han lutade sig ut i novemberrusket och fick eld på cigarretten. Som tur var låg balkongen på övervåningen alldeles ovanför hans fönster, så han behövde inte få cigarretten blöt i varje fall.

Olle Rimborg?

Det var... efter två bloss kom den första ledtråden, se där, nikotinets goda inverkan på tankeförmågan... det var någonting med mormor. Någonting hon sagt... när då? Under begravningen? Javisst, så var det. De hade stått där utanför kyrkan – det var för övrigt enda gången han träffat henne på hela året, så det var inte så svårt att räkna ut – och hon hade dillat om någon som hette Rimborg.

Och så hade hon sagt att han kom tillbaka.

Han kom tillbaka. Vem tusan var *han*? Mormor hade förvisso varit lite gaggig under begravningen av Robert, men hon hade tjatat om den här Olle Rimborg rätt ordentligt, och om någon som hade kommit tillbaka på natten. Någon *annan*, som inte var Olle Rimborg. Riktigt enveten hade hon varit, mormor, så någonting låg det väl i det, antagligen. Trots gaggigheten.

Tänkte Kristoffer Grundt och drog ett djupt bloss på cigarretten. Vad hade hon sagt mer? Inte för att det spelade någon roll, men när han nu ändå inte hade någon film... när han ingenting annat hade att göra än att stå här och tjuvröka ut genom fönstret en regnig och hopplös novemberkväll, så kunde han väl anstränga tankemaskinen en smula... Jo just! Där kom det! Olle Rimborg var receptionist på hotellet i Kymlinge. Så var det... i varje fall om man fick tro mormor... och det var han som sagt att någon hade kommit tillbaka...

och det var nånting viktigt med det hela, alltså, mormor hade försökt förklara det för honom, men hon hade varit så förvirrad att han egentligen inte brytt sig om att lyssna på henne, det hade varit lite pinsamt. Ja, så var det, han mindes att han tyckt att hon varit en smula pinsam, stackars mormor.

Och så... och så dyker det där namnet upp på hans teveskärm två-tre månader senare, visst var det konstigt? Som om det legat och väntat. Olle Rimborg hade inte bara ett arbete, tydligen, han var både receptionist och nån sorts filmarbetare, visst var det som om...

Nästa bloss blev lite för djupt och fick det att snurra till i huvudet på honom, och så hade han hux flux Henrik hos sig igen.

Hej brorsan, sa Henrik.

Hej själv, sa Kristoffer.

Det är inte nyttigt att röka.

Tack. Jag känner till det.

Hur har du det?

Tack bra.

Är det riktigt säkert det?

Mm...

Henrik gjorde sig hemmastadd i honom en stund utan att säga något.

Okej, lille bror, kom det till slut. Jag skiter i hur du har det med ditt leverne. Kanske är det bara en fas, som dom säger. Men jag skulle vilja att du intresserar dig en smula för den här Olle Rimborg.

Va? sa Kristoffer.

Kolla upp det där, sa Henrik. Det kan inte skada.

Varför då?

Du vet att jag inte kan berätta vissa saker för dig, det här har vi pratat om förut.

Jo, jag vet, men…

Inga men. Vill du ha någonting vettigt att ägna dig åt, förutom att röka och dricka öl och missköta dig i skolan, så kolla upp Olle Rimborg. Du har ju redan listat ut var han finns, eller hur?

Jovisst, men… försökte Kristoffer.

Då säger vi så, avgjorde Henrik. Fimpa den där förbannade cigarretten nu, du behöver faktiskt rycka upp dig lite, brorsan.

Kristoffer Grundt suckade och drog ett sista bloss. Slängde ut fimpen i regnet, det var slut med gräsklippningen för i år, pappa Leif skulle inte hitta den. Stängde fönstret och kröp i säng.

Gå och tvätta dig och borsta tänderna också! la Henrik till. Bara för att Linda Granberg flyttat till Norge behöver väl inte du gå omkring och lukta bäver?

Kristoffer suckade en gång till, sparkade av sig täcket och kom på fötter. Brorsor, tänkte han.

33

Gunnar Barbarotti vaknade och visste inte var han var.

Kände att det låg en varm hand på hans mage. Den var inte hans egen.

Handen, alltså. Det var en kvinnohand. Under bråkdelen av en sekund blixtrade alla de kvinnor han vaknat upp med under sitt fyrtiosexåriga liv förbi genom hans morgontrötta medvetande. Stannade vid den rätta.

Marianne.

Föralldel. Vägen fram till Marianne var inte särskilt lång. Förutom sin förra hustru hade han på sin höjd älskat med ett dussin kvinnor; hälften av dem bara en eller två gånger, nästan alla för mer än tjugo år sedan. Studentåren i Lund.

Men nu låg han här med Marianne. Således. Hon sov fortfarande; drog lätta, snusande andetag genom näsan, han såg på hennes ansikte från två decimeters håll, och undrade hur i hela friden en så vacker kvinna kunde falla för en sådan drummel som han.

Fast det var väl en del av den feminina mystiken, det också, förstås. Tack och lov.

Malmö. Han såg sig försiktigt omkring i rummet och insåg att de befann sig på Hotell Baltzar i Malmö. Stort hörnrum på fjärde våningen. De där studentåren låg inte mer än en mil bort, faktiskt. Så var det; och när detta väl blivit fastslaget, föll även resten av pusselbitarna raskt på plats.

Det var morgon. Det var lördag. Det var mitt i november.

De hade kommit igår kväll, skulle stanna till söndag. Det gällde ett bröllop.

Inte deras eget, det hade väl ändå varit i tidigaste laget. Det hade ännu inte gått fyra månader sedan de träffades under de där magiska veckorna på Thasos, brådska var det sista de behövde ägna sig åt. Tvärtom, först ska vi suga på varandra som goda karameller, hade hon sagt, sen får vi se.

Gunnar Barbarotti hade inte haft något att invända, hade kanske lite svårt att se på sig själv som en god karamell, men skitsamma. Och det rådde ingen tvekan om att godisbegäret hade tilltagit rätt kraftigt under hösten. De hade träffats åtminstone tio gånger, han hade presenterat Marianne för Sara, och han hade träffat Mariannes barn – en pojke på 14 och en flicka på 12 – vid två tillfällen. Inga nämnvärda friktioner hade uppstått. O, store Gud, hade han tänkt så sent som häromdagen, jag hade visserligen inte bett om henne, men jag är nästan villig att dela ut tio existenspoäng för att du sände henne i min väg.

Vår Herre hade svarat att om människor bara hade förstånd att be om sådant som de verkligen behövde, skulle det vara enklare att tillgodose både det ena och det andra – och Gunnar Barbarotti hade försvarat sig med att han för sin del haft för sig att det var den existerande gudens ansvar att utrusta människorna med just ett sådant förstånd.

Angående detta hade Vår Herre bett att få återkomma med rätt svar.

Men nu var det bröllop. Mariannes syster Clara, 28-årig art director – Gunnar var inte riktigt säker på att han visste vad det innebar – hade äntligen hittat sin prins, en dansk arkitekt vid namn Palle. För egen del arbetade Marianne som barnmorska, ett yrke med betydligt klarare innehåll. Hon var också tolv år äldre än sin syster bruden (det förekom inte mindre än fyra systrar och tre bröder i familjen, de flesta av dem halv-), och Gunnar Barbarotti hade först blivit förskräckt vid tanken på att han skulle gå på en ungdomlig bröllopsfest och träffa hundratrettioåtta människor varav han kände en. Men att tacka nej föreföll ännu värre, och när arrangemanget utsträcktes på det här viset till en hel helg i Malmö – privat boende på hotell, bara han och Marianne – så hade alltihop framstått i ett betydligt mildare sken.

"Klart du ska åka, din gamla get", hade Sara uppmanat honom. "Du behöver se lite av det goda i livet också."

Min allrakäraste dotter, tänkte Gunnar Barbarotti och gäspade lyckligt. Om du bara anade.

Akten ägde rum i Sankt Petri kyrka, såväl brud som brudgum svarade ja, och efteråt var det kalas i Petri festvåning på en minuts promenadavstånd. (Och bara tre-fyra tillbaka till Hotell Baltzar, en omständighet Marianne inte underlåtit att påpeka.)

Sittningen blev lång. Man gick till bords strax efter klockan sex och fem timmar senare satt man fortfarande kvar. Gunnar Barbarotti hade räknat till tjugofyra tal och framträdanden, och enligt toastmastern – en fyllig yngling i ljusblå smoking, och som inte missunnade sig själv nöjet att prata en del, han också – återstod det åtminstone ett halvdussin innan dansen och groggarna tog vid.

Men föralldel, det gick inte någon större nöd på kriminalinspektör Barbarotti, det måste han tillstå. Han hade hamnat vid ett livat och osofistikerat hörn i den stora lokalen, där det dracks och glammades rätt friskt – och han hade Marianne inom syn- och nästan hörhåll diagonalt över en vacker dekorationsbädd av gula löv, ljung och rönnbär. Till bordet hade han en kusin till brudgummen, hon kom från en liten landsby på Jylland och talade en svårartad danska, som inte blev lättbegripligare av sju glas vin. På hans vänstra sida satt en tandläkare från Uddevalla, väninna till bruden och begåvad med en sångröst som gav honom gåshud när hon sjöng en egenhändigt komponerad kärleksvisa till de unga tu. Alldeles a cappella och snudd på erotisk; möjligen orsakades en del av knottrorna av att han såg till att ha ordentlig ögonkontakt med Marianne under hela framförandet.

Som väntat blev det mycket prat om hans yrke. En livs levande kriminalinspektör gick aldrig av för hackor, inte i något sammanhang och minst av allt på en bröllopsfest. Innan glassen kom på bordet hade de mest spektakulära brottssakerna i Sverige, från Palmemordet och framåt, avhandlats i tur och oordning. Catrin da Costa. Fadime Sindhari. Åmsele och Knutby. Tomas Quick. En allt mer berusad EU-sekreterare vid sidan av Marianne hävdade med allt starkare fermitet ju längre kvällen led, att han hade träffat Hörbymördaren under en cykeltur på Österlen i mitten av nittiotalet. Och att han inte alls hette Olsson. Kvinnan vid hans sida, tydligen var de en smula bekanta sedan tidigare, tröttnade så småningom på hans tjat, och bad honom gå ut och ta ett dopp i den närbelägna kanalen och nyktra till en smula. För att understryka sitt allvar, det var just mellan det tjugofemte och det tjugosjätte talet, drack hon i samma veva ur hans efterrättsvin, vilket just hade blivit serverat – ett tilltag som väckte stor munterhet bland de omkringsittande.

Gunnar Barbarotti hade inte uppfattat denna självsvåldiga kvinnas namn, hon var höghalsad och rödhårig och bara ett par år yngre än han själv, såg det ut som, men han upptäckte nu att hennes placeringskort låg mittemellan dem på bordet och han kastade en hastig blick på det.

Annica Willnius.

Willnius? En klocka pinglade djupt inne i hans lätt intoxikerade huvud.

Det tog ytterligare två tal och ett glas vin innan det dök upp.

Jakob Willnius. Det var så han hette, Kristina Hermanssons make. Det fanns fortfarande synapser som fungerade.

Men det hade gått... han var tvungen att räkna efter... lite drygt tio månader sedan han satt och pratade med honom i det där vackra hemmet i Gamla Enskede. Inte kunde väl namnet Willnius vara en tillfällighet? Nej, det verkade alltför ovanligt, de måste vara släkt på något vis.

Och på bara några sekunder, medan han lutade sig tillbaka och försiktigt smuttade på det söta vinet – och släppte koncentrationen om kvällens tjugosjunde tal – seglade hela fallet in i hans medvetandes hamn. Eller rättare sagt halva fallet. Robert Hermanssons dystra historia var numera definitivt lagd till handlingarna.

Återstod Henrik Grundt. Återstod att komma någonstans överhuvudtaget. Gunnar Barbarotti suckade och smuttade ytterligare på vinet. Officiellt sett pågick fortfarande utredningen, men den existerande guden skulle veta att det gick för halv maskin. Eller kvarts. Eller åttondels. Sedan i augusti hade det inte hänt ett skvatt, det som ägde rum i fråga om polisiärt arbete var väl i stort sett att inspektörerna Barbarotti och Backman diskuterade läget en eller två gånger i veckan. Uttryckte sin frustration och konstaterade att ingenting nytt hade timat.

Men, som Eva brukade konstatera, hur fan ska det kunna hända någonting i en utredning, när ingen gör någonting? Väntar vi på en ny bussolycka i Oslo eller vad är det frågan om?

Han märkte att tankarna på fallet höll på att sänka livsandarna i honom rejält. Det var som det brukade. Att sitta och grubbla över olösbara problem hade kanske tilltalat honom under skolåren, men det var ingenting för en kriminalpolis i vuxen ålder. Han tömde i sig vinet. Tänkte på den gyllene regeln att berusningen fungerar positivt så länge alkoholmängden i blodet ökar, negativt när den börjar sjunka. Talet pågick fortfarande, det var en fryntlig barndomsvän till brudgummen, som pratade en nästan lika obegriplig danska som hans bordsgranne – men till slut utbringade han i alla fall en skål. Gunnar lyfte sitt tomma glas, såg sig till höger och vänster och rakt fram, som han blivit lärd... och just när han simulerade själva drickandet fick han ögonkontakt med den rödhåriga mittemot. Hon blinkade åt honom och log.

Jag måste fråga henne, tänkte han. Det är det minsta jag kan göra.

Men jag tror jag tar henne lite i enrum först.

"Skönt med lite frisk luft."

Hennes påstående jävades en smula av att hon i samma stund drog ett djupt halsbloss på sin cigarrett. De stod ute på den stora balkongen, klockan var några minuter i tolv. Taffeln hade brutits och ommöblering inför den stundande dansen pågick för fullt inne i festlokalen. Regnet hade upphört, han lutade sig på armbågen mot den brösthöga stenbalustraden, såg ut över våtblänkande gator och dimstråk och gult ljus, och tänkte att novemberkvällar kunde vara ganska vackra. Ömsinta på något egendomligt vis. Marianne hade lämnat honom för att stå i pudringskö, och han hade skaffat sig en ölflaska i den nyöppnade baren.

"Utan tvekan. Men det var trevligt därinne."

Hon nickade.

403

"Jag måste få fråga om ditt namn."

"Mitt namn?"

"Ja. Du heter Annica Willnius, eller hur?"

"Kriminalinspektör igen?"

"Nej då. Men jag stötte på en Jakob Willnius för en tid sedan. Det måste väl vara en släkting till dig?"

Hon drog ett nytt djupt bloss. Såg ut att överväga någonting.

"Min före detta man."

"Aha?"

"Vad har han gjort?"

Gunnar Barbarotti skrattade till. "Ingenting. Han förekom i en utredning, bara. Man träffar så fruktansvärt många människor i mitt jobb."

"Kan jag tänka mig. Nåja, vi skildes för fem år sedan. Jag har ingenting med honom att göra. Han bor väl kvar i Stockholm med sin nya, antar jag... och jag bor med min nya i London. That's life, eller vad säger du?"

"I det tjugoförsta århundradet", kompletterade Gunnar Barbarotti. "Jo, jag är nog på väg åt samma håll för egen del."

Det var djärvt sagt, han förstod att det var alkoholen som hjälpte honom på traven. Hon nickade och såg fundersam ut för ett ögonblick. "Fast jag behöll hans namn, som sagt. Hette Pettersson som flicka och min nya krok heter Czerniewski. Vad säger du om Annica Czerniewski?"

"Själv heter jag Gunnar Barbarotti", sa Gunnar Barbarotti.

Hon skrattade. Han skrattade. Vad skönt det är när folk är lite berusade, tänkte han. Att vi ska behöva ha dom här hämningarna att dras med jämt och samt. Hon hade fått med sig ett vinglas ut, nu höjde hon det.

"Skål på dig. Du verkar vara en trevlig snut, tycker jag."

"Du med... fast du är väl inte snut förstås?"

Han tog en klunk ur flaskan.

"Inte riktigt. Teater är min födkrok. Fast bara bakom kulisserna."

"Jag förstår."

"Men jag skall erkänna en sak."

"Vad då?"

"Det skulle inte förvåna mig det minsta om Jakob gick över gränsen. Inte det minsta."

"Vad menar du?"

Hon drog ett nytt bloss och tvekade. Blåste ut röken i en tunn, eftersinnande strimma. Hon ser ut som en donna ur en fransk film, slog det honom. Fast hon jobbade ju inom den branschen, kanske smittade det av sig på verkligheten då och då.

"Jag menar bara att Jakob Willnius är ett riktigt svin. Ett otäckt, djävla svin. Det märks inte på ytan, men har man varit gift med honom i åtta år, så vet man."

"Har du haft trevligt?"

Marianne stack armen under hans och kysste honom lätt på kinden.

"Ojdå. Läppstift."

Hon torkade bort det med ett fuktat pekfinger.

"Jo tack. Du då?"

"Alla gånger. Vem var kvinnan i rött?"

"Vet inte. Kände igen hennes namn, bara. Satt mittemot henne."

"Okej. Nu är det bröllopsvals, sedan måste du dansa med din bordsdam. Men efter det får du bara dansa med mig."

"Skulle aldrig falla mig in att dansa med någon annan", försäkrade Gunnar Barbarotti. "Hm."

"Vad betyder 'hm'?"

"Va?"

"Du sa 'hm'? Lät som om du grubblade över någonting."

"Förstår inte vad det skulle vara", sa Gunnar Barbarotti. Lade armen om sin älskades midja och förde henne varsamt in i balsalen.

"Hej", sa Kristoffer Grundt. "Är det Olle Rimborg jag talar med?"

"Högst densamme."

"Va?"

"Ja, jag heter Olle Rimborg."

"Eh... bra. Jag heter Kristoffer Grundt. Jag ringer från Sundsvall. Det är du som jobbar på hotellet i Kymlinge, alltså?"

"Ja, jag brukar arbeta som receptionist då och då... vad är det du vill?"

"Det var en grej", sa Kristoffer. "Fast jag vet inte riktigt..."

"Jaha?"

"Alltså, jag heter Kristoffer Grundt. Vår familj var på besök hos mormor och morfar i Kymlinge i december förra året, och då... ja, då försvann min bror Henrik. Min morbror också, och han hittades..."

"Jag vet vem du är", avbröt Olle Rimborg med plötslig entusiasm. "Naturligtvis. Jag känner till hela historien. Runk... jag menar din morbror hittades styckad nu i augusti. Du är alltså bror till...?"

"Henrik Grundt, ja. Den andre som försvann."

"Han har väl inte kommit tillbaka?"

"Nej... nej, han är fortfarande försvunnen."

"Bodde inte du på hotellet nu i augusti? När begravningen av Robert var. Med din mamma och din..."

"Jo."

"Tänkte väl det. Jag jobbade då också. Kanske vi sågs."

"Kanske det", sa Kristoffer.

Det blev tyst i luren ett par sekunder.

"Eh... vad var det du ville, alltså?"

Kristoffer harklade sig.

"Det var bara en grej som mormor sa... och jag tänkte jag skulle höra efter med dig. Det är säkert ingenting viktigt, men vi har lite kris i familjen häruppe, faktiskt, och jag..."

"Det kan jag tänka mig", hann Olle Rimborg skjuta in.

"... och man vill ju gärna att det liksom blir klarhet, även om det skulle innebära..."

"Ja?"

"... även om det skulle innebära att min bror faktiskt är död."

"Jag förstår", sa Olle Rimborg. "Men vad var det din mormor sa, alltså?"

"Hon sa att hon hade pratat med dig... och du hade sagt att någon hade kommit tillbaka."

Det blev tyst i luren ett ögonblick igen, men Kristoffer kunde höra hur Olle Rimborg drog efter andan.

"Det stämmer", sa han när han blåst ut luften. "Nu förstår jag. Jo, jag pratade en liten stund med fru Hermansson medan dom bodde här under begravningen, och jag nämnde väl en sak som... ja, som jag har funderat lite över."

"Jaså?" sa Kristoffer Grundt.

"Det är ju så det är, man funderar lite när det händer sådana här saker. Det är ju inte var dag det försvinner två personer från Kymlinge, precis. Inte under... under sådana här omständigheter i varje fall."

"Jag har förstått det", sa Kristoffer Grundt. "Men vem var det som kom tillbaka, alltså... jag begrep egentligen inte så mycket av vad mormor pratade om, om jag ska vara ärlig. Det var säkert ingenting viktigt, men jag fick för mig att jag skulle ringa och höra efter med dig i alla fall."

"Det var hennes man", förklarade Olle Rimborg. "Jag menar Kristina Hermanssons man. De bodde ju här på hotellet då i december. Kristina och jag gick faktiskt i samma klass på gymnasiet, så hon var ju en gammal bekant så att säga... ja, hon är alltså din moster, eller hur?"

"Stämmer", sa Kristoffer Grundt.

"Nåja, det jag har funderat över... och det som jag nämnde för din mormor... är alltså att han kom tillbaka mitt i natten, Kristinas man. Det var sagt att han skulle åka tillbaka till Stockholm sent på kvällen, och det gjorde han också. Runt midnatt någon gång. Men hon och barnet sov kvar. Fast sedan kom han tillbaka strax före tre..."

"Vänta nu", bad Kristoffer. "Vilken natt är det vi talar om? Är det...?"

"Natten då din bror försvann", klargjorde Olle Rimborg. "Jag hängde med rätt bra i vad tidningarna skrev, det blir ju så att man gör det. Din morbror försvann natten mellan måndag och tisdag, och din bror försvann nästa natt. Mellan tisdagen och onsdagen, med andra ord. Det är väl riktigt? Veckan före jul var det."

"Alldeles riktigt", intygade Kristoffer, och samtidigt började han känna hur hans hjärta bultade hårdare. "Det du säger..." försökte han formulera sig... "det du säger är alltså att Jakob... vadheterhan?... Jakob Willnius först åkte iväg klockan tolv på natten... det måste ha varit alldeles efter att festen var slut hemma hos mormor och morfar… och att han sedan kom tillbaka klockan tre. Är det så?"

"Exakt", sa Olle Rimborg.

"Och vad hände sen?"

"Sen? Ja, de stack härifrån tidigt nästa morgon, hela familjen. Kristina och… vad sa du att han hette…?"

"Jakob Willnius."

"…Jakob Willnius och deras unge. Ja, de drog tidigt nästa morgon. Åt frukost vid sju och checkade ut kvart i åtta ungefär."

Det blev tyst en stund igen.

"Och?" sa Kristoffer Grundt.

"Ja, det var det hela", sa Olle Rimborg. "Det var väl ingenting märkvärdigt, men jag har tänkt på det lite. Hade tänkt fråga Kristina under begravningen nu i augusti, men hon såg så bedrövad ut och jag ville inte tränga mig på. Vi var visserligen klasskamrater, men jag kände henne egentligen inte. Du vet hur det är, man går i samma klass i flera år, men man pratar nästan aldrig med varandra."

"Jag vet", sa Kristoffer Grundt.

"Så det var det här du ringde om, alltså?"

"Jo, jag antar det", sa Kristoffer.

"Det var ju ingenting egentligen. Fast det händer liksom inte så mycket här i Kymlinge… om du förstår vad jag menar."

"Jag förstår", sa Kristoffer Grundt. "Tack ska du ha i alla fall."

Fast när han lagt på luren undrade han om han egentligen gjorde det.

Förstod?

Om där nu ens fanns någonting att förstå? Det verkade

inte så. Jakob Willnius hade kommit tillbaka till hotellet den där natten. Åkt iväg och kommit tillbaka. So what? Kristoffer tittade på klockan. Den var tjugo minuter i tio på förmiddagen. Dags att bege sig till skolan om han inte ville missa ännu en lektion. Nåja, tänkte han, nu har jag gjort min bror till viljes i alla fall.

Han förväntade sig nästan att Henrik skulle dyka upp i huvudet på honom och säga tack så mycket. Det kunde man väl åtminstone begära?

Men där kom ingen bror.

Det var tyst som i graven från det hållet.

34

"Vem är hon?" frågade Eva Backman. "Jag tycker det är dags att klämma fram med det nu."

Gunnar Barbarotti bet i en morot och försökte se outgrundlig ut. De satt på Kungsgrillen, ett stenkast från polishuset – specialitet: husmanskost; gamla bortglömda rätter som rotmos och fläsklägg, sillbullar i korintsås, kåldolmar, pepparrotsgädda med skirat smör. Just idag stod det stuvad potatis och isterband på programmet, både för Barbarottis och Backmans del, rödbetor och tomatsallad därtill. Det var onsdag, de brukade gå till Kungsgrillen en eller två gånger i veckan, och Gunnar Barbarotti insåg att hon hållit inne med frågan längre än han haft anledning att förvänta sig. Betydligt längre, på Kungsgrillen brukade frågor av lite känsligare natur flyta upp till ytan rätt snabbt. Han tuggade i sig en korvbit.

"Marianne. Hon heter Marianne."

Eva Backman betraktade honom kritiskt.

"Jag vet att hon heter Marianne", konstaterade hon. "Du nämnde det igår. Är det allt du har att säga om henne? Är din kvinnosyn sådan att du bara skiljer ut den ena kvinnan från den andra genom namnet?"

"Vad nu då?" sa Gunnar Barbarotti. "Jag trodde vi skulle diskutera jobbet. Inte mitt förmenta kärleksliv. Men allright, hon är fyrtio fyllda. Fränskild barnmorska från Helsingborg med två tonåringar."

411

Eva Backman suckade.

"Utmärkt. Tack för upplysningen. Du är verkligen romantiker in i ryggmärgen, bäste herr kriminalinseminatör. Är hon snygg?"

"Har aldrig sett nåt vackrare."

"Vita tänder?"

"Yes."

"Violblå ögon?"

"Yes."

"Schyssta tuttar?"

"Oh, yes. Två stycken."

Eva Backman skrattade. "Och hon har en själ?"

"En stor stark", sa Gunnar Barbarotti. "Men jag tror det räcker med den informationen så länge. Hon har trots allt inte friat än, och det är väl inte så märkvärdigt att jag börjat träffa en kvinna igen?"

"Märkvärdigare än du tror", sa Eva Backman och log mystiskt.

"Jaså? Ja, hursomhelst får du väl träffa henne så småningom… om vi nu fortsätter, vill säga."

"Är det ett löfte?"

"Nej, det är en oundviklighet. Men skit i det nu. Det var faktiskt en sak angående jobbet jag ville prata med dig om. Om jag bjuder på flotta isterband får du faktiskt ställa upp på det."

"Jag förstår", sa Eva Backman. "Du behöver hjälp som vanligt. There is no such thing as a free easter band. Vad är det frågan om?"

"Henrik Grundt."

"Aha?"

"Vad betyder aha?"

"Jag vet inte. Antagligen att jag är lite förvånad. Du har

412

inte dragit upp fallet på över två veckor nu."

"Det betyder inte att jag inte går och tänker på det."

"Jag går också och tänker på det. Nå?"

"Hrrm. Jo, det var den här kvinnan på bröllopet, alltså."

"Bruden?"

"Nej, inte bruden. Det var åtminstone sjuttio andra kvinnor där."

"Jag förstår."

"Jag satt mitt emot henne vid bordet."

"Jaha?"

"Efteråt snackade vi litegrann. Det framkom att hon hette Willnius."

"Willnius?"

"Ja. Annica Willnius."

Eva Backman höjde ett frågande ögonbryn.

"Hon är Jakob Willnius första fru. Jakob Willnius är numera gift med Kristina Hermansson. Kristina Hermansson är alltså…"

"Tack. Jag vet vem Kristina Hermansson är. Så du träffade exfrun till… hur blir det?… Henrik Grundts mosters man? Är det det du säger?"

"Ja."

"Imponerande. Hur bär du dig åt?"

"Håll käften, inspektör Backman. Om du tuggar lite easter band istället, så ska jag förklara under tiden."

"You have a deal."

"Du tittar på för många dåliga polisserier. Men det är ditt problem. *Mitt* problem är att hon nämnde en sak angående den här Jakob Willnius."

"Mhm?"

"Hon sa att han var en otäck typ. Att det inte skulle förvåna henne om han dödade någon."

413

Eva Backman svalde en klump stuvad potatis och tog en klunk Ramlösa. "Sa hon så?"

"Någonting med den andemeningen i varje fall."

"Och?"

"Det var bara det. Det kanske inte betyder någonting, men jag kan inte låta bli att fundera över det."

"Fundera över vad då, närmare bestämt?"

Gunnar Barbarotti gjorde en paus och lutade sig tillbaka i stolen.

"Jag vet inte riktigt. Över om vi kanske uteslutit den så kallade familjeaspekten lite väl lättvindigt i det här fallet, till exempel?"

Eva Backman lade ifrån sig besticken och torkade omständligt ur munvinklarna med en servett. Betraktade honom ännu mer kritiskt än tidigare och suckade.

"Det du lutar dig emot", sa hon långsamt – och inte utan ett irriterande stråk av löje i tonläget, tyckte kriminalinspektör Barbarotti – "är alltså ett uttalande från en före detta hustru på en bröllopsfest. Före detta hustrur brukar inte alltid älska sina före detta män, det kanske kommer som en nyhet för dig, men…"

"Fan i helvete", avbröt han med en plötslig ilska som kändes förvånansvärt äkta. "Jag säger ju att det bara är en fundering. Det har gått snart ett år sedan Henrik Grundt försvann från Allvädersgatan, och vi vet inte mer om vad som hände än vad… än vad Asunanders tax vet om kvinnoemancipationen. Om du har några bättre trådar att dra i, så är du välkommen att presentera dom."

"Intressant jämförelse", sa Eva Backman. "Och sorry, sorry. Jag glömde att du har en öm tå där. Det är klart att familjespåret är intressant."

"Tack."

"Fast ärligt talat har vi väl aldrig glömt bort det. Eller hur? Trodde bara vi var överens om att det var en återvändsgränd. Vilka motiv skulle ligga bakom att någon av dem dödade Henrik? Eller att den här Jakob Willnius gjorde det? Hade de överhuvudtaget träffats tidigare, Henrik och den otäcke ex-maken?"

Gunnar Barbarotti slog ut med händerna i en uppgiven gest.

"Ingen aning. Nej, jag antar att det var en rätt optimistisk tanke. Tyckte jag ville nämna den för dig i alla fall."

"Tack för förtroendet."

"Varsågod. Det är dumt att låta alla hugskott stanna kvar i ett ynka huvud. Det kan du väl i alla fall hålla med om?"

"Mycket dumt", sa Eva Backman. "I synnerhet i ett sådant huvud. Jag lovar att fundera på saken. Ingår det efterrätt i det här glamorösa luncherbjudandet?"

"Kaffe ingår", sa Gunnar Barbarotti bestämt. "Ingenting annat."

De första dagarna – till och med de första veckorna – efter att hon börjat umgås med tanken på att döda sin man kände Kristina Hermansson närvaron av en sorts mild eufori. Det var inte mycket, inte mer än en tunn strimma av hopp egentligen, men den klöv mörkret och hon märkte att hennes robotartade tillvaro fick ett stråk av... av någonting mänskligt. Hennes medvetande hittade en riktning. Det krampartade tillstånd som hon vant sig att leva i, dessa långsamt roterande knytnävar – en i magen, en i halsgropen – kanske inte med nödvändighet behövde följa henne under återstoden av hennes dagar.

Om Jakob var ur vägen skulle hon kunna påbörja sin egen botgöring och ta itu med sin egen sorg. Möjligen.

Men tillståndet gick över. Nävarna knöts igen. När hon satt med sin tvåochetthalvtårige Kelvin i knät och såg in i hans kalla, frånvarande ögon, kändes det som om hon fylldes av hela tillvarons mörker och hopplöshet. Det var skrämmande och tröstlöst. Livet var ett uselt skämt. En cynisk melodram, tänkte hon, som någon bitter och misslyckad tevedramatiker skrivit ihop under berusade vargtimmar för att ta hämnd på sitt eget tillkortakommande. Ja, just en sådan gud kunde hon faktiskt tro på, en förgrämd clown som menat hela skapelsen som en fars och ett svart hånskratt.

Hon hade inte arbetat på över ett år nu. Kanske hade det med Kelvin att göra. Han var inte som andra barn; det var en sanning hon skjutit ifrån sig länge, men som det snart inte gick att hålla på avstånd längre. Han hade inte börjat gå förrän i tvåårsåldern och nu, ett drygt halvår senare, talade han fortfarande inte – inte mer än något enstaka, lösryckt och obegripligt ord, som kunde komma ur honom vid de mest oväntade tillfällen. Han lekte inte med andra barn, inte ens med Emma och Julius och Kasper, som han träffade varje dag hos dagmamman tre hus längre ner på Musseronvägen. Han lekte knappt för sig själv ens, kunde bygga en stund med lego eller måla med fingerfärg, men tyckte betydligt bättre om att demolera än att bygga upp – och oftast, nästan hela tiden, satt han bara och stirrade tomt framför sig, medan hans fingrar rörde sig mekaniskt och planlöst om varandra. Som om han ruvade på något, brukade hon tänka, som om där fanns någon svart hemlighet som han bar inom sig men inte riktigt kunde få syn på. Litegrann som hon själv, slog det henne. Vi har det som vi har det, jag och min son.

Och sov. Kelvin kunde sova fjorton-femton timmar per dygn, det var inte normalt.

Kanske skulle hon ändå ha kunnat älska honom. Kelvin

gjorde ingen förnär, och om bara inte allt annat lagts i ruiner och aska, skulle hon ha varit tillfreds med hans stillsamma väsen. Om det bara varit hon och han.

Kanske.

Men han upptog henne inte. Det som upptog henne mest dessa mörka dagar i mitten av november var möjligheten att få fatt i den där strimman av eufori igen.

Möjligheten att döda Jakob.

Att våga tro på det, åtminstone. Tänka på det som en reell möjlighet, ännu så länge räckte det med detta. För någonstans utefter vägen, vid något tillfälle under de tunga novemberförmiddagarna hade tankarna fått en sorts tydlighet. En skärpa, där hon sade sig att det faktiskt vore möjligt. Strimman som klöv mörkret slöts visserligen, men hon mindes den. Och visste att det var just detta steg hon måste ta. Förr eller senare, om hon skulle klara sig.

Döda.

För det fanns inget dokument, hon hade bestämt sig för det. Jakob hade inte lämnat någonting hos någon advokat eller på något annat ställe. Om han dog skulle ingenting komma upp i ljuset och avslöja bakgrunden till tragedin med Henrik. Han skulle inte peka ut sig själv som mördare, inte ens efter sin egen död. Inte ens för att hämnas på henne.

Hon visste inte riktigt säkert om detta resonemang verkligen höll streck, men hon bestämde sig för att ändå hålla fast vid det. Om hon skulle orka ta sig fram i någon som helst riktning, var det tvunget att det var på det viset.

Döda honom.

Men hur?

Och när?

Och hur undvika misstankar? Misstankar både mot henne

själv och misstankar som kopplade ihop Jakobs död med händelserna i Kymlinge? Om han dog och allt kom fram, så vore ju slaget ändå förlorat.

Jakobs död var den enda vägen, men hur skulle hon beträda den utan att ta felsteg?

I dagar och nätter grubblade hon över detta problem, och tyckte sig inte komma en centimeter närmare en lösning, men så öppnade sig – intalade hon sig åtminstone – en möjlighet.

Eller kanske var det bara en inbillning. Kanske hade det bara med avstånd att göra. Med att skjuta saker och ting ifrån sig och tro att allt är lättare att utföra någon annanstans. Glömma att man alltid, var man än befinner sig, måste släpa omkring på sig själv – sin egen närvaro och sin egen tvehågsenhet.

Thailand. Det var Jakob som kom med idén. Två veckor i december. Bara han och hon; Kelvin hos dagmamman, det hade gått förr; pojken var ju inte till något besvär och hon behövde alltid pengarna de betalade.

Hon hade inte sagt ja men heller inte nej, och nästa dag hade han ordnat resan, två nätter i Bangkok, tolv nätter på öarna utanför Krabi. Det hade gått ett par år sedan tsunamin, kunde vara intressant att se hur de lyckats bygga upp det, menade Jakob. Han hade inte rest i Thailand på tolv år, Kristina hade två veckor i Phuket i bagaget; 1996 eller möjligen 1997.

Avresa den 5:e december, hursomhelst, hemkomst den 20:e, och redan samma kväll såg hon möjligheten.

Svenska turister hade försvunnit förr i Thailand. Inte bara i samband med flodvågskatastrofen. Hon hade läst om det i tidningar, och det var inte svårt att se framför sig hur hon gråtande satt och berättade för en lokal polisman, med högst

418

bristfälliga kunskaper i engelska, om hur hennes man *had gone missing*. Att hon inte sett honom på över ett dygn och att hon var rädd att någonting kunde ha hänt honom.

Såg – mycket tydligt – för sitt inre öga hur de hjälplösa men vänliga thailändarna inte lyckades bringa klarhet i någonting, och hur hon gråtande gick ombord på ett plan hem till Sverige fem dagar tidigare än beräknat. Hur kvällspressen här hemma ägnade en rubrik eller två åt fallet, inte mer. Hur upprörda vänner ringde och uttryckte sina kondoleanser.

Vad hon behövde?

En kniv och en spade, tänkte hon sig. Bägge delarna gick säkert att inhandla varsomhelst i Thailand, och marken i djungeln var utan tvivel lucker och lättgrävd, det var hon övertygad om.

Hon kunde se själva dådet också. Knivhugget i ryggen under deras vandring i natten, kanske skulle hon locka honom med ett samlag under palmerna... hans stönande, hans förvånade (förhoppningsvis skräckslagna) blick och blodet som gurglade ut ur honom; ännu ett par hugg, så en timmes grävande och slutligen ett renande bad i havet.

Så enkelt. Så befriande.

När Leif Grundt ordnade en praoplats åt Kristoffer i en Konsumbutik i Uppsala, tyckte han själv att det var en mycket god idé. Praoveckan inföll runt månadsskiftet november-december, och om det var någonting pojken behövde denna sorgliga höst, så var det att komma hemifrån en tid. Det hade både klassföreståndaren och syokonsulenten hållit med om. Kristoffer också, på sitt vanliga, lite loja sätt.

Men när han väl satt pojken på tåget, lördagen den 27 november – och satt sig själv i bilen för att köra hem till

Stockrosvägen – kände han plötsligt en klump i halsen. Det var sen eftermiddag. Smutsig skymning och ett tunt, drivande regn. Huset skulle vara alldeles tomt. Ingen Kristoffer. Ingen Henrik. Inte ens någon Ebba; hans hustru hade – på sin skäggige terapeuts inrådan – beslutat sig för att inte lämna Vassroggahemmet de två sista helgerna av behandlingen. Tydligen ansågs det att hon blev sämre av att vara hemma. Leif Grundt hade inte mycket insikt i vad man egentligen sysslade med på Vassrogga, men på något dunkelt vis kände han ändå på sig att man angående helgerna gjort en riktig bedömning. Ebba hade hittills aldrig visat någon glädje när hon kom tillbaka till honom och Kristoffer på fredagskvällarna, och när han skjutsade iväg henne på söndagseftermiddagarna företedde hon inga tveksamheter över att behöva lämna dem ensamma igen. Tvärtom, även om hon inte gav uttryck för vare sig det ena eller det andra, fanns det tecken som tydde på att hon tyckte det var skönt att få åka tillbaka.

I varje fall tyckte sig Leif Grundt kunna upptäcka sådana tecken.

Kanske skulle tre veckors total separation få henne på bättre tankar? Kanske var tjugo dagar utan hennes sargade familj vad som behövdes för att någonting skulle ruskas om inuti Ebba Hermansson Grundt?

Men antagligen inte. Leif Grundt gjorde sig inga illusioner. De senaste dagarna hade den där broderade bården som hans egen farmor haft över sin säng på sjukhemmet – och som han suttit och stavat sig igenom när han var i femårsåldern – dykt upp i hans huvud med allt tätare mellanrum.

Var dag har nog av sin egen plåga.

Kloka ord att luta sig emot i nödens stund, tänkte Leif

Grundt. Om än inte särskilt optimistiska.

Hursomhelst var läget som det var. Han skulle vara ensam hemma i en hel vecka. Medan han körde de välbekanta gatorna upp mot Hemmanshöjden, och genom ett tilltagande grått regn, försökte han erinra sig när någonting sådant senast inträffat.

Det var i varje fall längesen, kom han fram till. Oerhört längesen. Och helt solo på Stockrosvägen hade han aldrig varit, det visste han med säkerhet. Några timmar kanske, någon eftermiddag, men en hel vecka? Aldrig.

Därav klumpen i halsen. Det var förstås inte så konstigt. Leif Grundt hade alltid haft svårt för folk som betraktade sig själva som offer. Som skyllde på omständigheterna och gav sig själva rätten att vara bittra. Men just nu kände han att han var snubblande nära; det var inte lätt att hitta någon godartad infallsvinkel när det gällde att skärskåda sakernas tillstånd. Han var *drabbad.* Inget tvivel om saken. Hans familj låg i ruiner; det hade börjat med Henriks försvinnande och sedan hade det rullat på. Knappt ett år hade gått, och Leif Grundt hade helt enkelt inte kunnat föreställa sig att någonting sådant här skulle kunna inträffa – att det legat inom möjligheternas ram. Ibland kunde han inte låta bli att fråga sig hur det skulle se ut om ytterligare ett år, om det fortsatte i den här takten. Hur skulle det stå till med familjen Grundt i december nästa år? Och nästnästa?

Samtidigt hade han dåligt samvete. Han kunde inte riktigt förstå varför; det var väl knappast hans skuld att Henrik hade försvunnit? Eller att hans hustru höll på att bli tokig? Eller att Kristoffer var på glid?

Ändå satt den där. Taggen i hans samvete. Kanske var det bara det där som biskop Tutu hade sagt, eller vem det nu var.

De som har kraften är skyldiga att orka.

Men om han nu inte hade kraften längre?

Han parkerade bilen på garageuppfarten som vanligt. Som han gjort tusentals gånger tidigare. Klev ur och skyndade de få stegen genom regnet fram till ytterdörren; tänkte att han åtminstone borde ha lämnat ljuset tänt för att maskera ödsligheten. *Maskera ödsligheten?* Var fick han sådana uttryck ifrån? Det var något med hans egna tankar också, med orden som dök upp i huvudet på honom. De tycktes komma från något hemligt förråd inuti honom, som han aldrig tidigare gluttat in i. Aldrig behövt glutta in i.

Men han hade inte tänt ljuset. Gjorde det nu istället, gick runt på övervåningen och på nedervåningen och tände lampor överallt; sedan tog han telefonen och ringde till Berit i Uppsala för att meddela att Kristoffer avrest som beräknat.

Det var hos Berit pojken skulle bo under praoveckan. Leif Grundt hade inga syskon, men han hade två närstående kusiner. Berit i Uppsala och hennes tvillingbror Jörgen i Kristianstad. Henrik hade också tillbringat ett par veckor hos Berit förra hösten, innan han fick tillgång till sitt studentrum i Triangeln. Hon var frånskild, men bodde kvar i ett alldeles för stort hus ute i Bergsbrunna tillsammans med en tioårig dotter. Det var en självklarhet att Kristoffer togs emot på samma sätt som Henrik blivit mottagen för drygt ett år sedan.

Hur mår han egentligen? hade hon frågat och Leif Grundt hade inte vetat vad han skulle svara.

Efter samtalet sjönk han ner vid köksbordet och funderade på hur han skulle få lördagskvällen att gå. Och söndagen.

Och på hur han skulle komma till rätta med den där gnagande känslan av försumlighet. Att han försummade sin hustru och sin son.

Jag borde inte ha skickat iväg honom, tänkte han plötsligt. Jag gjorde det bara för att få vara i fred en vecka. Om jag hade varit en god far, hade jag inte skjutit problemet ifrån mig på det här viset.

Men jag är så trött. Jag är så in till döden trött.

Han såg på klockan. Den var tjugo minuter i fem. Han lutade huvudet i händerna och började gråta.

35

Kristina tog tunnelbanan till Fridhemsplan och promenerade de få kvarteren tillbaka till Inedalsgatan. Det var söndag eftermiddag. Domssöndag, noga räknat. Om tre dagar var det den första december och den första december skulle Roberts lägenhet vara utrymd. Det hade hon kommit överens med hyresvärden om; eller rättare sagt med han som hade förstahandskontraktet. Erik Renstierna.

Hon hade skjutit upp det två gånger. Hade lovat tömma lägenheten både till den första oktober och till den första november, men det hade inte blivit av. Jakob hade visat viss förståelse – eller åtminstone likgiltighet – vid det första tillfället, vid det andra hade han blivit förbannad.

"Är det meningen att vi ska betala hyra för Runk-Tarzans håla resten av våra liv?" hade han velat veta.

Men nu hade hon i varje fall ordnat saken. Imorgon, måndag, kom en flyttfirma och stuvade undan alla hennes brors tillhörigheter i ett Shurgardförråd, i övermorgon kom två diplomerade städare. Om det var så att hon ville gå igenom någonting eller plocka åt sig något minne, var det sista chansen idag. Vid bouppteckningen efter Robert hade man enats om just detta scenario. Dottern Lena-Sofie hade inte haft några omedelbara anspråk, varken genom sig själv eller genom sin mor, den andra möjliga arvslotten – föräldrarna Rosemarie och Karl-Erik – hade visat samma brist på intresse och advokaten Brundin hade låtit sig nöja

424

med att klyva Roberts pekuniära efterlämningar, drygt fyra-
tusen kronor, i två lika delar (efter att först ha avräknat sitt
eget arvode om tretusensexhundra) och fördela dem mel-
lan bröstarvingarna.

Och Kristina hade åtagit sig att ombesörja att lägenheten
tömdes, således.

Robert hade redan blivit styckad en gång. På något vis
skulle det ha känts svårt att också stycka hans kvarlåten-
skap.

Det låg en driva reklam i hallen. Lägenheten luktade in-
stängt. Hon hade aldrig satt sin fot här tidigare, trots att
Robert bott här i ett och ett halvt år och hon själv bodde i
samma stad. Det kunde inte hjälpas att en skamkänsla kom
över henne när hon tänkte på detta, och hon gjorde sitt
bästa för att bita huvudet av den. Gick runt en stund och
tände alla lampor hon kunde hitta. Två små rum och ett
pyttelitet kök, det var det hela. Det hade stått orört – sånär
som på ett par polisbesök – i elva månader; hon bestämde
sig för att inte öppna kylskåpsdörren.

Tristessen var påtaglig, det var som hon förväntat sig.
Smutsigt och rörigt. Billiga möbler, kantnaggade konstaffi-
scher på väggarna, ingenting av värde. Det fanns naturligtvis
skäl till varför det aldrig blivit något besök medan han var
i livet, tänkte hon. Goda skäl, hon hade tyckt om sin bror,
åtskilligt mer än de flesta andra hade gjort, men det betydde
inte att hon ville vara inblandad i hans tillvaro. *Hade velat
vara inblandad*; hon hade inte föreställt sig honom som le-
vande på länge, men just nu gjorde hon faktiskt det. Plötsligt
kändes det svårt att inse att han var död. Att han varit det i
snart ett år. Robert, den drummeln.

Vad gör jag här? tänkte hon och bet sig i läppen för att

425

inte börja gråta. Vad är det för ett meningslöst ritual jag tror att jag genomför genom att trampa omkring i den här torftigheten? Plikt? Knappast. Robert hade aldrig varit någon pliktmänniska; tvärtom. Inte hon heller. Bränn skiten, Kristina! skulle han förmodligen ha uppmanat henne om hon kommit åt att fråga honom. Håll inte på och rota i den här sophögen, du skitar bara ned dig!

Det fanns en någotsånär välordnad bokhylla i vardagsrummet i alla fall. Robert hade läst en del, kanske kunde hon ta med sig några böcker? Fast varför? Vad skulle det vara för poäng med det? Hon vände blicken mot skrivbordet. Det var stort och belamrat med bråte, men längst ut till höger, bredvid datorn, låg två buntar pappersark, den ena på mage, som det hette – med texten nedåt – den andra på rygg. Kunde det vara...? Med ens kom hon ihåg att Robert pratat om en roman. Det kunde väl inte vara så att det här...? Hon vände på magbunten så att framsidorna kom uppåt. Lade ihop buntarna och tittade på första sidan.

Människa utan hund, stod det.

Roman av Robert Hermansson.

Naturligtvis, tänkte hon och någonting som påminde om glädje klack till inuti henne. Han sa ju att han höll på och arbetade med den. Då, i julas, han hade faktiskt berättat det.

Här, mumlade hon medan hon försiktigt jämnade till den tjocka bunten i kanterna, här ligger din själ, Robert. Här har du lagt fram den för att jag ska hämta den. Tack ska du ha, nu vet jag varför jag kom hit.

Hon stoppade ner manuskriptet i axelremsväskan hon haft med sig, blev stående ett ögonblick och funderade på om hon verkligen inte behövde leta runt mera. Om det inte krävdes mer av henne än detta enkla? *Människa utan hund?* Hennes brors andliga testamente; för henne att ta hand om

426

och förvalta för eftervärlden? Märkligt, minst sagt märkligt, kändes det.

Och medan hon stod där, i sin döde brors sunkiga vardagsrum med hans efterlämnade roman i väskan, ringde hennes mobiltelefon i jackfickan ute i hallen. Hon tvekade en sekund och bestämde sig för att svara.

Det var Kristoffer.

Hennes systerson Kristoffer Grundt.

"Hej, Kristoffer", sa hon förvånat. "Vad trevligt att du ringer. Vad har du på hjärtat, då?"

"Hej", sa Kristoffer. "Jo, jag skulle vilja fråga dig om en sak."

"Jaså? Vad då för någonting?"

"Det är om den där natten."

"Vilken natt?"

"Natten då Henrik försvann."

Någonting hände i hennes huvud. En ton började ringa, vass och enveten. Som ljudet från en avlägsen sågklinga var det, hon undrade varför. Hon hade säkert inte hört en sågklinga på tjugo år.

"Ja?"

"Det är en som påstår att din man kom tillbaka."

"Va?"

"Portieren på hotellet i Kymlinge. Han säger att din man kom tillbaka mitt i natten. Jag tänkte bara att jag skulle höra efter med dig."

Antagligen förlorade hon medvetandet under någon sekund, men hon föll inte. Kände bara hur synfältet krympte och hur hon hastigt sögs in i en lång, mörk, krympande tunnel. Och så ut i ljuset på andra sidan. Sågklingan dog ut.

"Hallå?"

"Ja, jag är kvar…"

Är jag det? tänkte hon förvirrat. Är jag verkligen kvar?

"Det var bara det, alltså", fortsatte Kristoffer och hostade lite nervöst i luren. "Jag tänkte i alla fall att jag skulle fråga."

Blodet kom rusande tillbaka i tinningarna, hon kunde faktiskt höra det. "Jag förstår", sa hon. "Du ringer från Sundsvall, alltså?"

"Nej", sa Kristoffer. "Jag är i Uppsala. Ska göra prao här den här veckan, så jag bor hos Berit, det är pappas kusin…"

"Uppsala?"

"Ja."

Hon drog ett djupt andetag. "Kristoffer, tror du… tror du att vi skulle kunna träffas, du och jag? Någon gång i veckan. Du kunde ta tåget till Stockholm någon kväll, eller jag kunde…"

"Jag kommer", sa Kristoffer.

"Bra. Så kan vi gå och käka på någon restaurang och prata lite. Okej?"

"Okej", sa Kristoffer. "När?"

Hon tänkte efter. "Tisdag?"

"Tisdag", sa Kristoffer. "Ska jag ringa dig när jag vet tiden… jag menar hur dags jag slutar och så?"

"Gör det. Så möter jag dig på Centralen."

"Tack. Hej då", sa Kristoffer.

"Hej då."

Hon sjönk ner på sin döde brors hallmatta och det kändes som om hon vägde ett ton. Under en hel minut var hennes medvetande ödsligt som en nedsläckt bildskärm. Varför inträffar det här just nu? tänkte hon sedan. Sju dagar före Thailand?

Domssöndag?

428

Som om den hämndgirige och allt bestyrande clown-guden plötsligt vaknat till liv och bestämt sig för att rycka i ett par trådar till.

Det fanns en gammal regel. Gunnar Barbarotti visste inte var han stött på den första gången, men det spelade ingen roll.

Det du inte kan sluta fundera på, måste du ta itu med.

Så var det förstås. Om det inte krävde alltför stora ansträngningar, brukade han oftast försöka tillämpa denna princip. Om inte för annat, så för sin egen själsfrids skull.

Vissa saker kostade givetvis för mycket. Det fanns gott om företeelser Gunnar Barbarotti gärna gick och grubblade på, men att verkligen ta itu med dem skulle ha inneburit hisnande insatser.

Kärlekens väsen, till exempel.

Eller Palmemordet.

Eller begreppet demokrati. Var det verkligen rimligt att folk som gick på vilka idiotiska reklamkupper som helst, skulle avgöra ett lands öden? Som valde presidenter efter ögonfärg och riksdagsmän för att dom kunde dra en fräckis.

Nej, bra frågor kanske, men knappast lönt mödan att grubbla över. Det kunde vem som helst räkna ut, till och med han själv. Det gällde att inse sina begränsningar.

Men det gällde också att ta tillvara sina möjligheter. Förvalta sitt pund. Det var som den där gamla sinnesrobönen, egentligen. Gunnar Barbarotti hade aldrig varit med i AA, men han hade två vänner som varit det.

Som fortfarande var det, såvitt han visste, men ingen av dem bodde i Kymlinge längre och han hade ingen kontakt med någon av dem.

Gud, ge mig sinnesro att acceptera det jag inte kan förändra
Mod att förändra det jag kan
Och förstånd att inse skillnaden

En riktig tiopoängare egentligen, när han tänkte närmare på saken, och eftersom han inte hade besvärat Vår Herre med någon existensbön på snart tre veckor, så gjorde han det nu.

O, Herre, gör mig vis som en tillnyktrad alkoholist, bad han. Ge mig förstånd att avgöra om det är lönt att luska vidare om den här satans Jakob Willnius eller inte.

Han insåg att en viss oklarhet vidlådde båda dessa enkla formuleringar, men det var söndag kväll och han var trött. Riktigt trött; det berodde antagligen på att han sprungit sju kilometer under eftermiddagen och det hade varit illa beställt med träningen den senaste tiden. För att göra villkoren lite tydligare, lade han till:

Kör i vind, Gode Gud, om jag verkligen bestämmer mig för att följa upp exhustruns infama påstående – så får Du tre poäng om det leder någonvart, men Du tappar två om det slutar i blindo. Okej?

Vår Herre svarade inte, trots att han för tillfället låg inte mindre än elva poäng över gränsen, men självsäkra ledare hade fått hybris och gått i putten förr i världshistorien, det var ingen nyhet. Det låg ingen särskilt komplicerad psykologi bakom sådana tillkortakommanden.

Tänkte kriminalinspektör Barbarotti, släckte sänglampan och vände på kudden.

36

Under måndagen och tisdagen kände sig Kristoffer Grundt inte riktigt verklig.

Eller allt runtomkring honom var overkligt, snarare. Främmande. På morgnarna vaknade han upp i ett stort, ljust rum med ett piano, ett älghuvud och konstiga gröna växter. Efter frukost med Berit och Ingegerd (hur tusan kunde man döpa ett barn till Ingegerd?) tog han bussen in till Uppsala centrum. Klev av vid busstationen, tände en cigarrett och korsade en hårt trafikerad gata. Fimpade cigarretten, sneddade genom en galleria och kom in i en ny. Här låg Konsumbutiken, hans arbetsplats. Han började med att ta på sig en grön jacka och flytta omkring frysvaror, sedan kylvaror, sedan konserver fram till lunch; därefter gick han ut i gallerian och käkade en burk thaimat. Promenerade runt på stan en stund, rökte och tittade på folk han inte kände igen. Klockan ett återvände han till butiken, satte på den gröna jackan och flyttade omkring varor fram till fem. Bussen ut till Bergsbrunna gick kvart över.

En tanke om att han lika gärna skulle ha kunnat vara en helt annan individ, gnagde i honom. En annan människa. Ingen skulle ha märkt någon skillnad. Förmodligen inte ens Berit och Ingegerd, de hade inte sett honom på flera år och skulle säkert ha accepterat vem som helst som kom och påstod att han hette Kristoffer Grundt.

Fast på tisdagseftermiddagen tog han inte bussen tillbaka

till Bergsbrunna. Han klev på pendeltåget till Stockholm istället – och detta kändes ännu overkligare. Medan han satt och glodde ut genom det solkiga fönstret mot det mörka landskapet som for förbi (förvånansvärt lite bebyggelse trots att man var på väg mot Stockholm, tyckte han, det såg nästan ut som i Norrland), önskade han att Henrik skulle dyka upp i huvudet på honom. Tala till honom och ge honom ett eller annat ord på vägen. Det skulle ha behövts; inte för att Henrik hade särskilt mycket med verkligheten att göra längre, men det skulle ha känts bra. Det var någonting med Henriks röst – Henriks *inbillade* röst – som hade en lugnande inverkan på honom. Fast just nu gick det inte att framkalla den, det hjälpte inte att han blundade och koncentrerade sig så mycket han orkade. Henrik var borta, som han hade varit de två senaste veckorna. Höll han på att försvinna för gott? Det sved till inuti Kristoffer när han tänkte den tanken; han gav upp och försökte rikta in sig på framtiden istället. Den konkreta, mycket närliggande framtiden.

Gå ut och käka middag med moster Kristina i Stockholm! Varför då? Varför hade hon föreslagit att de skulle träffas på det viset? Det var som lite obegripligt, som gamle grann-Månsson på Stockrosvägen skulle ha sagt. Kristoffer hade aldrig träffat Kristina på tu man hand förr. Om hon ville prata med honom om Henrik och Robert och allt det där – nu när han ändå befann sig på nära håll i Uppsala – hade det väl varit naturligare om hon bjudit hem honom till sig? Till Musseronvägen ute i Enskede, han hade varit på besök där med pappa Leif och Henrik för ett par år sedan och mindes hur det såg ut. Mamma Ebba hade fått något förhinder i sista minuten; det var väl någon operation, det brukade det vara. På den tiden.

Men nu skulle Kristina alltså möta honom på Centralen,

de skulle gå till någon restaurang i närheten och sedan sitta där och prata.

Vad i hela världen skulle de prata om?

Vad kunde Kristina få ut av att sitta på krogen tillsammans med en ovårdad, försagd femtonåring?

Och alltihop... alltihop för att han hade berättat det där som nattportieren sagt. Olle Rimborg. Var det inte så?

Jo, just så var det faktiskt. De hade inte talat med varandra i telefon mer än en minut, han och Kristina. Så fort han hade nämnt Olle Rimborgs iakttagelse, så hade Kristina föreslagit att de skulle träffas. Om han hade ringt henne i något annat ärende (vilket det nu skulle vara?), skulle hon säkert inte ha kommit med ett sådant förslag, det var han rätt säker på av någon anledning.

Vad är det jag inbillar mig? tänkte Kristoffer Grundt.

Vad är det jag inbillar mig?

Och han visste att känslan av overklighet som omgav honom som ett mörkt moln, hade ganska lite att göra med såväl Uppsala, som Konsum, som Berit och Ingegerd – men desto mer med de tänkbara svaren på just denna fråga.

Han hade glömt att hon väntade barn.

Eller kanske hade han inte vetat om det. På begravningen i augusti hade det inte synts något och han kunde inte minnas att mamma Ebba eller pappa Leif nämnt någonting om saken.

Fast antagligen kom han bara inte ihåg. Hursomhelst hade hon en riktig putmage nu. Först kände han nästan inte igen henne, men det berodde inte på magen. Hon bar en röd duffel och en röd basker och det var någonting nytt med hennes hår.

"Kristoffer."

Någonting med hennes ansikte också. Hon såg... hon såg äldre ut. Eller sliten på något vis.

"Hej", sa han och sträckte fram handen. Hon ignorerade den och gav honom en kram istället.

"Kul att se dig, Kristoffer."

Det lät inte som om hon menade det. Om det var någonting hon tyckte, så inte var det att det var kul.

"Ja... tack... detsamma."

Han hade svårt att få ur sig det. Kände hur orden stockade sig i strupen på honom och han var tvungen att bända loss dem ett och ett. Synd att man inte lärt sig gå upp i rök, tänkte han dystert. För då skulle jag göra det nu.

Men så insåg han, när han försiktigt betraktade henne, att hon var ännu mer obekväm än han. Faktiskt. Om Kristoffer tyckte att den här situationen var pinsam, så var det ingenting mot hur Kristina upplevde det. Det gick liksom små, nervösa ryckningar över hennes ansikte och hon klippte med ögonen hela tiden. Illa till mods var bara förnamnet.

Och inte sa hon någonting; efter den lätta omfamningen stod de kvar som fastvuxna på varsin fläck och glodde på varandra. Från en meters håll. Det kändes fruktansvärt konstigt, men det var hon som var värst däran, inget tvivel om saken.

"Hur mår du?" kom det ur honom alldeles automatiskt.

Hon svalde omständligt. Sedan lade hon handen på hans arm.

"Kom, jag vet ett ställe dit vi kan gå."

Hon sa det inte. Rösten bar inte, det blev inte mer än en viskning.

Restaurangen hette Il Forno, det tog bara ett par minuter att gå dit. Ingen av dem yttrade ett ord under den korta promenaden. Klockan var inte mer än sex på kvällen och de fick utan problem ett avskilt bås längst in i den stora lokalen. Kristoffer noterade att det var italienskt, det hängde rödvitgröna flaggor här och var och ett standar för Juventus. Men inte bara pizzor, det verkade inte vara något särskilt billigt ställe.

"Vi beställer först. Du är väl hungrig?"

De beställde sin mat, två lasagne, en Loka och en Cola; sedan ursäktade sig Kristina och gick på toaletten.

Hon var borta i åtminstone tio minuter och maten kom på bordet under tiden. "Förlåt", sa hon när hon kom tillbaka. "Förlåt mig, Kristoffer."

Han mumlade någonting till svar och betraktade henne förstulet. Hennes ansikte såg rödsvullet ut. Vad tusan är det med henne? tänkte han. Hon måste ha suttit på toaletten och lipat. Hon harklade sig och drog ett djupt andetag. Såg rakt på honom med blanka ögon.

"Kristoffer, jag klarar inte det här längre."

"Nehej...?" sa han.

"När du ringde..."

"Ja?"

"När du ringde i förrgår kändes det som om jag blev skjuten."

"Va?"

"Eller som om jag vaknade upp ur en ond dröm."

"Jag förstår inte riktigt..."

"Nej, du kan inte förstå. Men jag har levt i ett helvete i elva månader, Kristoffer. Jag lever fortfarande i det, men igår kväll förstod jag att jag inte orkar längre."

Han svarade inte. Förstod inte vad det var hon talade om, och samtidigt kändes det som om... ja, han visste inte riktigt vad det kändes som, men plötsligt tyckte han att alltihop liknade någonting annat. Någonting mycket välbekant, som när... som när någon äntligen talar om svaret på en gåta, och man inser att man själv borde ha kommit på det hur lätt som helst.

Fast ändå inte just det ögonblicket, utan ögonblicket *före*.

"Vad pratar du om egentligen?" sa han.

Kristina skakade på huvudet och satt tyst några sekunder. Hon såg inte på honom. Stirrade ner på sin orörda lasagne istället, och hade skjutit upp axlarna som om hon frös.

Satt på det viset ett slag, alldeles orörlig, sedan harklade hon sig och tycktes hitta nya krafter. En smula i varje fall.

"Vad var det du ville fråga om när du ringde i söndags?"

"Det var... det sa jag ju", sa Kristoffer.

"Säg det en gång till", bad Kristina.

"Okej. Det började på begravningen av Robert... då i augusti. När vi kom ut från kyrkan pratade mormor med mig om en som hette Olle Rimborg... och någonting som han hade sagt åt henne."

"Mormor?"

"Ja. Olle Rimborg jobbar på hotellet i Kymlinge och han hade sagt åt mormor att din man... Jakob, alltså... att han hade kommit tillbaka till hotellet mitt i natten... den där natten när Henrik försvann."

Han gjorde en paus men Kristina tecknade åt honom att fortsätta.

"Jag tänkte väl inte så mycket på det, och jag vet verkligen inte varför mormor pratade med mig om det. Hon var ju lite vimsig... nej, jag brydde mig inte om det, men för en vecka sen ungefär såg jag en film på teve..."

"En film?"

"Ja, och då dök Olle Rimborgs namn upp i... vad heter

det?… eftertexterna? Och då kom jag ihåg. Så jag ringde till den här Olle Rimborg, det var… det var bara ett infall egentligen."

"Och?" sa Kristina, och trots att det bara var ett enda litet ord, så sprack rösten igen.

"Och han sa att det var så. Att din man kom tillbaka till hotellet klockan tre och att han hade funderat på varför…"

"Jaha?" viskade Kristina.

"Det var bara det. Plus att jag också började fundera på det."

"På varför Jakob kom tillbaka till hotellet klockan tre på natten?"

"Ja."

Kristina sköt sin tallrik åt sidan och knäppte händerna framför sig på bordet. Det gick fem tysta sekunder.

"Varför?" sa hon sedan.

"Va?" sa Kristoffer.

"Varför har du gått och funderat på det här, Kristoffer?"

"Jag… jag vet inte."

"Jo, Kristoffer, jag tror nog att du vet."

Han kände hur blodet började skjuta upp i huvudet på honom. Och tinningarna bultade.

"Jag har inte så mycket annat att tänka på för tillfället", sa han. "Det bet sig fast liksom. Och det var ju…"

"Ja?"

"Det var ju just den natten Henrik försvann."

"Fortsätt."

"Jag tänkte att det kanske… kunde ha ett samband."

Vid de fyra sista orden var det plötsligt hans röst som inte höll ihop. *Kunde ha ett samband,* väste han fram och i samma ögonblick som han gjorde det, visste han att det var sant. Det var svaret på gåtan. Det var den fruktansvärda lösningen som

437

hux flux stod och bultade på dörren, och det var Kristina som höll handen på vredet på insidan, och nu öppnade hon... nej, det var en konstig bild, det var ju Kristina själv som satt inne med sanningen, han kunde se det på henne nu, hon stirrade på honom med en blick som var alldeles bräddfull av... ja, han visste inte riktigt vad, mer än att det var något fruktansvärt hemskt och naket och oskyddat, och nu, just i den här hopplöst oåterkalleliga sekunden lutade hon sig tätt intill honom över bordet, hennes förtvivlade ögon svävade bara femton-tjugo centimeter framför hans egna, och nu... nu sa hon det, detta som han plötsligt förstod att han redan visste. Nej inte *sa*, hon *viskade*, för det fanns ingen röst kvar i henne heller.

"Kristoffer, det var Jakob som dödade din bror."

Det gick tid. Lång, kort, han visste inte. Hon rörde sig inte, han rörde sig inte. Ett sällskap, två kvinnor, två män kom in i lokalen och slog sig ner vid ett bord i närheten – men det var ett bord i en annan värld och människorna tillhörde också en annan och mycket främmande värld. Under glaskupan fanns bara han och Kristina, hans moster, som krossat verkligheten med sin viskande, obönhörliga sanningsslägga... just sådana konstiga ord och bilder fladdrade förbi i huvudet på honom och försökte göra sig begripliga, som okända flyttfåglar på villovägar. *Glaskupan? Sanningsslägga?*

Flyttfåglar?

Och frågor. På samma sätt som orden stockat sig i honom för en timme sedan, stockade sig nu frågorna, en annan sorts främmade, oroliga fåglar, med ens kunde han känna andnöden, och samtidigt någonting som tickade inuti bröstet, någonting som hotade att spränga honom sönder och samman inifrån, om han inte kom ur den förlamning som hastigt växte under glaskupan. Till slut flöt den självklaraste av frågor upp.

"Varför?"

Hon stirrade på honom.

"Därför att…"

Hon hejdade sig. Sökte hans blick för att få någon sorts bekräftelse, antagligen. Bekräftelse på att han var… gammal nog; ja, just så kändes nu hennes gröna ögon i honom; hon letade efter tecknet på att det var möjligt för honom att förstå. Och han förstod att han måste leva upp till det; vad annat kunde han göra? Motsvara hennes outtalade fråga. Jag är beredd, försökte han säga utan att tala. Berätta för mig hur det var nu, Kristina.

Hon drog ett djupt andetag, släppte ut luft i en tunn, långsam ström och alldeles i slutet av denna ström, alldeles innan luften tog slut, kom det.

"Därför att han kom på oss, Kristoffer."

"Va?"

"Mig och Henrik."

"Dig och…?"

"Ja. Jakob kom tillbaka och hittade mig och din bror i säng."

När det var sagt kunde han omöjligt avgöra om han hade anat det eller inte. Kanske hade han burit gåtans lösning inom sig i någon sorts bubbla som bara låg där – som bara legat där – och väntat på att få brista. I varje fall var det inte förvåning han kände, nej snarare… bekräftelse? Var det så? Hade han egentligen, i någon dunkel vindling av sin hopplösa hjärna, vetat om det?

Nej, tänkte han. Inte i min vildaste fantasi kunde jag väl…

Men detta var bara främmande ordfåglar igen. Kristina

439

avbröt deras okontrollerade flykt genom att luta sig ännu närmare honom över bordet. Fattade tag om båda hans händer.

"Jag har en sådan skuld, Kristoffer. Jag är inte värd att leva vidare. Ändå har jag levt med det i snart ett år. Jag begär inte någon förlåtelse eller förståelse, det är min skuld att Henrik dog, jag har... jag har alla era liv på mitt samvete. Det är jag som är skulden till all er sorg. Om du vill veta hur förtvivlad en människa kan bli, ska du titta på mig, Kristoffer."

Han såg på henne och förstod att det var så.

"Jag har ju inte kunnat berätta om det. Ebba... din mor... skulle inte klara det. Jag vet inte om du gör det heller, Kristoffer, men när du ringde och frågade, så... Jag har tänkt att den bästa lösningen... den enda lösningen... är att ingen någonsin får reda på vad som hände. Det är inte feghet, Kristoffer, tänk efter, det har varit av hänsyn till... till er alla. Jag har... jag har mått så dåligt."

Hon släppte hans händer och föll framåt över bordet, men nästan omedelbart rätade hon upp sig. "Förlåt mig, Kristoffer, jag beter mig ynkligt."

"Nej", sa Kristoffer lågt. "Du beter dig inte ynkligt."

Han visste inte om han menade det. Med ens såg han det tydligt framför sig, en fruktansvärt stark bild: Kristina och Henrik som knullar vilt i en främmande hotellrumssäng, och så dörren som slits upp, och där står Jakob, det är precis som i en film där det älskande paret avslöjas av den svartsjuke, galne mannen som kommer hem oväntat.

"Hur?" frågade han. "Hur dödade han Henrik?"

Hon såg på honom med den där prövande blicken igen. Det gick tre sekunder.

"Med sina bara händer, Kristoffer. Med sina bara händer."

Kristoffer stirrade på henne. Kände hur en våg av illamående sköt upp inom honom. "Fy fan", sa han.

"Ja", sa Kristina, "jag skulle ge mitt liv för att det aldrig hade hänt. Jag hoppas du förstår det, Kristoffer. Om jag kunde byta mitt liv mot Henriks, skulle jag göra det utan att tveka en sekund. Men det känns som om... som om jag är dömd att leva. Jag vet inte om du kan förstå det här?"

"Varför är du fortfarande ihop med honom? Med Jakob, menar jag..."

"Därför att han tvingar mig till det."

"Tvingar dig?"

"Ja."

"Jag förstår inte."

"Han dödade Henrik, men det är ändå jag som bär skulden. Om en man hittar sin hustru i säng med en annan man, har han på något vis rätt att... ja, att döda den andre mannen. Försvara sin heder, det är någonting urgammalt, i vissa kulturer är det inte ens straffbart."

"Hedersmord?"

Hon nickade. "Någonting i den stilen. Och att jag gjorde det med min egen systerson... nej, om jag lämnar min man, avslöjar han mig. Han vet att hans skuld är lättare än min. Så länge han vill ha mig kvar sitter jag fast i hans skruvstäd."

"Men du vill egentligen...?" Ofrivilligt kastade han en blick på hennes mage. Kände en förlägenhet och tappade tråden.

"Jag hatar honom, Kristoffer. Jakob är ett odjur."

Han väntade.

"Ett beräknande odjur, jag visste att någonting var fel redan innan det här. Vårt äktenskap var på väg att gå sönder hela förra året, men nu... men nu..."

Hon tystnade. Såg på honom med sina hemska, nakna ögon igen. Det gick några sekunder.

441

"Varför gjorde ni det?" frågade Kristoffer. "Du och Henrik."

Hon skakade på huvudet. "Det var som en lek. En förbjuden lek... vi gick över gränsen."

"Över gränsen? Jag förstår."

"Förlåt. Men några gånger i livet går man över gränser man vet att man inte får passera. En del klarar det, andra straffas sjufalt värre. Det var inte meningen, men det tjänar naturligtvis ingenting till att sitta här och urskulda sig. Det började med att Henrik berättade en sak."

"Ja?"

"Nej, jag kan inte säga det här."

Ett hugskott dök upp i huvudet på Kristoffer. "Han berättade att han var homosexuell?"

Hon höjde ögonbrynen i förvåning.

"Du visste om det?"

"Nej. Inte egentligen. Men jag trodde att det kanske kunde vara så."

"Jag förstår. Ja, Henrik berättade det i alla fall för mig, och jag trodde honom inte. Kommer du ihåg att vi drack en del den där kvällen?"

"Den första?"

"Kvällen före kalaset, ja. Det ursäktar ingenting, men jag blev lite berusad, och... och jag fick för mig att jag skulle bevisa för Henrik att han hade fel. Att han åtminstone kunde tända på kvinnor också... nej, förlåt mig, Kristoffer, jag har redan sagt för mycket. Nu får det räcka."

Kristoffer nickade. Hon hade rätt. Det räckte, han kände att han inte hade behov av att veta mer.

Och plötsligt, medan de ånyo bara satt alldeles tysta och såg på varandra, seglade två tankar in i hans tröga medvetandes hamn.

Jag förstår honom, sa den ena. Jag förstår dig, min bror Henrik.

Den andra tanken var svartare än sorg.

Och jag förstår dig också, Jakob Willnius. Men det hjälper inte, du måste dö.

Du måste dö, upprepades det tyst inuti huvudet på honom.

Sedan var det alldeles tomt och stilla en lång stund, och sedan kände han att han längtade vansinnigt mycket efter en cigarrett.

Men att sitta och röka inför ögonen på Kristina kändes på goda grunder omöjligt. Förresten var det väl rökfritt på den här restaurangen som på alla andra.

"Ska vi gå?" sa han. "Jag vill inte ha min mat."

Hon såg förvånat på honom.

"Kristoffer...?"

"Tack för att du berättade", sa han och han märkte att det med ens var en vuxen man som talade ur hans mun. "Jag lovar att inte yppa för någon vad du har sagt. Du kan lita på mig."

Hon försökte säga något, men han förekom henne. Det gällde antagligen att passa på medan vuxenrösten var med honom. "Jag måste åka tillbaka till Uppsala igen. Kan jag ringa dig när jag har funderat lite?"

"Va? Javisst, Kristoffer, du får ringa mig när du vill. Naturligtvis får du det."

"Bra. Jag... jag behöver fundera lite, som sagt."

"Jag förstår."

Så lämnade de Il Forno och gick ut i novembermörkret. Ingen av dem hade rört maten. Ingen av dem sa ett ord på vägen tillbaka till Centralen.

"Nej, hon är inte hemma", sa Jakob Willnius. "Hon skulle träffa någon på stan. Dyker väl upp om en timme eller så, vem kan jag hälsa ifrån?"

"Det var bara en kollega. Ingenting viktigt. Jag återkommer."

Samtalet bröts. Han tittade på nummerpresentatören. *Unknown.* Kan tro det, tänkte Jakob Willnius.

Kollega?

Kristina hade inte arbetat på över ett år.

Och om det fanns någonting han kunde berömma sig av, så var det ett osedvanligt gott minne för röster.

Han släckte ljuset och stirrade ut mot de svarta, knotiga fruktträdsilhuetterna utanför fönstret. Kände hur någonting började hårdna inuti honom.

Gunnar Barbarotti blev sittande kvar en stund med telefonen i handen och såg ut i mörkret.

Borde inte ha talat med honom överhuvudtaget, tänkte han. Det var dumt.

V. December

37

Ebba Hermansson Grundt drömmer.

Det är tidigt om morgonen, långt före gryningen, det är den första december och det snöar ymnigt utanför hennes fönster – men om detta vet hon ingenting, för rullgardinen är omsorgsfullt neddragen och tiden intresserar henne inte. Hon ligger i sin säng i det alldeles vita rummet på Vassroggahemmet, och drömmer om sin son.

Han dinglar inuti hennes kropp, han är styckad och paketerad i två grönvita Konsumkassar; hänger i hennes nyckelben och svänger av och an som de tunga, rostiga kläpparna i en bortglömd kyrkklocka. Man drömmer som man drömmer och inget kan läggas henne till last för detta, men det är någonting som inte stämmer denna morgon. Ett skevt stråk av oro drar genom hennes sovande kropp, en isande vindil vattrar hennes hud, hon famlar med händerna över sitt bröst och sin mage, hon är så van vid att bära sin son på det här viset genom nätterna. Månad efter månad har hon gjort det. Men det är någonting med Henrik denna morgon, någonting eljest och annorlunda som hon inte känner igen.

Det *är* inte Henrik. Det är Kristoffer. Han, hennes yngre son, är det som tagit sig in i hennes tomrum denna morgon och vad skall nu detta betyda?

På några sekunder är hon klarvaken. Slår benen över sängkanten och sätter sig upp, fötterna mot det kalla golvet. Vad är nu detta? Varför har Kristoffer tagit Henriks plats?

Någonting måste det betyda, för drömmar är nycklar. Alltid är det så, gäller bara att hitta vilket lås de går till.

Låsa upp eller stänga till. Helst vill Ebba Hermansson Grundt stänga till, det har hon sysslat envetet med hela sommaren och hela hösten. Stänga allt ute, bara hålla öppet det där lilla innersta rummet där tiden inte finns, men där ändå det viktigaste ryms. Gamla somrar, en segelbåt, en blå trehjuling, ett sår på ett knä som sköts om, små kladdiga barnafingrar som kammar hennes hår, och hans vackra ögon.

Det där rummet som terapeuterna lägger ner så mycket kraft på att stänga till, men som hon själv öppnar med varlig och säker hand varje kväll.

Men Kristoffer? Hur har han kommit ända hit in? Vem är det som har släppt honom över tröskeln, varför är det han som är styckad och dinglar i en Konsumkasse från hennes nyckelben? Två kassar, var det inte två? Vad är det för någonting han vill säga henne denna mörka timme långt före gryningen?

Hon kommer på fötter, släpper upp rullgardinen och ser ut genom fönstret. Det är kolsvart därute, men snön faller, tung och tät.

Kristoffer? tänker hon. Inte du också.

Kristina Hermansson läser. Bort från denna världens plågor, in i andra, dem hon icke känner. Det är den första december och snön faller. Har fallit hela natten, tycks det, och fortsätter ännu långt in på förmiddagen. Äppelträden därutanför hennes fönster skaffar sig alldeles nya former och förtecken, vinbärsbuskarna är stora ulliga myskoxar.

Jakob har åkt till tevehuset i Värtahamnen, Kelvin är hos dagmamman. Hon väntar på att Kristoffer skall höra av sig, hon väntar på att tillvaron slutgiltigt skall brista, men medan hon gör det läser hon i Roberts bok.

I skuggorna under mina händer bodde en längtan, skriver han. *I min femtonåriga feghet härbärgerades ett hopp. Vart tog det vägen?*

Hon förstår inte alltid vad han skriver, hennes bror, men hon tycker det är vackert. Från andra sidan graven talar han till henne, bakom orden hör hon hans röst. Hon har bara kommit till sidan 40 av 651, ändå känns det som om han finns hos henne här i rummet. Som om hon kunde tala med honom, ställa de frågor till honom som dyker upp under läsandets gång.

Vad menar du, Robert, min bror? Vad då för längtan? Vad är det för sorts hopp du tappade bort under vägen?

Han svarar inte, men kanske har han gömt svaren längre fram i boken.

Jag föddes som en förlorare, har idogt begravt detta faktum i glömska i hela mitt liv, skriver han på sidan 42. *Men när kunskapen och sanningen sticker upp sina fula huvuden, känner jag omedelbart igen dem. Man är bara den man är.*

Ännu är hon inte säker på om det är sig själv Robert talar om. Kanske är det i själva verket någon annan. Boken är skriven i jagform, åtminstone i början; huvudpersonen heter Mihail Barin, en besynnerlig, kringvandrande existens inte bara i rummet, utan också i tiden, verkar det som. Ryss av allt att döma, än dyker han upp i nutid, än djupt nere i 1800-talet, kanske är han ingen riktig människa när allt kommer omkring. Kanske är han bara en idé.

Men hon läser fascinerad, och Roberts röst hörs allt starkare inom henne för varje blad hon vänder.

Om jag åker i fängelse, tänker hon, så är det Roberts bok som skall hålla mig levande och sysselsatt.

Fast kanske behöver tillvaron inte brista. Kanske är det

449

inte alldeles nödvändigt. Idag är det onsdag. Flyget till Bang-
kok och Thailand går på söndag, det är inte mer än fyra
dagar bort. Fyra ynka dagar, om bara detta korta tidsavsnitt
kunde rinna undan utan intermezzon, så har hon saken i
egna händer sedan. När hon väl sitter tillsammans med sin
man på planet, kommer hon att veta hur hon skall gå vidare.
Då är alla hinder överståndna, och allt kommer att lösa sig
så som hon har planerat.

Men de känns långa, dessa dagar. Kristoffer kommer att
ringa, någonting kommer att hända, det känner hon så fort
hon lyfter blicken och tanken från Roberts bok – men för
tillfället, just i detta dröjande ögonblick, är det bara snön
som faller.

Kristoffer Grundt har lösningen i sin hand.

Det är onsdag kväll. Den första december, en dag då snö-
fallet pågått från morgon till kväll; bussen ut till Bergsbrun-
na tog en halvtimme längre än vanligt och höll på att sladda
i diket flera gånger. Konsumföreståndare Luthman har un-
der eftermiddagsrasten berättat att det är kaos i hela landet,
i synnerhet i Skåne, där man snart inte har en enda farbar
väg kvar, och i Dalsland är över femtusen hushåll isolerade.
Hur det kan stå till utåt kusten i Roslagen vågar man inte
tänka på. Inte i mannaminne har det snöat sådana mängder
och det är sexton timmar sedan det började.

Men inget av detta bekymrar Kristoffer Grundt, för han
står i källaren till sin fars kusins hus i Bergsbrunna och han
håller lösningen i sin hand.

Den är platt och kall och han gissar att den väger runt ett
halvt kilo. Fabrikatet Pinchmann står ingraverat på kolven,
där den också laddas genom att man skjuter in ett maga-
sin nertill. Det ryms tolv patroner i varje magasin, han har

redan provat, och han sänder en tacksamhetens tanke till Ingegerd, för det var Ingegerd som visade både vapnet och gömstället när de var på besök för fyra år sedan. Visade det för att imponera på Henrik och Kristoffer, kan man tro, sysslingarna från Sundsvall. Licensen står alldeles säkert på Berits man Knut, som hon skilde sig ifrån när Ingegerd inte var mer än tre, han brukade jaga både det ena och det andra, men bor man två ensamma kvinnor i ett hus utanför stan så behöver man ett vapen att försvara sig med. För den händelse att, det förstår sig.

Men när Kristoffer är klar tänker han kasta Pinchmannen i en sjö eller gräva ner den, ingen kommer någonsin att kunna spåra den, ingen kommer att misstänka honom; han tror inte Berit och Ingegerd brukar ta fram sitt gamla vapen, det låg drivor av damm på lådan när han drog fram den ur skrubben i källaren. Han har tänkt över planen hela dagen, ända sedan han kom på idén på bussen in till stan imorse. Det finns inga hakar, under eftermiddagen har han djupt inom sig hört någonting som liknar Henriks skratt, han har inte riktigt fått fatt i det, riktigt tydligt är det tyvärr inte, men det känns ändå som någonting varmt och gott och starkt, och han vet att lösningen som han har funnit är just den rätta. Att han har Henriks fulla stöd. Ärligt talat förefaller väl ingenting särskilt mycket verkligare än det gjorde innan samtalet med Kristina igår, och när han försiktigt stryker med fingertopparna utefter det kalla stålet tänker han att allthop det här egentligen är en film. Han är en skådespelare som har att utföra vad som en gång står skrivet i manus; så är det faktiskt, just så. Han följer en regi. Eller en koreografi. När han betraktar saker och ting från den utsiktspunkten blir allt tydligt och begripligt. Ibland är livet så stort att man måste ta sig den hjälpen.

Och han är inte det minsta orolig. Han sveper in pistolen och patronasken i en handduk och lägger paketet i en plastkasse från Konsum. Går tilibaka med den upp till sitt rum, gömmer lösningen i garderoben. Berit och Ingegerd är på klassmöte, kommer inte hem förrän efter nio – om det nu alls går att ta sig hem i detta oväder som aldrig tycks vilja sluta. Nej, ingen oro alls rumsterar i honom; han skall döda sin brors mördare, det finns ingenting att vara rädd för. För den som bara utför sin plikt är allting lätt och enkelt.

Om än inte riktigt verkligt. Snön faller fortfarande medan han står nere i köket och gör i ordning te och smörgåsar. Klockan är tio minuter över nio, inte en skymt av Berit och Ingegerd ännu.

Gunnar Barbarotti sitter fast i en snödriva och medan han väntar på hjälp som aldrig tycks komma, bestämmer han sig. Bredvid sig i bilen har han sin dotter Sara, och det är när hon berättar att hon tänker åka bort med vänner över helgen, som saken avgörs. Det nödvändiga spelutrymmet öppnas. Åt helvete med Backman, tänker han. A man's gotta do what a man's gotta do. Jag behöver inte ens tala om för någon att jag reser. Åt helvete med rim och reson, jag måste prata med henne en gång till.

Men inte ett ord till honom. Där finns bara bråkdelen av en misstanke; bråkdelen av en bråkdel. Är den falsk vore det katastrofalt.

Är den sann vore det dubbelt katastrofalt.

"Vad sitter du och tänker på, pappa?" frågar Sara. "Jobbet igen?"

Han skrattar. "Inte alls, min flicka. Jag sitter och tänker på om det inte vore bäst för dig att ta dig hem till fots. Du borde klara det på tio minuter, allt du får här är blåskatarr."

Hon skrattar också. "Skulle jag lämna min far i en bil i en snödriva? Vad vore jag då för en dotter?"

Han startar motorn igen och sätter på vindrutetorkaren. Klockan är kvart i tio på kvällen. Snön yr. "Berätta för mig vad du ska bli när du blir stor", ber han.

Leif Grundt har somnat framför teven men väcks av telefonsignalen.

Först tar han miste och tror att fjärrkontrollen är den sladdlösa telefonen. Men sedan hinner han ändå ut i hallen och svarar.

Det är Ebba.

Hans hustru Ebba, de har inte talat med varandra på över en vecka.

"Jag vill prata med Kristoffer", säger hon.

"Kristoffer är inte hemma", säger Leif Grundt.

"Var är han då?" undrar Ebba.

"Han är nere i Uppsala hos Berit", förklarar Leif. "Jag berättade ju det här för dig. De har praovecka på skolan, han arbetar i en butik därnere…"

"Jag oroar mig för honom."

"Det behöver du inte göra."

"Hela dagen har jag oroat mig för honom, du måste se till Kristoffer, Leif. Du får inte glömma bort honom."

Jag? tänker Leif Grundt med en plötsligt uppflammande ilska. Får *jag* inte glömma bort Kristoffer? Nu går det ändå för långt. Det här kommer att sluta med…

"Jag tycker inte om att du skickat honom till Uppsala."

"Snälla Ebba…"

"Du vet ju hur det går när vi skickar våra barn dit."

"Ebba, han bor hos Berit. Han jobbar i en Konsumbutik

i en vecka, ingenting kan hända honom."

Det är tyst i luren en lång stund. Sedan hörs ett klick. Hon har lagt på. Leif Grundt hänger tillbaka telefonen på dess plats på väggen. Blir stående i obeslutsamhet en halv minut medan irritationen och sorgen byter plats i honom.

Därefter går han ut och skottar uppfarten ännu en gång. Klockan är över tio, snöfallet måste ha pågått ett dygn snart.

"Den där polismannen, vad var det han hette?"

"Vem?"

Jakob Willnius kommer in från badrummet. Gul frottéhandduk runt midjan. Kristina ligger redan i sängen. Klockan är halv tolv, han har varit på middag med en dansk producent. Eller en tysk. Eller kanske var det bara en svensk? En tunn aura av alkohol omger honom, men inte mycket. Han är absolut inte full. Kanske är han kåt, ja, antagligen, handduken putar. Hon drar ett djupt andetag och stålsätter sig, känner över sin spända mage. Bakifrån, han kommer att ta henne bakifrån, det har varit så den senaste månaden på grund av omständigheterna.

"Från Kymlinge."

"Vad... vad är det du talar om?"

"Barotti? Var det inte så? Italienskt namn? Han som var här."

Hon skakar oförstående på huvudet.

"Jaså han? Jo, han hette någonting sådant. Varför pratar du om honom?"

Han sveper av sig handduken och avslöjar sitt präktiga stånd. "Det är inte så att du hört av honom?"

"Nej, varför skulle han ha...?"

Han kryper under täcket och lägger en hand på hennes höft.

454

"Det ringde en karl och frågade efter dig igår. Jag fick för mig att det var han. Du vet att jag har lätt för röster."

"Varför skulle han ringa hit? Jag menar, det har ju gått ett år…"

"Jag vet inte", säger Jakob Willnius. "Jag vet inte vad han skulle ha för skäl att ringa till oss. Men det var dig han ville tala med, inte mig."

"Med mig?"

"Ja."

"Och han presenterade sig inte?"

"Nej, han gjorde inte det."

"Jag förstår inte. Det har väl inte hänt något som…?"

"Som vad då?"

Han knådar hennes skinkor nu. Knådar och särar.

"Som förändrat något. Vill du att jag ska släcka ljuset?"

"Nej, jag vill se dig, det vet du. Men han har inte ringt igen, alltså, den här inspektör Barbotti eller vad fan han heter?"

"Nej."

"Jag vill att du informerar mig om han gör det."

"Naturligtvis."

"Och jag vill inte att du glömmer bort det."

"Jag lovar att inte glömma det."

"Då så. Jag har ändrat mig. Släck ljuset."

Och när han tränger in i henne bakifrån ser hon genom fönstret att snöandet äntligen har upphört.

38

När Kristoffer just klivit på bussen ute i Bergsbrunna på torsdagens morgon, ringde hans mobiltelefon.

Det var pappa Leif.

"Hur har ni det med snön?" ville han veta.

"Det är mycket", sa Kristoffer.

Sedan pratade de en stund om jobbet. Om Kristoffer möjligen hade några tankar på att gå i sin fars fotspår, var det lika gott att han fick börja från grunden, menade pappa Leif. Så att han visste vad det var han gav sig in på.

Men det fanns kanske inga sådana planer?

Kristoffer medgav att det i varje fall inte fanns några omedelbara, och så frågade pappa Leif när han tänkte komma hem.

"Lördag", förklarade Kristoffer. "Jag tar ett tåg på förmiddagen eller så. Jag ringer och meddelar när jag kommer."

"Du har kvar pengar till biljetten?"

"Ja."

"Och på mobilkortet?"

"Litegrann."

"Allright. Om du hör av dig så kommer jag och hämtar dig på stationen. Lördag eftermiddag, alltså?"

"Lördag eftermiddag", bekräftade Kristoffer.

"Hälsa Berit och Ingegerd."

Det lovade Kristoffer att göra och sedan lade de på.

Verklighet? tänkte han. Vad är verkligheten egentligen? Det var den första fråga som anmälde sig i huvudet på honom efter telefonsamtalet. Av någon anledning. Han försökte se ut genom det disiga bussfönstret. Snöfallet hade upphört under natten, tydligen, och plogbilarna hade åstadkommit meterhöga drivor. Det kändes som om allt detta snöande på något sätt hade med historien att göra. Med *planen* och *lösningen*. Den vita världen var en annorlunda verklighet, och det var i en annorlunda verklighet han skulle utföra sitt dåd. Sedan, när det var över, skulle saker och ting bli mer normala igen. Återta sina vanliga former. Äntligen. När han väl hämnats sin bror skulle det komma ett läge där det gick att rikta blicken framåt. Han hade levt nästan ett år i det här konstiga tillståndet, där allting bara verkade bestå av oklarheter och frågetecken. En seg vakendröm som hållit honom fången på något egendomligt vis. Han hade förlorat kontakten med sitt gamla liv, det var ingen överdrift att påstå det; han struntade i skolan, ingenting var viktigt, de kompisar han haft när han gick i sjuan och åttan hade han tappat bort och hans familj låg i spillror. Han rökte som en borstbindare och drack sig full åtminstone en gång i veckan… men alltihop, hela den här tröstlösheten hade en ände. Ett slut och en bortre gräns, han förstod det nu. När han dödade sin brors mördare skulle han vara framme vid den gränsen. Det var… det var, tänkte Kristoffer Grundt, som om det fanns en hand som styrde utvecklingen… eller en regissör; en fixare som såg till att sådant som måste inträffa verkligen inträffade.

Som ordnade så att mormor fick sagt de där orden vid Roberts begravning, till exempel. Till just honom, Kristoffer… och som sedan fick honom att titta på just den där värdelösa tevefilmen ända till slutet bara för att han skulle få syn på Olle Rimborgs namn… och att han tog mod till sig och ringde till sin moster.

Och att pappa Leif fick för sig att skicka honom till Uppsala under den här praoveckan.

När han tänkte på det viset, när tankarna följde de här upptrampade stigarna, kändes det plötsligt svindlande. Han satt visserligen på en buss fullproppad med okända, morgontrötta, smågriniga människor och brummade fram i ett främmande, vitt vinterlandskap – men samtidigt, samtidigt ingick han i någonting annat. En helt annan berättelse, som var så mycket större och så mycket viktigare. En lång kedja av händelser, där det ena ledde fram till det andra och där det var omöjligt att hejda sig och gå bakåt i utvecklingen när man väl bestämt sig för vilket steg man skulle ta. För det gick inte att göra om och rätta till eventuella misstag – och han förstod plötsligt, medan bussen långsamt manövrerade sig fram längs den igenkorkade Kungsgatan i Uppsala denna vintermorgon i början av december, att det var just så livet såg ut. Det var det här som var själva modellen. Det som sker, det sker, och det gällde att förstå vad det var man måste göra.

Och acceptera det.

Och när han äntligen, mer än tjugo minuter försenad, trängt sig av bussen vid stationen och började pulsa bort mot den första gallerian, kunde han för första gången på länge höra Henriks röst djupt inom sig.

Det är bra, brorsan, sa han, och han lät på samma gång lite avlägsen och ovanligt allvarlig. *Mycket* allvarlig.

Det är bra, du håller på att lära dig en del, Kristoffer.

"Jag är i Stockholm i ett annat ärende och tänkte passa på tillfället."

Han hade bestämt sig för just den ingången, det gällde att hitta den rätta avvägningen mellan tyngd och lätthet.

Inte för allvarligt. Ändå av viss betydelse.

Han kunde höra hur hon svalde, åtminstone ville han inbilla sig det. En sorts tvekan, var det inte?

"Jag förstår inte. Håller ni fortfarande på med det här?"

"Naturligtvis. Så länge vi inte fått reda på vad som hänt, håller vi utredningen öppen."

"Men..."

"Ja?"

"Men har det hänt någonting nytt?"

"Det är svårt att säga. Hursomhelst skulle jag uppskatta att få ett litet samtal med dig. Fredag eller lördag alltså, det räcker om du sätter av en timme."

"Men vad... jag menar, kan vi inte klara av det nu på telefon?"

"Helst inte."

Det är någonting, tänkte han och kände hur upphetsningen började dunka i huvudet på honom. Hon är rädd för någonting. Tamejfan.

Hon satt tyst några sekunder. "Jag tror... ja, jag tror jag skulle kunna träffa dig någon gång imorgon eftermiddag. Var ska vi...?"

Han förstod att det inte var läge att besöka henne ute i Enskede en gång till, och han kände sig tacksam för att hon inte föreslagit det. "Lobbyn på Royal Viking", sa han. "Vid Centralen. Där kan vi prata ostört. Vad säger du om klockan två?"

"Klockan två", upprepade hon. "Ja, det går väl bra, antar jag. Men jag förstår ändå inte vad det ska tjäna till. Ni har väl... ni har väl inte fått upp något spår eller så?"

"Spår är mycket sagt", sa han. "Låt oss säga att det rör sig om en liten idé."

"En idé?"

"Ja. Men jag kommer att förklara allt imorgon. Klockan två på Royal Viking, alltså?"

"Ja, jag kommer väl, då", sa hon och han tyckte att hennes röst lät sprödare än gammalt porslin. Som en skolflicka, nästan, som ertappats med att ha rökt eller skolkat från gymnastiken eller nånting, och som nu kallades in till rektor för avbasning.

Jag inbillar mig, tänkte han när han lagt på luren och stirrat ut över sitt skräpiga skrivbord i tio sekunder. Jag vill att det här skall vara en öppning, och jag tolkar alla tecken så att det stämmer med hypotesen. Jag är en riktigt usel kriminalpolis.

Så lyfte han luren igen för att boka tågbiljett och hotellrum.

På torsdagskvällen – efter Berits bravurnummer i matlagning: potatisgratäng med strimlad oxfilé och bearnaisesås – låg Kristoffer på sin säng i rummet med de stora gröna växterna och finslipade planen.

Imorgon. Natten mellan fredag och lördag, det var då det måste ske. Det var det givna tillfället. Han hade sagt åt Berit att han tänkte sova över hos en kompis inne i Uppsala den sista natten, och sedan ta tåget hem till Sundsvall på lördagsmorgonen. Kompis? hade Berit undrat. Jo, det var en trevlig kille som jobbade i kassan, nitton år bara, hade han förklarat. De skulle gå och se en film på Filmstaden, och sedan hem till honom och hans föräldrar vid Vaksala torg. Han hette Oskar och spelade ishockey i Almtuna.

Han visste att Berit inte skulle kontrollera uppgifterna, och med största sannolikhet skulle hon inte nämna någonting om det för pappa Leif heller. Inte för att det spelade någon roll, han skulle förstås bli tvungen att köra samma vals för sin far om det behövdes. De skulle gå från jobbet tillsammans, han och Oskar, så det var bäst att Kristoffer tog med sin väska från Bergsbrunna på morgonen. Han hade redan packat, allt var klart.

Men nu fanns det alltså ingen Oskar. I varje fall ingen som jobbade i kassan på Konsum och som Kristoffer kände. Istället... istället skulle han sätta sig på tåget till Stockholm imorgon kväll, låsa in väskan på Centralen, han visste var boxarna fanns, vänta några timmar inne i City, kanske gå på en bio om han kände för det. Han hade pengar så det räckte, både till bio och ett par hamburgare.

Och tunnelbanebiljett ut till Enskede lite senare. Runt tio-elva eller så. Man skulle gå av vid Sandsborg eller Skogs-kyrkogården, det mindes han. Gröna linjen. Han hade åkt med Henrik och pappa Leif förra gången. Men han skulle skaffa en karta på Centralen för säkerhets skull. Adressen var Musseronvägen 5, det hade han kollat.

Det skulle vara mörkt när han kom fram. Inte före mid-natt, helst lite senare, skulle han närma sig huset. Gå runt ett slag i kvarteren först och rekognoscera. Kolla så att inga människor var ute, och att Kristina och hennes familj var hemma. Kanske, om han vågade, hade han redan tidigare under kvällen ringt till Jakob Willnius. Lagt på luren när han svarade. Eller, om Kristina svarade, förställt rösten och bett att få snacka med hennes man.

Fast bara om han vågade, det skulle nog finnas andra sätt att förvissa sig om att offret var hemma. Kanske kunde han få syn på honom genom ett fönster, helt enkelt. Det kändes inte som något större problem.

I själva verket kändes ingenting särskilt problematiskt när han låg här i det stora tysta rummet och smälte maten och försökte se det framför sig. Känslan av att han höll på att ut-

461

föra ett uppdrag, att han följde ett mönster som han måste följa, hängde kvar i honom. Hade hängt där hela dagen, där fanns ingen plats i honom för tvekan och feghet. Han skulle verkligen åka till Stockholm, ta sig ut till de rika gamla träkåkarna ute i Gamla Enskede, och där, på Musseronvägen 5, skulle han skjuta ihjäl Jakob Willnius. Han skulle mörda sin broders mördare, det var ingenting annat än en plikt. En sorts hedersmord, faktiskt.

Och eftersom det rörde sig om en sådan plikt, skulle han också gå iland med det. Exakt hur det skulle gå till gick inte att förutse, inte i detalj. Han skulle bli tvungen att lita på sitt omdöme och sin... vad hette det?... intuition? Han måste få det att se ut som ett inbrott, den saken var klar. Måste antagligen krossa ett fönster för att ta sig in. Han skulle låta det gå lång tid efter att det blivit mörkt i huset, ge dem gott om tid att somna in, men kanske var det oundvikligt att han åstadkom för mycket ljud när han tog sig in. Kanske skulle han möta Jakob Willnius redan på nedervåningen. Han måste vara beredd med sitt vapen hela tiden, så fort han stod inne i huset skulle han hålla det skjutklart. Han visste att de hade sitt sovrum på övervåningen, det var inte otroligt att Jakob kom rusande, eller smygande, nerför trappan. Han skulle inte ge honom en sekund. Om han dök upp där, skulle han skjuta ner honom omedelbart. Två skott rakt i bröstet så att han föll. Sedan ytterligare ett par skott i huvudet så att han säkert var död.

Och sedan därifrån. Kanske, om det fanns tid, kunde han rafsa åt sig ett eller annat för att få det att se ut som ett inbrott. En tjuv som blivit ertappad och flytt.

Om Jakob inte kom nerför trappan, skulle Kristoffer ta sig upp till sovrummet och skjuta honom där. I sängen; det var nästan ännu mer tilltalande, eftersom det var i sängen Jakob hade dödat Henrik. Om han tolkat Kristina rätt.

Fast Kristina måste vara ur vägen på något vis först, förstås. Han skulle inte låta henne hindra honom, på inga villkor. Fast han trodde inte att hon skulle göra det. Hon skulle inte försöka stoppa honom. Hon ville också se Jakob Willnius död, det rådde knappast något tvivel på den punkten. Kanske skulle hon bli chockad när Kristoffer dök upp, men det spelade ingen roll. Han skulle inte ge sig in i någon diskussion, det var viktigt att komma ihåg det, varken med Kristina eller med Jakob. Inte börja snacka.

Bara skjuta ihjäl honom, helt enkelt. Ingen pardon, inte en enda jävla sekunds pardon.

Och till slut, när det var klart: på raska fötter ut ur huset och bort från Gamla Enskede.

Ingen mer tunnelbana. Långsamt och på omvägar skulle han ta sig in mot City igen. Göra sig av med pistolen genom att kasta den i vattnet någonstans. Stockholm var fullt av vattendrag, det var hur enkelt som helst att bara dumpa sitt vapen från någon bro eller från någon kaj. Det enda han behövde tänka på var att inte råka ut för någon polispatrull. En ensam femtonåring som var ute och gick klockan tre-fyra på natten kunde kanske väcka undringar. Fast han visste inte, kanske var det vardagsmat i Stockholm. Kanske drällde hela stan av fulla ungdomar så dags på dygnet; hursomhelst skulle han vara försiktig, ta sig in mot Centralen, den öppnade redan fem eller sex på morgonen, hade han för sig. Käka lite frukost kanske – och sedan hoppa på första bästa tåg upp mot Sundsvall.

Han skulle sätta på mobilen när han kommit en bit, Gävle ungefär. Ringa till pappa Leif och berätta att han var på väg. Och när han skulle komma fram.

Om pappa Leif – mot all förmodan – hade hört någonting

om ett mord i Enskede under natten, och om han nämnde detta, skulle Kristoffer bara spela oförstående. Om pappa Leif påstod att det var Kristinas man som blivit skjuten, ja, då skulle han spela ännu mer oförstående.

That's it, tänkte Kristoffer Grundt. Du kommer snart att få frid i din grav, brorsan. Det här kommer att gå som en dans.

Han låg kvar ytterligare en stund och försökte leta efter oro och tveksamheter inom sig, men hur han än försökte, så hittade han ingenting i den vägen.

Det var nästan lite märkligt, och en känsla av upprymdhet, nästan glädje, fyllde honom alltmer. Började trängas med oxfilén och bearnaisesåsen och gratängen.

Han tittade på klockan. Kvart i tio. Kanske fanns det plats för lite te och ett par pepparkakor i alla fall. Kanske behövde han ha magen full.

För det var en detalj till. En liten detalj. Han måste ut och provskjuta inatt. Måste veta att hans vapen fungerade. Men det skulle vara lätt gjort. Han hade satt väckningen på mobilen på tre. Upp ur sängen bara, på med kläderna, pulsa ut i skogen och bränna av ett skott. Kanske två i tät följd. Ett par hundra meter från huset, ingen skulle lägga märke till ett par avlägsna skott mitt i natten. Lätt som en plätt.

Men det var en nödvändighet. Inget slarv med detaljerna.

39

Fredagen den 3 december började med ett nytt snöoväder. Det var inte riktigt av samma kaliber som det som skapat kaos i landet tidigare i veckan, men det anställde ändå viss skada. Bland annat försenades kollektivtrafiken i Syd- och Västsverige rejält, och Gunnar Barbarotti tackade sin framsynthet att ha bokat biljett till ett tåg som avgick från Kymlinge redan klockan sex på morgonen. Under normala omständigheter skulle han ha varit framme i Stockholm vid tiotiden; nu blev det strax efter tolv istället, och med sina tidigare eskapader med inrikesflyget i gott minne, kunde han inte låta bli att fråga sig om han inte i framtiden skulle falla till föga och bli svuren privatbilist.

Fast å andra sidan, det var säkert rätt oframkomligt på vägarna också den här förmiddagen – och det var ändå två timmar kvar till mötet med Kristina Hermansson. Han tog sig tvärs över Centralplan och Vasagatan och checkade in på Hotell Terminus – rummet var inte städat ännu, så han fick nöja sig med att lämna sin väska i receptionen – gick ytterligare hundra meter i den virvlande snön och åt lunch på Jensen's Bøfhus. Pannbiff med lök, fast på danska.

Och medan han satt där och åt, började han känna en tilltagande spänning inför det förestående mötet. Det kliade i hans hårbotten till och med, och det brukade det bara göra när det var någonting särskilt på gång.

Eller också höll han på att få mjäll. Det hade varit ett

465

återkommande problem i samband med hans skilsmässa, men när allt var genomfört; när han och Helena väl flyttat isär – när alla papper var påskrivna och alla öppna sår hade börjat skorpa till sig – så hade han också fått ordning på hårbottnen. Hans frisör, en ung dam med fyrtioåtta felfria tänder och ögon som brunnar, hade påstått att det var psykosomatiskt. Hon kunde inte riktigt uttala ordet, men ändå. Folk som mådde bra hade helt enkelt inte mjäll, det hade två och ett halvt år i yrket lärt henne.

Men jag mår ju bra, tänkte Gunnar Barbarotti och beställde en dubbel espresso och en tårtbit. Jag har inte mått så här bra sedan jag fick ihop det med Veronica på gymnasiet.

Så det var inte mjäll, alltså. Det var det förestående mötet som kliade. Det var spänningen. Han tittade på klockan. Fortfarande trekvart kvar, Royal Viking låg snett över gatan, om han ville kunde han sitta kvar och hålla koll på när Kristina Hermansson anlände. Om hon kom från rätt håll, vill säga. Fast kanske var det bättre att sätta sig och vänta på henne inne på hotellet, kanske gav det ett bättre övertag?

Hög tid att lägga upp taktiken var det i alla händelser. Vad i hela friden skulle han säga?

Jo, det är så att jag hört att din man är en otäck jävel. Är det korrekt?

Inte riktigt så, bestämde han. Förmodligen krävde situationen en något subtilare attack. Det var så lätt att halmstrån gick av, det hade betydligt mer än två och ett halvt år i yrket lärt honom.

Å andra sidan – å andra sidan fanns det de som påstod, att Gunnar Barbarotti var en av de bästa förhörsledarna det här landet (åtminstone Västsverige) hade att erbjuda – detta hade han hört från flera olika, vanligtvis välunderrättade källor, men ibland kunde han inte låta bli att undra om man inte blandade ihop honom med någon annan.

O, Herre, tänkte Gunnar Barbarotti. Tillåt mig föreslå en liten deal.

Och Vår Herre lyssnade, om än en aning förstrött.

"Vad menar du?" sa Jakob Willnius. "Varför har du inte tid?"

"Jag ska träffa någon", sa Kristina.

"Jag sa ju att Zimmerman var i stan och ville äta lunch med oss."

"Jag är ledsen. Jag glömde bort det."

"Vem är det du ska träffa?"

"En väninna."

"En väninna? Vem då?"

"Hon heter Henriette. Du känner henne inte. Det var innan vi blev tillsammans."

"Du vet vad Zimmerman betyder? Hur dags ska du träffa den här Henriette?"

"Klockan två."

"Var då?"

"På… på Royal Viking."

"Jamen, då så. Vi käkar lunch med Zimmerman på Rydbergs klockan halv ett. Du hinner till Viking, det är ju bara fem minuter därifrån. Förresten kan hon väl tåla sig en halvtimme, om det skulle dra över lite?"

"Jag vet inte…"

"Jag sticker nu. Se till att vara där senast halv ett. Och ta på dig lite urringat, du vet vad han är för typ."

"Herregud, jag är gravid i sjunde månaden, Jakob."

"Dina bröst har inte krympt, eller hur? Halv ett på Rydbergs, Kristina, sluta tramsa nu."

När hon såg honom kliva in i taxin, sköt illamåendet upp i henne som en påle i köttet.

Tydligen hade han gjort ett gott intryck, för när klockan blev två på fredagseftermiddagen, kom hans handledare, Greger Flodberg – som han inte träffat sedan i måndags – och sa att han kunde få sluta för dagen. Dessutom gav han honom en kasse, en vanlig grönvit Konsumkasse, och förklarade att eftersom han jobbat en hel vecka utan lön, var han nu välkommen att fylla kassen med lösgodis.

Greger Flodberg hade en bror som var tandläkare uppe i Sundsvall och det hade börjat bli lite ont om kunder.

Han skrattade så det dånade i butiken och dunkade Kristoffer i ryggen – och Kristoffer gjorde sitt bästa för att skratta så mycket han orkade, han också. Sedan fyllde han pliktskyldigast kassen med fem kilo lösgodis, sa farväl till Urban och Lena och Margareta, som han tagit emot instruktioner av under veckan, och lämnade tillbaka sin gröna jacka.

Tog sin väska, sin godiskasse och gav sig av.

Han hann med ett tåg som avgick klockan tre från Uppsala (det skulle ha gått tjugo minuter tidigare, men förmiddagens envetna snöande hade satt sina spår i tidtabellen), och en knapp timme senare hade han låst in allt sitt bagage på Centralen i Stockholm – utom sitt vapen, sin ammunition och ett halvt kilo lösgodis, som han förvarade i de rymliga fickorna på sin jacka. Han kände en lätt oro för pistolen. Men bara en lätt. Det hade inte gått som planerat med provskjutningen; han måste ha gjort något fel när han ställde in alarmet på mobilen. Den hade aldrig ringt mitt i natten – eller också hade han stängt av den utan att vakna. Sådant hade hänt förr. Hursomhelst hade han ännu inte skjutit med Pinchmannen; hade bara tryckt av några gånger med tomt magasin, men herregud, tänkte han, klart att det funkade lika bra med ett skott i loppet också. Han trodde inte på möjligheten att provskjuta någonstans ute i Gamla Enskede innan det var dags på allvar. Risken för upptäckt var för stor helt enkelt, det bodde ändå nästan en miljon människor i den här stan.

Han köpte ett paket Prince i Pressbyråkiosken och gick ut i den råkalla decemberskymningen. Snöandet hade tunnat ut men pågick fortfarande.

Då så, tänkte han. Dags att döda lite tid innan jag ska döda på riktigt.

När Kristina Hermansson lämnade Royal Viking, var klockan några minuter över tre, och hon visste inte vad hon skulle tro.

Men hon kände på sig en sak. Hennes egen psykiska kollaps var inte långt borta. Vad var det den hette, den där Almodóvarfilmen som gått för några år sedan? *Kvinnor på gränsen till nervsammanbrott*? Hon hade aldrig sett den, men det var i alla fall så hon mådde nu. *På gränsen*. Hon kröp in i en taxi på Centralplan, uppgav sin adress ute i Enskede och började gråta. Chauffören, en irakisk invandrare i femtioårsåldern, betraktade henne ett ögonblick medlidsamt i backspegeln, men sa ingenting. Nickade bara vänligt och koncentrerade sig på körningen.

Attacken gick över på en halv minut. Hon fick upp två pappersnäsdukar ur handväskan, snöt sig i den ena, torkade tårarna med den andra. Lutade huvudet mot det svala nackstödet och försökte tänka tillbaka på samtalet – och förstå vad som egentligen blivit sagt.

På och mellan raderna.

Han hade börjat så försynt. Nästan bett om ursäkt.

"Det var inte min mening att låta burdus i telefonen."

Hon hade förklarat att det inte gjorde någonting. Hon hade ändå ett annat ärende inne i City. För en svindlande kort sekund föreställde hon sig att han i själva verket inte alls var polis, utan hennes hemlige älskare. Att de nu skulle ta en drink och sedan åka upp till rummet på åttonde våningen, låsa in sig och älska i två dygn. Eller två timmar åtminstone. Sedan fick hon syn på sin mage och sina nariga händer och återfördes till verkligheten.

"Jag har svårt att släppa det här fallet", sa han. "Det blir så ibland i mitt yrke."

Hon tillstod att hon kunde förstå det. En servitör kom förbi och de beställde var sin Loka.

"Jag tyckte det var egendomligt från början", förklarade han. "Vi arbetade ju rätt länge efter antagandet att Robert Hermanssons och Henrik Grundts försvinnanden hade med varandra att göra."

"Det låter rimligt. Jag menar att ni antog det."

"Javisst. Men när det sedan visade sig att det inte var så, blev det förstås ett annat läge."

Hon harklade sig försiktigt.

"Är ni säkra på att det faktiskt är så?"

"Hur då?"

"Att Roberts död och Henriks försvinnande inte hänger ihop?"

Här kom Lokorna på bordet och han dröjde omständligt innan han svarade. Hällde upp och drack. Ställde ifrån sig glaset. Knäppte händerna framför sig och betraktade henne med en min som hon inte kunde tolka. Men på intet vis var det en älskares blick. En kåre av olust drog igenom henne.

"Ja", sa han så. "Det är vi tämligen säkra på. Hurså, är du av en annan mening?"

"Jag?" Hon märkte att rösten landade ett par toner för högt. "Jag har ingen mening om det här överhuvudtaget."

Han satt tyst ett par sekunder och tycktes väga hennes svar.

"En annan aspekt som har kommit och gått", sa han sedan, "är vad man skulle kunna kalla familjeaspekten."

"Familje...?"

"Eller kalla det vad du vill. Vi har naturligtvis diskuterat det många gånger under utredningens olika faser, men kanske har det fått en... ja, en smula förnyad aktualitet efter att mordet på din bror blev uppklarat i augusti."

"Jaså?"

Mer orkade hon inte få ur sig. Han drack ytterligare Loka och plockade upp en penna ur bröstfickan på kavajen. Satt och snurrade med den en stund medan han funderade och kisade rakt ut i tomma luften.

"Om det är så att Henriks försvinnande har en... en så att säga intern lösning, då får det ju oundvikligen vissa konsekvenser för utredningen."

"Intern lösning?"

"Ja."

"Jag förstår inte riktigt."

"Förlåt mig, jag uttrycker mig otydligt. Det jag vill säga är att om Henrik till exempel är mördad, och det har att göra med situationen i er familj, så kan det ju hända att någon... eller några... förutom mördaren... sitter inne med kunskaper."

Under det sista, sönderhuggna påståendet talade han överdrivet långsamt; underströk dessutom stackateringen genom att knacka försiktigt med pennan i bordskanten. Hon kunde inte låta bli att undra om han hade tränat på det.

Och om det var meningen att hon skulle bryta samman nu. Om han faktiskt satt och väntade på att hon skulle ge upp och bekänna. Antagligen, tänkte hon, antagligen är det det här det går ut på. Han tror att jag döljer något, och han tror att han kan få mig att brista genom att vara precis lagom insinuant.

På något sätt fick hon styrka av dessa tankar, av att han tycktes underskatta henne; det retade henne. Hon rätade upp sig i stolen och lutade sig lite framåt över bordet.

"Inspektör Barbarotti, jag måste erkänna en sak."

"Ja?"

"Jag förstår överhuvudtaget inte vad du pratar om. Och inte varför du ville träffa mig idag. Jag fick intrycket att det hade inträffat något nytt när det gäller Henrik, det var därför jag kom hit. Men hitintills..."

Han avbröt henne genom att höja ena handen.

"Förlåt igen. Men du måste förstå spelets regler."

"Spelets regler?"

"Ja. Glöm inte att jag är polisman och att jag faktiskt utreder omständigheterna kring din systersons försvinnande. Jag kanske inte vill... eller kan... avslöja allt som kommit fram under utredningens gång för dig. Min uppgift är att få fram sanningen och det är inte alltid säkert att sanningen är betjänt av att man lägger alla korten på bordet."

Här märkte hon att hon faktiskt satt och stirrade på honom. Vad tusan var det han sa? Satt han bara och svamlade eller visste han verkligen någonting? Bluffade han? Var det därför han råkat använda kortspelsmetaforen?

"Vad i hela friden är det du säger egentligen?" sa hon. "Och vad är det du vill att jag ska bidra med?"

"Din man", sa han, och det kändes som om han plötsligt tryckte ner hennes huvud under vatten. Plötsligt var all styrka och all motståndsvilja bortblåst.

"Min man?" Kvävningskänslan var påtaglig.

"Hurdan är han egentligen?"

Om hon haft elektroderna från en lögndetektor på sig skulle hon ha avslöjats i det ögonblicket. Hon kunde känna hur pulsen rusade och hur det hettade i tinningarna. Varför var jag inte beredd på det här? tänkte hon. Just den här attacken var ju det enda jag hade att frukta. Varför känner jag mig plötsligt alldeles försvarslös?

"Jag älskar Jakob", lyckades hon fräsa. "Varför i helvete frågar du om honom?"

Hon kunde inte avgöra om vreden maskerade paniken tillräckligt. Kanske, kanske inte. Han betraktade henne värderande.

"Därför att jag har fått viss information", sa han. "Information som jag tyvärr inte kan gå in på."

"Om Jakob?"

"Ja."

"Och det är allt du har att säga?"

"Inte riktigt. Men jag måste fråga dig om du tror att din man skulle vara i stånd att döda någon?"

"Vad i hel...?"

"Rent teoretiskt. I en tillspetsad situation? Vad tror du?"

Hon hade inte svarat. Bara skakat på huvudet och druckit ur sitt vatten. Frågat om han hade några ytterligare insinuationer att komma med, eller om hon var fri att gå.

Han hade förklarat att hon var fri att gå, men att han var ledsen att hon uppfattat saker och ting på fel sätt. Hon hade tackat för samtalet, rest sig och lämnat honom.

Uppfattat saker på fel sätt? tänkte hon när taxibilen just passerade Johanneshovs isstadion. Hur tusan hade han trott att jag skulle uppfatta dem?

Och viktigast av allt: Hur skulle hon ha reagerat om hon verkligen inte förstått vad han talade om? Precis som hon nu gjort eller helt annorlunda?

Frågan var omöjlig att besvara, men hon förstod att det var just mellan dessa rader han nu satt kvar på Royal Viking och letade efter ett svar. I alla händelser kändes hotet om nervsammanbrott för tillfället överståndet. Sopat under mattan, visserligen, men mer än så kunde hon antagligen inte begära. Hon såg på klockan och insåg att hon om mindre än två dygn skulle sitta på planet till Bangkok. Det kändes... det kändes inte riktigt verkligt.

Inte förrän hon betalat den milde, mörkögde taxichauffören och klivit in i hallen på Musseronvägen dök den där andra frågan upp.

Var i hela friden hade han fått uppgifterna om Jakob ifrån? Han kunde väl inte bara ha hittat på det?

40

Kristoffer Grundt vandrade planlöst omkring i Stockholms City. Klockan var halv sju på kvällen. Det var fyrtiofem minuter kvar tills filmen på Rigoletto skulle börja. *The Usual Suspects*, han hade hört att den skulle vara bra. Eller läst. Tiden gick långsamt. Han hade käkat en hamburgare på McDonald's och gått och drällt lite i affärer. Åhléns och PUB och några gallerior. Ätit lösgodis tills han började må illa, till slut hade han kastat det sista hektot i en papperskorg. Blev han sugen igen hade han ju alltid fyra kilo kvar, inlåsta i en box på Centralen.

Snöfallet hade upphört, gatorna och trottoarerna var moddiga. Mycket folk och mycket trafik. Plötsligt kom han fram till en plats han kände igen. *Kreatima?* Hade det inte hetat någonting annat när det hände? Han hade för sig det. Hursomhelst var det en stor färghandel, det stämde. Det var här Olof Palme blivit skjuten. Kristoffer stannade upp. Det hade inträffat några år innan han själv föddes, men han hade fått platsen utpekad för sig vid åtminstone tre tidigare tillfällen. Praktiskt taget varje gång han varit i Stockholm.

Och sedan flydde mördaren in på Tunnelgatan. Var det inte så? Han stirrade in i den smala passagen. Uppför trapporna, det var det som hade varit flyktvägen.

Den gången. Och nu stod han själv i begrepp att bli en mördare. Han tände en cigarrett och såg sig omkring. Folk skyndade förbi åt alla håll. Alla verkade ha bråttom. Alla verkade vara på väg till någonting viktigt. Bilar stänkte upp snömodd. Ingen brydde sig. Ingen tänkte en sekund på att det var just här Sveriges statsminister blivit mördad. Men det är klart, det var mer än tjugo år sedan. Kristoffer kramade om sitt vapen i jackfickan. Och här står jag, tänkte han, här står jag med en pistol i fickan. Om Göran Persson spatserar förbi, skulle jag kunna skjuta honom också. Jag skulle faktiskt kunna göra det. Vilket liv det skulle bli.

Det var så helvetes enkelt att döda. Han hade aldrig tänkt på det tidigare. Det var bara att lyfta sitt vapen och trycka av. Han drog ett bloss och skrattade till för sig själv. Man behövde inte vara sjuk i huvudet eller terrorist eller drogad för att gå ut och mörda; allt som krävdes var att man drog upp sitt vapen och tryckte av. Det räckte med en sekund för att ta livet av en människa, det var den bistra sanningen. En enda ynka sekund för att göra slut på hela denna rad av dagar och kvällar och nätter. Och det spelade ingen roll vem det var som stod i vägen för kulan. Kung eller tiggare. Trycket från ett pekfinger. Sen var det slut, det hjälpte inte om man ägde hundra miljoner eller var världens berömdaste filmstjärna. Eller bara en stackars lodis.

Det var lite hisnande. Lite rättvist också, faktiskt. Om jag drar upp pistolen och skjuter den där kvinnan i röd jacka, och sedan springer iväg precis som Olof Palmes mördare, tänkte Kristoffer, så kommer ingen jävel att få fast mig. Lubba som satan i tjugo-trettio meter, sedan uppför trappan, vika runt hörnet och börja gå som vanligt. Han stirrade in i gränden igen, det skulle vara hur lätt som helst.

Kvinnan i den röda jackan kom långsamt emot honom, verkade inte stressad som de flesta andra, tvärtom, hon pratade i en mobiltelefon och skrattade. Hon var inte särskilt snygg, tänkte Kristoffer. Säkert uppemot fyrtio fast hon försökte se yngre ut. Stövlar med höga klackar och svarta, åtsittande jeans. Blonderad. Kanske var hon en hora. Varför inte, det drällde av horor i Stockholm, det visste vem som helst. Hon kom emot honom och han märkte att han kramade hårt om pistolen i fickan.

Nu, tänkte han. Nu gör jag det. Provskjutning på platsen där Palme blev mördad, jävlar anamma!

"Tjenare, Gittan!"

En man kom springande över övergångsstället. En bil bromsade och tutade ilsket. Kvinnan stannade upp.

"Jörgen? Vad fan...?"

De kramades. Skrattade och kramades igen. Kristoffer svalde och började gå. Herregud, tänkte han. Vad i helvete är det med mig? Vad håller jag på med? Jag höll ju nästan på att...?

Eller också hade det inte varit så nära. Tanke var en sak, handling en annan. Kanske fanns det ännu en spärr i honom. Kanske fanns det flera, ja, det kunde faktiskt vara så att där fanns ett helt staket av spärrar, som såg till att... att man inte begick sådana här vansinnesdåd. Att fingret vägrade lyda hjärnans order, till exempel. Vägrade trycka av i det avgörande ögonblicket.

Plötsligt blev han kall. Tänk om det var så. Han drog ett bloss och kastade ifrån sig cigarretten, trots att den bara var halvrökt. Började gå igen. Tänk om han inte skulle kunna trycka av när han stod där med Jakob Willnius framför sig! Tänk om... om modet svek honom? Under några sekunder kände han hur rädslan för en sådan utveckling höll på att kväva honom, det nästan svartnade för hans ögon och godiset och nikotinet omfamnade varandra i magen på honom – men då, just i det kritiska ögonblicket, hörde han Henriks lugna röst djupt inom sig.

Varva ner, Kristoffer, sa han. Du kommer att fixa det här. Jag är med dig, glöm inte det.

Och det räckte. Oron rann av honom på en sekund. Det var Henrik det gällde, ingenting annat, om han bara hade det klart för sig hela tiden, så skulle ingenting kunna gå snett.

Henrik, hans storebror och ledstjärna. Med ens kom han att tänka på Bröderna Lejonhjärta. Jonatan och Skorpan, ja, sannerligen!

Nu var han framme vid Rigoletto, dessutom. Han såg på klockan. Sju prick. *The Usual Suspects* skulle börja om femton minuter. Han sköt upp glasdörren och slank in i värmen.

Kriminalinspektör Barbarotti var irriterad.

Han hade legat på sin hotellsäng och stirrat upp i taket i över en timme. Så här känns det, tänkte han. Precis så här känns det, jag kommer ihåg det nu.

Det han kom ihåg var det problem som någon döpt till Detektivens Dilemma – *The Detective's Dilemma*, det härstammade utan tvivel från andra sidan Atlanten. Någon av de hårdkokta fyrtiotalisterna, antagligen. Gunnar Barbarotti var inte vidare bevandrad i den kriminallitterära floran, men Hammett och Chandler hade han läst i alla fall. Och en eller annan Crumley.

När två saker var för handen, nämligen. Det var det som var förutsättningen för dilemmat.

För det första att man satt inne med kunskap som var nyckeln till det fall man höll på och arbetade med.

För det andra att det inte fanns något sätt att använda denna kunskap.

Inkompatibelt, som det hette nuförtiden.

Fast kanske var kunskap ett lite för starkt ord i samman-

478

hanget? I *det här* sammanhanget. Kanske var det inte fråga om något renodlat dilemma när allt kom omkring. För om han verkligen vågat lita på att det var någonting skumt med Kristina Hermansson – någonting riktigt skumt – så skulle han väl också ha hittat ett sätt att komma åt henne? Eller hur?

Om bara intuitionen vägt lite tyngre.

Det var någonting med henne, den saken var klar. Ingen vettig människa med rent mjöl i påsen skulle ha betett sig som hon gjort under samtalet inne på Royal Viking. Hon hade sett honom som... ja, som en motståndare; samtalet hade varit en sorts kraftmätning och det var just detta som var det avgörande. Varför hade hon varit så nervös? Varför hade hon inte velat hjälpa till, om det nu var så att det fanns ett nytt spår i utredningen om hennes systerson? Vore det inte naturligt att hon också ville få fast mördaren – om pojken nu var mördad? Varför bromsade hon? *Varför?*

Men här måste han också göra halt och rannsaka sig själv lite. Kanske var det hans eget fel att det gått som det gått. Han hade fört fram familjeaspekten nästan det första han gjorde, och en attack riktad mot familjen Hermansson Grundt blev kanske med automatik också en attack riktad mot henne. Mot Kristina. Och mot hennes man. I själva verket var det kanske bara den naturligaste sak i världen att hon gick i försvarsställning?

För vad var det han egentligen hävdat? Vad var det för påstådda fakta hon måste skönja bakom hans rökridåer?

Att hennes make, Jakob Willnius, på något sätt hade med försvinnandet att göra? Var det inte just detta han suttit och insinuerat? Fanns det överhuvudtaget utrymme för andra tolkningar?

Och var det inte detta han innerst inne trodde – och gjorde allt för att låtsas som om han inte trodde?

Fan också, tänkte Gunnar Barbarotti och steg upp ur sängen. Om jag inte ens kan bedöma vad jag själv har för motiv och bevekelsegrunder, hur ska jag då kunna avgöra vad någon annan tänker och tycker?

Och vad i helvete skulle Jakob Willnius ha haft för anledning att göra av med pojken? Han kände honom ju inte ens.

En springande punkt, utan tvivel. Barbarotti krängde på sig rocken och lämnade rummet. Klockan var över sju, en promenad i snögloppet och en middag på någon lagom folktom restaurang kunde kanske rensa bort lite slagg ur skallen. Han borde i varje fall försöka bli av med den där mentala bilden av åklagare af Klampenberg som skrattade ut honom när han kom och presenterade fakta i fallet.

"Och vad har du att andraga mot den här Willnius då?"

"Hans förra hustru påstår att han är oerhört osympatisk, bäste herr åklagare."

Nej, fy fan, tänkte Gunnar Barbarotti och körde händerna i rockfickorna när han kom ut på gatan. Det här går inget vidare.

Han kände att han inte var det minsta hungrig, och bestämde sig för en halvtimmes promenad först. Åtminstone. Tog vägen förbi Åhléns och Sergels torg och fortsatte norrut. När han korsat Sveavägen vid Konserthuset fick han syn på en filmaffisch. *The Usual Suspects.* Biografen hette Rigoletto.

Han såg på klockan. Halv åtta. Synd, tänkte han, den har redan rullat en kvart. Skulle gärna ha sett om den.

Han ryckte på axlarna och fortsatte Kungsgatan ner mot Stureplan. Märkte att han börjat frysa och insåg att han lämnat både handskar och halsduk på hotellrummet.

Och irritationen gnagde i honom.

"Du är sen", sa hon. "Jag trodde…"

"Det är klart jag är sen", sa Jakob Willnius och hängde av sig rocken. "Zimmerman underkände hela översättningen. Jag fattar inte vad vi betalar de där förbannade manusnissarna för. Och det var ju rätt nödvändigt att det blev klart idag, eller hur?"

"Vad menar du?"

"Har du glömt att vi åker till Thailand på söndag? Du tror väl inte jag har lust att överlämna det här i händerna på Törnlund eller Wassing?"

"Nej, det kan jag förstå. Vill du äta med en gång?"

"Nej, jag vill ha en jävligt stor Laphroaigh först. Och jag föreslår att du tar en också."

"Jakob, jag är i sjunde månaden."

"Jag känner till det. Jag tänkte bara att du kunde behöva en för nerverna."

"Vad menar du? För nerverna?"

Han gick bort till barskåpet och tog fram en flaska. "Jo, du hörde rätt. För nerverna. Så att…"

"Ja?"

"Så att du håller tungan rätt i mun."

"Nu är jag inte riktigt med."

"Inte? Jo, det tror jag nog att du är. Det förhåller sig nämligen som så, att jag åkte förbi Royal Viking nu på eftermiddagen. Zimmerman bor där de här dagarna när han är i stan, han behövde hämta en sak på rummet, bara. Det var alltså vid kvart över tre ungefär, då, när du satt och snackade med din väninna därinne… vad var det hon hette nu igen?"

"Henriette."

Plötsligt var hon inte säker på att det var rätt namn. Hade hon sagt Henriette eller Josefin? Bägge två existerade i sinnevärlden, hon var så dålig på att ljuga att hon måste använda gamla väninnor till och med i en situation som den här.

"Henriette, ja. Det lustiga är… ja, kan du gissa vad det lustiga är?"

"Nej, jag förstår inte… Vad är det du talar om, Jakob?"

Han hällde upp fyra centimeter innan han svarade. Tryckte omständligt ner korken och tog en klunk. "Det lustiga är", sa han, "att medan jag satt där i bilen och väntade på Zimmerman, så såg jag en bekant komma ut från hotellet. Jag antar att du inte kan gissa nu heller."

Hon skakade på huvudet. Tryckte in naglarna i handflatorna och önskade att det hade gått att ta livet av sig på det sättet. Eller göra sig osynlig.

"Den där förbannade polismannen. Han som ringde häromdan. Är det säkert att du inte vill ha en liten whisky? Jag tror vi har en del att prata om ikväll."

41

Tiden gick så trögt.

När Kristoffer klivit på gröna linjen på T-centralen kom han ihåg den där egendomliga önskningen han suttit och funderat på för snart ett år sedan. Då, när hela familjen varit på väg i bilen ner till Kymlinge och ingenting ännu hade hänt.

Att få hoppa över ett stycke av sitt liv.

Om han mindes rätt hade han den gången velat slippa tre eller fyra dagar. Bara för att snabbare komma hem till Sundsvall och Linda Granberg. Linda Granberg, som sedan först svikit honom med en av bröderna Niskanen från Liden och därefter flyttat till Drammen.

Så löjligt omogen han hade varit den gången. Ändå var det mindre än ett år sedan. Fast det har ju hänt ett och annat, tänkte Kristoffer Grundt. Onekligen.

Men just nu, den här mörka och ödesdigra december-kvällen, precis i den här sekunden när tåget ryckte till och satte sig i rörelse igen, hade han alltså samma önskan i huvudet igen. Att få hoppa över tid. Fast ikväll begärde han inte så mycket. Inte fyra dagar, det skulle räcka med... ja, två timmar faktiskt.

Så att han slapp mörkret och kylan.

Och väntan. Han skulle säkert vara framme vid Skogs-kyrkogården någon gång mellan halv tio och tio. Det var åt helvete för tidigt. Tänk om det hade gått att manipulera lite med timmarna, så att klockan blev kvart i tolv istället.

Det skulle ha varit lagom, tänkte Kristoffer. Som det nu var kunde han inte bege sig direkt till Musseronvägen. Inte före midnatt. Inte för rekognoscering ens, det var för riskabelt. Någon kunde få syn på honom och lägge märke till hans utseende. Själva inbrottet fick han inte inleda förrän tidigast ett, det hade han bestämt. Eller kanske senare ändå, om det visade sig att Jakob och Kristina stannade uppe länge. Minst en timme från det att ljuset släcktes, det hade han också bestämt. Det gällde att hålla fast vid planen. Om man bara kom ihåg att göra det, behövde man inte fatta en massa felaktiga beslut på vägen.

Men åtminstone två timmar att fördriva innan det var dags, alltså. Det kändes som rena oändligheten. Naturligtvis skulle han ha kunnat tillbringa hela tiden nere i tunnelbanan; åka fram och tillbaka mellan olika stationer, kliva av och på några gånger – men han trivdes inte med tunnelbanan. Kände sig inte hemma. Det fanns en stämning av rädsla och fientlighet härnere, han tyckte inte om det.

Någonting som hängde i luften och som tycktes kunna explodera vilken sekund som helst. Ett gäng högröstade ungdomar stökade omkring lite längre fram i den vagn han satt i, killen som slagit sig ner mittemot honom var uppenbart drogad; en vindögd jättemupp som tuggade på sin underläpp hela tiden och kliade sig över handlovarna. Vägde säkert hundrafemtio kilo, dök fel tanke upp i hans kortsnaggade huvud kunde han säkert få för sig att nita Kristoffer. Bara för att han satt och såg uppkäftig ut eller nånting. Eller att det syntes att han kom från Norrland.

Men då skjuter jag den jäveln, tänkte Kristoffer och ett desperat skratt höll på att slinka ut ur strupen på honom.

Han fick hejd på det. Bestämde sig för att låtsas sova istället, det kunde väl ingen reta sig på? Han slöt ögonen och lutade huvudet mot fönsterglaset. Tåget bromsade in. En metallisk röst meddelade att man kommit till Skanstull. Fem stationer kvar, tänkte Kristoffer. Han hade memorerat dem i huvudet. Gullmarsplan. Skärmarbrink. Blåsut. Sandsborg. Sedan Skogskyrkogården. Där skulle han stiga av. Kanske kunde han gå en sväng över själva kyrkogården? Ströva runt bland gravarna en stund, den var rätt stor, efter vad han hört. Kanske var det en bra uppladdning för en mördare? Provskjuta kanske?

Nej, det var för mycket. Man går inte omkring och skjuter skarpt på en kyrkogård. Men knalla runt lite och samla sig, alltså, det var väl så det fick bli. Röka några cigarretter, köpa en korv och en Pucko någonstans lite senare, han hade pengar så det räckte, och koncentrera sig ordentligt. Försöka hålla värmen.

Och så under Nynäsvägen när klockan blivit tolv. In i Gamla Enskede och bort till Musseronvägen. Tycker du det är en bra plan, Henrik? frågade han inåt sig själv.

Tåget började på en ny, gnisslande inbromsning och Henrik svarade att det var en djävligt bra plan.

Det fanns inga officiella besökstider på Vassroggahemmet, och egentligen var inte besök att rekommendera överhuvudtaget. Oplanerade påhälsningar från yttervärlden ansågs störa behandlingen, men i fallet Benita Ormson gjorde man på fredagskvällen ett undantag. Benita Ormson var inte bara gammal god vän med Ebba Hermansson Grundt, hon var också själv verksam som psykiatriker. Låt vara ett par snäpp för mycket åt det kognitiva hållet, hon var ingalunda något obekant namn – men det bedömdes inte att det skulle påverka patienten nämnvärt i negativ riktning om de tilläts en timmes umgänge. Det var ändå fredag, och från början hade det ju faktiskt varit tänkt att fru Hermansson Grundt skulle tillbringa helgerna tillsammans med sin familj.

Benita Ormson medförde två presenter till sin gamla väninna och studiekamrat, och när de blivit ensamma i rummet tog hon fram dem. Det ena var en påse Mariannekarameller, det andra var en bibel.

"Jag är inte religiös", förklarade Ebba.

"Inte jag heller", sa Benita Ormson. "Skulle aldrig falla mig in. Men bibeln är någonting annat, ser du."

"Hm", sa Ebba.

"Hur mår du?" undrade Benita Ormson. "Egentligen?"

"Vad menar du med 'egentligen'?"

"Jag menar att jag förstår att du tycker om att vistas här, och att du är tillräckligt intelligent för att skaffa dig ett skäl till det."

Ebba satt tyst och funderade en stund.

"Ett skarpt intellekt är sannerligen en överskattad följeslagare."

"Håller jag med om", sa Benita Ormson. "Hjärtat har vägar som förnuftet inte känner."

"Jag har hört sägas det", sa Ebba. "Men jag tror mitt problem är att jag inte ser något enda litet skäl till att jag skall leva vidare."

"Varför gör du det då?"

"Lever vidare?"

"Ja."

"Jag vet inte riktigt. Kanske tycker jag att det är någon sorts plikt, det också. Att man faktiskt måste leva till slutet när man nu fått ett liv."

Benita Ormson nickade. "Och de här insikterna har du fått efter att din son försvann?"

"Ja. Jag förstår att det kanske är insikter som måste drabba

486

alla… i högre eller lägre grad… och att de flesta kan bearbeta dem och gå vidare. Men när det gäller mig går det alltså inte. Fallet blev… ja, jag tror det blev lite för brutalt."

"Du förutsätter att Henrik är död?"

"Ja, jag skulle tro att jag gör det."

"Och varför betydde just Henrik allt för dig?"

"Det är heller ingenting jag råder över. Får jag ta en Marianne?"

"Varsågod."

"Tänk, jag tror faktiskt inte jag ätit Marianne sedan vi satt och tentamensläste."

"Inte jag heller. Men varför just Henrik? När man skaffar barn ingår det i villkoren att de kan dö före oss. Det finns inga garantier, det vet du likaväl som alla andra föräldrar."

"Jag… jag tror jag glömde bort det."

Benita Ormson skrattade till. "Ja, nog gjorde du det, Ebba lilla. Det finns säkert ett och annat du glömt under vägen. Men föralldel, det gäller oss alla och det brukar fungera fram till fyrtio ungefär. Du är i gott sällskap."

"Jag har inte lust att vara i sådana sällskap."

"Jag känner till det. Du är ingen umgängesmänniska, Ebba, men i vissa lägen klarar man sig inte ensam. Det var därför jag tog med bibeln åt dig."

"Herregud, Benita, du vet ju att jag…"

"Med någon måste man umgås, Ebba. Med någon måste man tala. Du har umgåtts med dig själv i fyrtio år och nu har du tröttnat. Du måste välja, andra människor eller Vår Herre."

"Jag betackar mig för den sortens…"

Benita Ormson höjde en hand och Ebba avbröt sig själv. Tog en ny karamell och betraktade väninnan med ögonen bräddfulla av skepsis. Det gick några sekunder.

"Jag förstår", sa Benita Ormson. "Du föredrar att hålla alla dörrar stängda. För mig också. Men det är ditt val, Ebba, och det är dig det gäller. Jag är inte det minsta religiös, det vet du. Kanske är jag inte ens troende. Men i den här boken finns tiotusen år av mänsklig erfarenhet samlad. Det är ingen propagandaskrift, det är visdom. Det du behöver är tröst. Förtröstan och kärlek och en rejäl dos nåd, det finns ingenting annat som kan hjälpa dig. Alla andra frågor har för liten dignitet, helt enkelt, jag tror du är insiktsfull nog att förstå det här. Men vis är du inte. Du är förkrympt, Ebba, du har valt att sätta dig fast med Henrik i ett stängt rum, ett trångt mörker. Se åtminstone till att det blir lite större, släpp in lite ljus. Men återigen, du gör som du vill, och jag..."

"Och du?"

"Jag är bara budbäraren. Don't shoot the messenger, Ebba."

"Det begriper jag väl."

"Då så."

"Dom är rätt goda, faktiskt, dom här Mariannorna. Tänk att det var så länge sedan… och att dom finns kvar."

"Naturligtvis finns dom kvar, Ebba."

Tystnad. Lång tystnad. En skötare kommer och öppnar dörren på glänt. Stänger den igen när han får syn på de två kvinnorna på var sin sängkant.

"Vad sitter du och tänker på, Ebba?"

"Jag tänker… jag tänker på Kristoffer. Ursäkta mig Benita, jag tror jag måste ringa ett samtal till min man."

"Du vet bäst själv vad du har att göra, Ebba. Idag som alla andra dagar."

"Tack, Benita. Tack för att du kom hit, men jag måste faktiskt ta itu med det där nu."

"Naturligtvis, Ebba. Naturligtvis. Jag lämnar dig med bibeln och Mariannorna, och så kommer jag tillbaka en annan dag istället."

På något sätt höll hon emot.

Det förvånade henne att hon orkade. Att hon framhärdade trots Jakobs mer eller mindre målmedvetna attacker. Kanske berodde det på att hon var nykter, kanske var det så enkelt. Jakob drack Laphroaigh, glas efter glas, hans röst fick mer och mer luft i sig, men han brusade aldrig upp. Lugnet fanns kvar i honom, låg där som en kobra i solskenet och väntade. Det är det som är hans problem, tänkte hon, hans livs problem. Att han kan lagra och lagra och lagra känslor, tills han plötsligt blir alldeles full av dem och exploderar.

Men explosionerna var också kalla på något egendomligt vis, insåg hon. Beräknade. Han tappade aldrig besinningen, inte helt och hållet. Till och med när han dödade Henrik hade han haft kontroll över vad han gjorde.

Till och med då. När hon tänkte efter, var det kanske just detta som var det allra otäckaste.

Kontrollen. Det omänskliga lugnet.

"Vad tyckte du om honom?" sa han nu.

"Vem?"

"Den här snuten. När han var här i januari?"

Klockan var kvart över elva. De satt i fåtöljerna framför öppna spisen. Kelvin sov uppe i sin säng sedan två timmar. Jakob tände en smal, svart cigarr. Barrinque, det var det enda märke han rökte. Specialimporterades av en liten affär på Hornsgatan bara för hans skull.

"Jag minns honom knappast. Jakob, kan vi inte prata om någonting annat?"

"Om vad då, till exempel?"

"Thailand, kanske? Vi måste väl in till stan och köpa ett par guideböcker imorgon?"

"Har jag redan gjort. Slank in på Hedengrens och kom över tre stycken. Så den detaljen är fixad. Men vad tyckte du om honom, alltså?"

"Jag minns inte, Jakob. Herregud, jag säger ju att jag inte kommer ihåg honom. Vad är det du misstänker egentligen?"

"Misstänker?"

"Ja."

"Finns det anledning att misstänka någonting?"

"Nej, men det låter på dig som om du gjorde det."

"Jag har lite svårt att tro på slumpen, bara. I vissa lägen."

"Jag förstår inte."

"Det gör du nog."

"Nej, Jakob, jag gör inte det. Vad är det du vill att jag ska säga egentligen? Jag har ingenting att dölja."

Han drack en klunk och drog ett bloss. Vässade argumenten.

"Hör på här", sa han. "Den där snuten ringer hit i början av veckan och frågar efter dig. Han bor nere i Kymlinge, det är fyrtio mil härifrån. Tre dagar senare ser jag honom komma ut från Royal Viking, just vid den tidpunkt då min hustru påstår att hon sitter där och idkar samtal med en väninna jag aldrig hört talas om..."

"Hur många av mina väninnor känner du, Jakob?"

"En och annan."

"Det gör du inte. Kan vi inte gå och lägga oss nu, jag är faktiskt trött..."

"Jag vill gärna sitta kvar en stund och prata med dig, Kristina. Men okej, jag lovar att släppa det här. Kan du inte släcka ljuset, så sätter vi oss i soffan. Och lite Coltrane?"

Han börjar bli kåt, tänkte hon. Det var extra mycket luft i rösten nu. Men det var förstås lika bra. Hon suckade. Ljudlöst och försiktigt. Två dagar kvar, kanske skulle hon klara det.

Inspektör Barbarotti kom tillbaka till sitt hotell klockan elva. Trots att han druckit två glas rödvin och fyra centiliter konjak, frös han. Stockholm var råkallt, en nordlig vind drog genom gatorna och virvlade upp den snö som inte hunnit smälta bort tack vare gatornas värmeslingor. Fy fan, tänkte Gunnar Barbarotti. Jag är glad att jag inte bor här. Hur bär sig uteliggarna åt? Dom måste ju frysa ihjäl varenda natt.

När han kommit upp på rummet ringde han till Marianne. Vädret i Helsingborg var inte mycket bättre, lät hon meddela. Tre plusgrader, regn och stark västlig vind.

Man skulle behöva en karl och ett glas rött vin att värma sig på, lät hon också meddela.

Gunnar Barbarotti frågade om det inte möjligen gick ett nattåg från Skåne upp till Stockholm om sisådär en halvtimme. Han var beredd att möta henne på Centralen imorgon bitti, och han hade ett hotellrum bokat en natt till.

"Jag trodde du var där på jobb?" sa Marianne.

"Inte riktigt hela tiden", förklarade inspektör Barbarotti.

"Jag är rädd att mina barn behöver mig hela helgen", sa Marianne. "Hur vore det med lite bättre framförhållning?"

Gunnar Barbarotti lovade att skärpa sig i fortsättningen, sedan kuttrade de meningslösheter en stund och sedan lade de på.

Jobb? tänkte han, gick och ställde sig i fönstret och blickade ut över Centralstationen och spårområdet. Jo, det var väl så det var tänkt. *Hade varit* tänkt. Men det hade gått lite snett.

Eller hade det inte det? Var det bara hans naturliga kvällsdepressivitet som spelade honom spratt? Vad hade han förväntat sig av samtalet med Kristina Hermansson egentligen? Att hon skulle bryta samman och erkänna någonting, gudvetvad?

Knappast. Men egentligen, tänkte han med en lika plötslig som oväntad våg av optimism, medan han skruvade kapsylen av minibarens lilla rödvinsflaska... var det inte egentligen så, att hans misstankar fått vatten på sin kvarn? I själva verket. Nog hade hon suttit och hållit inne med en hel del, där i lobbyn på Royal Viking?

Eller hur? Och var det inte just detta han varit ute efter att få bekräftat? Att det var någonting galet med paret Hermansson-Willnius ute i idyllen i Gamla Enskede. Någonting som inte stämde och som han bara inte kunde lämna därhän, när han nu tagit sig ända hit.

Han drack en klunk ur plastflaskan och hällde ut resten i handfatet i badrummet. Vilket rävgift, tänkte han. Och för detta junk skall jag betala 65 kronor när jag åker härifrån.

Men Jakob Willnius, alltså? Vore det inte lika bra att ta tjuren vid hornen?

Han fick av sig kläderna och gick in och ställde sig i duschen. Drog på varmvattnet och bestämde sig för att stå kvar tills han fattat ett beslut.

Det tog tjugo minuter, och när han kröp till sängs var han långt ifrån säker på att det var rätt beslut – men det var åtminstone fattat, och han kände sig en smula bättre till mods än när han stretat omkring därute i snålblåsten på huvudstadens gator och torg för en timme sedan. Faktiskt.

42

Kristoffer Grundt frös.

Klockan var tjugo minuter över tolv. Äntligen. Han passerade långsamt förbi huset på Musseronvägen 5. Det var andra gången; för en kvart sedan hade han gått förbi åt andra hållet, på den andra trottoaren. Det var släckt i alla fönster, bara en liten gulröd lykta ovanför ytterdörren var tänd. Det hade varit likadant för en kvart sedan. De sov; av allt att döma låg Kristina och Jakob och sov, liksom alla deras grannar. Kristoffer förstod att det här knappast var något område där man festade om till långt in på nätterna. Inte helt olikt hans eget kvarter uppe i Sundsvall faktiskt. Om man kom hem efter tolv någon kväll, brukade det vara kolsvart i varenda kåk. Inte ett liv.

Medan han vandrat omkring på Skogskyrkogården och på gatorna på andra sidan Nynäsvägen, hade han slagits av tanken att han inte skulle hitta rätt hus på Musseronvägen – men när han väl fick syn på det visste han med en gång. Han förstod att det bara varit sådana fantasier som mörkret och kylan och ensamheten planterade i skallen på honom. Gå in och skjuta ihjäl fel karl, det skulle ha varit nånting, det!

Men det fanns ingen tvekan, alltså. Han kände igen både det ena och det andra. Gången upp till den lilla trappan, där han och Henrik stått och lattjat med en boll för två och ett halvt år sedan. Det lilla lusthuset, nu alldeles snötäckt, ute på gräsmattan. Altanen där de druckit saft och ätit bullar. Jodå, visst var det här de bodde, moster Kristina och hennes man som han skulle döda. Han fortsatte förbi huset och kände att han nästan blev lite varm av blotta tanken.

Tanken på att döda. Det var märkligt, men det var kanske så det låg till. Kanske började blodet röra sig fortare i ådrorna när man tänkte på vissa saker. Och inte bara tjejer.

Annars hade han frusit rätt länge. Hade köpt en korv och en kopp kaffe på ett gatukök för en timme sedan ungefär, men det var allt han fått i sig. Visst fick man upp lite temperatur bara genom att röra sig, men det funkade inte hur länge som helst.

Och ännu var det i tidigaste laget att skrida till verket. Han bestämde sig för att gå en runda till genom hela området, och om allt såg lugnt ut när han kom tillbaka till huset, skulle han slå till.

Okej, brorsan? frågade han.

Okej, svarade Henrik.

Fem minuter i ett. Han hade inte mött en enda människa. Huset låg lika mörkt som det gjort för en halvtimme sedan. Han frös inte lika mycket längre av någon anledning, kanske var det spänningen, som sagt.

Då så, tänkte han. Då kör vi igång, it's now or never. Han såg sig om åt höger och åt vänster, trängde sig igenom häcken och in i trädgården. Han hade bestämt sig för altandörrarna. Onödigt att hålla på och häva sig upp över fönsterbräden, om det gick att knalla upprätt rakt in. Kanske var det möjligt att knuffa upp dörrarna bara genom att sätta axeln till och trycka lite, så var det hemma på Stockrosvägen.

Han pulsade genom snön, den låg nästan halvmetertjock här och var inne i trädgården, ute på gatan hade det mesta smält undan. Eller plogats bort. Kom upp på altanen. Konstaterade att det var dubbeldörrar, precis som han hade haft för sig, och smög fram mot dem. Det var ett trägolv här och ingen snö, eftersom det låg under tak. Det knarrade en smula, men obetydligt. Ingen fara, tänkte Kristoffer. Han kisade och spanade in genom fönsterglaset, men det gick nästan inte att få syn på någonting därinne. Det fanns inga handtag på utsidan, men det verkade som om dörrarna gick inåt. Han stod absolut orörlig i fem sekunder, sedan prövade han med en försiktig skuldertryckning.

Ingenting hände. Han kupade händerna, böjde sig fram och försökte urskilja hur handtagen såg ut på insidan. Ett vanligt svänghandtag på den ena av dörrarna, såvitt han kunde bedöma. Han tryckte en gång till, lite hårdare. Tyckte att det sviktade en aning. Men det skulle antagligen krävas en ordentlig stöt för att träet skulle ge efter.

Och det skulle uppstå rätt mycket ljud. Han beslöt sig för att satsa på det andra alternativet. Knacka upp ett litet hål med pistolkolven och sedan plocka loss så mycket glas som behövdes. Han var inte helt säker på att det skulle fungera, men han hade sett det göras hur smidigt som helst på en film för ett par månader sedan. Det viktiga var att man inte lät stora sjok av glas falla ner, det skulle bli ett jävla klirrande i så fall.

Men ett enda kort krasande skulle man inte vakna av. Inte om man låg och sov på övervåningen. Och om man råkade vakna till, skulle man undra vad det var, bestämma sig för att det var en katt och sedan somna om. Det var viktigt att låta det gå lite tid innan man började plocka upp hålet alltså. Och viktigt att inte åstadkomma något mer ljud.

Han tog upp pistolen ur fickan. Räknade till fem och slog till. Det klirrade till när glasbitarna rasade ner. Han gick ner på knä invid väggen för att inte synas om någon tände ljuset därinne. Höll sitt vapen skjutklart; om Jakob Willnius öppnade dörrarna och kom ut, skulle han meja ner honom omedelbart.

Ingenting hördes där inifrån. Inget ljus tändes. Han väntade uppemot två minuter innan han åter reste sig och kikade in. Tittade på hålet i rutan, det var lagom stort att köra in handen igenom, men först nu insåg han att det var dubbla rutor, och att han med andra ord skulle bli tvungen att knacka upp ett hål till.

Hur fan kan jag vara så korkad? tänkte Kristoffer irriterat. Klart som fan att det måste vara dubbla glas. Den där filmen hade antagligen utspelat sig i ett varmare land.

Men det var tyst som i graven därinne, och efter en stund hade han plockat bort nästan hela den yttre rutan utan att tappa en enda bit. Det fungerade. Dags för en ny knackning, tänkte han. Höjde sitt vapen och slog till.

I nästan samma sekund som glasbitarna rasade ner på golvet därinne tändes ljuset. Jakob Willnius stod där, i dörröppningen till hallen, spritt naken och stirrade på honom. Kristoffer tvekade en halv sekund. Sedan vräkte han sig in genom dörrarna med vänster axel före. Han hörde trä som bröts sönder och glasbitarna yrde omkring honom. Kom in i rummet och tvärstannade; Jakob Willnius rörde sig inte, Kristoffer såg att han hade något i handen. En eldgaffel. Kände hur en vild triumf bubblade upp i huvudet på honom, samtidigt som han såg Kristina komma upp bakom sin man. Hon var inte naken, hade en röd badhandduk virad om sig och höll också någonting i handen, han såg inte vad.

Men en eldgaffel mot en pistol! Det var ju löjligt! Kristoffer höjde sitt vapen. Kristina skrek till och Jakob Willnius rörde sig äntligen; lyfte armarna – fortfarande med ett stadigt

grepp om eldgaffeln – i ett slags fånig gest, som antagligen…
ja, antagligen betydde det att han gav upp. Kristoffer skrattade till. Siktade rakt i bröstet på honom och tryckte av.

Pistolen klickade.

Han tryckte av igen.

Ny klickning. Jakob Willnius sänkte armarna och tog ett steg framåt.

Tredje gången. Inte ens en klickning. Mekanismen hade låst sig. Kristoffer stirrade på sitt vapen – och på sin hand som höll i vapnet – och på sin moster Kristina, som stod där i sitt röda badlakan över sin putande mage, hon höll någonting i handen och verkade alldeles skräckslagen – och plötsligt hörde han hur någon vrålade rakt ut.

Det var han själv. Det lät inte riktigt mänskligt. Jakob Willnius var bara en meter ifrån honom nu.

43

Mobilen ringde medan han åt frukost.

Det var Eva Backman.

"Var är du?" ville hon veta. "Åkte du upp till Stockholm, eller?"

Han tvekade en sekund. Sedan erkände han att det var en riktig förmodan.

"Bra", sa Eva Backman. "Ja, du kanske hade rätt när allt kommer omkring."

"Vad menar du?"

"Jag pratade med Sorgsen nu på morgonen. Ja, han ringde mig, alltså. Hade tydligen försökt få tag på dig först, men du svarade inte."

Gunnar Barbarotti insåg att det stått *Nytt meddelande* på displayen när han svarade. "Måste ha varit i duschen", sa han.

"Jag förstår. Ja, hursomhelst så har en viss Olle Rimborg ringt till polisen här i Kymlinge för... ja, för en timme sedan ungefär."

Han tittade på klockan. Den var kvart i tio.

"Olle Rimborg?"

"Ja. Du råkar inte veta vem det är?"

"Ingen aning", sa Gunnar Barbarotti.

Eva Backman harklade sig. "Han är... bland annat... nattportier på Kymlinge Hotell. Han har tänkt ringa till polisen tidigare. Har tydligen gjort det en gång också, men blivit bortkopplad, det är förstås för jävligt, men vi får ta det senare."

"Vad ville han?" sa Gunnar Barbarotti. "Jag har ett ägg som kallnar."

"Kokt?"

"Ja, kokt. Kom till sak, fru Backman."

"Man ska inte äta kokta ägg varma. Men vi kanske kan ta det också en annan gång. Den här Olle Rimborg jobbade hursomhelst natten då Henrik Grundt försvann. Natten mellan den 20 och 21 december..."

"Jag vet vilken natt Henrik Grundt försvann."

"Bra. Olle Rimborg stod i receptionen den natten och det han påstår är att Jakob Willnius kom tillbaka till hotellet klockan tre."

"Va?"

"Jag repeterar. Olle Rimborg, nattportier på Kymlinge Hotell, påstod imorse i ett samtal med polisinspektör Gerald Borgsen att Jakob Willnius, efter att ha begivit sig av mot Stockholm strax före midnatt, återkom till hotellet cirka tre timmar senare... den där natten."

"Vad i helvete är det du säger?"

"Precis. Vad i helvete är det jag säger? Eller snarare: vad är det Olle Rimborg säger?"

Gunnar Barbarotti satt tyst i fem sekunder.

"Det behöver inte betyda någonting", sa han sedan.

"Det är jag helt på det klara med", kontrade Eva Backman. "Men om... om det betyder någonting, vad är det då det betyder? Det var den frågan jag ställde."

"Tack, jag hörde det", sa Gunnar Barbarotti. "Och sedan... sedan åkte de alltså tillbaka till Stockholm tidigt på morgonen bägge två?"

"Alla tre. Inspektören glömmer lille Kelvin. Men de lämnade hotellet vid pass kvart i åtta, det är riktigt."

Inspektör Barbarotti betraktade sitt ägg. Jag önskar att jag hade tjugo centiliter mindre rödvin i blodet, tänkte han. Vart leder det här egentligen?

"Vart leder det här egentligen?" frågade han. "Hur lång tid har du haft på dig att fundera?"

"En kvart", sa Eva Backman. "Drygt en kvart. Men analysen är inte klar än."

"Sa han nånting mer, den här Olle Rimborg?"

"Inte mycket, tydligen."

"Men du har inte talat med honom?"

"Nej. Bara med Sorgsen."

"Varför ringde han överhuvudtaget, då? Uppträdde Jakob Willnius egendomligt på något vis den där natten?"

Eva Backman tänkte efter ett ögonblick innan hon svarade.

"Jag tror inte det."

"*Tror* inte?"

"Nej. Men bara det faktum att han ger sig iväg klockan tolv, kommer tillbaka klockan tre och sedan ger sig iväg igen före åtta... samma natt som hans svägerskas son försvinner... ja, jag skulle nog också ha rapporterat det. Om än lite tidigare. I vilket fall som helst så tyckte jag det kom rätt lägligt, nu när du är i Stockholm och allting. Men du kanske redan har pratat med herr teveproducent Willnius?"

"Bara med hans fru", erkände Gunnar Barbarotti.

"Jaså? Jamen då kanske du skulle ta ett samtal med honom också. Det kanske ligger nånting i vad den där exhustrun sa i alla fall."

"Jag kommer att drabba honom i eftermiddag", sa Gunnar Barbarotti. "Var så säker. Har du något telefonnummer till den här Rimborg?"

Han fick det och de avslutade samtalet.

Märkligt, tänkte Gunnar Barbarotti och dekapiterade sitt halvljumma ägg. Jag hade ju redan bestämt mig för det. Men som sagt: Vad fan betyder det här?

Vad?

Leif Grundt var upprörd.

"Vad menar du med att du inte vet var han är?" ropade han in i luren.

"Han är väl på tåget", sa Berit Spaak. "Ta det lugnt. Eller också ligger han kanske och sover hos den där kompisen. Klockan är ju inte mer än tio."

"Kvart över", sa Leif Grundt. "Häruppe i Sundsvall åtminstone. Har du numret till den här kompisen?"

"Nej, tyvärr. Men det var en arbetskamrat från butiken. Han kanske hette Oskar."

"Han kanske hette Oskar! Är du inte klok, Berit? Du måste väl för fan ta reda på vem han sover över hos. Jag har försökt ringa honom på mobilen i över en timme nu…"

"Batteriet är väl slut. Vad bråkar du om, Leif? Om du är så himla rädd om honom är det nog bäst att han får stanna i Sundsvall hela tiden. Kristoffer är femton år och bad att få sova sista natten hos en kompis inne i Uppsala. Det är väl ingenting att hetsa upp sig för?"

"Han berättade inte för mig om de här planerna."

"Inte? Ja, det är i så fall ditt problem. Inte mitt."

"Tack. Fattar du inte att jag blir orolig? Jag vill ju… jag vill ju egentligen bara veta hur dags han kommer i eftermiddag, så jag kan hämta honom på stationen."

"Han sitter kanske redan på tåget. Som sagt. Du vet väl hur svårt det kan vara att ringa från tåg? Hur mår Ebba förresten?"

Leif Grundt förklarade att med Ebba var det ungefär som förut och lade på luren. Därefter reste han sig ur skrivbordsstolen, men blev stående. Var det så? tänkte han. Var det verkligen med Ebba som förut?

Bra fråga. Ännu en bra fråga.

Fanns det överhuvudtaget någonting som var som förut?

Det var i varje fall på grund av Ebba som han ringt upp Berit och hört sig för om Kristoffer, och han visste också att hans irritation huvudsakligen gällde honom själv. Mycket väl visste han det, precis som Berit förklarat för honom.

För noga räknat... noga räknat förhöll det sig inte riktigt som han hade sagt åt sin kusin. Det förhöll sig faktiskt tvärtom. Han hade *inte* varit orolig för Kristoffer, det var det som var problemet. Han orkade inte bry sig längre. Plikten att orka hade börjat rinna av honom som vatten på en minikalkon. Hastigt och lustigt. Allting bara rasade, kändes det som; plötsligt gick det liksom inte att hålla ihop längre, få tankarna att flyta i normala fåror, få saker och ting gjorda... leva vidare i denna outhärdliga, skavande vanlighet... inte med en försvunnen son och en hustru som var på väg in i mörkret.

Men så, igår kväll, hade denna mörka hustru ringt och sagt att hon bekymrade sig för Kristoffer och att hon ville tala med honom. Leif hade förklarat att han för tillfället höll på med en praovecka nere i Uppsala, och Ebba hade bett honom se till att pojken omedelbart kom hem. Han hade argumenterat en god stund och slutligen givit henne ett halvt löfte om att... ja, han visste inte riktigt vad. Ringa upp Kristoffer och prata litegrann med honom åtminstone. Kolla upp honom en smula.

Det hade han också försökt göra under resten av gårdagskvällen. Med jämna mellanrum och utan resultat. Han hade dessutom ringt upprepade gånger till kusin Berits telefon, både hemnumret och mobilen, men inte fått något svar där heller.

Det senare hade berott på att hon befunnit sig tillsammans med Ingegerd på knytkalas hos en granne, hade det framkommit nu på morgonen. De hade inte kommit hem förrän efter tolv.

Mobilen? Vad skulle hon med mobilen till på ett grannkalas? Ingegerd hade ju suttit bredvid henne hela kvällen.

Leif Grundts nattsömn hade inte varit god. Han stod kvar i arbetsrummet en stund, medan han betraktade sin bild i spegeln och konstaterade just detta. Jag är fyrtiotvå år, tänkte han. Den där gråsiktiga, lönnfeta typen ser ut att vara åtminstone femtiotvå.

Han ryckte på axlarna och slog Kristoffers mobilnummer.

Inget svar.

Gunnar Barbarotti bestämde sig för att inte använda telefonen.

Åtminstone inte om det gick att undvika. Bestämde sig också för att inte kontakta kollegerna i Stockholms polisdistrikt. De hade säkert nog med sitt eget, och att komma som en tafflig landsortspolis och begära assistans i ett sådant här ärende, kändes på goda grunder inte särskilt tilltalande.

Men han ringde till Backman och förklarade vad han tänkte göra.

Åka ut till Gamla Enskede. Leta sig fram till Musseronvägen, ringa på dörren till nummer 5 och be att få svar på en eller två frågor. Helt enkelt.

Hoppas på att han var hemma. Det var ju lördag.

"Lysande plan", sa Eva Backman. "Är du säker på att hon inte berättat för honom om ert möte?"

"Rätt så säker", sa Gunnar Barbarotti. "Kan du se till att vara anträffbar om jag behöver goda råd?"

Det lovade Backman att vara. Hon hade ändå inget för sig, det var ju lördag, som sagt. Åtminstone tre olika innebandymatcher stod på dagordningen, men hon hade bestämt sig för att stanna hemma. De fyra männen i familjen stod redan i hallen och trampade.

"Bra", sa Gunnar Barbarotti. "Jag känner på mig att vi är rätt nära nu."

"Var försiktig", sa Eva Backman.

Han tog tunnelbanan ut till Gamla Enskede. Klev av vid Skogskyrkogården, tog sig under Nynäsvägen och var framme vid Musseronvägen 5 strax före halv ett. Blev stående ett slag utanför på trottoaren och betraktade den vackra gamla trävillan med det brutna tegeltaket, medan han försökte lägga band på den tickande nervositet han börjat känna inom sig. Vädret hade blivit mildare, gatorna var slaskiga men därinne i trädgården låg det fortfarande tjockt med snö, både på träden och på marken. Det förmärktes inget liv i huset; det stod ingen bil på garageuppfarten. Kanske var de ute och handlade? Införskaffade mat och vin och andra förnödenheter till kvällen. Östermalmshallen eller så. Han mindes att han drabbats av ett visst klassmedvetande förra gången han befann sig i de här kvarteren. Men också att han tyckt att Kristina Hermansson inte heller hörde hemma här.

Han gick in genom grinden, uppför de tre trappstegen till ytterdörren och ringde på.

Väntade en halv minut och ringde på igen.

Ingen reaktion. Jag är en idiot, tänkte Gunnar Barbarotti. Naturligtvis är de inte hemma. Varenda människa vet att varenda människa är ute och shoppar klockan halv ett en lördag.

Han gick ut på gatan igen. Plan B, bestämde han. En bit lunch, sedan ett nytt försök.

Och om inte plan B funkade, den heller, så fanns alltid plan C att ta till. Telefonen. Trots allt. Han hade hemnumret och han hade arbetsnumret till Jakob Willnius. Han hade hans mobilnummer och han hade hans hustrus mobilnummer också.

Men som sagt, det var plan C. Det fanns en klar fördel med att kunna drabba Jakob Willnius öga mot öga. Det var det som var kungstanken. Ställa de där frågorna och iaktta hans reaktion. Utan att ge honom möjlighet att förbereda sig först.

Ja, en oavvislig poäng skulle det vara. Telefonen hade sina fördelar men också sina nackdelar, tänkte inspektör Barbarotti. Man såg inte den man talade med. Åtminstone var det inte standard än så länge, och det skulle man förstås vara tacksam för. De flesta samtal man genomförde var förhoppningsvis inte av den karaktär som han förväntade sig att samtalet med Jakob Willnius skulle bli. Förväntade sig och hoppades. Han nickade sammanbitet för sig själv och började vandra tillbaka mot det lilla torget ute vid Nynäsvägen, där det enligt alla vedertagna normer och all vedertagen stadsplanering också borde finnas en liten kvarterskrog.

Den hette Röda Lyktan och han tillbringade en knapp timme där i sällskap med en pyttipanna, nykokta rödbetor och en lättöl. Kaffe och en kladdig biskvi. Eva Backman ringde en gång och frågade hur det gick, han svarade att det bara var en tidsfråga.

Klockan var fem minuter i två, när han för andra gången ringde på dörren på Musseronvägen 5, och vid det tredje försöket hade hon hunnit bli halv fyra. Nu hade också skymningen fallit och ett diagonalt piskande regn hade kommit i dess släptåg.

Vad fan håller jag på med? tänkte kriminalinspektör Gunnar Barbarotti när han missmodig började bege sig tillbaka mot tunnelbanestationen. Varför har jag åtminstone inte ett paraply?

Fyrtiofem minuter senare var han tillbaka på sitt rum på Hotell Terminus och satte igång med plan C.

"Aj då", sa Eva Backman. "Är det så illa?"

Klockan var halv åtta på kvällen. Gunnar Barbarotti satt ihopsjunken i hotellrummets enda fåtölj och stirrade dystert på sina byxor. Det fanns två tydliga fläckar efter rödbetor där, en på varje ben. Det enda resultatet av dagens arbete, kunde man väl säga.

"Ja", sa han. "Så illa är det."

"Du låter trött."

"Beror nog på att jag är det."

"Shit happens. Dom är väl ute och seglar eller nånting?"

"I december? Är du inte klok?"

"Försöker bara trösta en kollega, men det har man ju ingenting för. Vi får ta itu med den här typen när han dyker upp. Det är trots allt inte lag på att man måste svara i telefon... eller vara hemma."

"Tack, jag känner till det", sa Gunnar Barbarotti. "Jag säger bara att det är som förbannat. Och folk brukar faktiskt svara på mobilen. Dom jag ringer till i varje fall."

"Har du lämnat något meddelande?"

"Naturligtvis inte. Jag vill inte ge honom alla fördelar."

"Du låter rätt säker på att han är inblandad på något vis."

"Gör jag?"

"Ja. Faktiskt."

"Jaså? Nej, jag är inte alls säker på att han är inblandad, men jag är säker på att jag är jävligt sugen på att få ett samtal med honom. Fast har det gått nästan ett helt år, är det kanske ingen överdriven brådska."

"Det är ju precis det jag försöker förklara för dig", sa Eva Backman. "Lugna ner dig. Gå ut och ta en öl eller ring till Maria eller vad som helst."

"Marianne."

"Va?"

"Marianne. Hon heter Marianne."

"Allright. Ring och prata lite kärlek, och skit i den här skumma producenten nu. Han är inte värd vår uppmärksamhet. Vi får jobba vidare med det här på måndag när du är tillbaka."

Gunnar Barbarotti suckade. "Du är en lisa för själen, det ska du veta, fru Backman."

"Det säger min man också", sa Eva Backman. "I sina ljusa stunder. Puss på dig och ha det så bra."

Jag orkar inte gå ut, tänkte han när Eva Backmans röst hade försvunnit. Inte i det här jävla vädret. Han försökte se ut genom fönstret, men det var inte mycket som gick att urskilja. Fortfarande pågick regnet. Vinden drev det i kaskader mot fönstret, det såg ut som ett akvarium i storm därute. Centralstationen stod antagligen kvar. Stadshuset också. Inte för att han brydde sig. Missmodet hängde i honom som en gammal halsbränna. Vad fan hade jag inbillat

507

mig egentligen? tänkte han. Vad skulle jag här att göra?

Satans tur att han inte begärt assistans av Stockholms-polisen i alla fall. Alltid något, de skulle ha skrattat häcken av sig.

Han bestämde sig för att lyssna till de inre rösterna och vädergudarna och hålla sig på rummet. Bläddrade en stund i informationskatalogen som låg på det diminutiva skriv-bordet, sedan ringde han till receptionen och bad att få en Caesarsallad och en mörk öl uppskickat till rummet.

Han hade hunnit se nyheterna och två tredjedelar av en gammal amerikansk gangsterfilm, när telefonen ringde.

Marianne? tänkte han hoppfullt och stängde av ljudet på teven.

Men det var inte Marianne. Det var Leif Grundt uppifrån Sundsvall.

44

Hon släckte ljuset och slöt ögonen.

Dubbelt mörker, tänkte hon. Precis vad jag behöver. Vad jag förtjänar.

Och plötsligt kändes det främmande rummet som en omfamning. En trygg kokong eller en livmoder där hon kunde vila oåtkomlig för alla faror. Gömd. Räddad. Så var det faktiskt; hon lyssnade, de enda ljud som gick att uppfatta var ett mycket svagt susande från ventilationssystemet – och Kelvins nästan ännu svagare andetag.

Mitt stackars sovande barn, tänkte hon. Strök försiktigt med händerna över sin spända mage och ändrade på formuleringen. *Mina stackars sovande barn.*

Vad skall det bli av er?

Vad det skulle bli av henne själv var mindre viktigt; här inne i hotellets anonyma kapsel kändes det tydligt att det var dem det gällde. Kelvin och den ännu ofödde. Det var dem hon måste föra i säkerhet. De oskyldiga.

Säkerhet? tänkte hon. Vad då för säkerhet? Vad är det för lögnaktiga lösningar mitt medvetande målar upp? Vad är det för hjärnspöken?

Och ändå: *de oskyldiga?* Jo, så kändes det i varje fall. Det var en riktig tanke, att det var just dem hon måste värna om. Varför skulle hon annars leva vidare? Varför överhuvudtaget bry sig om att kämpa en enda sekund till?

Men hur ska jag orka? tänkte hon. Hur i hela världen ska jag orka?

Och återigen önskade hon att allting bara hade gått att stänga av. Göra slut på. Kanske vore detta det lyckligaste alternativet, även för de oskyldiga? Det slutgiltiga intet. Hon låg kvar en stund och lyssnade till ventilationen och till Kelvin. Om universum skall kollapsa, så gör det nu, tänkte hon. Nu.

Men ingenting hände. Hon öppnade ögonen och vred på huvudet. De små röda siffrorna på teveapparaten slog just om från 23.59 till 00.00. Midnatt, tänkte hon. Kan det bli mer midnatt i livet än så här?

Antagligen inte. Förhoppningsvis inte.

Ändå... ändå låg hon här. Hon hade tagit sig ända hit. Det var ett faktum som inte gick att bortse ifrån. De befann sig *här*. Just *nu*. När hon tänkte tillbaka över det senaste dygnet var det närmast ofattbart. Hon låg här med sina barn i nattens illusoriska livmoder, och ännu hade hon spelet i sina händer. Var det inte så?

Jovisst. Ännu var allt möjligt. Väskorna stod resklara borta vid dörren, hon hade inte brytt sig om att packa upp dem. Rena underkläder till sig själv och till Kelvin hade hon i axelremsväskan. Biljetter, pass och pengar.

En necessär och Roberts bok. Det var allt som behövdes. Och modet att orka lite till. Vidga denna stund, tänkte hon. Låt oss få vistas här länge, låt dessa timmar löpa långsamt; jag behöver tid för att samla kraft inför morgondagen. Sömn och åter sömn.

Ändå kändes det att just detta inte skulle vederfaras henne. Hela hennes kropp var en tickande, nervös bomb; antagligen var det rena fåfängligheten att tro att det skulle gå att sova i det här tillståndet.

Hon satte sig upp. Tassade över till skrivbordet och tände lampan. Kelvin reagerade inte. Kelvin reagerade nästan aldrig för någonting, och just nu var hon tacksam för det.

Hon grävde fram Roberts manuskript ur väskan. Robert, min bror, tänkte hon, jag önskar... jag önskar att vi vore barn igen och att du fanns här bredvid mig nu. Det skulle ha kunnat bli så annorlunda. Det *borde ha varit* så annorlunda. Det var inte meningen att det skulle gå så här för oss.

Med livet och allt. Du miste ditt för att du övergav en flicka en gång i din ungdom, ett obetänksamt ögonblick... hon kom tillbaka många år senare och dödade dig. Om det nu verkligen låg till som polisen berättat.

Handling och konsekvens, hursomhelst. Orsak och verkan. Sitt eget liv hade hon ännu så länge kvar, och vilka konsekvenser hennes obetänksamhet slutligen skulle komma att få lät sig inte beräknas. Men det såg mörkt ut, mycket mörkt.

Var med mig inatt, snälla Robert, bad hon. Hjälp mig igenom de här timmarna och ge mig ord på vägen. Robert, min bror.

Till sin förvåning märkte hon att hon höll händerna knäppta och att hon faktiskt satt och mumlade.

Men det hördes inga svar, vare sig inifrån henne själv eller utifrån natten. Hon lutade sig fram över den trånga ljuskretsen, öppnade manuskriptbunten på måfå och började läsa.

Ty det är med livet som med vår tunga, skrev han. *I barndomen älskar vi det söta, men det är det bittra vi måste lära oss att bejaka. Annars blir vi aldrig fullvärdiga människor och våra smaklökar förblir outvecklade.*

Hon lutade sig tillbaka och begrundade en stund. Vilka egendomliga ord han använde. Aldrig hade hon hört honom tala på det viset. Och titeln: varför hette boken *Människa utan hund*? Hon hade läst drygt hundra sidor och ännu hade hon inte stött på någon hund. Fast det kanske var just det som var avsikten? Att där aldrig dök upp någon hund. Hon vände blad.

Maria och John (de var uppenbarligen en sorts huvudpersoner i boken, hon hade stött på dem tidigare) *bestämde sig för att inte tala med varandra under ett helt år, och det var på det viset de spräckte skalet till sin hopplöshet. Det mänskliga talet är det mest ofullkomliga av alla själens instrument, det är en hora och en ockrare och en marknadsgycklare, och när John stillatigande betraktade sin hustru bakifrån, tog det inte många månader för henne att lära sig känna denna blick.*

Ännu egendomligare. Robert, min stackars bror, tänkte hon. Vad är det du varit med om egentligen? Om vi på nytt vore barn nu i denna natt, skulle vi då kunna hitta andra vägar?

Hon ruskade på huvudet. Hennes egna ord kändes också främmande. *Horor och marknadsgycklare?* Ja, kanske det. Tankarna rörde sig som vilsna ormar inuti henne, och nu sparkade barnet.

Jag kommer att bli tvungen att lämna bort dem, slog det henne plötsligt. Så kommer det att gå. Man kommer att ta mina barn ifrån mig.

Om jag inte gömmer dem långt borta i främmande land.

Paniken började dansa i henne igen. Hur ska jag ta mig igenom denna natt? tänkte hon. Är det meningen att jag ska sitta här och vaka ända fram till gryningen? Varför har jag åtminstone inte en sömntablett i min necessär?

Gryning förresten? Det skulle inte bli fråga om någon gryning. Planet skulle lyfta halv åtta, det skulle vara kolmörk midvinternatt ända tills de kom upp ovan molnen. Incheckning senast klockan sex. Hon fortsatte läsningen:

När John var barn trodde han länge att han hade kommit fel.

Att han blivit utbytt på något sätt, att hans mamma inte var hans mamma och att hans pappa inte var hans pappa. Det hade skett ett misstag på sjukhuset och en dag skulle misstaget upptäckas, och då skulle John återbördas dit där han egentligen hörde hemma. Detta var en mörk och fuktig plats utan några riktiga människor; trakten befolkades av ett slags varelser med lång päls och horn men med rätt så människoliknande ansikten. Och de kunde tala människors språk. John drömde ofta om dem och han älskade dem. En dag frågade han sin mor när de äntligen skulle komma och hämta honom. Ja, han ställde frågan till sin mor, men hans far var närvarande vid tillfället och det var han som utdelade örfilen. Den sved länge, fortfarande i vuxen ålder kunde han då och då känna svaga erinringar i kinden efter den, i synnerhet under mörka och fuktiga dagar.

Hon sköt undan papperen, kände att det blev för mycket med detta också. Roberts ord stöttade henne inte. Tvärtom, de tycktes framkalla en sorts andnöd hos henne. Någonting klaustrofobiskt, som en... ja, som en livmoder inuti en livmoder. Ett mörker i mörkret.

Hon kastade en blick på teveapparaten. De digitala siffrorna upplyste henne om att verkligheten för tillfället hunnit fram till 00.32. Det sved bakom ögonen nu i alla fall. Hon kontrollerade på mobilen att hon ställt väckningen på 05.00, sedan släckte hon ljuset och återvände till sängen. Placerade försiktigt en hand på Kelvins bröst.

Gode Gud, skänk mig lite sömn, bad hon. Låt mig få drömma om min bror. Bara ligga här i min kokong med mina barn och drömma om Robert i hundra år. Men inte hans ord.

Kanske om Henrik också. En god dröm om Henrik.

Hon hade få förhoppningar om att bli bönhörd, men tio minuter senare hade hon ändå fallit i sömn.

Gunnar Barbarotti stjälpte i sig ännu en klunk ljummet kaffe och stirrade på kollegan.

Denne hette Hellgren, eller möjligen Hellberg, han hade glömt vilket; men han hade ett blått och ett brunt öga, vilket gjorde att Barbarotti skulle kunna identifiera honom bland femtiotusen polismän. Om det skulle bli nödvändigt av någon anledning.

Just nu kändes det inte nödvändigt alls. Klockan var fem minuter i tre på natten, platsen polishuset på Kungsholmen, och det gällde att skilja agnarna från vetet.

"Vad fan menar du?" sa han.

"Det jag säger", sa Hellgrenberg. "Hon har en biljett till Bangkok imorgon."

"Bangkok? Det var som fan. Så du menar…?"

"Vad tror du själv?" sa Hellgrenberg och gäspade.

"Hon och barnet, alltså?"

"Nix. Hon och maken."

"Aha? Hur dags?"

"Elva på kvällen."

"Från Arlanda?"

"Ja, vad fan tror du? Var kommer du ifrån egentligen?"

"Ursäkta", sa Gunnar Barbarotti. "Växte upp på Manhattan och i Rio de Janeiro. Var det Hökarängen du sa att du bodde i?"

Hellgrenberg svarade inte. Kliade sig i nacken bara, och blängde på honom.

"Hursomhelst", sa Gunnar Barbarotti, "ja, hursomhelst så måste det väl betecknas som ett jävligt hett spår."

"Det är ju det jag säger", sa Hellgrenberg. "Det är bara att åka ut dit och haffa henne, antagligen."

"Barnet", sa Barbarotti. "Hon måste få med sig barnet."

"Kan väl ta makens biljett, antar jag", sa Hellgrenberg.

"För du tror väl inte han tänker åka med?"

"Antagligen inte", sa Barbarotti. "Men kan man byta biljett på det viset, bara?"

Kollegan gnuggade sig med knytnäven i sitt bruna öga. "Vet inte", erkände han. "Men om det bara är ett litet barn, borde det väl funka."

"Vi får ta reda på det", sa Barbarotti.

"Vilka är 'vi'?" undrade Hellgrenberg.

"Allright, jag fixar det", sa Gunnar Barbarotti. "Har du flightnummer och sånt?"

Kollegan räckte över ett papper. "Thai Air", sa han. "23.10. Då kanske jag kan gå och knyta mig, då."

"Gör det du", sa inspektör Barbarotti. "Men du får gärna ordna så att en bil kör mig tillbaka till hotellet först."

"Om det ska vara nödvändigt", sa Hellgrenberg.

Klockan var nästan halv fem när han lade på luren efter att ha talat med Arlanda. Han var så trött att han mådde illa, det svirrade i tinningarna och åtta koppar uselt kaffe brände i magen och i strupen – men just som han lagt huvudet på kudden, dök där upp en förflugen tanke i huvudet på honom.

En idé, som till en början inte vägde mer än vingspetsen av en fjäril – men dess fladdrande flykt genom hans överretade huvud fick ändå vindflöjeln att slå över och hålla honom vaken.

Eller hur man nu ville uttrycka saken.

Fan också, muttrade han och satte sig upp i sängen. På det viset skulle jag inte bete mig. Aldrig i livet.

Han tog fatt i luren igen. Mindes fortfarande numret.

45

En bild for genom huvudet på henne när hon kom ut i avgångshallen.

Om hotellrummet varit en livmoder, så var det här en kycklingfarm. Just så här måste det kännas att födas ur ett ägg.

Hon sköt Kelvins vagn framför sig med ena handen, drog resväskan med den andra. Det var nästan omöjligt att hitta en framkomlig väg bland alla människor och allt bagage. Klockan är sex på morgonen, tänkte hon. Går alla plan så här dags?

Efter tio minuter hade hon lyckats orientera sig till rätt disk och rätt kö. Det var åtminstone ett dussin resenärer före henne, men nu var hon på plats i alla fall. Kelvin var vaken men satt snällt i sin vagn och gjorde inget väsen av sig, som vanligt. Barnet i hennes mage tycktes sova. Det kommer att gå vägen, tänkte hon.

Jag kommer att komma härifrån.

Genast blev hon rädd för det övermodiga i tanken. Ropa inte hej, tänkte hon. För Guds skull, ropa inte hej för tidigt.

Men medan hon stod där, medan hon långsamt masade sig fram mot de unga, prydliga, uniformerade kvinnorna bakom disken, kom ändå ett lugn över henne. Vad skulle kunna gå snett? tänkte hon. Egentligen. Varför skulle någon ha upptäckt vad som hänt?

Det fanns ingen anledning att befara det. Faktiskt inte. Och ingen skulle se något underligt i att hon inte hörde av sig under de närmaste två veckorna. De skulle resa till Thailand, det var allom bekant. Att hon i själva verket reste till Málaga ett halvt dygn tidigare, ja, vem skulle få nys om någonting sådant? Till och med samtalet till dagmamman hade hon klarat av. Förklarat att de bestämt sig för att låta Kelvin följa med. I sista stund, ja, men det hade funnits plats på planet.

Så fjorton dagars frist kunde hon alla gånger förvänta sig, och tiden därefter... ja, hade hon klarat sig så långt, skulle hon säkert komma på råd.

Kommer tid, kommer råd.

Om det nu skulle vara nödvändigt att fortsätta leva. Huvudsaken var att barnen kom undan, nattens tankar satt kvar i henne – och det var förstås tvunget att hon fick föda sitt nya barn också; det var åtminstone sex veckor fram till den tidpunkten, så de där fjorton dagarna måste förstås utsträckas en del, när hon tänkte närmare efter... hur hade hon kunnat undgå att räkna med det? Varför glömde hon då och då bort sitt ännu ofödda barn? Hur kunde man ignorera sådant?

Å andra sidan hade hon knappast haft tid att räkna med någonting alls, och på nytt kom övermodsrädslan och viftade med sitt röda skynke. Det var så lätt att inbilla sig att hela tunneln var upplyst, bara för att man skymtat en ljuslåga i dess slut. Så lätt att ropa hej, som sagt.

Inga fler planer förrän vi är i luften, bestämde hon. Inga planer då heller, förresten. Att tänka ett par timmar framåt, maximalt en dag, var sannerligen tillräckligt... sannerligen nog.

Framför henne stod ett gammalt par hand i hand. Vackert

517

brunbrända mitt i december. Säkert var de utlandssvenskar, tänkte hon. Hade väl varit hemma en vecka och hälsat på släkten, nu var de på väg tillbaka till sitt paradis på Solkusten. Mannen bar en lätt skrynklig, gulvit linnekostym, kvinnan hade långbyxor och en tunika i havsgrönt. Hon kände ett hugg av avund. Tänk att vara så gamla, säkert var de närmare åttio, och ändå stå så kärleksfullt hand i hand på en flygplats. Dithän kommer jag aldrig, tänkte hon. Och jag kan inte se på dem utan att bli avundsjuk, inte ens det har jag lärt mig.

Ormtankarna började röra sig inuti henne igen, och plötsligt mindes hon vad hon drömt. Det hade inte alls handlat om Robert, som hon önskat sig, utan om Henrik. Fast inte den goda dröm hon bett om, utan om den där natten, de där första timmarna – nej, den där enda timmen, mer var det faktiskt inte – då de ändå hann vara tillsammans, innan allting krossades.

Om hans blyghet hade hon drömt. Om hans tafatthet och hans unga, oförbrukade kropp. Drömmen hade verkligen utspelats på just det där hotellrummet, men hon själv hade inte varit Kristina. Det var det som var det egendomliga. Istället hade hon varit någon annan som stått utanför fönstret och iakttagit dem därinne på sängen, sett på medan de älskade – och inte förrän långt om länge hade det gått upp för henne att hon var Jakob. Hon stod där och stirrade på sig själv och Henrik med Jakobs ögon, och när hon äntligen insåg detta, förstod vem hon var och vad hon stod och betraktade, gav hon upp ett vrål och kastade sig in genom fönstret för att slita isär de älskande tu, och... men innan hon hunnit fram till sängen hade hon vaknat.

Vaknat och inte kommit ihåg ett dugg av drömmen. Inte förrän nu, en och en halv timme senare. Det var märkligt.

Kunde försvunna drömmar återkomma på det sättet? Varför? Vad betydde det? Hon kände hur en svettdroppe lämnade armhålan och kröp ner utefter sidan av hennes kropp – och hur det samtidigt tycktes uppstå en ton inuti hennes huvud. En låg, knappt hörbar ton, mera som ett vibrerande. Vad är det med mig? tänkte hon förfärat. Vad är det som händer med mig? Håller jag på att tappa kontrollen i alla fall?

Det var det gamla parets tur att checka in. Hon flyttade fram till den gula linjen. Drog ett djupt andetag och knöt händerna.

Det höll samman. Ännu en gång höll det samman. Tio minuter senare var vagn och väska incheckade. Säkerhetskontroll och en timmes väntan vid gate 15, det var allt som återstod. Hon tog Kelvin på armen och gick bort till inslussningen. Visade boardingkorten för en kortklippt yngling i vit skjorta och mörk slips. Han nickade tillmötesgående mot henne, men lämnade inte tillbaka korten.

"Ett ögonblick", sa han istället och nickade åt en kollega.

Kollegan kom fram ur skuggorna och tittade på boardingkorten, både hennes och Kelvins. Log sedan mot dem bägge två och bad dem följa med in genom en annan dörr.

"Varför då?" frågade hon.

"Det har med er graviditet att göra", förklarade han vänligt och släppte in henne i ett litet rum med två små bord och två stolar vid varje. "Som ni säkert känner till är det förenat med vissa risker att flyga när man är gravid, och vi måste be er fylla i ett par papper. Det är bara en formalitet. Varsågod och sitt."

Hon slog sig ner vid det ena bordet och placerade Kelvin i knät.

"Att de inte sa någonting vid incheckningen?" sa hon. "Eller när jag köpte biljett?"

Han svarade inte. Istället öppnades en annan dörr.

Hon insåg först inte vem det var. Kunde – under de första bråkdelarna av den första sekunden – inte inse vad han gjorde här.

Men så begrep hon. Allt.

Han harklade sig.

"Kristina Hermansson", sa han. "Din make hittades igår kväll död i ert hem på Musseronvägen i Gamla Enskede. Jag får härmed meddela att du är anhållen som misstänkt för att ha mördat honom."

Hon slöt ögonen en sekund. Öppnade dem igen.

"Jag förstår", sa hon. "Ja, du har uppfattat det alldeles riktigt. Jag är ledsen att jag varit tvungen att ljuga för dig."

"Föralldel", sa han.

46

Ebba Hermansson Grundt lutade sig fram över köksbordet. Betraktade allvarligt sin son och sin man i tur och ordning.

"Jag har förstått en sak de här senaste dagarna", sa hon.

"Det har varit svårt", sa Leif Grundt. "För oss alla."

"Det jag har förstått är att vi måste betrakta Henrik som död. Han *är* död. Vi kommer inte att kunna leva vidare om vi inbillar oss någonting annat."

"Jag har också tänkt på det där", sa Leif. "Jag tror du har alldeles rätt."

"Jag tycker likadant", sa Kristoffer.

Ebba Hermansson Grundt knäppte händerna framför sig runt tekoppen och iakttog dem ytterligare en stund. "Det har varit ett ohyggligt år. Men från och med nu skall vi försöka hålla Henrik i ljust minne."

"Det blir bra", sa Leif Grundt. "Eller vad säger du, Kristoffer?"

"Jo, det blir bra", sa Kristoffer och flyttade undan sin långa lugg så han kunde titta på både sin mor och sin far. Det gick några tysta sekunder. Leif Grundt drog en suck.

"Då säger vi så", sa Ebba. "Du behöver klippa dig, Kristoffer. Men du hade det trevligt på din prao därnere i Uppsala i alla fall?"

Kristoffer kastade en blick på sin far. "Jo tack. Men det känns skönt att komma hem, faktiskt."

"Det tycker jag också", sa Ebba. "Vi får nog försöka blicka lite framåt nu."

"Jag tror inte det skulle skada", sa Leif Grundt.

"Du får gärna vara lite mer detaljerad", föreslog Eva Backman.

"Jag förstår att du tycker det", sa Gunnar Barbarotti. "Men jag har inte sovit på över ett dygn, så om du inte har någonting..."

"Kniv, sa du?"

"Kniv, ja. Nio hugg i ryggen, de sex sista när han redan hade stupat."

"Och hon erkände med en gång?"

"Behövde inte ställa frågor ens."

"Och han...?"

"Dödade Henrik Grundt, ja."

"Berättade hon varför?"

"Jag måste nog fundera på det."

"Va?

"Jag sa att jag nog måste fundera på det."

"Jag hörde det. Och vad fan menar du med det? Att du måste fundera på om han...?"

"Det är lite speciellt. Jag har fått tillräckligt med upplysningar både när det gäller Henrik Grundts död och när det gäller Jakob Willnius. Men det finns en del överinformation i det här. Sånt som det inte tjänar någonting till att gå ut med. Eller ta med i slutrapporten... jag måste fundera på det här. Som sagt."

"Jag förstår inte."

"Nej, det gör du inte. Men låt mig säga så här: Sanningen är ibland en lite överskattad juvel."

"Det där har du läst i... ja, i Kalle Anka Pocket eller nån

annan litteratur du brukar sticka näsan i."

"Fy fan, Backman, varför måste du vara på det här viset? Tänk om du kunde gratulera mig till att det är uppklarat istället."

"Du skulle må då", sa Eva Backman och lade på luren.

Innan han somnade blev han liggande och begrundade en stund.

Det hade räckt med så lite, tänkte han. En minut – mer hade inte behövts för att gräva fram sanningens överskattade juvel.

Men inser du inte, hade han frågat, inser du inte att jag inte kan nöja mig med det här? Om du inte anger något skäl till varför din man dödade Henrik Grundt, så kan ju jag komma på misstanken att det var du som dödade honom också. Att ni gjorde det tillsammans. Du måste ge mig en orsak.

Hon hade tvekat ett ögonblick.

Det var jag som var orsaken, hade hon sedan svarat.

Under en blank sekund hade han inte förstått. Sedan hade han förstått bortom varje tvivel.

Nej, det hade inte tagit en minut ens.

Hur lyckades ni få ut kroppen? hade han ändå frågat.

Det fanns en brandbalkong. Och en trappa. Det var enkelt.

Han hade bestämt sig för att inte ta reda på var de begravt kroppen. Inte just nu. Det hade inte känts viktigt.

Viktigare var att bestämma sig för hur han skulle hantera den där överinformationen han talat med Backman om. Den mörka kunskapen om vad det var som legat i botten av hela historien. Kristina och Henrik. Mostern och systersonen som gått över gränsen till ett förbjudet land.

Om man ville uttrycka det vackert. Berusning och kättja kanske, om man ville tala prosa. Mycket hade slagits i spillror genom deras handlande, men var det verkligen nödvändigt att krossa också det lilla som ändå fanns kvar?

Bra fråga. Hemligheten vilade hos fyra personer vid det här laget: Han själv och Kristina. Kristoffer Grundt och hans pappa. Kunde den inte få stanna där? Hade Gunnar Barbarotti – som kriminalinspektör och som människa – någon sorts plikt att se till att allt kom upp till allmänt och obarmhärtigt beskådande?

Ett viktigt avgörande utan tvivel, men i sitt nuvarande tillstånd var han inte beredd att ge sig i kast med det. Precis som han försökt förklara för inspektör Backman. Liggande på rygg i den mjuka hotellsängen, med gardinerna fördragna och spelet i hamn, föreföll det honom däremot en smula angeläget att ta en kontakt med den möjligtvis existerande guden.

För att kontrollera balansräkningen och det ena med det andra – men inte heller detta blev det tid att genomföra, förrän sömnen sänkte sig över honom som en varm och loj sommardag.

Rosemarie Wunderlich Hermansson satt i en av barerna på Málagas flygplats.

Det hade gått två timmar sedan det plan Kristina och Kelvin skulle komma med hade landat. Hon hade druckit tre glas sött vin och ringt dubbelt så många samtal för att försöka ta reda på vad som hänt. Hon fick inget svar någonstans. Det var obegripligt. Bortskämda unge, tänkte hon. Kunde väl höra av sig och säga om hon kommer med nästa plan åtminstone. Det var sannerligen inte för mycket begärt.

Först ringa med så kort varsel och säga att hon lämnat sin man och måste komma ner. Och sedan inte komma. Hade väl ångrat sig förstås. Tagit honom tillbaka. Och sedan alldeles glömt bort en väntande mor som gick och oroade sig.

Hon skulle gärna ha försökt få lite information om passagerarlistor och sådant av flygplatspersonalen, men hon visste hur dålig deras engelska var. Det blev alltid missförstånd. Det kändes lite kymigt också, av någon anledning. En dotter som inte dök upp som hon hade lovat. De skulle tycka att hon var konstig som råkade ut för någonting sådant. Rosemarie Wunderlich Hermansson var trött på att råka ut för saker och ting.

Och det skulle komma ett plan om en och en halv timme, det hade hon kontrollerat. Via Köpenhamn visserligen, men ändå. Karl-Erik var ute och spelade golf. Det tog mellan fyrtiofem minuter och en timme med taxi mellan flygplatsen och deras urbanización. Beroende på trafiken. Hon hade ingenting annat viktigt för sig. Kunde lika gärna sitta kvar och vänta på det planet också – om det var så att Kristina verkligen befann sig ombord, kunde hon ju faktiskt inte höra av sig.

Det var som det var, och hon hade aldrig gillat den där Jakob särskilt mycket. Det var någonting opålitligt med honom. När hon lagt på luren efter samtalet igår kväll, hade hon känt sig riktigt upplivad vid tanken på att ha sin dotter och sin dotterson boende hos sig ett tag.

Rosemarie Wunderlich Hermansson suckade och beställde ett glas vin till. Hon tyckte om att använda den lilla spanska hon ändå hade lärt sig.